Gloria Murphy wird nicht zu Unrecht als Erbin von Mary Higgins Clark bezeichnet.
Die Autorin zahlreicher Romane lebt heute in Oakland, New Jersey.

Von Gloria Murphy sind außerdem erschienen:

Dachbodengeflüster (Band 60546)
Verlassene Väter (Band 50545)
Sommeralptraum (Band 60547)
Stimme des Blutes (Band 60548)
Tunnellabyrinth (Band 60549)
Ein perfektes Opfer (Band 60550)

Deutsche Erstausgabe Dezember 1997

Titel der Originalausgabe »A Stranger in the House«

Originalverlag Simon & Schuster, New York
Umschlaggestaltung Angela Dobrick, Hamburg
Umschlagfoto Aart Klein
Satz MPM, Wasserburg
Druck und Bindung Elsnerdruck, Berlin
Printed in Germany
ISBN 3-426-60488-4

2 4 5 3 1

Gloria Murphy

Der Fremde in meinem Haus

Roman

Aus dem Amerikanischen von
Gabriela Schönberger-Klar

Knaur

Mein Dank gilt
meiner Agentin Alice Martell,
meiner Lektorin Audrey LaFehr
und meiner Familie.

IN LIEBE
FÜR JULIE

Prolog

Es war, als hätte sich ein Vogel in ihrem Kopf eingenistet und angefangen, an ihrem Gehirn zu picken, das er für ein riesiges Samenkorn hielt. Eine Art supermoderner Gehirnschaber, den sich die Polizei hatte einfallen lassen, um sie abzuschalten und gleichzeitig anzuheizen. Was natürlich schwierig war, ungefähr so, als würde man ein Jo-Jo mit einem Stock statt mit einer Schnur tanzen lassen. Was die Polizei von dem Mädchen wollte, war, daß es endlich mit der Sprache herausrückte und erzählte, was es gesehen, was es getan hatte. Aber nicht, hier rumzusitzen und sie verständnislos anzustarren, auch nicht, herumzubrüllen und zu fluchen wie ein Landsknecht.

Landsknecht, Soldat, Polizist – sie konnte nicht anders, als sich immer wieder diese Wörter vorzusagen, bis ein Gefühl der Hitze und der klebrigen Sentimentalität in ihr hochstieg. Ein Eiswürfel wäre nicht schlecht, um der Sache mehr Biß zu verleihen, dachte sie, und während ihr das Wort Staatspolizist wieder durch den Kopf schoß, spürte sie, daß etwas Kaltes gegen ihre Stirn gepreßt wurde. *O ja, entschuldigen Sie bitte, aber wovon ist hier eigentlich die Rede, Sir? Von einem berittenen Staatspolizisten, einem Nazi oder einfach einem x-beliebigen Wald-und-Wiesen-Uniformierten? Die Reise nach Jerusalem, wer keinen Stuhl erwischt, muß gehn … Igitt, igitt, pfui Teufel. Okay, okay ich habe schon genug Zeit vertan, wo bist du, mein charmanter Prinz auf deinem weißen Schimmel? Los, schwing dich auf deinen Gaul und komm hierher, bevor die mir endgültig das Gehirn rauspicken.*

Heute war ihrem langen, dunklen Haar nichts von seinem üblichen Glanz oder ihrer Haut von ihrer sonstigen rosigen Frische anzumerken; trotzdem wirkte sie im Schlaf noch immer heiter und war hübsch anzusehen, fast wie ein Engel. Zwei Pfleger in krankenhausgrünen Anzügen schoben ihre Bahre durch die Schwingtüren der Ambulanz hinaus auf den Korridor, wo ihr Vater wartete.
Er eilte sofort an ihre Seite; an einer Stange, die neben der Bahre hergeschoben wurde, hing ein durchsichtiges Plastiksäckchen, von dem aus eine klare Flüssigkeit in ihre Venen tropfte; ein Eisbeutel thronte auf ihrer Stirn und verbarg die Beule, die sie sich beim Sturz gegen das Waschbecken im Bad zugezogen hatte. »Wird sie wieder gesund werden?« fragte er. Eine dumme Frage. Er wußte, daß die beiden nur Pfleger waren, aber er brauchte verzweifelt Trost. »Hören Sie, ich muß unbedingt mit dem zuständigen Arzt sprechen.«
»Kommen Sie doch mit in ihr Zimmer. Der Doktor wird dann auch gleich nachkommen und Ihre Fragen beantworten«, erwiderte einer der Männer. Das Mädchen wurde in ein Bett umgelagert, und eine Schwester mit einem Klemmbrett kam und maß ihr den Puls und den Blutdruck; gleich nach ihr kam derselbe Arzt, den der Vater zuvor schon einmal gesehen hatte.
Ehe er ihn mit Fragen bombardieren konnte, hob der Arzt abwehrend beide Hände. »Sie wird wieder völlig in Ordnung kommen, Mr. Grant«, beschwichtigte er ihn. »Zumindest körperlich. Wir vermuten, daß sie mindestens ein gutes Dutzend Schlaftabletten genommen hat, genug, um einen kräftigen Ackergaul schachmatt zu setzen. Eine Weile stand es sogar Spitz auf Knopf ... Ja, ich würde sagen, Sie haben sie keinen Moment zu früh gefunden.«
Der Arzt strich sich mit der Handfläche über seinen schüt-

teren Haarkranz, auf seinem Gesicht spiegelte sich eine Mischung aus Mitleid und Fassungslosigkeit wider. »Himmel, erst zehn Jahre alt. Warum sollte sich ein Mädchen in dem Alter umbringen wollen?«

Kapitel 1

Sprich nicht mit Fremden, lautet eine der wichtigsten Regeln, die Mütter permanent ihren Kindern einzubleuen versuchen. Auch Lauren Sandler, eine junge, alleinerziehende Mutter, bildete da keine Ausnahme. Lauren, die mit ihrer Tochter in einem kleinen Loft im obersten Stockwerk eines ehemaligen Bürogebäudes mitten in New York lebte, tat ihr Bestes, ihren eigenen Ratschlag zu befolgen. Doch ab und zu sollten selbst die besten Regeln gebrochen werden.

Vielleicht lag es an dem herrlichen Frühlingstag. Lauren und die fünf Jahre alte Chelsea genossen ihn auf dem Rummelplatz von Orange County in Elmwood Valley, das sich gerade mal fünfzehn Minuten vom Haus ihrer Schwester Fern, aber über achtzig Meilen vom Streß der Großstadt entfernt befand. Oder vielleicht hatte es auch mit dem Fremden selbst zu tun, der zwar nicht unbedingt einen besonders freundlichen Eindruck gemacht hatte, als sie ihn das erste Mal vor der Schießbude sah, wo er mit einem elektronischen Gewehr auf Holzenten zielte, die munter auf einem Wasserstrahl tanzten. Dem Stapel bunter Preise nach zu schließen, die neben ihm auf der Theke lagen, schien er sich dabei recht geschickt anzustellen. Ihre eigene Tochter hatte sie schließlich bei der Hand genommen und zu dem Stand gezerrt.

Aber es waren nicht die vielen Preise neben dem Fremden, die Marionetten, die Gummischlangen, die Plastikdinos oder die Sonnenschirmchen und Fächer aus buntem Papier, die Chelseas Aufmerksamkeit auf sich zogen. Sie deutete nämlich auf das oberste Regal hinter der Theke mit den Gewinnen, wo ein schwarzweißer, flauschiger Dalmatiner hockte, ein Schild zwischen seinen dicken Vorderpfoten, auf dem stand, daß er für fünfundzwanzig Punkte zu haben sei. »Mommy, schau mal«, strahlte sie. »Sieht der nicht aus wie echt?«

Sie hatte nicht gebettelt, und vielleicht war es genau das, was in Lauren den Wunsch wachrief, den Hund für sie zu gewinnen. Aber der Wunsch allein genügte in diesem Fall nicht; Lauren hatte in ihrem Leben noch nie ein Gewehr abgefeuert und kam einfach nicht dahinter, wie die Sache funktionierte. Und so ließ sie nach einem Dutzend vergeblicher Versuche das Gewehr auf die Theke sinken und gestand ihre Niederlage ein. Genau in dem Moment blickte der Fremde, der bisher schweigend daneben gestanden hatte, in ihre Richtung und lenkte die Aufmerksamkeit des Budenbesitzers auf sich. Mit dem Kopf auf seine Preise deutend, sagte er zu ihm: »Was meinen Sie, wie viele Punkte sind das, fünfunddreißig?«

Der Mann schien im Kopf rasch die Zahlen zu überschlagen und nickte bestätigend.

»Gut, dann tausche ich sie ein.« Mit einer Geste in Richtung des obersten Regals fügte er hinzu: »Geben Sie dem kleinen Mädchen dafür den Hund.«

Der Besitzer der Schießbude überreichte einer staunenden Chelsea das Plüschtier, noch ehe ihre Mutter Gelegenheit zum Reagieren hatte. Doch falls sie verärgert darüber gewesen sein sollte, daß man sie vorher nicht gefragt hatte, oder Chelsea hatte bitten wollen, das Geschenk zurückzugeben – alles löste sich in Wohlgefallen auf, als der Fremde sie schließlich ansprach. »Ich schätze, ich sollte mich bei Ihnen entschuldigen«, begann er. »Ich hätte mich zuerst mit Ihnen absprechen sollen, aber sie schien mir so ... na ja, sie schien ihn sich einfach so sehr zu wünschen.«

Er war groß, schlank, gutaussehend. Er trug braune Baumwollhosen und ein curryfarbenes Jackett. Er hatte die schönsten, traurigen dunklen Augen, die man sich vorstellen konnte, und ein energisches Kinn mit einem tiefen Grübchen in der Mitte. Er streckte ihr die Hand entgegen – kein Ring. Sie schätzte ihn auf Anfang Vierzig, aber der Altersunterschied bereitete ihr keine Kopfzerbrechen. Ihre Schwester würde sich ihren Kommentar natürlich nicht verkneifen können, aber im Augenblick wünschte Lauren sich nur, sie hätte sich etwas Hübscheres als ein Paar alte Jeans angezogen.
»Nett, Sie kennenzulernen. Ich heiße Jonathan Grant«, fuhr er fort; offensichtlich sah sie ihn erwartungsvoll an, denn er fügte umgehend hinzu: »Die meisten Leute hier in der Gegend kennen mich. Grant – Architekturbüro und Bauunternehmen. Unsere Firma arbeitet auch für die Stadt.«
Jetzt zögerte sie nicht mehr, die Hand zu ergreifen, die er ihr entgegenstreckte. »Ich bin Lauren Sandler«, erwiderte sie und wandte sich an ihre Tochter, die mit Sicherheit eine Auffrischung der Warnung vor Fremden nötig hatte. »Und diese kleine Dalmatiner-Liebhaberin hier heißt Chelsea.«
Er blickte auf Chelsea hinab, die mit ihrem neuen Freund, der nur unwesentlich kleiner als sie selbst war, fröhlich herumtollte. Dabei grinste sie übers ganze Gesicht, dessen rundliche Wangen von einem widerspenstigen Schopf goldener Locken eingerahmt wurden. »Sie ist ein ganz entzückendes Kind.«
Lauren nickte. »Danke. Und auch für das Geschenk, das war sehr großzügig von Ihnen.«
Mit einem Achselzucken ging er über ihre Dankbarkeitsbeteuerung hinweg; er machte aber auch keine Anstalten, das Gespräch mit ihr fortzusetzen.
»Der Rummelplatz ist wirklich schön dieses Jahr, viele neue

Buden und Stände«, sagte sie deshalb. »Sind Sie heuer das erste Mal hier?« Mit einer Ausdehnung von fast achtzehn Hektar war das Volksfest von Orange County ein bedeutendes, jährlich wiederkehrendes Ereignis, das im Mai begann und bis zum Ende der Ferien im September dauerte. Als größte Einnahmequelle des Countys war hier von allem etwas geboten: Ausstellungen über Wissenschaft und Geschichte, Buden mit Kunstgewerbe und Handwerk, ausländische Spezialitäten, Tierschauen, Fahrgeschäfte und sportliche Wettbewerbe – nicht zu vergessen das nette kleine Wäldchen mit dem Ententeich und den Picknicktischen, das ungefähr eine halbe Meile entfernt lag.

»Es mag zwar nicht so aussehen«, entgegnete er mit einem leicht schiefen Grinsen, das ihr sofort sympathisch war, »aber ich bin aus beruflichen Gründen hier, um das Gerüst des Amphitheaters zu überprüfen.«

Lauren war in Gedanken bereits mit Planen beschäftigt; sie würde bis zum Wochenende bei Fern bleiben, und wenn er nicht zu weit weg wohnte ... aber seiner Körpersprache war zu entnehmen, daß er sich schon wieder auf dem Rückzug befand und ihn auch antreten würde, wenn sie die Sache nicht umgehend in die Hand nähme. »Jonathan, ich wollte Sie fragen –«, setzte sie an. Sie hielt inne und begann von vorne. »Also, wenn Sie noch nichts anderes vorhaben ... hätten Sie vielleicht später Lust auf einen Drink?«

Okay, sie hatte es gesagt. Offensichtlich wußte er mit ihrer Direktheit nichts anzufangen, denn er stand unentschlossen da, als würde er die Situation genauestens abwägen. Aber man schrieb schließlich die neunziger Jahre, und als achtundzwanzigjährige, berufstätige Frau, einmal verheiratet, geschieden, war es für sie nicht das erste Mal, daß sie einen Mann ansprach. Doch jetzt schmolz unter seinem prüfenden Blick ihre normalerweise recht ausgeprägte Selbstsicherheit wie Schnee in der Sonne dahin, während sie darauf wartete, ob der Fremde vielleicht die Freundlichkeit besaß, sie aus ihrer Verlegenheit zu erlösen oder ihr gar noch weiter entgegenzukommen. Was war sie doch für ein Vorbild für Chelsea.

Endlich kam er ihr zu Hilfe und bestand sogar darauf, statt des von ihr vorgeschlagenen Drinks sie und Chelsea zu einem tollen kleinen Italiener an der Route 95 auszuführen, den er recht gut kannte. Ehe sie den Rummelplatz verließen, rief Lauren noch in Ferns Immobilienbüro an, um ihr zu sagen, daß und warum sie später nach Hause kämen. Ihre Schwester konnte es sich zwar nicht verkneifen, sie sofort darauf hinzuweisen, daß es nicht sehr klug wäre, die Einladung eines völlig Fremden anzunehmen, aber sobald Lauren den Namen Jonathan Grant fallenließ, änderte Fern schlagartig ihre Meinung.

Als sie später wieder zu ihrem Wagen zurückkehrten, den sie auf dem Rummelplatz hatte stehenlassen, war es bereits zehn Uhr, und der Parkplatz war fast leer. Chelsea schlief, und Jonathan nahm sie, zusammen mit dem Plüschdalmatiner, den sie im Schlaf fest umklammert hielt, auf den Arm und legte sie auf den Rücksitz des Wagens ihrer Mutter. Die Erwachsenen, die sich offensichtlich nicht so leicht voneinander trennen konnten, blieben in der Dunkelheit draußen stehen und unterhielten sich angeregt. Jetzt fühlte man sich bereits etwas sicherer und konnte zu persönlicheren Themen übergehen. »Sie wollten mich heute nachmittag also tatsächlich stehenlassen und weggehen, einfach so?« meinte Lauren ironisch.

»Kann schon sein. Eigentlich wollte ich es ja nicht ...« Er verstummte einen Moment, als überlegte er, wieviel er sagen sollte, aber als er seine Entscheidung getroffen hatte, fuhr er fort: »Es ist schon eine Weile her, daß ich eine Frau kennengelernt habe, ich meine, eine, mit der ich mich hätte verabreden wollen. Ich habe eine sehr gute Ehe geführt, und wahrscheinlich erschien es mir einfach unvorstellbar, so etwas noch einmal zu erleben. Außerdem bin ich völlig aus der Übung.« Sie spürte, daß seine dunklen Augen prüfend auf ihr lagen. Als sie seinen Blick erwiderte, kroch langsam ein wohliger Schauer über ihren Rücken, und sie wußte, daß er dasselbe empfand. »Ich fühlte mich noch nicht bereit, Lauren. Nicht bis heute abend.«

In ihrem Gespräch zuvor hatte er erwähnt, daß seine Frau tot sei, aber sie war nicht weiter in ihn gedrungen, und er hatte auch nicht weiter ausgeholt. Doch jetzt sprudelte die ganze Geschichte aus ihm heraus wie ein Wasserfall und lieferte Lauren eine Erklärung für die Traurigkeit, die sie bereits den ganzen Abend an ihm bemerkt hatte. »Meine Frau ist nicht einfach so gestorben«, erzählte er. »Nancy wurde ermordet. Und um die Sache noch schlimmer zu machen, falls so etwas überhaupt vorstellbar ist, sie war schwanger, am Anfang des vierten Monats. Wir hatten es schon eine ganze Weile versucht ...«

Er verstummte; es dauerte eine Zeit, bis er sich wieder im Griff hatte. Es war bestimmt nicht leicht für ihn, ihr dies zu erzählen, dachte Lauren und fragte sich, ob es vielleicht sogar das erste Mal war, daß er darüber sprach. »Das Baby ... es wäre ein Junge geworden«, sagte er schließlich. »Das ist jetzt alles ein Jahr her. Eines der Fenster im Erdgeschoß war eingeschlagen worden – so ist der Eindringling ins Haus gekommen. Wie es aussah, war es ein versuchter Raubüberfall, aber das einzige, das der Räuber erwischen konnte, war der Schmuck, den Nancy am Leib trug: ein Verlobungsring, ihr Ehering, eine Halskette aus Jade. Die Polizei vermutet, daß sie unten im Keller in ihrem Nähzimmer war und dann nach oben in die Küche ging. Sie war eine ausgezeichnete Hausfrau ... Sie kochte, sie nähte ... Sie arbeitete gerade an der Ausstattung für das Baby.«

Lauren nickte; sie hatte Frauen, die über ausgeprägte hausfrauliche Talente verfügten, immer schon bewundert, sich aber nie sonderlich bemüht, selbst welche zu entwickeln.

»Er muß ihre Schritte auf der Treppe gehört haben, da die Polizei annimmt, daß er sich irgendwo versteckte, sie überrumpelte und mit einem Baseballschläger niederschlug. Sie ist rückwärts die Treppe hinuntergestürzt ...«

»Gott, wie schrecklich«, bemerkte Lauren, die erneut einen Schauer über ihren Rücken laufen spürte. Sie war entsetzt, daß in einem so verschlafenen Städtchen wie Elmwood Valley etwas so Gräßliches passieren konnte. »Ich hoffe, sie haben ihn erwischt –«, setzte sie im Überschwang ihrer eigenen Wut an, verstummte aber sofort wieder.

Er steckte seine Hände in die Hosentaschen, lehnte sich an den Wagen und starrte hinauf zu den Sternen. »Oh, sie hatten sofort einen Verdächtigen bei der Hand, aber außer dessen erbärmlicher krimineller Vergangenheit gab es nichts, was diesen Burschen mit dem Verbrechen in Verbindung gebracht hätte.«

Er senkte den Blick und sah sie an. »Der Verdächtige hieß Jay Philips, ein Bursche aus Monticello. Mit fünfzehn hatte er seiner Schwester mit einem Stein den Schädel eingeschlagen, aber da er nach den Gesetzen des Staates New York noch unter das Jugendstrafrecht fiel, hatte er Glück – er wurde in eine Besserungsanstalt verfrachtet und mit achtzehn mit einer weißen Weste wieder entlassen. Soviel zum Thema Gerechtigkeit. Ich behaupte ja gar nicht, daß er Nancy getötet hat ... Ich weiß es nicht. Ich glaube nur nicht daran, daß Leute wie er sich jemals bessern werden.«

Lauren fiel dabei ein, daß sie einmal gelesen hatte, wie erschreckend niedrig die Aufklärungsquote bei Mordfällen

war. »Ich nehme an, ohne Augenzeugen wird es nicht viel Hoffnung geben«, sagte sie.
»Es gibt vielleicht sogar einen Augenzeugen.«
»Aber?«
»Tja, das ist ziemlich kompliziert. Die Zeugin, jedenfalls glauben wir das, ist meine Tochter.«
Überrascht zu hören, daß er eine Tochter hatte, wartete Lauren neugierig, daß er fortfuhr.
»Sie heißt Emily und ist erst vor ein paar Wochen elf Jahre alt geworden. Das ist der Grund ...«, fügte er hinzu, machte aber gleich wieder eine Pause und spähte besorgt auf den Rücksitz, wo Chelsea mit angezogenen Armen und Beinen fest schlief. Wortlos zog er sein Jackett aus und deckte sie vorsichtig damit zu, ehe er sich wieder an Lauren wandte.
»Ich versuche, sowenig wie möglich über sie zu reden. Denn jedesmal macht mich das entweder unglaublich traurig oder wütend, und mit beiden Gefühlen kann ich nicht besonders gut umgehen. Ich gehe ab und zu mal zu einem Schießstand, um meinen Ärger abzureagieren, und dann mache ich auch noch so nützliche Dinge wie auf Holzenten auf dem Rummelplatz schießen.«
Ein zynisches Lächeln krauste seine Mundwinkel. »Emily war in der fünften Klasse ... Nancy hatte sie an diesem Mittag von der Schule abgeholt. Die Schulkrankenschwester hatte angerufen und erzählt, daß sie mit einem ihrer Klassenkameraden zusammengestoßen und auf das harte Pflaster gefallen sei. Es war nichts Ernstes, nur ein paar Abschürfungen und blaue Flecken. Wer immer Nancy getötet hat, wußte nicht, daß Emily im Haus war. Gott sei Dank. Sonst wäre sie heute vielleicht nicht mehr am Leben.«
Lauren tauschte im Geist automatisch das Gesicht von Jonathans Tochter gegen das ihrer eigenen aus und empfand großes Entsetzen. »Aber wenn sie gesehen hat, wer es war?«

»Wir wissen mit Sicherheit eigentlich nur, daß Emily, sobald sie dazu in der Lage war, sich das Telefon in der Küche schnappte, den Notruf 911 wählte und in den Hörer brüllte: ›Es war ein Fremder!‹ Die Dame vom Amt konnte nicht mehr aus ihr herausholen, keinen Namen, keine Adresse, und so redete sie so lange auf sie ein, bis der Anruf zurückverfolgt war. Als die Polizisten eintrafen, fanden sie Emily auf dem Küchenfußboden kauernd vor, die Augen fest zusammengekniffen, den Telefonhörer an sich gedrückt ...«
Er wandte sich von ihr ab, hieb mit geballten Fäusten auf das Autodach und fuhr fort: »Sie erlitt einen schweren Schock, war völlig weggetreten ... Und mich konnten sie auch nicht erreichen. Ich war weit weg in Syracuse. Das einzige Mal, daß ich mit dieser Firma dort zu tun hatte, aber ausgerechnet an diesem Tag mußte ich fort sein.« Er verstummte und riß sich wieder zusammen. »Emilys Psychiater, Dr. Strickler, erklärte mir, daß ihre Abwehrmechanismen versagten, da sie einfach nicht mehr in der Lage war, mit dem fertig zu werden, was sie gesehen hatte. Ihre Reaktion ist weder atypisch noch notwendigerweise ungesund – Kinder verdrängen oft Erinnerungen, mit denen sie nicht umgehen können. Es wäre vielleicht alles nicht so schlimm, hätte sie sich nicht gar so weit zurückgezogen.« Jetzt erst drehte er sich wieder zu Lauren um. »Seitdem ist sie in der Bateman-Klinik und versucht, ihren Weg zurück zu finden.«
Die Bateman-Klinik, die westlich von Boston lag, war eine psychiatrische Anstalt für psychisch gestörte Kinder und Jugendliche und nach allem, was Lauren bisher gehört hatte, eine der besten Einrichtungen ihrer Art im ganzen Land, und auch eine der teuersten. »Ich weiß nicht, was ich sagen soll, Jonathan«, meinte sie und trat endlich näher an ihn heran. Sie legte ihm die Hand auf den Arm. »Es tut mir so leid.«

»Zur Zeit geht es ihr ein wenig besser«, erklärte er, sich zu einem etwas muntereren Tonfall zwingend. »Wirklich. Es gab eine Zeit, da wollte sie nicht einmal mehr reden ... mit keinem, mich eingeschlossen. Aber in den vergangenen paar Monaten habe ich den einen oder anderen Fortschritt an ihr bemerkt. Sogar ihr Arzt hat es zugegeben, und Sie wissen doch, wie zurückhaltend diese Herren mit solchen Äußerungen sind. Natürlich gibt es keine Garantie, und ich verlange auch keine. Ich wünsche mir nur, daß sie eine Chance bekommt, eine einzige Chance. Und vielleicht denken Sie ja, daß ich mir etwas vormache, aber ich habe so ein Gefühl in mir, daß mein Mädchen bald wieder nach Hause kommen wird.«

Fern war noch wach und wartete auf Lauren und Chelsea, als die beiden in ihr Haus in dem nahe gelegenen Middletown kamen. Während sie eine Kanne mit Tee aufsetzte, trug Lauren Chelsea zu der Liege im Gästezimmer, zog sie aus und brachte sie ins Bett ... Dabei konnte sie an nichts anderes als an Jonathan denken.

Sie fühlte sich total ausgelaugt, als hätte sie eine zutiefst intime Begegnung mit diesem Mann hinter sich, allerdings auf emotionaler Ebene; noch nie zuvor hatte sie eine ähnliche Erfahrung gemacht. Er hatte ihr nicht sagen müssen, was er für seine Tochter empfand. Die Liebe war ein Teil von ihm. Sie konnte seinen Schmerz und seine Trauer spüren, und auch wenn das Wort »Schuld« nicht ein einziges Mal gefallen war, war es ständig präsent gewesen. Während er mit einem Kollegen auf einer Geschäftsreise gewesen war, war in sein Haus eingebrochen worden; die Logik sagte ihm zwar etwas anderes, aber seitdem wurde Jonathan Grant von der Vorstellung gepeinigt, daß er irgend etwas hätte unternehmen können oder müssen, um seine Familie zu retten.

Nachdem er Lauren in den Wagen geholfen hatte, hatte er vorsichtig die Tür geschlossen, um Chelsea nicht zu wecken, ehe er sich zum Abschied zu ihr hinunterbeugte. Sie dachte, er würde sie küssen. Sie konnte sich nicht erinnern, einen Mann jemals so sehr begehrt zu haben wie ihn. Aber er drückte nur den Sicherheitsknopf von Chelseas Tür hinunter und strich ihr dann mit den Knöcheln sanft über die Wange. »Gute Nacht«, sagte er.

»Ihr Jackett«, antwortete sie und drehte sich um. Aber er legte ihr die Hand auf den Arm und hielt sie zurück.

»Das nächste Mal«, meinte er.

Sie mußte schlucken – o ja, es würde ein nächstes Mal geben. Ganz bestimmt sogar.

»Okay, jetzt leg schon los«, forderte Fern Lauren auf, als sie endlich in die Küche zurückkam und auf einen Stuhl sank. Sie stellte eine Tasse mit süßem Tee vor sie hin. »Fang schon an zu reden.«

Lauren betrachtete ihre Schwester – eine ältere Ausgabe von sich selbst, wie Leute, die sie beide kannten, meinten. Sie waren beide hochgewachsen und blond, mit markanten Gesichtszügen, einer schönen Haut und großen, weit auseinanderstehenden Augen, deren Farbe je nach Stimmung und Laune intensiver oder blasser wurde. Fern, fünfzehn Jahre älter als ihre Schwester, war immer eher eine Mutter als eine Schwester für sie gewesen, da ihre Mutter gestorben war, als Lauren gerade sechzehn war. Fern hatte zum Teil Laurens Collegeausbildung finanziert und sie sogar ermutigt, Schauspielunterricht zu nehmen – wenn es denn unbedingt sein sollte.

Lauren hatte es zwar ernsthaft mit der Schauspielerei versucht, aber bald gemerkt, daß sie weder genügend Talent noch Hingabe für diesen Beruf besaß. Außerdem arbeitete sie viel lieber hinter den Kulissen. Erst als Fern von Manhattan wegzog, um eine Immobilienfirma zu betreiben, fand Lauren, die eben an der City University ihren Abschluß in Kommunikationswissenschaften gemacht hatte, endlich die Stelle, die sie sich immer vorgestellt hatte, und konnte so ihre heißersehnte Unabhängigkeit erringen.

Aber das bedeutete nicht, daß Fern nicht weiter häufig an der Strippe hing, neugierige Fragen stellte, Laurens Leben überwachte und – gewollt oder ungewollt – ihren Rat offerierte. Und es hielt Lauren auch nicht davon ab, eine kurzlebige Ehe in den Sand zu setzen, als deren einzig positives Produkt ein kleines Mädchen namens Chelsea hervorgegangen war. Lauren schlug Ferns Rat zwar meistens in den Wind, sah darin aber auch einen Gradmesser für die Anteilnahme ihrer Schwester an ihrem Leben und hätte deren Ratschläge zweifelsohne auch vermißt, wenn sie sie ihr eines Tages nicht mehr aufgedrängt hätte.

»Tja, laß mich mal überlegen«, erwiderte Lauren jetzt, als wälzte sie tatsächlich in ihrem Kopf alle Ereignisse dieses Nachmittags und Abends hin und her. »Was würdest du denn gerne hören? Okay, wie wäre es damit? Als er Chelsea und mich endlich auf dem Rummelplatz verließ und zu seinem eigenen Wagen zurückging, verschloß er erst alle unsere Türen und wartete so lange, bis wir weggefahren waren. Auf dem halben Weg hierher habe ich dann seinen Wagen im Rückspiegel entdeckt. Er ist uns bis hierher gefolgt, hat drüben auf der Straße geparkt und ist dann wieder gefahren, als Chelsea und ich sicher im Haus waren.«

Fern nickte. »Du hast recht, das höre ich gern. Was mich allerdings überrascht, ist, daß es auch *dir* gefällt.«

Lauren war stolz auf ihre Fähigkeit, seit dem Tag, an dem sie Chelsea aus der Klinik nach Hause gebracht hatte, für sich und ihre Tochter zu sorgen. Gleich am Tag nach der

Geburt hatte sie damals eigenmächtig beschlossen, sich selbst vorzeitig aus dem Krankenhaus zu entlassen; da sie ihren unaufmerksamen Ehemann jedoch telefonisch nicht erreichen konnte, nahm sie schließlich ein Taxi. Zu Hause spazierte sie mit Chelsea auf dem Arm ins Schlafzimmer, nur um festzustellen, daß er gerade mit einer anderen Frau zugange war. Der Telefonhörer lag neben dem Apparat.

Mark Brewer gehörte mittlerweile der Vergangenheit an; er hatte sie zwar um eine zweite Chance angefleht, aber in ihrem Herzen waren keine Gefühle mehr für ihn übriggeblieben. Sie reichte die Scheidung ein und nahm ihren Mädchennamen wieder an. Doch das war noch der leichtere Teil, schwieriger war es schon, die Ansprüche eines Kindes, einer Karriere und eines Haushalts unter einen Hut zu bringen – und das alles ganz allein. Um die Wahrheit zu sagen – die ersten beiden Jahre von Chelseas Leben verbrachte Lauren ständig am Rande eines Nervenzusammenbruchs. Keiner blickte jedoch hinter die Fassade, zumindest keiner außer Fern. »Habe ich eigentlich schon gesagt, daß *er* mir gefällt?«

»Das mußt du gar nicht, ich sehe es dir auch so an. Wie alt ist er?«

»Einundvierzig.«

»Fast mein Alter. Tja, Lauren, das ist zu alt.«

Sie grinste und schüttelte den Kopf. »Irgendwie wußte ich, daß du das sagen würdest.«

»Woraus ich schließe, daß du nicht die Absicht hast, auf mich zu hören.«

Das Schöne oder auch weniger Schöne an jeder engen, tiefen Beziehung ist doch, daß die gegenteilige Meinung für keinen der Beteiligten ein Geheimnis mehr ist. Wenn Lauren gewollt hätte, hätte sie Ferns Sprüchlein an ihrer Stelle aufsagen können: *Er ist klüger, gesetzter, hat mehr Erfah-*

rung ist sich seiner selbst sicherer. Er wird schon alt sein, wenn sie erst so richtig in Schwung kommt; er ist nur ein Ersatz für den Vater, den sie nie hatte, aber immer haben wollte. Nichts davon traf zu ... außerdem hätte es nichts geändert. »Ich habe mir deine Meinung angehört, Schwesterherz«, entgegnete Lauren kühl. »Ich weiß, was du denkst. Doch in diesem Fall stimme ich nicht mit dir überein.«

»Ich sage ja nicht, daß er kein netter Mensch ist –«, setzte Fern an, aber Lauren schnitt ihr das Wort ab. Jonathan war nicht nur nett und nicht nur attraktiv, er hatte darüber hinaus etwas an sich, das ihn unwiderstehlich für sie machte. Natürlich war er ein Individualist, der seinen eigenen Kopf hatte, aber er war auch warm, liebevoll, sanft und aufmerksam ... Nein, ganz und gar nicht wie Mark. Was das betraf, da konnten nicht viele Männer, die sie kennengelernt hatte, Jonathan das Wasser reichen. »Und, willst du mir jetzt endlich verraten, was du über ihn weißt, oder muß ich das allein herausfinden?«

Fern schüttelte den Kopf und fuhr schließlich grummelnd fort: »Wer sagt denn, daß ich überhaupt etwas weiß?«

Lauren streckte die Hand aus versetzte ihrer Schwester einen spielerischen Klaps. »Würdest du jetzt bitte endlich aufhören, mir das Leben schwerzumachen? Du hast doch sofort gewußt, wer er ist, als ich dir seinen Namen nannte, also mußt du doch etwas Klatsch über ihn gehört haben.«

Fern gab schließlich doch nach und fing zu erzählen an. »Also, ich weiß, daß er ein paar hundert Meilen weiter nördlich in Rochester aufgewachsen ist und mit seiner Frau hierherkam, als er seinen Collegeabschluß hatte. Offensichtlich hat er eine Menge Geld geerbt, als seine Eltern starben.«

Das erschien Lauren nur logisch angesichts seiner Lincoln-Continental-Limousine, der teuren Kleidung, die er trug,

und natürlich der Einrichtung, in der seine Tochter untergebracht war.
»Und ich stelle mir vor, daß er mit seinem Job auch nicht gerade schlecht verdient. Aber es hat ihm nicht sehr geholfen, sein vieles Geld ...«
Lauren nickte und deutete an, daß sie wußte, was seiner Familie zugestoßen war. »Ja, eine schreckliche Geschichte«, meinte sie.
»Soweit ich weiß, war seine Frau eine nette Person. Ein liebevoller, hübscher, häuslicher Typ«, fügte Fern hinzu. »Die Leute hier in der Gegend fühlen sich normalerweise ziemlich sicher – aber noch Monate nach dem Vorfall waren alle ängstlich, kannten kein anderes Thema mehr, verriegelten alle Türen, ließen ihre Kinder nicht mehr aus den Augen und warnten sie eindringlich vor allen Fremden ...«
»Seine kleine Tochter sah doch mit an, was geschah. Sie ist in einer privaten psychiatrischen Anstalt in Massachusetts untergebracht. Man fährt fast zwei Stunden bis dorthin, aber er besucht sie jede Woche.«
»Trotz der goldenen Löffel im Mund, mit denen er aufgewachsen sein mag, war er meines Wissens immer ein hingebungsvoller Vater und Ehemann – das, was die Leute eben einen grundanständigen Burschen nennen würden.« Fern stieß einen tiefen Seufzer aus. »Wie heißt es gleich noch mal: Das Unglück trifft immer die Tüchtigen ...?«
Lauren war in Gedanken bereits ein Stück weiter; sie war fest entschlossen, Jonathan Glück zu bringen. Als ihre erste Ehe gescheitert war, hatte sie es für unwahrscheinlich gehalten, jemals wieder zu heiraten, aber plötzlich ertappte sie sich dabei, wie sie sich eine Zukunft mit Jonathan ausmalte und sich fragte, wie es wohl wäre, in seinen Armen aufzuwachen.
Aber ganz so einfach verhielt es sich mit der netten kleinen

Anekdote, die sie Fern über ihn erzählt hatte, auch wieder nicht. In dem Punkt hatte Fern nur teilweise recht. Gut, er hatte sie bis nach Hause begleitet, und Lauren hatte seine Fürsorglichkeit ihr und Chelsea gegenüber als recht schmeichelhaft empfunden, aber gleichzeitig war sie doch auch ein wenig merkwürdig berührt gewesen. Ganz deutlich waren Jonathan seine Furcht und seine Besorgnis anzumerken, daß jederzeit, wenn er nicht auf der Hut wäre, wieder etwas Ähnliches geschehen könnte, wie es seiner Familie zugestoßen war.

Jonathans übertriebene Fürsorglichkeit sollte sich denn auch als einer der schwierigsten Aspekte ihrer Beziehung erweisen. Lauren hatte mittlerweile eine gute Stellung in der Redaktion der CBS-Morgensendung *Home Show*, die in Manhattan produziert wurde, aber Jonathan sah es gar nicht gerne, daß sie in einer Stadt mit einer so hohen Verbrechensrate lebte, und drängte sie, ihre Arbeit dort aufzugeben und nach Elmwood Valley zu ziehen – ein Wunsch, der ganz in Ferns Interesse war. Aber sie konnte ihren Job nicht einfach so aufgeben, vor allem schon deswegen nicht, weil Stellen auf diesem Gebiet ziemlich dünn gesät waren.
Und so verlieh Jonathan seiner Besorgnis täglich über das Telefon Ausdruck und deckte sie mit guten Ratschlägen ein: »Nimm nie nach Einbruch der Dunkelheit die U-Bahn, geh nicht in die Nähe von Port Authority, sprich nicht mit Fremden.«
»Du hörst dich ja schon an wie Fern«, zog Lauren ihn dann immer auf und versuchte, seine Befürchtungen mit Humor zu zerstreuen. Aber in Wahrheit waren seine Ängste nicht grundlos – mehr und mehr verkam die Stadt zu einem regelrechten Kriegsgebiet. Wenn Jonathan sie einmal in der Woche besuchen kam, brachte er jedesmal tütenweise Le-

bensmittel und hübsche Kleider oder Kleinigkeiten für sie und Chelsea mit.
Während sie in der Küche dann ihr Bestes gab, um eine perfekte Mahlzeit auf den Tisch zu bringen, schraubte er Sicherheitsschlösser an alle Türen, überprüfte ihren Rauchmelder und ihre Fenster und heiterte Chelsea mit lustigen kleinen Geschichten auf. Und wenn Chelsea dann endlich im Bett lag, ließ er Laurens Träume wahr werden. Er war ein wunderbarer Liebhaber – zärtlich, leidenschaftlich; er wußte genau, wo und wie er sie zu berühren hatte ... Keiner schien sie je so gekannt zu haben wie Jonathan.
Und jeden Freitagabend um sechs Uhr holte sie Chelsea von ihrer Tagesmutter ab und fuhr, so schnell sie konnte, über das Wochenende ins Haus ihrer Schwester, nur daß sie dort mittlerweile nur noch den kleinsten Teil des Wochenendes verbrachte. Sonntag war dann Besuchstag in der Bateman-Klinik; sie und Chelsea begleiteten Jonathan selbstverständlich auf seiner wöchentlichen Fahrt in den Norden, wo er die beiden normalerweise im Kinderkino zur Filmmatinee, am Spielplatz gleich um die Ecke oder im Museum absetzte, während er Emily besuchte.
Vier Monate später, nachdem er Lauren mit Liebe und Aufmerksamkeit im Überfluß völlig den Kopf verdreht hatte, zückte Jonathan einen dreikarätigen, pfirsichförmigen Diamanten – den schönsten Ring, den Lauren jemals gesehen hatte – und bat sie, ihn auf der Stelle zu heiraten. Mit Tränen in den Augen sagte sie ja. Trotz ihrer anfänglichen Skepsis – Lauren kannte ihn doch erst einige wenige Monate – hatte auch Fern ihn mit der Zeit schätzen und respektieren gelernt und konnte nicht länger leugnen, wie zufrieden sie über die Aussicht war, ihre kleine Schwester bald wieder in ihrer Nähe zu haben.
Jonathan war zwar überall in der kleinen Gemeinde bekannt

und wurde von vielen Menschen bewundert, aber sein Leben hatte sich immer ausschließlich um seine Arbeit und seine Familie gedreht, so daß ihm kaum Zeit geblieben war, irgendwelche Freundschaften zu pflegen. Mit einer Ausnahme: Jerry Reardon, ein immer gutgelaunter, großzügiger Bursche, der fünfundsechzig Meilen weiter nördlich eine Firma für Industriebau besaß und leitete. Es war Jerry gewesen, der Jonathan am Anfang seiner Karriere geraten hatte, an verschiedenen wichtigen Ausschreibungen teilzunehmen, und der ihm anschließend den einen oder anderen Auftrag hatte zukommen lassen.
Wie es das Schicksal wollte, sollte Lauren Jerry Reardon nur ein einziges Mal treffen. Jonathan und sie waren Wochenendgäste in seiner eindrucksvollen Junggesellenbude, einer Zwölfzimmervilla außerhalb von Albany. Zu Jonathans großer Freude verstanden sich die beiden auf Anhieb. Aber bereits sechs Wochen später, gerade als Jonathan ihre Hochzeitspläne verkünden und Jerry bitten wollte, sein Trauzeuge zu werden, erhielt er einen Anruf, daß Jerry bei einem Unfall auf der Baustelle tödlich verunglückt sei. Jonathan litt schwer unter dem Verlust seines Freundes. Aus diesem Grund, und auch angesichts der großen Enttäuschung, daß Emily nicht an der Zeremonie würde teilnehmen können, beschlossen sie, Ende November eine weniger aufwendige Trauung bei sich zu Hause abzuhalten, ein knappes Jahr, nachdem sie sich kennengelernt hatten.
Jerrys Tod war eine Tragödie, die Jonathan mit Sicherheit noch die nächsten Jahre nachhängen würde, aber was die Tatsache betraf, daß Emily leider nicht an ihrer Hochzeit teilnehmen konnte, wollten sie sich nicht lange mit negativen Gedanken belasten, sondern lieber hoffen, daß sie bald nach Hause käme. Daran mußten Jonathan und Lauren einfach ganz fest glauben. Aber wenn es um so etwas Zer-

brechliches wie das Gefühlsleben eines Kindes ging, dann schienen für jeden Schritt nach vorne erst einmal tausend Hürden überwunden werden zu müssen. Emily hatte zwar endlich die Tatsache akzeptiert, daß ihre Mutter tot war, aber allein die bloße Erwähnung der Möglichkeit, die Sicherheit der psychiatrischen Anstalt zu verlassen und wieder in die Welt hinauszutreten, versetzte sie bereits in hellsten Aufruhr.

Obwohl der Arzt Jonathan endlich grünes Licht gegeben hatte, seiner Tochter von seiner bevorstehenden Eheschließung mit Lauren zu erzählen, verlief das eigentliche Gespräch nicht so reibungslos, wie sie es gerne gehabt hätten: Emily hatte sich mit beiden Händen die Ohren zugehalten und sich abrupt von ihrem Vater abgewandt, nicht bereit, eine neue Familie, geschweige denn eine Stiefmutter oder eine neue Schwester zu akzeptieren.

Erst vier Monate nach der Hochzeit lernten Lauren und Chelsea sie dann endlich kennen – an dem Tag, an dem Emily nach Hause kam.

Kapitel 2

Lauren hatte die ganze Zeit, seit Jonathan weggefahren war, um Emily abzuholen, in der Küche herumgewerkelt. Sie betrachtete sich zwar immer noch als Hobbyköchin, bemühte sich aber sehr, und Jonathan ermutigte und unterstützte sie in ihren Versuchen. Bevor sie bei ihrer Eheschließung ihre Arbeitsstelle in Manhattan aufgegeben hatte, hatten sie und Jonathan lange darüber diskutiert und waren gemeinsam zu dem Schluß gekommen, daß dies ihr letzter Job sein solle, zumindest für eine Weile. Jonathan, der in der Obhut von Kindermädchen und seinen bereits ziemlich alten Eltern groß geworden war, war der Ansicht, daß Kinder – auch wenn sie schon in der Schule waren – eine Vollzeitmutter bräuchten.

Obwohl Lauren sich immer als eine Frau betrachtet hatte, die beruflich Karriere machen wollte, hatte auch sie, wie jede andere berufstätige Frau, unter den unvermeidlichen Schuldgefühlen gelitten, die damit einhergehen, wenn man das eigene Kind der Obhut anderer anvertraut. Jetzt war Chelsea sieben Jahre alt und ging in die zweite Klasse, und Lauren war Hausfrau und Mutter, und wenn ihr mal die Decke auf den Kopf fiel und sie daran zweifelte, die richtige Entscheidung getroffen zu haben, dann genügte ein Blick auf die glücklichen Gesichter von Chelsea und Jonathan, um alle ihre Unsicherheiten zu verjagen.

Lauren schob die Auflaufform mit der selbstgemachten Lasagne in das unterste Fach im Kühlschrank und holte die Teigböden für die Erdbeertörtchen aus ihren Formen, um sie abkühlen zu lassen. Das war zwar Emilys Lieblingsessen, aber die vielen verschiedenen Gerüche und ihre große Nervosität schlugen Lauren allmählich auf den Magen. Sie warf einen Blick auf die Uhr, ließ in der Küche alles liegen und stehen und lief über die hintere Küchentreppe rasch nach oben, um zu duschen und sich umzuziehen. Jonathan hatte von der Klinik aus angerufen, um ihr zu sagen, daß er gegen halb elf mit Emily losfahren würde, was bedeutete, daß sie jeden Moment zu Hause eintreffen konnten.

Als sie das neue Haus gekauft hatten, hatte Jonathan Lauren mit einem eigenen Bad und Ankleidezimmer überrascht. Es gab darin jede Menge Platz für Regale und Schubläden, so daß andere Schränke und Kommoden überflüssig waren. Aber am schönsten war die riesige, in den Boden eingelassene, runde Badewanne, in der Lauren sich dem Luxus duftender und salbender Bäder hingeben konnte, was sie doppelt zu schätzen wußte, da sie in ihrer Stadtwohnung bisher nur eine Duschkabine gehabt hatte. Jetzt wählte sie einen Rock mit einem passenden Oberteil aus, gemustert, wie Jonathan es mochte, und wünschte sich, ihr Magen würde sich endlich wieder beruhigen.

Sie schlüpfte in ihre Unterwäsche und ging zu der eleganten Frisierkommode, über der in voller Breite ein Spiegel mit Goldrahmen hing. Sie zog sich einen Hocker heran und setzte sich, öffnete ihre Schmuckschatulle und kramte lange nach einem Paar silberner Ohrringe in Blattform, bis sie sie endlich gefunden hatte. Dann nahm sie ihre Antibabypillen, drückte die Tablette für Samstag heraus und schluckte sie. Jonathan hätte sich zwar ungeheuer gefreut, wenn sie schwanger geworden wäre, aber was das betraf, hatte sie sich bisher unnachgiebig gezeigt. Kein Baby, zumindest so lange nicht, solange die Familie in ihrer jetzigen Form keine Einheit bildete – also erst, wenn Emily zu Hause wäre, die Mädchen sich aneinander gewöhnt hätten und Emily sich mit ihrer Stiefmutter soweit arrangiert hätte …

Mit einem Fön bürstete Lauren ihr dickes, honigblondes Haar nach hinten, bis es ihr weit über den Rücken fiel. Seit ihren Tagen an der High-School war es nicht mehr so lang und glänzend gewesen. Mit unsicherer Hand trug sie schließlich ein wenig Lippenstift und Rouge auf. *Ganz ruhig, Lauren,* ermahnte sie sich. Das ist kein Vorstellungsgespräch, bei dem es um den Job deinen Lebens geht, du sollst nur ein Kind kennenlernen. Ein elf-, bald zwölfjähriges Mädchen dürfte doch keine so einschüchternde Wirkung auf dich haben.

Sie eilte nach unten und mußte kurz grinsen, als sie das Wohnzimmer und die Eingangsdiele sah: Alles war voller Girlanden aus Kreppapier, Luftballons und Pappendeckelschilder, die feinsäuberlich bemalt und beschriftet waren – WILLKOMMEN ZU HAUSE, EMILY. Auf dem Teppich lagen eine Kinderschere, eine Rolle Klebeband, Papierschnipsel und buntes Kreppapier. Lauren hatte Chelsea zwar die nötige Ausrüstung gekauft, aber Idee und Durchführung waren ganz ihr überlassen geblieben.

»O Liebling, das sieht richtig hübsch aus«, sagte sie.

»Meinst du wirklich?« fragte Chelsea, nicht ganz überzeugt. Sie deutete auf das Schild in der Eingangshalle und verzog das Gesicht zu einer Grimasse der Unzufriedenheit. »Das W ist mir nicht so gut gelungen.«

»Ich möchte wetten, daß ihr das gar nicht auffällt. Wer hat dir übrigens gesagt, wie man Emily schreibt?«

»Im Schrank von Emilys Zimmer habe ich eine Blechschachtel gefunden. Zum Glück für mich war das Schloß kaputt. Auf dem Deckel stand innen dick und fett ihr Name.«

»Chelsea!«

»Ich habe doch nur hineingeschaut.«
»Du hattest in ihrem Zimmer nichts zu suchen, und ganz bestimmt steht es dir nicht zu, deine Nase in ihre persönlichen Dinge zu stecken.«
Chelsea verschränkte die Arme vor der Brust, offensichtlich sehr verstimmt über diese ihrer Meinung nach ungerechten Vorwürfe. »Da war doch nichts anderes drin außer einem Klappmesser, altem Kaugummi, Steinen, einem Säckchen mit Murmeln, Modeschmuck und einer Vogelkralle«, listete sie jeden einzelnen Gegenstand auf, als ob sie es auswendig gelernt hätte. Als sie die Vogelkralle erwähnte, zuckte Lauren betroffen zusammen. »Und außerdem habe ich die Schachtel doch nur aufgemacht, weil ich nachsehen wollte, ob ihr Name –«
»Hör auf, laß es gut sein«, unterbrach Lauren sie, und Chelsea verstummte. »Das ist alles nicht wichtig. Wichtig ist nur, daß du in ihrem Zimmer eigentlich nichts zu suchen hattest. Wenn du das nächste Mal den Drang verspürst, dir etwas anzusehen, das dich nichts angeht, dann frag vorher.«
»Wen denn?«
»Denjenigen, dem es gehört, natürlich.«
»Aber sie war doch nicht da.«
»In so einem Fall mußt du deine Neugierde eben zügeln.« Lauren war nicht gewillt, sich von der Logik einer Siebenjährigen bremsen zu lassen.
Chelsea überlegte einen Moment und startete dann ihren letzten Versuch. »Und was ist mit dir? Dich habe ich aber auch in ihrem Zimmer gesehen.«
Bei ihrem Einzug hatte Lauren die Maler beauftragt, in Emilys Zimmer Wände und Holzverkleidungen mit einem neuen Anstrich zu versehen. Die großen Doppelfenster hatte sie mit apfelgrün und weiß gestreiften Schals ausgestattet, die farblich auf den ebenfalls neuen Bettüberwurf

abgestimmt waren. Sie hatte noch kurz überlegt, Poster aufzuhängen und anderen Schnickschnack aufzustellen, dann aber beschlossen, die weitere Ausschmückung des Zimmers doch lieber Emily zu überlassen.

Als Lauren erfahren hatte, daß Emily für immer nach Hause zurückkehren sollte, hatten sie und Beatrice, ihre Zugehfrau, die mehrmals in der Woche kam, sich darangemacht, Emilys Möbel aufzupolieren, ihre Schränke und Schubladen auszumisten und alte Kleider wegzuwerfen oder für die Kleidersammlung in Kartons zu verpacken. Nach fast zwei Jahren im Krankenhaus würden Emily bestimmt keine ihrer alten Sachen mehr passen. Da sie ihre Nase jedoch nicht in Dinge stecken wollte, die sie nichts angingen, hatte Lauren mit Absicht die Schreibtischschubladen ausgelassen und außer den Kleidungsstücken, die sie aus dem alten Haus mitgebracht hatten, nichts angerührt.

»Ich habe aber meine Nase nicht in Dinge gesteckt, die mich nichts angehen«, gab sie auf Chelseas Frage zur Antwort. »Jeder hat ein Recht auf Privatsphäre, mußt du wissen.« Als sie jedoch das betroffene Gesicht ihrer Tochter sah, fügte sie mit versöhnlicherer Stimme hinzu: »Sogar eine große Schwester.«

»Wird sie wirklich meine Schwester sein?«

»Das ist sie bereits.«

»Was ist jetzt mit meiner Adoption?«

Lauren lächelte. Chelsea wurde nie müde, ihr diese Frage zu stellen oder sich die Antwort darauf anzuhören, auch wenn sie ganz genau wußte, daß sich die gesetzliche Prozedur bereits über Gebühr in die Länge zog. Jonathan hatte Chelsea von Anfang an adoptieren wollen, und bis zum vergangenen Monat hatten sie sich deswegen auch bemüht, Mark Brewer ausfindig zu machen, um ihn dazu zu bewegen, auf alle Rechte an seiner Tochter zu verzich-

ten, die er seit ihrer Geburt ohnehin nicht mehr gesehen hatte.
Lauren wünschte sich, sie hätte ihn nie auf der Geburtsurkunde als Vater eintragen lassen, aber so war das nun mal, und es hatte wenig Sinn, sich zu wünschen, es wäre nie geschehen. Jonathan hatte schließlich beim zuständigen Gericht in New York den Antrag gestellt, Chelsea mit der Begründung adoptieren zu dürfen, daß ihr leiblicher Vater sie im Stich gelassen habe. Wenn alles nach Plan lief, wäre dieser Antrag gegen Ende des Sommers dann rechtskräftig.
»Es dauert nur noch ein paar Monate«, versicherte sie Chelsea deshalb.
Sie nickte. »Ob Emily mich wohl mag, was meinst du?«
Lauren bückte sich und nahm ihre Tochter in die Arme, küßte sie auf den Hals und kitzelte sie. »Wieso sollte sie ein so lustiges kleines Clownsgesicht wie das deine nicht mögen?« Chelsea brach in prustendes Gelächter aus, und schließlich ließ Lauren sie wieder los, stellte sie auf die Beine und deutete auf den unordentlichen Haufen, der auf dem Teppich lag. »Geh und räume deine Sachen auf. Und beeil dich.«
Chelsea ließ sich auf die Knie fallen und sammelte rasch die Schnipsel ein. »Wenn Daddy heimkommt, dann bekommt er einen ganz lieben, dicken Kuß von mir.«
»So? Wie kommt es, daß er heute so hoch in deiner Gunst steht?«
»Weil ich mir immer eine große Schwester gewünscht habe und er mir heute eine mitbringt.«
Mit beiden Händen voller Sachen rannte Chelsea aus dem Zimmer, wobei ihr rosa Baumwollkleidchen neckisch ihre Beine umschwang. Lauren fiel ein, daß die Post bestimmt schon gekommen war, und schlüpfte in ihren Anorak; Jonathan hatte es gerne, wenn die Post und die Zeitungen bereits

auf ihn warteten, wenn er nach Hause kam. Sie hatte eben die Haustür hinter sich geschlossen, als sie den schwarzen Wagen sah, der in der Nähe der hohen Gitter vor dem Eingang hielt; ihr Herz machte einen Satz, als sie kurz dachte, daß das schon Jonathan und Emily wären, aber sie waren es nicht.

Wer immer es war, er fuhr nun langsam weiter, vorbei an dem fast einen Hektar großen, baumbestandenen Grundstück vor ihrem Haus; da hatte sich bestimmt jemand verfahren und war nun auf der Suche nach einer Hausnummer. Sie schaute von der Straße zurück in Richtung Garten und betrachtete die kahlen Äste und den schmutziggrauen Schnee mit den Flecken bloßer Erde dazwischen, die so typisch für Mitte März waren.

Ihr neues Haus stand nur vier Meilen von dem entfernt, in dem Jonathan mit Nancy und Emily in Candlewood Terrace gelebt hatte, und befand sich in einer relativ einsamen Gegend von Elmwood Valley. Bei den meisten Entscheidungen hinsichtlich der Innenausstattung des neuen Heimes hatte Jonathan Lauren freie Hand gelassen, aber auf einigen Dingen hatte er doch bestanden; so hatte er die Riegel an Türen und Fenstern auf den neuesten Stand der Technik bringen und ein Sicherheitssystem installieren lassen, das direkt mit dem örtlichen Polizeirevier verbunden war. Dieses System schloß auch einen vier Meter hohen Maschendrahtzaun mit ein, der mit einem Alarmsystem und einer Videoüberwachung ausgestattet war, so daß sie alle Besucher vorher überprüfen konnten, ehe sie das elektronisch betriebene Tor öffneten und Zugang zum Grundstück gewährten.

Fern nannte das neue Haus an der Mountain View Road – elf geräumige Zimmer, drei offene Kamine und zwei Treppen, die in den oberen Stock führten – nur scherzhaft

»die Burg«, und das Eisentor, das sich nur mit der entsprechenden Fernbedienung vom Auto aus oder auf Erlaubnis der Hausbewohner öffnen ließ, »die Zugbrücke« über den Burggraben. Lauren konnte ihr nur zustimmen, war aber mittlerweile zu der Erkenntnis gelangt, daß Jonathans Seelenfrieden nicht über Nacht wieder zurückkehren würde; auch wenn ihr die Sicherheitsmaßnahmen für ihren Geschmack etwas übertrieben erschienen – wenn sie nötig waren, damit ihr Mann mehr Vertrauen in die Sicherheit seiner Familie hatte, was sollte dann so schrecklich daran sein?

Sie holte die Zeitungen und die Post aus dem eisernen Kasten, der an dem Gitter hing, eilte ins Haus zurück und überflog sie hastig; das meiste davon waren Reklamesendungen und Rechnungen, drei Geschäftsbriefe für Jonathan, darunter auch die vertrauten braunen Umschläge der Anwaltskanzlei Michael Perkins, die Jonathan seit langem vertrat.

Im Wohnzimmer legte sie THE NEW YORK TIMES und THE WALL STREET JOURNAL für Jonathan auf den kleinen Beistelltisch. Die Briefe und die Rechnungen kamen in den Korb mit den Posteingängen auf dem Mahagonischreibtisch in seinem Arbeitszimmer, und die Reklamesendungen blieben für sie übrig. Sie schob sie in die entsprechende Ablage in der Küche und wollte sie bei passender Gelegenheit durchsehen. Schließlich stellte sie sich an das Erkerfenster im Wohnzimmer, um Ausschau nach Jonathan zu halten. Sie holte tief Luft, sie hatte so lange auf diesen Tag gewartet, und jetzt war sie glücklich, aufgeregt und gleichzeitig starr vor Angst. Sie wünschte sich, sie hätte Gelegenheit gehabt, Emily bereits früher einmal zu treffen, das hätte es jetzt für sie beide einfacher gemacht. Aber Jonathan hatte Emily noch so bedrängen können, doch endlich seine neue Familie kennenzulernen, sie hatte ihm diese Bitte immer abgeschlagen, das heißt, bis vor ein paar Tagen, als ihr Arzt anrief, um ihnen zu sagen, daß sie mitten in der Nacht aufgewacht sei und darauf bestanden habe, umgehend nach Hause zu kommen.

Lauren saß immer noch am Fenster, als Jonathans neuer schwarzer Lexus die Einfahrt bis zum Tor hochfuhr, das sich auf ein Infrarotsignal hin öffnete. Sie rannte hinaus in die Halle, um Chelsea zu rufen, die sofort aus ihrem Zimmer und die Treppen heruntergestürzt kam; auf einer der oberen Stufen blieb sie stehen, von wo aus sie den besten und deutlichsten Blick auf ihre neue Schwester hätte, wenn diese gleich durch die Tür treten und von ihrer Dekoration begrüßt werden würde.

Aber es kam nicht so, wie sie es sich erwartet hatte; der einzige, der durch die Tür trat, war ein glücklich lächelnder Jonathan mit zwei Koffern in der Hand, und als Lauren ihn fragend ansah, wo das Mädchen denn nun stecke, deutete er mit dem Kopf hinter das Haus. »Sie wollte sich zuerst auf dem Grundstück umsehen. Wahrscheinlich kommt sie von hinten durch die Küche herein.«

Lauren deutete auf Chelseas Kunstwerke. Jonathans Lächeln verschwand. »Oh, ihr hättet mich warnen sollen.« Dann zwinkerte er Chelsea zu. »Das hast du aber toll gemacht, Engelchen.«

Doch damit war Chelseas Enttäuschung nicht aus der Welt geschafft, und angesichts der Mühe, die sie sich mit ihrer Überraschung gemacht hatte, war das für Lauren nur zu verständlich. »Komm mit«, sagte sie tröstend und griff nach Chelseas Hand, »was hältst du davon, wenn wir Emily suchen?« Und dann gingen alle drei in Richtung Küche.

Doch offensichtlich hatte Emily es nicht so eilig. Sie beobachteten sie von dem Fenster neben dem Küchentisch aus; Emily trug einen roten Anorak und eine rotweiße Mütze, sie war größer und natürlich älter und sah überhaupt nicht so aus wie auf den Fotos. Sie ließ sich Zeit, während sie im Garten herumspazierte und sich gründlich umsah. »Es muß ihr alles so fremd vorkommen ... Da kommt sie nach Hause zu einer neuen Familie, in ein neues Haus«, bemerkte Lauren und stellte fest, daß sie bereits die ersten Entschuldigungen für ihre Stieftochter erfand; sie fragte sich, ob sie das vielleicht nur tat, um ihre eigene Verlegenheit zu überspielen, die sie jetzt empfand, während sie untätig herumstand und darauf wartete, sie endlich kennenzulernen.

Aber gerade als Jonathan die Tür öffnen und sie ins Haus rufen wollte, drehte Emily sich um und stapfte die Stufen zur Veranda hoch, die Hände tief in den Taschen ihres Anoraks vergraben. Sie kam herein, und Jonathan legte den Arm um sie. Übers ganze Gesicht grinsend, verkündete er: »Prinzessin, ich möchte, daß du deine neue Mutter und deine kleine Schwester Chelsea kennenlernst.«

Etwas Falscheres hätte er nicht sagen können – Lauren konnte es der Art entnehmen, wie sich die Augen des Mädchens verengten und deutlich Verwirrung oder Zorn widerspiegelten, vielleicht auch beides.

»Willkommen zu Hause, Liebling!« fügte Lauren hinzu, die jedoch gleich darauf feststellte, daß sie damit Fehler Nummer zwei begangen hatte; ihre wohlgemeinten Worte hatten viel zu vertraulich geklungen. »Wir haben den ganzen Tag auf dich gewartet, wir dachten schon, du würdest gar nicht mehr kommen –«

»Darüber solltest du dich bei ihm beschweren«, erwiderte Emily und deutete auf ihren Vater.

»O nein, das war doch nicht als Beschwerde gemeint. Ich wollte nur sagen, daß wir alle so –«

Aber da hatte Emily bereits das Interesse verloren; brüsk wandte sie sich ab und sah sich im Zimmer um. Und sosehr Lauren sich auch wieder um gute Stimmung bemühte, es kamen immer nur die falschen Worte heraus. Sie ertappte sich dabei, daß sie einen unbeholfenen Satz an den anderen klebte, und fragte sich verzweifelt, warum sie sich nicht besser auf diese Begegnung vorbereitet hatte, während Chelsea, die plötzlich auch ganz verschüchtert war, sich an sie klammerte. Endlich zog Emily ihre Jacke aus und setzte ihre Wollmütze ab, unter der ein Kurzhaarschnitt zum Vorschein kam, der besser zu einem Jungen gepaßt hätte.

»Und, wie gefällt dir mein neuer Stil?« fragte sie ihren Vater. »Ich habe ihn mir aus einer Zeitschrift abgeschaut, speziell für Gelegenheiten wie diese geeignet.«

»Es ist ... es ist recht hübsch«, antwortete er gedehnt. Er weiß seinen Schock ziemlich gut zu verbergen, dachte Lauren, aber sie sah ihm seine Enttäuschung deutlich an. Er mochte es, wenn Mädchen ihr Haar lang trugen, und hatte des öfteren mit Emilys wunderbaren Haaren geprahlt. Aber es waren schließlich *ihre* Haare.

»Was soll ich damit machen?« fragte Emily mit einem Blick auf ihre Jacke und die Mütze; im Gegensatz zu Lauren schien sie nicht die geringste Nervosität zu verspüren.

Als sie sie jetzt etwas genauer betrachtete, konnte Lauren durchaus eine Ähnlichkeit mit den Fotografien entdecken, aber der wichtigste Unterschied zu früher lag in ihren Augen, die – groß und dunkel wie zwei Teiche und denen Jonathans nicht unähnlich – völlig ihren Glanz und ihre Lebendigkeit verloren zu haben schienen. Bildete sie sich die Kälte darin nur ein? Vielleicht lag es einfach daran, daß Emily überhaupt nicht mehr wie ein kleines Mädchen aussah ... wären da nicht das zu enge Trägerkleid aus Kordsamt und die viel zu weite Bluse mit dem Spitzenkragen gewesen,

die sie trug. Es mußte dringend eine neue Garderobe für sie angeschafft werden, ganz dringend.
»Also, erzähl doch mal, wie war die Fahrt nach Hause?« forderte Lauren sie auf, nachdem sie Emily zu dem Schrank in der Halle geführt und einen Kleiderbügel herausgeholt hatte.
Emily zuckte nur die Schultern und reichte Jonathan, der die Sachen zufrieden im Schrank verstaute, ihre Jacke und die Mütze. Er hätte nicht glücklicher sein können. Ihre erste Begegnung war zwar katastrophal verlaufen, aber er freute sich offenbar so sehr darüber, seine Familie endlich wieder vereint zu wissen, daß es ihm gar nicht aufgefallen war.

* * *

Jonathan kehrte zum Wagen zurück, um das restliche Gepäck zu holen, und Emily folgte Lauren und Chelsea nach oben in ihr Zimmer. Emily konnte zwar nicht umhin, die Dekorationen zu bemerken, als sie das Wohnzimmer und die Halle durchquerten, zog es aber vor, kein Wort darüber zu verlieren. Als sie zu ihrem Zimmer kamen, reagierte sie mit Gleichgültigkeit. Drinnen ließ sie sich auf den neuen Bettüberwurf fallen und bat darum, allein gelassen zu werden. Chelsea machte einen zerknirschten Eindruck, und als sie wieder unten waren, setzte sich Lauren zu ihr. »Ich weiß, daß du enttäuscht bist, Liebling. Ich auch. Aber ich glaube, wir sollten etwas Verständnis dafür aufbringen, was Emily im Moment durchmacht.«
»Was ist Verständnis?«
»Mitgefühl. Und Freundlichkeit. Vergiß nicht, sie war lange weg. Das letzte, was sie noch weiß, ist, daß ihre Mutter glücklich und am Leben war, gleich hier in der Nähe wohnte und mit ihrem Daddy verheiratet war.«

»Das verstehe ich nicht.«
»Wieso nicht?«
»Weil ihr Daddy mein Daddy und mit dir verheiratet ist. Nicht mit ihrer toten Mutter.«
Lauren seufzte, was hatte sie erwartet? Sie konnte es ja selbst kaum begreifen. Sie waren zwar erst seit vier Monaten verheiratet, aber die Zeit kam ihr bereits wie eine Ewigkeit vor; mehr als einmal fragte sie sich, wie sie ohne Jonathan jemals hatte glücklich sein können.
Zugegeben, manchmal übertrieb ihr lieber Ehemann es mit seiner Fürsorge, aber für Jonathan stand die Familie nun mal an erster Stelle. Er war keiner jener Männer, die tranken oder spielten und sich bis spät in die Nacht mit Freunden herumtrieben. Jeden Abend war er gegen halb sechs, wenn nicht schon eher, zu Hause, oft mit einer Überraschung für »seine Mädchen«. Er war schon fast zu aufmerksam und großzügig; es gab nichts, das er nicht getan hätte, um Lauren und ihre Tochter glücklich zu machen. »Wenn du etwas haben willst, Lauren, irgend etwas, dann brauchst du mich nur darum zu bitten«, sagte er immer. Er war ein Ausnahmemann, und Lauren konnte den Gedanken kaum ertragen, daß er jemals einer anderen gehört haben sollte.
Aber wenn sie die Mauer einreißen wollte, die Emily um sich errichtet hatte, dann mußte sie sich etwas einfallen lassen. Im Augenblick stellte sie sich die Frage, ob es nicht besser gewesen wäre, in Candlewood Terrace Nummer fünfunddreißig wohnen zu bleiben; nachdem das Haus monatelang ohne einen ernsthaften Interessenten auf dem Markt gewesen war, hatte Jonathan es nur widerstrebend Fern zur Vermietung überlassen. Hätte die vertraute Umgebung Emily die Eingewöhnung leichter gemacht, oder hätten die Erinnerungen nur einen Rückfall bei ihr hervorgerufen?

Chelsea machte sich daran, ihre verschmähten Kunstwerke wieder von der Wand zu nehmen, während Lauren in die Küche ging, um aufzuräumen. Nachdem Jonathan den großen Schrankkoffer in Emilys Zimmer gebracht hatte, machte er sich auf die Suche nach Lauren. Als sie ihm eine Tasse Tee eingoß, konnte sie es nicht mehr länger für sich behalten. »Sind dir ihre Augen aufgefallen?«

»Wie meinst du das?«

Sie wollte nicht sagen, daß sie ihr kalt erschienen waren. Deswegen suchte sie nach einem anderen Wort. »Sie waren so zornig«, erklärte sie. »Und das kann sie doch logischerweise nur auf mich sein.«

»Jetzt komm aber, Lauren. Ich weiß, das ist nicht einfach für dich, aber ich dachte nicht, daß du so empfindlich sein würdest. Du weißt doch, was das Mädchen im letzten Jahr alles durchgemacht hat ... Ich zweifle auch nicht daran, daß sie noch viel Zorn mit sich herumträgt, aber damit haben wir doch gerechnet, oder nicht?«

»Ja, natürlich, und ich will sie auch nicht kritisieren. Ich will sie doch nur verstehen, damit ich ihr helfen kann.«

»Du kannst ihr helfen, indem du sie bedingungslos akzeptierst, aber nicht, indem du versuchst, jeden ihrer Schritte zu analysieren.«

»Tut mir leid, du hast wahrscheinlich recht«, erwiderte sie. Und es tat ihr wirklich leid, sie hatte nicht kritisieren wollen; aber der Zorn, die Kälte, oder was immer das war in Emilys Augen, machten ihr angst, und sie hätte es so gerne verstanden. Aber eigentlich verstand sie nur zu gut, und das war Teil des Problems. In Emilys Augen war Lauren die andere Frau, weshalb sollte sie da nicht wütend auf sie sein? Sie versprach, sich zu bessern, und sagte: »Ach, übrigens, gab es noch irgendwelche abschließenden Anweisungen von ihrem Arzt?«

Jonathan schien erleichtert. Er haßte jeden Streit und zog sich immer sofort zurück, wenn es ihm zu viel wurde. Jetzt ergriff er Laurens Hand und küßte sie sanft. »Der Doktor meinte, daß Emilys Wunsch, nach Hause zu kommen, als großer Fortschritt zu betrachten sei. Diese Entscheidung getroffen zu haben sollte ihr das Gefühl geben, wieder etwas Kontrolle über ihr Leben zu haben. Selbstverständlich muß ihre Therapie fortgesetzt werden.« Er schob eine Hand in seine hintere Hosentasche, holte seine Brieftasche heraus, entnahm ihr einen Zettel und gab ihn ihr. »Das sind die Namen einiger Therapeuten hier in der Gegend. Dr. Strickler wird sich sicher mit ihm oder ihr – ganz gleich, für wen wir uns entscheiden – in Verbindung setzen wollen.«

Sie faltete den Zettel auseinander und las die Liste mit den Ärzten in der Annahme, daß Jonathan wollte, daß sie sich darum kümmerte.

Obwohl Lauren bisher nur Mitglied im Eltern-Lehrer-Verband und in einer sich monatlich in der Bibliothek treffenden Büchergruppe war, warnte Jonathan sie immer wieder mal im Scherz, sich nicht gleich für ein Dutzend Komitees verpflichten zu lassen, um sich dann hinterher zu wundern, wieviel Arbeit sie plötzlich am Hals hatte. Aber Lauren war zum Glück nicht der Typ dafür. Sie fuhr Chelsea einmal in der Woche zum Wichteltreffen ihrer Pfadfindergruppe und zur Gymnastik und natürlich auch zu den obligatorischen Geburtstagspartys, wo die Mütter meistens im Hintergrund zusammensaßen und die Fortschritte ihrer Sprößlinge diskutierten. Alles positive, gesunde Aktivitäten, um den Tag auszufüllen. Aber nichts, das sie auf die Konfrontation mit Emily vorbereitet hätte, und plötzlich kam sie sich schrecklich unzulänglich vor.

»Tu mir doch einen Gefallen, Liebling, und schau dir die Ärzte an. Überprüf ihre Referenzen und laß mich dann wissen, was du von ihnen hältst. Du solltest dir vor allem diese Dr. Greenly in Middletown ansehen. Strickler kennt sie persönlich und schätzt ihre fachliche Kompetenz sehr.«

»Aber natürlich erledige ich das«, sagte sie eifrig, faltete die Liste wieder zusammen und schob sie in die Ablage unter dem Telefon. »Ich wünschte nur, es gäbe noch mehr, das ich tun könnte.«

Er legte ihr die Hand unters Kinn und liebkoste ihr Gesicht und ihren Hals mit seinen Fingern. »Aber du tust doch schon so viel, mein Liebling, siehst du das denn nicht? Du bist für sie da, du bist bereit, ihr ein gutes Heim zu schaffen. Natürlich bin ich weder taub noch blind, und dumm bin ich auch nicht. Natürlich sehe ich, daß sie so tut, als wäre ihr das alles nicht wichtig, aber das ist nur aufgesetzt. Das zeigt mir nur, daß sie Angst hat. Sobald sie dich näher kennenlernt, wird sie sich in dich verlieben, wie es mir passiert ist. Vertrau mir, es wird alles gut werden; du mußt ihr nur etwas Zeit geben. Sicher, eine Sache ist da noch ...«

»Was denn, Liebling?«

»Mit diesem Haarschnitt sieht sie aus, als ob sie mit dem Kopf in eine Kreissäge geraten wäre. Er ist einfach schrecklich.«

Lauren kicherte; sie wußte genau, wie schwer es ihm fiel, die Sache auf die leichte Schulter zu nehmen. »Das wächst wieder nach. Wie du selbst gesagt hast, Liebling, es braucht alles seine Zeit.«

Emily verbrachte den größten Teil des Nachmittags in ihrem Zimmer hinter verschlossener Tür, und als Lauren einmal zaghaft klopfte und vorsichtig nachfragte, ob sie keine Hilfe beim Auspacken brauchen könnte, bekam sie von Emily nur ein knappes »Nein« durch die geschlossene Tür zur Antwort. Zweimal an diesem Nachmittag blickte

Jonathan kurz von seiner Zeitung auf und warf seiner Frau ein aufmunterndes Lächeln zu, als wollte er ihr zu verstehen geben, daß sie sich doch entspannen sollte.
Leicht gesagt und getan für ihn, da er schließlich keine Kommunikationsprobleme mit dem Mädchen hatte. Lauren hätte Emilys Art, mit Jonathan umzugehen, zwar nicht als liebevoll beschrieben, aber immerhin sprach sie mit ihm bei den wenigen Gelegenheiten, wenn sie die Treppe herunterkam, um sich mit Essen einzudecken, während sie Lauren und Chelsea dabei geflissentlich übersah. Lauren hatte es nie erlaubt, daß Chelsea in ihrem Zimmer aß, hielt aber jetzt den Mund, da sie mit Emily darüber nicht streiten wollte.
Einmal unterbrach Emily Jonathan und Chelsea bei einer Partie Schach und bat ihren Vater, doch einen Karton in ihr Zimmer zu tragen. Es war etwas, das sie leicht hätte selbst erledigen können, aber aus lauter Freude über die lang ersehnte Rückkehr seiner ältesten Tochter sprang Jonathan selbstverständlich auf und tat freudig, was sie von ihm wollte ... Albern lachend jagte er sie die Treppen hoch, völlig blind für den neidischen Ausdruck auf Chelseas Gesicht.
Lauren konnte nicht umhin, sich zu fragen, ob Emily ihn nicht nur deshalb gebeten hatte, den Karton hochzutragen, um das Spiel zu unterbrechen und um Chelsea zu ärgern. Aber so rasch ihr dieser Gedanke in den Kopf schoß, so rasch schob sie ihn auch wieder beiseite. Selbst wenn es stimmte, handelte es sich dabei nur um die Reaktion einer rivalisierenden Schwester, ein völlig normales Phänomen also, vor allem in einer Situation wie dieser. Bestimmt würde sich das wieder geben, sobald sich die Mädchen ihrer Positionen sicherer wären. Und schließlich war es auch nicht so wichtig – viel wichtiger war, daß sie und Emily eine Beziehung zueinander aufbauten.

Gegen Ende des Nachmittags kam Emily mit Jacke und Mütze aus ihrem Zimmer. »Wo gehst du hin?« wollte Lauren wissen und warf einen Blick nach draußen auf das ungemütliche Wetter.

Emily ignorierte sie und wandte sich an ihren Vater: »Ich werde mich draußen mal umsehen.«

»Aber bleib bitte auf dem Grundstück, Prinzessin«, erwiderte er, und schon war sie weg.

Lauren schaute ihn fragend an. »Es wird schon dunkel.«

»Das dauert mindestens noch eine halbe Stunde. Außerdem kann ihr innerhalb der Einzäunung nichts passieren.«

Es hätte sie eigentlich amüsieren sollen, wäre es nicht so verrückt gewesen, denn plötzlich war Lauren diejenige, die sich Sorgen machte. Chelsea kam nämlich ebenfalls mit Jacke und Mütze anmarschiert und verkündete, daß sie ebenfalls hinauswolle. Lauren wollte gerade protestieren, aber Jonathan hob die Hand und hielt sie zurück. Zehn Minuten später stand Lauren unruhig auf, ging ans Fenster und spähte hinaus; sie entdeckte die beiden Mädchen ziemlich weit weg an der Stelle, an der der Zaun endete, nicht weit entfernt von der gesicherten Pforte, die in ihren Wald dahinter führte. Sie seufzte. Alles war in Ordnung, in schönster Ordnung sogar – die beiden Mädchen standen nebeneinander, und es sah so aus, als würden sie sich tatsächlich unterhalten.

Chelsea war langsam durch den Garten zu Emily hinübergeschlendert und dann neben ihr stehengeblieben, während Emily weiter unverwandt auf eine behaarte, kleine Spinne starrte, die den Maschendrahtzaun hochkletterte. Chelsea sagte nichts, da ihr absolut nichts einfiel, kam aber zu dem Schluß, daß Emily überhaupt nicht so aussah wie auf ihren Fotos: Sie war nicht annähernd so hübsch; sie lächelte auch

nicht, und was noch schlimmer war, ihr kurzes, abstehendes Haar ließ sie wie eine geschorene Ratte aussehen.
»Wie war das eigentlich die ganze Zeit über an diesem Ort?« fragte Chelsea schließlich und überlegte, daß das bestimmt auch eine dieser Fragen war, von denen ihre Mutter sagen würde, daß sie sie nichts anginge.
Aber Emilys Stimme klang beinahe freundlich, als sie Chelsea einen Blick zuwarf und antwortete: »Es war schrecklich, es hat mich krank gemacht, und die Leute, die die Klinik leiteten, waren wirklich böse. Weißt du, das ist nicht so ein Krankenhaus, wo man dauernd im Bett liegt. Man steht jeden Tag auf, zieht sich an, man hat seine Termine mit dem Arzt oder geht zum Essen oder in die Zentrale – das ist ein großer Raum, in dem sich immer alle treffen. Oder man geht natürlich auch in die Schule.«
»Du bist dort in die Schule gegangen?«
»Klar, sogar Verrückte müssen was lernen.«
»Aha. Na ja, so schrecklich klingt das aber gar nicht.«
»Glaub mir, es war schrecklich. Wenn du mal eine Minute deinen Mund halten kannst, erzähle ich es dir«, sagte sie; hin und wieder warf sie dabei einen Blick auf Chelsea, aber die meiste Zeit über verfolgte sie die Bewegungen der Spinne. »Weißt du, die Patienten dort müssen alle ein Halsband aus Metall tragen, auf dem ihr Name eingraviert ist. Und das kommt erst wieder runter, wenn der Patient entlassen wird.«
»Trägt man das auch beim Baden?«
»Du trägst doch auch deine Zehen oder deine Zunge, wenn du badest, oder nicht? Das Halsband ist Teil deines Körpers, solange du da drinnen bist.«
»Im Ernst?«
Emily stieß einen von diesen tiefen Seufzern aus, wie es größere Kinder in Gegenwart von kleineren gerne machen,

damit die spüren, wie dumm sie noch sind. »Nein, Goldköpfchen«, erwiderte sie. »Natürlich im Ernst.«
Chelsea vermutete, daß Emily sich mit diesem Spitznamen über ihre blonden Locken lustig machen wollte, obwohl die doch viel schöner waren als ihr eigener Haarschnitt, der besser zu einem Jungen gepaßt hätte. »Und wofür war dieses Halsband da?«
»Zum einen, damit die Wächter sahen, wer du warst. Aber hauptsächlich deswegen, um uns daran festzubinden oder herumführen zu können. Man kann einem Verrückten doch nicht trauen, daß er im Bett bleibt oder zu einem Termin mit dem Arzt kommt oder in die Schule geht, und deshalb haben sie uns auf diese Art und Weise gefügig gemacht, ohne lange mit uns herumstreiten zu müssen.«
»Du meinst, wie einen Hund an der Leine?«
»Du hast es anscheinend kapiert.«
Chelsea betrachtete prüfend Emilys Gesicht und suchte es nach Anzeichen dafür ab, daß sie nur einen Scherz mit ihr trieb, aber falls es diese Zeichen gab, konnte sie sie nicht entdecken. »Hat das weh getan?«
»Nur, wenn du versucht hast, davonzulaufen, und wenn das Halsband fester zudrückte und dir die Luft abschnitt und du nicht mehr schlucken konntest. Wenn du also klug warst, dann hast du es erst gar nicht probiert.«
Das klang fürchterlich und schrecklich, und Chelsea konnte sich gar nicht vorstellen, daß ihr Vater, Emilys Vater – der stärkste, klügste und beste Vater auf der Welt –, es zulassen konnte, daß man seine Tochter auf so schändliche Weise behandelte. »Was war mit Daddy?« fragte sie deshalb. »Hat er denn nicht gesehen, daß du ein Halsband trägst, wenn er dich besuchen kam?«
Es folgte eine längere Pause, dann meinte Emily: »Klar hat er es gesehen. Und es hat ihm auch nicht sehr gefallen, aber

was hätte er dagegen tun sollen? Wenn ein Mensch in einem dieser Irrenhäuser eingesperrt wird, dann gibt es dort eben bestimmte Regeln, die für alle Patienten gelten. Die Eltern werden von vornherein zu Befehlsempfängern degradiert – sie haben keinerlei Rechte mehr über dich. Es sind die Ärzte und Pfleger, die Sekretärinnen und zahnlosen Hausmeister, die sich zu Herren und Meistern aufschwingen und den Eltern ihre Befehle erteilen.«

Nein, sie glaubte es immer noch nicht – Daddy würde sich nie auf so etwas einlassen. Trotzdem ließ sie sich weiter auf die Geschichte ein. »Du mußt schrecklich gelitten haben.«

»Das ist noch untertrieben. Aber das schlimmste von allem, das war der blutige Fluch.«

Chelsea war ein entsetzlicher Feigling, wenn es um Nadeln, um Piksen und um Blut ging, und als sie das jetzt hörte, stand ihr die Angst offensichtlich ins Gesicht geschrieben. Es mußte wohl so sein, denn plötzlich machte Emily einen äußerst zufriedenen Eindruck. »Jedes Mädchen, das sich besonders verrückt aufführte, wurde bestraft, und so hat es natürlich fast jede von uns getroffen, da das ja schließlich der Grund war, weshalb wir dort waren.«

»Womit sind sie denn bestraft worden?«

Die Spinne hatte endlich Emilys Höhe auf dem Zaun erreicht; sie schob sie auf ihren Handteller und ließ sie erst auf der einen, dann auf der anderen Hand herumkrabbeln. »Mit dem Fluch natürlich. Einmal im Monat fingen wir alle zu bluten an, und das hörte tagelang nicht auf.«

»Das verstehe ich nicht. Wo kam das Blut denn her?«

»Von da unten. Was denkst du denn?«

»Du meinst, zwischen deinen Beinen?« stieß Chelsea atemlos hervor. Selbst wenn sie hundert Millionen Mal hätte raten dürfen, auf die Idee wäre sie nie gekommen. Aber

angesichts Emilys Schilderung zuckte sie nun betroffen zusammen. »Aber wieso? Wie konnte das passieren?«
Emily spielte weiter mit der Spinne in ihrer Hand, was Chelsea einen zusätzlichen Schauder über den Rücken jagte. »Weil einer der Herren oder Meister wütend auf uns war und uns bestrafen wollte. Und deshalb belegte er uns mit dem Fluch. Und wenn man weinte oder sich beklagte, dann wurde man doppelt so schwer bestraft. Dann strömte das Blut aus einem heraus wie aus einem Wasserschlauch und hörte gar nicht mehr auf. Das heißt, erst wenn man vollständig ausgeblutet und gestorben war.«
»Nein! Das glaube ich dir nicht!«
»Schön, du willst es mir nicht glauben? Dann glaube es nicht. Wen kümmert das? Aber dann erklär mir doch mal, wieso sich in der Zeit, in der ich dort war, zwei Mädchen im Schlaf zu Tode bluteten?« Sie hob die Hand, als wollte sie schwören. »Großes Indianerehrenwort.«
»Aber, wenn es wirklich so gräßlich und entsetzlich dort war, wie du gesagt hast, und wenn du wirklich so gelitten hast, wieso hast du dann so lange gebraucht, um dich zu entscheiden, wieder nach Hause zu kommen?«
»Gute Frage«, erwiderte die ältere der beiden, als ob sie wirklich beeindruckt wäre, was Chelseas Ego sehr schmeichelte. Deshalb war sie auch nicht auf den Schlag vorbereitet, der mit Emilys Antwort auf sie niedersauste. »Tja, es war wirklich eine harte Entscheidung. Was war besser, die Arschlöcher im Irrenhaus oder du und deine Mutter?«
Und während sie das sagte, schloß sie ihre Hand um die Spinne und zerquetschte sie.
Genau in dem Moment rief Lauren sie zum Abendessen ins Haus, und Chelsea wirbelte herum und lief rasch zurück. Sie nahm an, daß Emily ihr folgte, aber sie sah sich nicht um. Sie hatte die sterbende Spinne vor Augen und mußte an

Emilys entsetzliche Geschichte denken. Sie hatte sogar geschworen, großes Indianerehrenwort, ein Schwur, den nicht viele Kinder, die sie kannte, so leichthin über die Lippen brachten. War Emily verrückt oder nur eine Lügnerin?

Kapitel 3

Das Abendessen verlief sehr wortkarg – zu wortkarg für Laurens Geschmack. Die Mädchen schienen sich draußen zwar recht gut verstanden zu haben, aber im Augenblick war nichts mehr davon zu spüren. Emily sprach kein Wort und stocherte nur lustlos in ihrer Lasagne herum. Sobald das Essen vorbei war, entschuldigte Jonathan sich, da ihm ein geschäftlicher Anruf eingefallen war, den er unbedingt noch erledigen mußte, und Lauren schickte Chelsea schon mal nach oben ins Bad. Emily wollte aufstehen, aber Lauren griff über den Tisch und legte ihr die Hand auf den Arm. »Bleib doch noch ein paar Minuten sitzen und unterhalte dich mit mir«, sagte sie. Emily entzog sich rasch ihrer Berührung, blieb aber auf ihrem Stuhl sitzen.

»Was gibt's?«

»Was soll es geben? Ich dachte nur, wir könnten vielleicht miteinander plaudern, das ist alles.« Als Emily keine Antwort gab, sagte Lauren das erste, was ihr in den Kopf kam. »Ich könnte mir vorstellen, daß du dich schon auf die Schule freust«, begann sie. »Daß du ein paar von deinen Freunden wiedersiehst, mit denen du aufgewachsen bist.«

»Darüber habe ich mir noch keine Gedanken gemacht.«

»Oh. Na ja, ich schätze, du hattest noch keine Zeit, dir überhaupt viele Gedanken zu machen. Ich meine, da ist so vieles und so schnell passiert.« Emily schaute sie an, als hätte sie nicht die geringste Ahnung, worauf Lauren hinauswollte. »Ich meine damit deine Entscheidung, wieder nach Hause zu kommen, die ja ziemlich überraschend war. Nicht daß ich mich darüber beklagen möchte. Selbstverständlich nicht …

Wir waren ja alle so aufgeregt und ganz gespannt, als wir davon erfuhren. Dein Vater liebt dich nämlich sehr. Er hat so lange darauf gewartet, daß du wieder heimkommst. Aber das muß ich dir wohl nicht erzählen ...«

Schließlich verstummte sie; sie hatte das Gefühl, nichts als Unsinn zu reden, und sie wünschte sich, sie hätte einen besseren Text vorbereitet. Aber da keine Hilfe in Sicht war, improvisierte sie weiter. »Ich konnte es selbst kaum erwarten, Emily, ich wollte dich wirklich endlich kennenlernen.«

»Wieso?«

»Eine berechtigte Frage«, entgegnete Lauren. »Ich schätze, zuerst nur wegen deines Vaters. Ich liebe ihn sehr, und da du der wichtigste Mensch in seinem Leben bist, ist es doch nur natürlich, daß du auch für mich wichtig bist.«

»Du verschwendest deine Zeit besser nicht mit mir.«

»Was soll das heißen?«

»Das hörst du doch. Ich habe eine Mutter. Sie war vielleicht nicht gerade die beste aller Mütter, aber sie war meine Mutter. Und ihre Lasagne war besser als die Pampe, die du uns zum Abendessen aufgetischt hast.«

Lauren weigerte sich, den Köder zu schlucken. »Ich hatte nicht die Absicht –«, setzte sie an, kam aber nicht mehr weiter, denn plötzlich zuckte Emilys Hand über den Tisch und fegte den Teller auf den Boden, wo er in tausend Scherben zerbrach. Dann stand Emily auf und schickte sich an, das Zimmer zu verlassen.

»Halt, warte mal einen Moment«, rief Lauren ihr nach, aber Emily ging einfach weiter und hätte das Zimmer auch verlassen, wäre sie nicht unter der Tür mit Jonathan zusammengestoßen. Als er das kummervolle Gesicht seiner Tochter sah, legte er ihr beide Hände auf die Schultern. »Hey, ist hier irgend etwas passiert?« Aber sie hob weder den Kopf, um ihn anzuschauen, noch würdigte sie ihn einer Antwort,

und so wandte er sich mit seiner Frage an Lauren. »Okay, vielleicht kannst du mich ja aufklären.«
Lauren deutete auf das zerbrochene Porzellan und auf die kalte Tomatensauce auf den Fliesen. »Ich hätte es nur gerne, wenn sie die Schweinerei, die sie veranstaltet hat, wieder wegputzt. Sie hat es schließlich absichtlich getan.«
Jonathan drehte sich zu Emily um und fragte sie mit ruhiger, sanfter Stimme: »Stimmt das, hast du es mit Absicht getan?«
Das Mädchen schüttelte den Kopf, sah ihn dabei aber nicht an. »Nein, es war ein Versehen.«
Er nickte, Erleichterung zeichnete sich auf seinem Gesicht ab, und er sagte: »Wie es scheint, handelt es sich hier um ein Mißverständnis. Also, geh und mach, was immer du gerade machen wolltest, und überlaß es deinem Daddy, hier aufzuräumen, okay?«
Emily rannte davon, und Lauren blitzte ihren Mann wütend an. »Aber sie hat es mit Absicht getan, Jonathan.«
»Sie behauptet, es war ein Versehen, und du behauptest, es sei Absicht gewesen. Besteht die vage Möglichkeit, daß du nicht richtig hingeschaut hast? Vielleicht kam es dir nur so vor, als hätte sie den Teller geschoben, aber in Wirklichkeit ist ihr einfach die Hand ausgerutscht und hat den Teller versehentlich vom Tisch gestoßen?«
Lauren überlegte; sie war fast hundertprozentig sicher, gesehen zu haben, wie sich Emilys Hand bewegte, aber konnte sie deshalb wirklich daraus schließen, daß es kein Versehen war, wie Jonathan meinte? »Und außerdem«, fuhr er fort, »ist es die Aufregung wirklich wert? Ich weiß ja nicht, wie es dir geht, Lauren, aber mir gefällt die Vorstellung überhaupt nicht, daß eines der beiden Mädchen zerbrochenes Geschirr vom Boden aufputzt.« Er ging zum Küchenschrank und holte Kehrschaufel und Besen heraus, aber sie nahm ihm beides aus der Hand.

»Ist schon in Ordnung, ich mache den Boden sauber.«
»Bist du sicher?«
Sie war sich sicher, und Jonathan kehrte ins Wohnzimmer zu seiner Zeitung zurück, während Lauren die Scherben aufkehrte, den Boden putzte und anschließend die Geschirrspülmaschine belud. Nachdem sie das erledigt hatte, ließ sie sich auf den Hocker neben dem Wandtelefon sinken und stieß einen tiefen Seufzer aus; sie gab es nur ungern zu, aber Jonathans Argumente waren überzeugend gewesen. Sie streckte die Hand aus, nahm den Hörer vom Haken und wählte Ferns Nummer.
»Hilfe«, meldete sie sich in einem schwachen Versuch, humorvoll zu klingen, als ihre Schwester abhob. Selbstverständlich hatte sie mit Fern mögliche Probleme diskutiert, die Emilys Heimkehr mit sich bringen könnte, noch ehe sie überhaupt gewußt hatten, daß sie tatsächlich entlassen werden würde. So war Fern jetzt genau die Richtige, um sich bei ihr auszuheulen.
»Was ist los?«
»Ach, nichts, zumindest nichts, womit ich nicht schon gerechnet hätte. Sie ignoriert mich und macht mir deutlich klar, daß sie nichts mit mir zu tun haben will. Sie hatte ja eine Mutter, und zwar eine recht gute, allen Berichten nach zu schließen, und hat jetzt keine Lust auf irgendwelche schlechten Imitationen. Vor allem nicht auf eine, die nicht einmal eine anständige Lasagne zustande bringt. Und damit das auch ganz klar war, hat sie mir gleich den ganzen Teller voll vor die Füße geworfen.«
»Du solltest nie vergessen, daß dieses Mädchen sehr verletzt wurde und es nicht böse meint.«
»Du hörst dich ja schon an wie Jonathan«, knurrte Lauren.
»Tja, ich war zwar selbst nie Mutter, aber immer eine große Schwester. Und ich weiß noch ganz genau, wie du Mutter

immer die Wände hochgejagt hast. Du warst nicht so leicht zu haben, wie Chelsea das ist. Du hattest des öfteren deine – wie Mutter und ich es immer beschönigend ausdrückten –, deine Temperamentsausbrüche; du wurdest sehr schnell wütend und hattest ein ziemlich loses Mundwerk, wenn du der Meinung warst, es sei gerechtfertigt.«

»Ach, jetzt komm schon, ich kann mich nicht erinnern, so schlimm gewesen zu sein.«

»Lauren, wenn du alle die bösen Dinge ernst gemeint hättest, die du Mutter an den Kopf geworfen hast, dann wärst du vielleicht auf Riker's Island oder in sonst einer Besserungsanstalt gelandet. Weißt du noch, wie du mit zwölf Jahren eines Abends aus dem Haus bist, um mit irgendeinem Kerl, der mindestens schon neunzehn war, um die Häuser zu ziehen? Dazu hattest du dich mit einem schulterfreien Kleid aus schwarzem Satin ausstaffiert, das du dir von der älteren Schwester einer Freundin in der Straße geliehen hattest.«

Offensichtlich hatte sie schon damals eine Schwäche für ältere Männer, überlegte Lauren. »Das soll ich getan haben?« fragte sie.

»Hast du das vergessen? Mein Gott, wie praktisch.«

»Na ja, jetzt, da du mich daran erinnerst, und wenn ich so darüber nachdenke, dann kommt mir die Geschichte tatsächlich bekannt vor. Himmel, im selben Alter, in dem Emily jetzt ist. Ich bin entsetzt.«

»Also, hab etwas Geduld mit dem Mädchen.«

Obwohl es nichts Neues war, was sie zu hören bekam, schien es gerade deshalb Sinn zu machen, weil es von Fern kam. Natürlich würde alles seine Zeit brauchen, und ihr blieb auch keine andere Wahl, als Geduld zu zeigen. Beziehungen ereignen sich nicht einfach, man muß hart an ihnen arbeiten. Lauren machte deshalb ihrer Enttäuschung auch

später nicht Luft, als sie an Emilys Zimmer vorbeikam und entdecken mußte, daß die apfelgrün und weiß gestreiften Vorhänge und der passende Bettüberwurf in einem schlampigen Haufen vor der Tür auf dem Boden lagen.
Sie bückte sich wortlos, sammelte die vielen Meter Stoff ein und schaffte sie erst mal beiseite, um sie später endgültig aufzuräumen. Nein, leicht würde das bestimmt nicht werden. Und im gleichen Moment wurde ihr bewußt, daß sie eigentlich nicht das geringste über die Vorlieben und Abneigungen ihrer Stieftochter wußte – einmal abgesehen von Lasagne und Obsttörtchen. Was machte sie glücklich, traurig, aufgeregt?
Oder gar zornig?

Am Sonntag war es kalt und graupelig, so daß sie im Haus blieben; Lauren bemühte sich sehr, Jonathan und die Kinder für eines ihrer vielen Brettspiele zu interessieren, aber sie konnten sich nicht dazu aufraffen. Nach dem Mittagessen kam ein Anruf für Jonathan, den er im Arbeitszimmer entgegennahm. Als er damit fertig war, blieb er gleich dort sitzen und arbeitete an ein paar Straßenplänen für die Gemeinde. Die beiden Mädchen, die sich offensichtlich aus dem Weg gingen, verschwanden in ihren jeweiligen Zimmern und ließen Lauren allein und ratlos zurück. Ihre Laune besserte sich erst wieder, als die Sprechanlage Gesellschaft ankündigte. Lauren eilte in die Küche und schaltete den Überwachungsmonitor an.
»Ich bin's, ich habe leider meine Mitgliedskarte vergessen«, rief eine fröhliche Stimme. »Laß die Zugbrücke herunter.«
Lauren grinste – Fern verlegte doch wirklich immer ihre Magnetkarte, mit der sie Zutritt zum Grundstück hatte, und nicht nur die. So öffnete sie jetzt das Tor und ließ Fern

herein. Jonathan, der noch im Arbeitszimmer war, rief sie kurz zu: »Liebling, Fern ist gerade gekommen.«
»Schön. Es dürfte uns allen nicht schaden, wenn etwas Leben in die Bude kommt. Ich habe zwar noch ein paar Stunden Arbeit vor mir, aber laß doch mal deine Überredungskünste spielen und bringe sie dazu, daß sie zum Essen bleibt.«
Sie mußte sie gar nicht lange überreden; Fern hatte den ganzen Vormittag über alle möglichen Anwesen hergezeigt, aber ihr einziger Termin für den Nachmittag hatte abgesagt, und so war sie frei für den Rest des Tages. »Auf dem Weg hierher«, sagte sie mit einem Blick auf ihre üblichen großen Einkaufstüten (dieses Mal eine von Lord & Taylor), »bin ich zufällig am Einkaufszentrum vorbeigekommen und habe ein paar Sachen für die Mädchen gesehen ...«
»Oh, wie schön, ein Geschenk für mich«, zog Lauren sie auf. »Soll das heißen, daß du ein Haus verkauft hast?«
»Du bist einfach unverbesserlich«, meinte Fern tadelnd und schüttelte den Kopf. »Ich habe damit natürlich Chelsea und Emily gemeint, nicht dich.«
Lauren ging zur Treppe, aber dann fiel ihr die Sprechanlage ein, und sie bog in die Küche ab. Auch wenn sie Fern deswegen aufzog, wußte Lauren doch ganz genau, daß ihre Schwester fast so schlimm wie Jonathan war, wenn es darum ging, allen möglichen Krimskrams für sie und Chelsea einzukaufen. Als sie nun vor dem Monitor in der Küche stand, schaltete sie Chelseas Zimmer ein und bekam umgehend den Ausschnitt auf dem Schirm zu sehen, den die Kamera abdeckte. »Juhu, irgend jemand da?« rief sie und hörte gleich darauf ein Rascheln, als Chelsea ins Blickfeld kam. »Hallo, mein Liebling, Tante Fern ist da. Komm doch runter und bring Emily mit.«
Ohne auf eine Antwort zu warten, schaltete Lauren wieder

aus, und keine Minute später kam Chelsea angelaufen und fiel Fern in die Arme. Emily hielt sich abseits und machte ein Gesicht, als wäre sie am liebsten überall, nur nicht in diesem Haus. »Emily, ich möchte dir meine Schwester Fern vorstellen«, sagte Lauren.

»*Tante* Fern«, verbesserte Emily sie.

»Ach, mach dir mal keine Gedanken wegen irgendwelcher Anreden«, warf Fern ein. »Du kannst mich nennen, wie es dir gefällt.« Und mit diesen Worten öffnete sie ihre Einkaufstüte und holte zwei Gürteltaschen heraus, beide aus einem eleganten, buntbedruckten Baumwollstoff.

Chelsea schnallte sich die ihre sofort um, bewunderte sie ausgiebig, öffnete dann den Reißverschluß und schob die Hand hinein, die mit einer großen, schwarz und grell pinkfarben gemusterten Haarspange wieder zum Vorschein kam. Sie befestigte sie in ihrem Haar und ging zu dem Spiegel über der niedrigen Kommode. »Oh, die gefällt mir, Tante, danke dir. Ein Mädchen in meiner Klasse hat auch so eine, nur daß die hier viel schöner ist. Woher hast du gewußt, daß ich mir genau so eine wünsche?«

»Ach, du kennst mich doch, ich kann die Gedanken kleiner Kinder lesen, während sie schlafen.«

Chelsea wandte sich an Emily und klärte sie auf. »Das stimmt gar nicht.«

»Mensch, danke für den Tip«, machte sich Emily über sie lustig, »ohne dich hätte ich das tatsächlich geglaubt.«

Aber wie es schien, wollte Chelsea sich nicht so leicht von Emily unterkriegen lassen. Sie deutete statt dessen auf die knallgrüne Spange, die Emily aus der Tasche herausgeholt hatte. »Wieso ziehst du deine nicht an?«

»Wieso kümmerst du dich nicht um deinen eigenen Kram?«

»Was ist los? Bist du zu kahl für eine Haarspange?«

»Chelsea, hör auf damit!« ermahnte Lauren sie, verblüfft über den unvermuteten Seitenhieb.
Aber Fern sprang in die Bresche; sie ging zu Emily, nahm ihr die Spange aus der Hand und steckte sie vorne über der Stirn, wo die Haare etwas länger waren, fest. »Unsinn, das sieht doch gut aus. Schau dich mal im Spiegel an.«
»Wenn ich Lust dazu hätte, würde ich das schon selbst machen, blöde Kuh. Aber ich will nicht.« Mit diesen Worten riß sich Emily die Spange vom Kopf, schleuderte sie zusammen mit der Hüfttasche auf den Boden und lief zur Tür.
Lauren brauchte einen Moment, um zu begreifen, welche Beleidigung das gewesen war. »Komm sofort zurück!« befahl sie ihr, und Emily blieb stehen. »Ich möchte, daß du dich auf der Stelle bei meiner Schwester entschuldigst.«
»Warum sollte ich? Sie hat doch selbst gesagt, daß ich sie nennen kann, wie ich will. Ist es meine Schuld, wenn mir blöde Kuh genau richtig vorkommt?« Dann stapfte sie die Treppe hinauf, und Lauren blickte ihr sprachlos hinterher; sie schämte sich für sie.
»Junge, wenn ich das gesagt hätte, hättest du mich schon längst umgebracht!« sagte Chelsea und stürmte ebenfalls wütend davon.
Sicher, sie hätte Chelsea bestraft, ihr vielleicht sogar den Hintern versohlt, aber Emily war älter, und außerdem hatte sie zu ihr ein ganz anderes Verhältnis als zu Chelsea.
»Vergiß es, so wichtig ist das auch wieder nicht«, meinte Fern später beschwichtigend. Sie versuchte offensichtlich, Emilys Verhalten zu entschuldigen, wie auch Lauren das am ersten Tag getan hatte. »Ich schätze, das war keine gute Idee mit diesen albernen Haarspangen. Kinder in diesem Alter sind doch überempfindlich, wenn es um ihr Äußeres geht.«
Das stimmte, aber schließlich war es Emily selbst gewesen, die sich die Haare abgeschnitten hatte. Auf jeden Fall war

ihr Benehmen unentschuldbar. Lauren spielte zwar mit dem Gedanken, sich an Jonathan zu wenden, um sich moralische Unterstützung bei ihm zu holen, wie sie auf diese Unverschämtheit reagieren sollte, aber sie haßte die Vorstellung, dabei zugeben zu müssen, daß sie allein nicht mehr weiterwußte.

Während des Abendessens brachte Fern das Gespräch auf das Haus in Candlewood Terrace. »Ach, könnt ihr euch so was vorstellen, das hätte ich doch fast vergessen!« rief sie, ließ Gabel und Messer sinken und wandte sich an Jonathan. »Ich habe eine Antwort auf die Anzeige für dein Haus bekommen.«

»Gut«, sagte er. »Erzähl weiter.«

»Er will es mieten, nicht kaufen, scheint aber echtes Interesse zu haben. Ich mußte ihm sogar versprechen, es an keinen anderen zu vermieten, ehe er es sich morgen ansieht.«

Jonathan nickte. Er war von Anfang an überzeugt gewesen, daß es bei der angespannten Wirtschaftslage schwer werden würde, das Haus in Candlewood Terrace zu verkaufen. Dazu kam Ferns Vermutung, daß potentielle Käufer immer abergläubisch reagierten, wenn sich in einem Haus eine Gewalttat abgespielt hatte. »Also, ich hoffe, es klappt«, sagte Jonathan. »Es wäre nicht schlecht, wenn es bewohnt wäre, bis sich der Markt wieder erholt und wir es verkaufen können. Die Miete wird zwar die Hypothek nicht abdecken, aber damit können wenigstens die Steuern und die laufenden Kosten bezahlt werden. Kann sich dieser Typ das Haus überhaupt leisten?«

»Er behauptet, auf dem Bausektor tätig zu sein. Aber mach dir keine Sorgen, ich werde sein Einkommen überprüfen. Er heißt übrigens Gordon Cummings. Schon mal was von ihm gehört?« Jonathans Augen verengten sich zu schmalen Schlitzen; er ließ seine Gabel sinken und machte einen äußerst überraschten Eindruck. Schließlich fragte ihn Fern: »Stimmt was nicht?«

Er schüttelte den Kopf und wandte sich ihr erneut zu. »Nein, nichts. Ich habe mir nur den Namen durch den Kopf gehen lassen. Wenn er tatsächlich in diesem Bereich tätig ist, und bei meinen vielen Verbindungen im Konstruktionsbereich – da sollte man doch meinen, daß ich ihn kenne, oder nicht?« Ohne eine Antwort abzuwarten, zuckte er die Schultern, nahm ein Brötchen aus dem Brotkorb und brach es in zwei Hälften. »Aber der Name sagt mir überhaupt nichts.«

»Tja, vielleicht ist der Grund der, daß er nicht aus der Gegend kommt. Er hat zwar erwähnt, daß Verwandte von ihm im Ort leben und daß er bereits ein paar Aufträge hier ausgeführt hat, aber eigentlich stammt er aus Saugerties.«

Saugerties lag fünfunddreißig Minuten weiter nördlich an der Autobahn nach New York. »Ich verstehe. Und was ist mit seiner richtigen Familie, ich meine, aus wie vielen Personen besteht die?«

»Er ist nicht verheiratet und kinderlos.«

Jonathan schob die Unterlippe vor. »Tatsächlich? Weiß er überhaupt, wie groß das Haus ist?«

»Also, in der Anzeige war von acht geräumigen Zimmern die Rede, aber das scheint ihn nicht abgeschreckt zu haben. Ich hatte zu Anfang dieselben Bedenken – aber jeder, wie er will. Für mich bedeutet zusätzlicher Platz nur zusätzliche Putzerei. Aber schaut euch doch nur euch selbst an – Lauren kann offensichtlich nicht leben ohne ihre elf Zimmer zum Putzen.«

»In dem Punkt muß ich dir voll zustimmen, und ich bin sicher, daß dir auch bereits aufgefallen sein dürfte, daß ich seit unserem Einzug versuche, sie dazu zu überreden, Beatrice täglich kommen zu lassen. Aber deine Schwester kann ziemlich stur sein. Sie behauptet, es mache ihr Spaß, sich um alles selbst zu kümmern.«

»So war sie immer schon«, erwiderte Fern. »Außerdem ist sie nicht daran gewöhnt, eine Haushälterin zu haben.«

Bei diesen Worten blickten Jonathan und Fern zu Lauren hinüber, die ihrer Unterhaltung jedoch nur geringe Aufmerksamkeit geschenkt hatte. Jonathan ahnte mit Sicherheit nichts davon, aber Laurens größte Angst war es, wenn sie zuviel Freizeit hätte, eines Tages als süchtige Dauerseherin vor dem Fernsehapparat zu enden.

Beatrice Barr, ihre Haushälterin, war eine umgängliche Frau mit langen, dünnen, mit Grau durchsetzten Haaren, die sie zu einem Knoten zusammengefaßt trug. Sie hatte bereits früher für Jonathan gearbeitet, war mittlerweile aber schon Ende Fünfzig, so daß Lauren trotz ihrer drahtigen Gestalt immer ein ungutes Gefühl dabei hatte, sich faul zurückzulehnen und eine Frau putzen zu lassen, die fast doppelt so alt war wie sie. »Das liegt nur daran, weil ich nicht glaube, daß es Beatrice jeden Tag mit dir aushalten würde«, zog sie Jonathan auf.

In gespielter Überraschung schlug er die Hände vor die Brust. »Wer – ich? Wieso, was tue ich denn?«

»Tja, laß mich mal überlegen, wie kann ich das am besten umschreiben?«

»Du mußt überhaupt nichts umschreiben – wir sind schließlich unter uns. Na los, was wartest du noch, schlag schon zu.«

»Sag hinterher aber nicht, ich hätte dich nicht gewarnt«, erwiderte sie und wedelte mit dem Finger. »Mein Liebling, du bist einfach unglaublich pingelig.«

Er schüttelte den Kopf und fuhr mit der Hand gestikulierend durch die Luft. »Das ist purer Unsinn.«

»So? Dann werde ich dir jetzt ein paar Beispiele nennen«, entgegnete sie, und in dem Moment wurde ihr bewußt, daß sie dabei war, ihn tatsächlich mit einigen unbequemen Wahrheiten zu konfrontieren. »Fangen wir doch mit deiner Kleidung an: Deine schwarzen, feinen Anzugsocken dürfen nicht in derselben Schublade liegen wie deine billigen weißen Alltagssocken; die gesamte Unterwäsche muß gebügelt und exakt gefaltet werden. Und wenn in irgendeinem Hemd oder einer Hose auch nur ein Fältchen ist, geht das gute Stück sofort wieder in die Wäscherei zurück.«
Er zuckte die Schultern. »Okay. Ich bekenne mich schuldig in allen Punkten. Aber was ist daran so schlimm?«
»Man könnte es als leicht zwanghaft bezeichnen.«
»Warte, habe ich richtig gehört?« sagte er und wandte sich erst an Fern, dann wieder an Lauren. »Okay, bekenne, sag es deiner Schwester hier und jetzt ... Gott sei mein Zeuge, habe ich mich vielleicht jemals beschwert?«
»Worüber hättest du dich denn beschweren sollen?«
»Ist das vielleicht eine Antwort?«
Sie überlegte einen Moment und lenkte dann ein. »Na gut, aber wir sollten besser nicht vergessen, daß ich auch wirklich alles tue, um dich zufriedenzustellen.« Und zu Jonathans Gunsten mußte gesagt werden, daß er sich wirklich nur selten beschwerte. Aber da sie ein gutes Gespür für die Stimmungen ihres Mannes hatte, erkannte Lauren es jedesmal sofort, wenn er wütend oder frustriert war; da genügte bereits eine Veränderung in seiner Stimme oder eine Verhärtung seiner Miene. Und dann reagierte sie meist auch prompt darauf. »Aber ich habe doch gesehen, wie übellaunig und pedantisch du Beatrice gegenüber manchmal werden kannst«, bemerkte sie. »Ich fürchte also, ein zu häufiger Kontakt mit dir würde sie nur über Gebühr belasten.«
Er grinste sie breit an, beugte sich über den Tisch und küßte

sie. »Solange ich diese Wirkung nicht auf dich habe, Liebling.« An Fern gewandt fuhr er fort: »Da wir gerade beim Thema sind ... überprüf doch bitte die Referenzen von diesem Cummings, wärst du so nett? Es würde mir nämlich gerade noch fehlen, wenn ich mein Haus an einen fragwürdigen Charakter vermiete, der Marihuana auf der Fensterbank pflanzt und jede Nacht stürmische Partys feiert.«

»Ich weiß, es ist schwer, Jonathan, aber hab doch bitte etwas Vertrauen«, zog Fern ihn auf. »Überlaß es zur Abwechslung doch mal einem anderen, sich den Kopf für dich zu zerbrechen.«

Dann wandte sich das Gespräch erneut dem Haus zu, und Laurens Gedanken schweiften wieder dorthin ab, wo sie zuvor gewesen waren – bei Emily und dem Problem, wie sie deren Verteidigungsmechanismus durchbrechen könnte. Ohne daß Emily es bemerkt hätte, hatte sie sie nämlich das ganze Abendessen hindurch beobachtet. Vor allem die Diskussion zwischen Fern und ihrem Vater über das Haus in Candlewood Terrace schien es dem Mädchen angetan zu haben.

»Vielleicht solltest du sie mal fragen, ob sie Probleme damit hat, daß ein Fremder in das Haus zieht«, schlug Lauren Jonathan an diesem Abend im Bett vor, nachdem sie ihm ihre Beobachtung mitgeteilt hatte.

»Und was dann? Wenn es so ist, sollen wir das Haus dann vielleicht leer stehen lassen?«

»Das habe ich nicht gesagt.«

»Was willst du dann damit sagen? Schau mal, Schatz, es gibt viele Dinge, die zu einem Problem für sie werden könnten, aber sie wird sich damit auseinandersetzen müssen. Dafür sind wir doch da und ist in Zukunft ihr Therapeut da. Ich denke, du siehst Probleme, wo es gar keine gibt. Genießen wir doch einfach, daß sie endlich zu uns nach Hause gekommen ist. Okay?«

»Okay –«

»Hör ich da ein ›Aber‹ heraus?«

»Nein, eigentlich nicht«, erwiderte sie. »Ich habe nur gerade etwas überlegt.«

»Und?«

»Also, mir geht nicht mehr aus dem Kopf, wie sie ihre Mütze abgenommen und dich gefragt hat, wie dir ihr neuer Haarschnitt gefällt. Und ... ja, sie muß doch gewußt haben, daß es dir nicht gefällt. Richtig?«

»Nicht unbedingt.«

»Ich dachte, eigentlich schon.«

»Worauf willst du hinaus? Daß sie mich ärgern wollte?«

»Also, das ist doch möglich, oder etwa nicht?«

»Aus welchem Grund?«

»Weil du mich geheiratet hast, deswegen.«

Er seufzt tief und meinte schließlich: »Würdest du mir bitte erklären, was das alles soll? Erst regst du dich auf, weil sie auf dich wütend ist, dann regt es dich auf, daß sie auf mich wütend ist. Was soll das, willst du mich gegen meine eigene Tochter aufhetzen, oder was soll das werden? Oder vielleicht willst du damit ja auch andeuten, daß sie wütend auf mich ist, weil ich nicht da war, um sie und ihre Mutter zu beschützen.«

»Selbstverständlich nicht, das war ganz und gar nicht meine Absicht! Ich meinte doch nur –«

Doch seine Miene hinderte sie am Weitersprechen, aber als sie draußen am Gang einen Schlag gegen die Wand hörten, blickten sie überrascht hoch. Die Tür stand einen Spalt offen, aber keiner von beiden hatte mitbekommen, daß sie aufgemacht worden war; jetzt hämmerte Emily mit dem Ellbogen gegen die Wand, um auf sich aufmerksam zu

machen. Wie lange hatte sie bereits da draußen gestanden und gelauscht? »Hallo, Prinzessin, was ist los?« fragte Jonathan, stand auf und ging zu ihr hin.
»Ich kann nicht schlafen«, antwortete sie.
Er legte den Arm um sie und zog sie an sich. »Ich habe eine Idee. Ich begleite dich jetzt, und dann bringt dich dein alter Herr ins Bett und erzählt dir eine der berühmten Grantschen Gutenachtgeschichten. Kannst du dich noch an Emily im Spiegel erinnern?« Emily lächelte unsicher; es war das erste Mal, daß Lauren sie überhaupt lächeln sah, fast so, als habe die Erwähnung der Geschichte tatsächlich etwas in ihr wachgerufen. »Du bist doch noch nicht zu alt dafür, oder?«
Sie schüttelte den Kopf; während Jonathan in seinen Bademantel schlüpfte, drehte Emily sich zu Lauren um, und schlagartig verschwand das Lächeln von ihrem Gesicht. Was sollte sie daraus schließen – daß sie sie haßte? Daß sie das Gespräch zwischen ihr und Jonathan mit angehört hatte? Und wenn schon Jonathan Laurens Gedankengang in den falschen Hals bekommen hatte, was sollte Emily erst denken?
Ein Schritt vor, fünf Schritte zurück. Lauren hatte doch nur über den Zorn des Mädchens reden wollen, gegen wen er gerichtet war und wieso, und darüber, wie sie beide Emily vielleicht besser helfen könnten. Doch offensichtlich war ihre gute Absicht nicht als solche angekommen. Besonders getroffen hatte Lauren Jonathans Bemerkung, daß sie einen Keil zwischen Vater und Tochter treiben wolle. Das und das Wissen, daß Jonathan sich immer noch verantwortlich für das Schreckliche fühlte, was Nancy und seiner Tochter zugestoßen war.
Ihre Absicht, zu helfen, hatte genau das Gegenteil bewirkt und nur wieder alte Wunden aufgerissen. Sie startete einen weiteren Versuch, ihre Beweggründe zu erklären, als Jona-

than zwanzig Minuten später wieder ins Bett zurückkam, aber das machte die Sache nur noch schlimmer – er verstummte vollends, drehte sich von ihr weg und schlief schließlich unversöhnt ein.

Lauren war jetzt klar, wie sensibel Jonathan auf alles reagierte, das mit Emily zu tun hatte. Aber statt darauf einzugehen, wenn nötig auch zu streiten und die Probleme aus der Welt zu schaffen – was das Leben für alle Beteiligten wahrscheinlich einfacher gemacht, mit Sicherheit aber den Konflikt eher beendet hätte –, reagierte Jonathan, wie er es oft tat, und entzog sich der Auseinandersetzung. Sein Schweigen ließ Lauren zwar oft wünschen, einfach laut loszuschreien, aber sie konnte nichts dagegen tun.
Trotz allem hatte seine Methode auch ihre guten Seiten, auch wenn sie das sich selbst nur widerwillig, Jonathan gegenüber jedoch nie zugegeben hätte. Wenigstens hatten sie so die Möglichkeit, sich in Ruhe den Standpunkt des anderen zu überlegen. Und genau das tat Lauren am nächsten Morgen, während sie das Haus saubermachte. Es hatte eine Zeit gegeben, da war Jonathan völlig im unklaren gewesen, ob Emily jemals wieder nach Hause käme oder je wieder mit einem Menschen, geschweige denn mit ihm, spräche, und jetzt, da sie zu Hause war, wollte er sich natürlich voll und ganz auf die positiven, nicht auf die negativen Seiten konzentrieren.
Und obwohl er am Abend zuvor wortlos und zornig eingeschlafen war und am Morgen darauf in ebensolcher Stimmung das Haus verlassen hatte, fühlte Lauren sich wieder besser, als sie die Liste der Psychiater durchtelefoniert hatte. Nachdem sie erst mit den Sprechstundenhilfen geplaudert und sich auch die jeweilige Lage der Praxis auf dem Stadtplan genau angesehen hatte, kam sie zu dem Schluß, nicht

zuletzt auch wegen Emilys Alter, daß eine Ärztin die bessere Wahl wäre. So verabredete sie für den folgenden Abend einen Termin mit Dr. Penelope Greenly, mit der Therapeutin, auf die sie bereits Jonathan aufmerksam gemacht hatte.
Fern hatte am Abend zuvor ihre Aktentasche bei ihnen vergessen, und Lauren rief sie deswegen an. Während des Gesprächs mit ihr fragte sie, ob sie nicht am nächsten Tag abends auf Chelsea aufpassen könne, während sie, Jonathan und Emily sich mit Dr. Greenly trafen. Fern war einverstanden, und Lauren beendete zufrieden das Gespräch. Danach ging sie ins Wohnzimmer, wo Emily sich im Fernsehen Zeichentrickfilme ansah. »Zieh dir etwas Nettes an, wir wollen einkaufen gehen.«
»Ich brauche aber nichts.«
»Na ja, vielleicht fällt dir ja unterwegs etwas ein«, erwiderte Lauren, ohne auf den erbärmlichen Zustand ihrer Garderobe näher einzugehen. »Mir fallen da auf Anhieb zwei Dinge ein, nämlich Vorhänge und ein Bettüberwurf für dein Zimmer. Dieses Mal suchst du sie aus. Okay?«
Sie hätte es wissen müssen, aber was Emily betraf, befand sie sich immer noch am Anfang ihres Lernprozesses. Emily erklärte nämlich ihr und den versammelten Verkäuferinnen in der Betten- und Bäderabteilung bei Macy's, daß Schwarz ihre Lieblingsfarbe sei – Streifen, Karos oder irgendwelche Muster könnten ihr gestohlen bleiben. Erst als eine der Verkäuferinnen ihr ein paar Kissen mit schwarzweißem Art-deco-Muster zeigte und dazu einen bunten Baumwollteppich vorlegte, erschien ihre Wahl akzeptabel.
Nach langem, gutem Zureden brachte Lauren Emily schließlich auch noch dazu, sich ein paar T-Shirts auszusuchen, während sie für Röcke oder Kleider nicht einen Blick übrig hatte. Deshalb wählte Lauren zusätzlich zu zwei Paar Schlabberjeans, einer Jeansjacke, einem Rucksack und allen mögli-

chen Schulsachen noch Röcke, Kleider und Unterwäsche aus mit der Bitte, ihr das Ganze nach Hause zu liefern. Den größten Streit gab es jedoch um die Schuhe. Sie konnten sich zwar sofort auf ein Paar Turnschuhe von Reebok einigen, aber vor Emilys Augen fand keines der anderen Paare Gnade, die die Verkäuferin ihr hinstellte; sie gab vielmehr deutlich zu verstehen, daß außer den braunen, hohen, geschnürten Springerstiefeln keines davon für sie in Frage käme.

»Dein Vater wird sie schrecklich finden«, meinte Lauren.

»Das ist mir egal, ich will sie haben«, erwiderte Emily, nicht gewillt, auch nur einen Millimeter nachzugeben. Laut Auskunft der Verkäuferin waren zwar Springerstiefel, knöchelhohe Turnschuhe und Bergstiefel mega-in bei jungen Mädchen, aber Lauren fand sie trotzdem häßlich; doch schließlich gab sie nach. Nachdem sie ihre Einkäufe erledigt hatten, legten sie bei Friendly's eine Mittagspause ein; hätte Lauren jemand die Frage gestellt, wie der Tag denn bisher so gelaufen sei, hätte sie begeistert davon erzählt. Doch der Tag war noch nicht vorbei. Denn kaum hatten sie ihre Bestellung aufgegeben und Lauren ihre Serviette auf ihrem Schoß ausgebreitet, als Emily aus heiterem Himmel verkündete: »Du wirst nie meine Mutter sein, sollst du wissen.«

Wieder war Lauren kalt erwischt worden, doch dieses Mal hatte sie sich im Vorfeld bereits länger Gedanken zu diesem Thema gemacht, so daß ihr die Antwort auch im Schlaf eingefallen wäre. »Wie ich dir schon gestern erklären wollte, Emily«, setzte sie an, »versuche ich erst gar nicht, die Stelle deiner Mutter einzunehmen. Aber ich bin deine Stiefmutter. Ich bin zwar nicht ganz sicher, was das im einzelnen heißt, ich war nämlich noch nie zuvor in dieser Situation, so daß ich wahrscheinlich ebenso unsicher bin wie du.« Sie hob ihr Wasserglas, trank einen Schluck und stellte es wieder hin. »Ich denke mir aber, daß immer alles davon abhängt, wie die beteiligten Personen mit neuen Situationen umgehen, was sie in eine Beziehung investieren, was sie herausbekommen wollen. Ich sehe aber keinen Grund, weshalb wir das nicht in den Griff bekommen und wieso wir nicht versuchen sollten, zwischen uns eine freundschaftliche Beziehung aufzubauen, die ganz uns allein gehört.«

»Doch, es gibt einen Grund.«

»Tatsächlich? Und welcher wäre das?«

»Ich habe keine Lust dazu.«

Lauren biß sich auf die Unterlippe und bemühte sich, sich nicht von Emilys negativer Einstellung anstecken zu lassen.

»Warum nicht?«

»Ich mag dich nicht.«

»Du kennst mich ja nicht einmal, deshalb ist es nicht fair, eine solche Entscheidung so schnell zu treffen.«

»Ich kenne dich für meine Zwecke gut genug. Und du bist die völlig falsche Frau für meinen Vater.«

»Könntest du das vielleicht näher erklären?«

Emily wartete, bis die Kellnerin die Teller vor sie hingestellt hatte – Thunfischsandwiches für beide und zusätzlich Pommes frites für Emily. »Du läßt dich von meinem Vater herumdirigieren.«

»Das stimmt nicht.«

»Doch, es ist so, du bist nur zu dämlich, es zu sehen. Du wirst ihm letzten Endes nur weh tun.«

»Diese Vermutung ist nicht gerade schmeichelhaft für mich«, entgegnete sie, wütend natürlich, aber auch gerührt von Emilys offensichtlichem Bedürfnis, ihren Vater zu beschützen. »Emily, ich würde deinem Vater doch nie weh tun. Dafür liebe und respektiere ich ihn viel zu sehr. Ich will ihn nur glücklich machen.«

»Klingt toll, aber ich glaube es nicht. Du bist nicht stark genug für diesen Job.«

»Was soll das nun wieder heißen?«

»Hör mal, ich versuche doch nur, dich zu warnen, Lauren. Wenn du klug bist, dann packst du deine Sachen zusammen, nimmst deine doofe Tochter und verschwindest. Denn wenn du das nicht machst, wirst es dir leid tun.«

Lauren spürte, wie ihr Herz schneller schlug, was nicht nur an dem Ernst des Tonfalls, sondern auch an der Ungehörigkeit der übermittelten Botschaft lag. »Wenn ich es nicht besser wüßte, würde ich sagen, das war eine Drohung.«

Aber ihre Worte fanden kein Gehör, offenbar war Emily losgeworden, was sie hatte loswerden wollen. Und als ob nichts Beleidigendes zwischen ihnen vorgefallen wäre, nahm sie ihr Thunfischsandwich in die Hand und biß genüßlich hinein.

Kapitel 4

Nachdem Lauren Emily in der Schule eingeschrieben hatte, fuhren sie schweigend nach Hause, wo sie gegen halb drei Uhr ankamen. Emily holte sofort ihre Päckchen aus dem Auto und verschwand in ihrem Zimmer, und angesichts der Umstände war Lauren auch erleichtert, sie los zu sein. Wenig später kam Fern vorbei, um ihre Aktenmappe zu holen. »Ich mache uns rasch Tee«, schlug Lauren vor, aber Fern schüttelte nur den Kopf. »Tut mir leid, ich würde gerne eine Tasse mit dir trinken, aber ich habe noch einen Termin.«

Doch als sie Laurens enttäuschtes Gesicht sah, warf sie schnell einen Blick auf die Uhr und meinte: »Du hast drei Minuten, dann schaffe ich es noch. Was ist los?«

»Sie will uns auseinanderbringen.«

»Wer, von wem ist hier die Rede?«

»Emily. Sie will sich zwischen Jonathan und mich stellen. Sie hat es mir selbst gesagt.«

»Das ist doch lächerlich. Sie ist doch noch ein Kind.«

»Lächerlich, daß sie so etwas vorhat oder daß sie eine derartige Drohung wahr machen könnte?«

Fern folgte Lauren ins Wohnzimmer; ihre Augen verdüsterten sich, als sie das Gesicht ihrer Schwester betrachtete. »Was ist los mit dir? Seit wann bist du so unsicher?«

»Sie hätte sich nicht deutlicher ausdrücken können«, sagte Lauren, der es seit ihrer Unterhaltung einfach nicht mehr gelang, sich des unguten Gefühls zu entledigen. »Sie ist nicht glücklich, daß ihr Vater mich geheiratet hat, aber darauf war ich nicht ganz unvorbereitet. Doch worauf ich gänzlich unvorbereitet war, ist die Wut, die sie mit sich herumschleppt, und ihre Intensität. Fern, sie hat wirklich gesagt, daß sie mich aus Jonathans Leben draußen haben will. Und falls ich nicht mitspiele, würde es mir leid tun.«

»Na schön, ein elfjähriges Mädchen, das wegen emotionaler Probleme in psychiatrischer Behandlung war, riskiert eine große Lippe. Sie droht dir sogar ... Nehmen wir nur mal einen Moment an, daß sie auch noch meint, was sie sagt, daß sie tatsächlich versuchen könnte, deine Ehe zu zerstören oder dich irgendwie zu bestrafen – was mir allerdings beides ein wenig weit hergeholt erscheint ... Ja, glaubst du denn, daß Jonathan einfach so leicht zu manipulieren ist?«

»Das glaube ich eigentlich nicht. Er ist nur so empfindlich, wenn es um Emily geht.«

»Und? Jonathan ist ein sensibler Mann und leicht zu überrumpeln von den Frauen, die er liebt. Doch er ist auch stark und intelligent und hat seinen eigenen Kopf. Aber das muß ich dir doch nicht sagen, oder?«

»Nein, selbstverständlich nicht. Er scheint mir nur so versessen darauf zu sein, seine Tochter vor dem Feind zu beschützen, um es mal so auszudrücken. Was natürlich völlig normal ist, wenn man bedenkt, was sie hinter sich hat, aber –«

»Wenn du damit sagen willst, daß er seine Fürsorge übertreibt, Lauren, dann ist das doch ein alter Hut.«

»Klar, sicher, aber das ist ja auch in Ordnung, damit habe ich kein Problem. Der Unterschied ist aber doch der, daß ich nicht der Feind bin, er mich aber so behandelt, als wäre ich es.«

Lauren hatte eigentlich die feste Absicht, Jonathan von ihrem Gespräch mit Emily zu erzählen, das heißt, bis sie die Sache mit Fern besprochen und anschließend selbst noch einmal in Ruhe überlegt hatte. Dabei wurde ihr klar, daß sie ihn damit in eine unmögliche Situation brächte. Immer vorausgesetzt, er nahm die Sache überhaupt ernst, was sollte er machen? Zu seiner Tochter gehen und sie dafür ausschimpfen, daß sie so böse Dinge zu seiner neuen Frau gesagt hatte? Natürlich würde er genau das tun, aber das zwänge ihn auch dazu, Partei zu ergreifen, was Emily nur noch mehr verärgern würde. Deshalb lief die Sache letzten Endes auf folgendes hinaus: Lauren war erwachsen, Emily ein Kind. Von einem Erwachsenen erwartet man, daß er seine Gefühle unter Kontrolle hat, von einem Kind nicht. Lauren war immer stark und eigenständig gewesen, sie würde auch mit dieser Sache allein fertig werden.

Jonathan war an diesem Abend mit Geschenken beladen nach Hause gekommen: mit einer zartgliedrigen Geisha-Puppe für Chelseas immer größer werdende Sammlung von Puppen aus fremden Ländern und mit einer Schachtel voller Schmucksteine für Emily, die sie mittels einer mechanischen Vorrichtung selbst schleifen und polieren konnte; dazu noch jede Menge Zubehör, um Ringe, Broschen, Ketten und Armbänder aus den Steinen zu basteln. »Und, habe ich gut gewählt?« fragte er die Mädchen, während sie ihre Geschenke auspackten. Es war Chelsea, die Jonathan als erste um den Hals fiel und sich küssend und vor Freude kreischend bei ihm bedankte. Ganz offensichtlich, um Emily eins auszuwischen, aber das schien ihr wenig auszumachen. Lauren hielt sich abseits und beobachtete Jonathan und die Mädchen. Oh, sie hatte Emilys Auftritt vom Nachmittag ganz und gar nicht vergessen, aber seitdem hatten die Worte, die sie sich immer und immer wieder durch den Kopf gehen hatte lassen, eine Menge von ihrer Schärfe verloren. Sie fragte sich sogar, ob ihre Stieftochter nicht einiges mit dem Mädchen gemeinsam hatte, das sie einst gewesen war:

aufbrausend, ungezogen, nur die Hälfte von dem meinend, was sie sagte.
Jonathan kann wirklich wunderbar mit den beiden umgehen, dachte sie, als er die Mädchen mit einem Taschenspielertrick unterhielt. Die beiden redeten zwar nicht miteinander, hatten sich aber im Spiel kurzzeitig gegen Jonathan verbündet. Lauren, die sich nun doch etwas ausgeschlossen fühlte, kehrte in die Küche zurück, um nach dem Essen zu sehen. Aber es dauerte nicht lange, und Jonathan kam ihr nach und überreichte ihr, verlegen lächelnd, eine schmale, längliche Schachtel. Sie sah ihn mit großen Augen an. »Was ist das?«
»Meinst du vielleicht, ich würde mein bestes Mädchen leer ausgehen lassen?«
»Falls es dir noch nicht aufgefallen sein sollte, Jonathan, ich bin kein Kind mehr.« Sein Zorn war mittlerweile verraucht, und das war seine Art, sich zu entschuldigen, aber statt es dabei bewenden zu lassen, was sie eigentlich wollte, stand sie da wie ein verdrießliches Kind – genau das, was sie nicht zu sein behauptete. Man mußte ihm zugute halten, daß er nicht auf ihre schnippische Bemerkung einging, sondern sie einfach küßte und damit jeglichen Einwand, den sie hatte vorbringen wollen, im Keim erstickte.
»Du bist genau so, wie ich dich haben will, Lauren«, flüsterte er und bewegte leicht seine Lippen auf ihrem Mund, ehe er sich ihr wieder entzog, als er merkte, daß sie mehr wollte. Statt dessen drückte er ihr die Schachtel in die Hand. »Mach es auf.«
In der Schachtel lag eine breite Goldkette. Lauren nahm sie heraus und hielt den Atem an. »Oh, Jonathan, die ist ja wunderschön.« Sie blickte zu ihm auf. »Aber das war doch nicht nötig –«

Er drückte ihr die Finger auf den Mund, unterbrach sie, nahm ihr die Kette aus der Hand, trat hinter sie und legte sie ihr um den Hals. Dann beugte er sich vor, küßte sie auf den Nacken, während er die Kette zumachte, ließ seine Hände über ihren Körper wandern und preßte sie an sich. »Ich liebe dich, Lauren. Ich hasse es so, mit dir zu streiten.« Sie spürte ein Ziehen in ihrem Unterleib und Tränen in ihren Augen. Sie betete ihn an, diesen Mann, der ihr unaufhörlich zeigte, wie sehr er sie liebte. Fern hatte selbstverständlich recht. Wie hatte sie auch nur einen Augenblick denken können, sie würde ihn verlieren?

Fern kam nach dem Abendessen und war sehr zufrieden mit sich selbst. Sie nahm einen Vertrag aus ihrer Aktenmappe und hielt ihn Jonathan unter die Nase. »Na, wie hört sich ein Einjahresmietvertrag für dich an?«

»Ah, meine liebste Schwägerin, du bist wirklich ein Genie«, rief Jonathan lachend und stand auf, um sich den Vertrag anzuschauen. »Kein Problem mit der Höhe der Miete?«

»Nein, überhaupt nicht, ich denke, das geht in Ordnung. Aber einen Moment lang wurde ich doch etwas stutzig, als ich deinen neuen Mieter das erste Mal persönlich sah.«

»Aha, jetzt kommt die schlechte Nachricht. Also, wo ist der Haken, was stimmt nicht mit ihm?«

»Eigentlich alles, ich habe ihn mir vermutlich nur etwas anders vorgestellt. Er ist noch sehr jung, erst zweiundzwanzig, macht aber einen recht verantwortungsbewußten Eindruck. Er ist ziemlich groß, etwas schwerfällig, aber ganz nett. Höflich, nicht der typische junge Schnösel, den man erwarten könnte. Seit er mit siebzehn von der High-School abgegangen ist, hat er als selbständiger Zimmermann gearbeitet. Er will am Haus sogar ein paar Veränderungen und Reparaturen vornehmen, vorausgesetzt natürlich, daß du keine Probleme damit hast. Es sollen dir auch keine Kosten entstehen.«

Achselzuckend erwiderte Jonathan: »Nein, ich habe keine Probleme damit. Solange er den Besitz damit aufwertet und ihm klar ist, daß seine Einbauten im Haus bleiben werden, wenn er wieder auszieht.«

»Ich frage mich, warum er das wohl machen will«, mischte Lauren sich ein. »Ich meine, das Haus gehört ihm doch nicht.«

»Wieso nicht?« meinte Fern. »Wenn man etwas mit eigenen Händen genau so machen kann, wie man es haben möchte? Und ein eigenes Haus kann er sich jetzt noch nicht leisten.«

»Aber wieso ausgerechnet in diesem Haus?«

»Das ist aber eine merkwürdige Bemerkung«, erwiderte Jonathan. »Es ist doch ein schönes Haus.«

»O ja, das ist es. Das wollte ich damit auch nicht sagen.« Laurens nächste Frage war an Fern gerichtet. »Hast du erwähnt, was dort passiert ist?«

»Ursprünglich wollte ich es nicht, ich bin ja nicht dazu verpflichtet ... aber dann dachte ich mir, daß er es bestimmt ziemlich bald von den Nachbarn erfahren wird. Deshalb, falls es ihn wirklich abschrecken sollte, besser jetzt als später, wenn du mit einem Mieter dasitzt, der unbedingt wieder aus dem Haus will.«

»Offenbar macht es ihm nichts aus«, sagte Jonathan.

»Nein, überhaupt nicht. Er wußte sogar schon alles darüber.«

»Woher?« fragte Lauren.

»Ich habe doch schon mal erwähnt, daß er Verwandte im Ort hat. Eine Schwester und deren Familie, glaube ich. Und offensichtlich wußten die, welches Haus das war –« Plötzlich schnappte sie nach Luft. »Lauren Sandler Grant, ich

kann es einfach nicht glauben, daß du die ganze Zeit über unschuldig dastehst und nicht ein Wort verlierst über diese ... wo hast du diese umwerfende Kette her?«
Alle drei brachen sie in schallendes Gelächter aus, und bald war der neue Mieter vergessen.

Es war schon spät an diesem Abend, als Jonathan aus heiterem Himmel zu ihr sagte: »Falls die Polizei kommen sollte, um Emily Fragen zu stellen, dann mußt du das unbedingt verhindern. Und mich sofort darüber informieren.«
Lauren richtete sich im Bett auf und sah ihn fragend an. »Ich verstehe nicht ganz, warum sollten sie zu uns kommen?«
Er seufzte. »Ich habe einen Anruf von Detective Kneeland erhalten, der den Fall von Anfang an bearbeitet hat. Kannst du dich noch an den Anruf gestern erinnern, den ich im Arbeitszimmer entgegengenommen habe?« Sie nickte. »Ich habe in dem Moment nichts gesagt, weil ich selbst erst Zeit brauchte, die Sache zu verdauen und sicherzugehen, daß ich nicht zu emotional reagiere. Himmel, Lauren, die geben der Kleinen ja nicht einmal eine Schonfrist von vierundzwanzig Stunden, ehe sie ihr wieder auf die Pelle rücken.«
»Und das nach der langen Zeit?«
»Tja, da der Fall nicht gelöst wurde, ist es Kneelands Job, es wenigstens zu versuchen. Und sosehr ich mir auch wünsche, daß das passiert, aber Dr. Strickler sagt, daß bei Emily immer noch Bruchstücke ihrer Erinnerung fehlen, Erinnerungen, die sie verdrängt. Da das Wohl meiner Tochter natürlich an erster Stelle steht, bin ich nicht bereit, einen Rückfall zu riskieren.«
»Und du glaubst, wenn sie mit ihr reden, wird das passieren?«
»Ich halte das für sehr wahrscheinlich. Du nicht?«
Sie überlegte einen Moment und mußte ihm schließlich

zustimmen. Außerdem, wenn Emily wirklich etwas Wichtiges zu sagen hatte, etwas, das ihr zu dem Mord an ihrer Mutter plötzlich wieder einfiel, würde sie dann nicht von sich aus darauf zu sprechen kommen?

Emily zog zu ihrem Termin bei der Psychologin ihre neuen Jeans und Springerstiefel an; Jonathan konnte sein Entsetzen zwar nicht verbergen, sagte aber nichts.

Die ersten zwanzig Minuten lang unterhielt sich die Ärztin nur mit Lauren und Jonathan, während Emily draußen im Wartezimmer saß und einen bekümmerten Eindruck machte. Penelope Greenly hatte eine leise, monotone Art zu reden und schaute sie zerstreut hinter dicken Brillengläsern an, die ihre Augen unnatürlich vergrößerten, als sie ihnen sagte, daß sie Emilys Krankenakte durchgesehen und bereits mit Dr. Strickler über sie gesprochen habe. Dann ließ sie einen kurzen Bericht über ihren beruflichen Werdegang und ihre Behandlungsmethode folgen, den sie herunterleierte, als würde sie ihn vom Blatt ablesen. Lauren, die beschlossen hatte, die Probleme, die ihr Emilys Benehmen bereiteten, allein anzugehen, hörte kommentarlos zu; es war Jonathan, der schließlich auf Emilys ablehnende Haltung ihr gegenüber zu sprechen kam.

»Also, ich hielte es wirklich für merkwürdig, hätte sie Sie einfach so in ihrem Leben akzeptiert. Sie nicht auch?« Die Frage war an Lauren gerichtet. Dabei krauste sie die Nase und schob dadurch ihre Brille in die Höhe, was ihrem Gesicht einen Ausdruck verlieh, der wohl ihre Verwirrung angesichts einer derart abwegigen Erwartung widerspiegeln sollte.

»Nun, ja, natürlich, und ich habe es eigentlich auch nicht erwartet ...«, sagte Lauren, unsicher stammelnd.

»Sie haben einen langen und schweren Weg vor sich, Mrs.

Grant … Es ist nicht unmöglich, das will ich gar nicht behaupten. Im Laufe der Zeit und mit viel Arbeit und Geduld werden Sie sicher auch Emilys Vertrauen erringen.«

Jonathan wandte sich lächelnd an Lauren. »Siehst du, was habe ich dir gesagt, Liebling?«

Lauren, die sich sowohl von der Therapeutin als auch von Jonathan ziemlich von oben herab behandelt vorkam, nickte nur. Sie fühlte sich Emily sogar sehr verbunden, als diese schließlich ins Allerheiligste vorgelassen wurde und keinen allzu glücklichen Eindruck über die Vorgänge dort machte. Steif saß sie auf ihrem Stuhl, blickte hartnäckig an der Frau vorbei und sagte kein einziges Wort in den geschlagenen fünfzehn Minuten, die sie zusammen in dem Zimmer verbrachten.

»Vielleicht sollten wir doch noch andere Therapeuten konsultieren«, bemerkte Lauren zu Jonathan, nachdem sie wieder zu Hause waren, sich von Fern verabschiedet hatten und die Kinder in ihren Zimmern verschwunden waren.

»Wieso, was paßt dir nicht an dieser Frau?«

»Keine Ahnung, es ist schwer zu sagen. Vielleicht wäre ein etwas jüngerer Therapeut einfach besser für Emily.«

»Was redest du da? Die Frau kann doch nicht älter als fünfunddreißig sein.«

»Na ja, dann eben jemand, der energischer, nicht so lasch und leblos ist. Ich habe einfach Schwierigkeiten, sie mir als jemanden vorzustellen, der fähig sein soll, den richtigen Ton bei einem Kind zu treffen. Ich bin sicher, wir finden jemanden, der besser geeignet ist als sie.«

»Aber du hast sie doch selbst ausgesucht, Lauren.«

»Ich weiß, aber nach einer fünfminütigen Unterhaltung mit ihrer Sekretärin. Jetzt, da wir sie persönlich kennengelernt haben – nun, vielleicht habe ich einfach die falsche Wahl getroffen.«

»Ich bitte dich, Lauren, deine Bedenken erscheinen mir wirklich etwas übertrieben. Meiner Meinung nach ist sie völlig in Ordnung. Meines Wissens hat sie auch schon andere Kinder behandelt, hat in Harvard promoviert und kann wirklich gute Referenzen vorweisen.«
»Emily hat sie jedenfalls nicht gemocht.«
»Was das betrifft, möchte ich bezweifeln, daß es überhaupt einen Therapeuten, tot oder lebendig, gibt, den Emily mögen würde. Ich kann mir vorstellen, daß sie die Nase gründlich voll von ihnen hat, einschließlich ihres Dr. Strickler. Und das ist auch nur zu verständlich. Dr. Greenly wird sich ihr Vertrauen erst erarbeiten müssen. Und *ihr* ist das auch klar.«
»Mir wohl nicht?«
»Das habe ich nicht gesagt.«
»Es klang aber so.«
Er seufzte und nickte bedächtig, als würde er langsam bis zehn zählen. Dann erst blickte er wieder hoch. »Dr. Greenly ist ein Profi, da kann ich doch wohl erwarten, daß sie in solchen Dingen besonders sensibel ist. Wenn ich mit meiner Bemerkung etwas sagen wollte, dann wahrscheinlich das.«
Als Lauren keine Antwort gab, fuhr er fort: »Schau, Lauren, mir ist klar, daß das kein Honigschlecken für dich ist, und es geht auch gerade erst los, Wie wäre es deshalb, wenn Beatrice doch öfter ins Haus käme? Sie ist immer gut mit Emily ausgekommen und könnte dir nach der Schule bei den Kindern eine Hilfe sein. Sie könnte dir die Last wirklich erleichtern.«
»Welche Last? Wir haben doch nur zwei Kinder, die beide noch dazu in der Schule sind.«
»Okay, es war auch nur ein Vorschlag. Aber ehe wir uns versehen, ist es Sommer, und dann mit zwei Kindern ... Ich will sie nichts ins Ferienlager oder sonstwohin abschieben.«

»Ich habe mir auch gar nicht vorgestellt, sie in ein Sommercamp zu schicken. Für mich ist das so völlig in Ordnung.«
»Da fällt mir noch etwas anderes ein. Ich hoffe, du hast nichts dagegen, wenn ich dich das frage, aber was hat das eigentlich mit diesen entsetzlichen Stiefeln auf sich?«
»Die sind nun mal modern, Jonathan ... und sie wollte sie unbedingt haben.«
Er drang nicht weiter in sie, und sie ließ das Thema ebenfalls auf sich beruhen. Dann würde es eben bei Dr. Greenly bleiben. Vielleicht war sie ja auch gar nicht so schlecht, wie es ihr im Moment noch erschien.

»Ich habe noch nie ein Zimmer ganz in Schwarz gesehen«, bemerkte Chelsea, als sie am nächsten Tag an Emilys Zimmer vorbeikam und feststellte, daß die Tür ausnahmsweise nicht geschlossen war. Auf der Schwelle blieb sie stehen und sah sich um. Der Schmuckbaukasten, den Daddy Emily geschenkt hatte, war achtlos auf ein Regal geworfen worden und noch immer in Zellophan verpackt. Chelsea wünschte sich, damit spielen zu können, wollte aber nicht fragen.
»Ich schätze, du hast überhaupt noch nicht viel gesehen«, erwiderte Emily. »Viele Filmstars haben ihre Häuser ganz in Schwarz eingerichtet.«
»Woher weißt du das?«
»Ich weiß es eben.«
»Mein Zimmer ist rosa und weiß kariert – wie eine altmodische Eisdiele. Willst du es sehen?«
»Warum sollte ich?«
Chelsea zuckte die Schultern; doch dann nahm sie ihren ganzen Mut zusammen und stellte Emily die Frage, die sie ihr vom ersten Tag an hatte stellen wollen. »Warum willst du eigentlich keine Schwester haben?«
Emily schaute von dem Comic-Heft auf, in dem sie gerade

las. »Habe ich gesagt, daß ich keine haben will?« Chelsea schöpfte kurzzeitig Hoffnung, nur um gleich darauf wieder einen Dämpfer versetzt zu bekommen. »Nur dich will ich nicht haben, das ist alles.«

Sie wollte Chelsea offensichtlich so weit bringen, daß sie heulend davonlief, aber den Gefallen tat sie ihr nicht. Statt dessen erwiderte das kleinere der beiden Mädchen so gleichgültig wie möglich: »Na, da bleibt dir wohl keine andere Wahl, weil ich es nun mal bin.«

»Nein, du bist doch bloß ein Eindringling.«

»Was ist das?«

»Jemand, der sich in das Leben anderer hineindrängt, obwohl er dort nichts zu suchen hat.«

»Und ob ich hier was zu suchen habe. Daddy hat das Gericht schon gefragt, ob er mich adoptieren kann.«

»Du lügst.«

»Es ist wahr.«

Emilys Miene nach zu schließen, hatte Chelsea ihre große Schwester mit ihrer Äußerung tatsächlich überrascht. Aber man merkte es Emilys Stimme nicht an, als sie gleichgültig sagte: »Wen kümmert das? Es ist auch nicht wichtig, was zählt, ist doch nur, daß du bis dahin schon längst tot sein wirst.«

»Das ist überhaupt nicht lustig.«

»Hört es sich vielleicht an, als wollte ich lustig sein? Es ist ganz einfach, ein Kind zu töten, auch nicht schwerer, als einen Frosch umzubringen. Hast du schon mal einen Frosch umgebracht, Goldköpfchen?« Chelsea schüttelte den Kopf. »Tja, ich schon. Ich habe ihm den Kopf mit einem Klappmesser abgeschnitten ... Da kam vielleicht viel grüner Schleim raus. Aber das wirklich Tolle daran war, daß die ganze Zeit über seine Augen offen waren und er seine eigene Exekution mit angeschaut hat.«

Chelsea spürte, wie sich ihr die Haare aufstellten. »Du bist widerlich.«

»Ich erzähle dir nur Dinge, die du unbedingt wissen solltest. Dafür hat man doch eine große Schwester, oder nicht?« Als Chelsea ihr keine Antwort gab, fuhr sie fort: »Ich mache mir zum Beispiel wirklich Sorgen um dich und deine Mutter. Ihr gehört nämlich nicht in dieses Haus.«

»Du redest doch nur so daher. Du machst mir keine Angst.«

»Nein? Hat dir schon mal jemand erzählt, wie meine Mutter ermordet wurde?« Als keine Antwort kam, fügte sie hinzu: »Man hat ihr immer wieder mit dem Baseballschläger auf den Kopf gehauen.«

Chelsea hielt den Atem an. »Ich dachte, du könntest dich nicht mehr daran erinnern.«

Emily runzelte die Stirn und streckte ihren Zeigefinger in die Höhe. »Warte mal, da könntest du tatsächlich recht haben. Aber, was meinst du, Chelsea, vielleicht hat sich ja mitten in der Nacht, während ich schlief, jemand in mein Zimmer geschlichen, um es mir zu verraten?«

»Das ist mir doch egal«, erwiderte Chelsea und verließ schnurstracks das Zimmer. Sie wußte nicht so recht, worauf Emily hinauswollte, sie begriff nur, daß sie den Mord an ihrer Mutter offenbar als Lappalie abtat. Warum hatte es nur von all den Schwestern, die sie hätte bekommen können, ausgerechnet diese sein müssen?

In der Woche darauf erschien allen die ziemlich angespannte Stimmung im Haus schon fast als Normalität. Nur Beatrice schien sich wirklich zu freuen, als sie Emily begrüßte, doch Emily begegnete ihrer Herzlichkeit nur mit kalter Höflichkeit. Chelsea wurde von Emily weiter eingeschüchtert, und Lauren behandelte sie wie Luft, nur wenn Jonathan in der Nähe war, hielt sie sich weitgehend zurück. Jonathan war immer auf Emilys Seite, und Lauren hatte sich mittlerweile daran gewöhnt, auch noch die andere Wange hinzuhalten, ein Spiel, das sie früher einmal nicht besonders gut beherrscht hatte.

»Was meinst du, wieso war ich als Kind ein solcher Teufelsbraten?« wollte Lauren eines Tages von Fern wissen. Sie hatte angefangen, sich als Amateurpsychologin zu betätigen, um so vielleicht Emilys Verhalten in den Griff zu bekommen.

Fern mußte erst ein paar Sekunden überlegen, ehe sie antwortete. »Ich war immer der Ansicht, daß dahinter nur dein Wunsch nach einem Vater steckte: Dich nach außen hin so hart und kühn und verwegen zu gebärden war wohl deine Art, gegen den Schmerz, vielleicht auch gegen die Angst anzukämpfen. Mutter war allerdings nicht sehr angetan von meiner Analyse. Sie hielt das Ganze für sinnlosen Psychokram. Wer weiß, vielleicht hatte sie ja recht. Aber andererseits, hätte sie meine Ansicht geteilt, hätte sie damit zugegeben, daß auch sie nur ein Mensch war und daß trotz ihrer Fähigkeiten als Mutter eine Riesenlücke in deinem Leben klaffte.« Nach einer Pause fügte sie hinzu: »Wieso fragst du?«

»Ach, ich habe mir nur so meine Gedanken gemacht«, erwiderte Lauren. Gab es da vielleicht eine Übereinstimmung? Lauren hatte sich offensichtlich verzweifelter, als sie es in Erinnerung hatte, ihren Vater, der bei einem Autounfall ums Leben gekommen war, zurückgewünscht. Und wie war es bei Chelsea? Trotz aller Liebe, die sie von Lauren und Fern bekam, wich sie Jonathan nicht mehr von der Seite, wenn er zu Hause war. Bei Emily lag der Fall natürlich anders. Sie sehnte sich nach ihrer Mutter.

An dem Tag, an dem Lauren die goldene Halskette, die Jonathan ihr geschenkt hatte, nicht mehr fand, konnte sie die andere Wange nicht mehr hinhalten. Sie wußte ganz genau, daß sie die Kette am Abend zuvor auf die Kommode im Ankleidezimmer gelegt hatte, und als sie sie nun holen wollte, war sie verschwunden. Sie zerlegte das ganze Zimmer, durchsuchte alle Schubladen, den Schrank, suchte auf dem Fußboden, sogar im angrenzenden Schlafzimmer. Sie fragte auch Chelsea, aber sie hatte sie nicht gesehen.

Schließlich klopfte sie an Emilys Tür, obwohl sie Angst vor einer unangenehmen Konfrontation hatte. Lauren war nicht mehr in Emilys Zimmer gewesen, seit sie die neuen schwarzen Vorhänge aufgehängt hatte, und prallte nun entsetzt zurück, als sie die Apfel- und Bananenschalen, die leeren Saftflaschen, die Tüten mit angebissenen Keksen, die vielen Zettel und Bücher sah, die auf dem ganzen Bett und überall auf dem Fußboden herumlagen. Aber sie ließ sich dadurch nicht von ihrem Vorhaben abschrecken.

»Ich kann meine goldene Halskette nirgends finden«, sagte sie. »Die, die dein Vater mir geschenkt hat.«

»So?«

»Jetzt wollte ich mich erkundigen, ob du sie vielleicht gesehen hast.«

»Nein.« Emily zuckte herablassend die Schultern; Lauren stand hilflos da, blickte in ihre dunklen, kalten Augen und wußte im Grunde ihres Herzens genau, daß ihre Stieftochter die Kette hatte. »Tja, wenn das alles ist?« meinte das Mädchen schließlich und wollte die Tür wieder zumachen.

Aber Lauren streckte die Hand aus und stoppte sie. »Emily, wenn du sie hast, dann will ich sie zurückhaben.«

»Hörst du schlecht, ich habe doch gesagt, daß ich sie nicht gesehen habe.« Mit einer Handbewegung deutete Emily auf ihren Schweinestall von Zimmer und sagte: »Aber du kannst gerne suchen. Vielleicht möchtest du in der Tüte mit Salzstangen nachsehen?«

»Wieso können wir beide nicht miteinander auskommen, Emily? Sag mir doch, was mache ich falsch?«

Emily wich ihrem Blick aus. »War's das dann?« fragte sie.

Lauren schüttelte seufzend den Kopf. »Eigentlich nicht. Ich will, daß du dein Zimmer aufräumst.«

»Mir gefällt es so, wie es ist, aber wenn es dich so stört, dann kannst *du* es ja saubermachen, oder?«

»Da täuschst du dich gründlich«, erwiderte Lauren.

»Das ist aber schade. Dann bleibt dir wahrscheinlich keine andere Wahl, als zu meinem Vater zu gehen und mich zu verpetzen.«

Emily war es offenbar nicht nur egal, ob Lauren sich bei Jonathan über sie beschwerte, sie schien es sogar richtig herauszufordern, vielleicht um die Tatsache zu unterstreichen, daß Lauren nicht allein mit ihr fertig werden konnte. Um so mehr Grund, ihr diese Genugtuung nicht zu gönnen.

»Damit er sich auch noch aufregt?« sagte sie deshalb. »Nein, danke, das werde ich ihm ersparen.«

»Dann beschwer dich eben nicht«, antwortete Emily. »Und jetzt noch einmal, ist das alles?«

Lauren drehte sich wortlos um und ging aus dem Zimmer; es gab nichts mehr zu sagen. Emily hatte mit Sicherheit die Kette genommen – wohin hätte sie sonst verschwinden sollen? Am nächsten Morgen, als die Mädchen in der Schule waren, ging Lauren nach oben und blieb zögernd an der Schwelle zu Emilys Zimmer stehen. Eigentlich wollte sie es gründlich durchsuchen. Aber nach einigen vergeblichen Anläufen ließ sie es wieder bleiben.

Sie war sich nicht einmal sicher, wieso. Lag es vielleicht an dem gräßlichen Geruch in dem Zimmer, der ihr auf den Magen schlug, oder war es ihre Hemmung, in die Privatsphäre eines anderen einzudringen? Möglicherweise war es auch die Angst, irgend etwas Schreckliches über ihre Stieftochter herauszufinden, so daß sie doch noch gezwungen wäre, zu Jonathan zu gehen. Und was die Unordnung in dem Zimmer anging – in ein paar Tagen würde ohnehin Beatrice kommen. Lauren würde ihr den Auftrag geben, Emily dazu zu bewegen, es endlich aufzuräumen.

Kapitel 5

Zu Laurens Pflichten gehörte es neuerdings auch, Emily einmal in der Woche nach der Schule abzuholen und zu ihrem Termin bei der Therapeutin zu bringen, der eineinhalb Stunden dauerte; in der Zeit ging Lauren dann immer in das Foodtown-Zentrum gegenüber, um dort ihre wöchentlichen Lebensmitteleinkäufe zu erledigen. Zufälligerweise war dies auch der Tag, an dem Chelsea ihre Gymnastikstunde hatte, und Lauren verabredete mit der Trainerin eine zusätzliche Übungsstunde für Chelsea, so daß sie sie entsprechend später abholen konnte. Anfänglich hatte Lauren die gemeinsame Zeit im Auto auf der Fahrt zu Dr. Greenlys Praxis noch als Gelegenheit betrachtet, mit Emily ins Gespräch zu kommen, aber schon bald sollte sie ihren Optimismus verlieren.

Es war schon anstrengend genug, ein einigermaßen sicheres Gesprächsthema zu finden, worüber sie sich nicht sofort in die Haare gerieten. Lauren zögerte auch, zu viele Fragen über die Therapie zu stellen, da Dr. Greenly sie bereits im Vorfeld darauf hingewiesen hatte, daß ihre Beziehung zu Emily die zwischen Arzt und Patient sei und der Schweigepflicht unterliege. Jeder Versuch von ihrer oder von Jonathans Seite, sich einzumischen, könne diese nur gefährden. Aber an diesem Mittwoch mußte Lauren ihre Zurückhaltung doch aufgeben; als sie Emily von der Schule abholte, sah sie nämlich, wie ihre Stieftochter sich zum Fahrer eines schwarzen Wagens hinunterbeugte und ihm offensichtlich irgendwelche Anweisungen gab. Der Fahrer, den sie nur von hinten sehen konnte, trug eine blaue Baseballkappe. Sie hupte, um Emily auf sich aufmerksam zu machen, und erschreckte damit unabsichtlich den Fahrer, der daraufhin davonfuhr.

»Um was ging es denn?« wollte Lauren wissen, als Emily zu ihr in den Wagen stieg.

Obwohl sie mittlerweile jede Menge hübsche Röcke hatte, trug Emily wieder einmal ihre Jeans und Stiefel, wie Lauren sofort sah. »Ach, der Typ wollte nur wissen, wie er am besten zum Büro des Direktors kommt.«

Lauren nickte und überlegte kurz, das Mädchen davor zu warnen, besser nicht mit Fremden zu reden, zögerte aber, da sie wußte, daß dieser Rat bei einer fast Zwölfjährigen mit Sicherheit nicht besonders gut ankäme, vor allem dann nicht, wenn er von ihr kam. Außerdem war Emily in sicherem Abstand auf dem Gehweg geblieben und war dem Wagen nicht zu nahe gekommen. Hätte sie nach Laurens Meinung den Mann vielleicht ignorieren sollen? »Mir ist aufgefallen, daß du dich zurückgehalten und Abstand zu dem Wagen bewahrt hast«, bemerkte sie deshalb. »Das hast du gut gemacht, finde ich.«

Emily stieß einen tiefen Seufzer aus. »Tatsächlich? Tja, wenn das so ist, dann werde ich das nächste Mal bestimmt meinen Kopf ins Fahrerfenster stecken. Ach, nein, warte«, fuhr sie fort und legte kokett einen Finger unter ihr Kinn, »vielleicht gilt das ja nur für die Woche ›Sei freundlich zu Fremden‹?«

Nun gut, ihr Kommentar war nicht gerade gelungen gewesen. Aber wichtig war doch, daß Emily ganz genau wußte, was sie tun und lassen sollte. Daß sie Lauren ärgern wollte, war ein ganz anderes Thema. Deshalb ignorierte Lauren ihren Sarkasmus. »Und, wie geht es dir mit den anderen Kindern in der Schule?« fragte sie.

Emily zuckte die Schultern. In der Woche zuvor war sie

etwas mitgenommen aus, der Schule nach Hause gekommen. Sie hatte zwar zugegeben, in einen Streit verwickelt gewesen zu sein, hatte sich aber geweigert, weiter darüber zu reden, und hatte darauf bestanden, daß Jonathan – der am liebsten auf der Stelle zum Direktor gelaufen wäre und die Sache geklärt hätte – sich aus der Sache heraushielte. Und Jonathan hielt sich zurück.

»Wie sieht es denn mit dem Unterrichtsstoff aus?« hakte Lauren, die nicht so leicht aufgeben wollte, nach. »Denn wenn du Schwierigkeiten hast, richtig mitzukommen ... Ich meine, du warst ja so lange in Bateman, und der Unterricht dort war bestimmt nicht so qualifiziert ... Auf jeden Fall könnten ich oder dein Vater dir helfen. Oder auch ein Nachhilfelehrer, wenn dir das lieber ist. Du brauchst keine Angst zu haben, etwas zu sagen.«

Emily seufzte mitleidsvoll. »Sag mal, Lauren, geht dir eigentlich nie die Luft aus?«

Also stellte Lauren ihre Versuche, ein neutrales Thema zu finden, wieder ein, schaltete statt dessen das Radio an, aus dem Popmusik erklang, und ignorierte das verächtliche Schnauben, das dies bei Emily hervorrief. Als Lauren jedoch kurz darauf der Garagenschlüssel einfiel, den sie seit Tagen in einem Umschlag in ihrer Handtasche mit sich herumtrug, beschloß sie, doch noch einen Vorstoß zu wagen. »Dein Vater hat mich übrigens gebeten, einen Schlüssel in Candlewood Terrace abzugeben.«

Auf diese Bemerkung reagierte Emily prompt und direkt. »Du meinst, in *meinem* Haus?«

»Ja«, erwiderte Lauren, der nicht entging, mit welcher Vehemenz Emily das Haus als das ihre bezeichnete. »Du weißt, dein Vater hat es vor kurzem vermietet. Der neue Bewohner ist bereits eingezogen.« Emily nickte, als wüßte sie es, was Lauren mit einem Schlag klarmachte, daß Emily trotz ihres vermeintlichen Desinteresses an den Vorgängen im Haus offensichtlich genau zugehört hatte. »Also, wie es aussieht, hat Daddy vergessen, einen Schlüssel an dem Bund zu befestigen.«

»Ja, tatsächlich?«

»Und da dachte ich mir, daß wir auf dem Heimweg noch rasch dort vorbeifahren und den Schlüssel in den Briefkasten werfen könnten, da es ja kein großer Umweg für uns ist. Das heißt, wenn es dir nichts ausmacht.«

»Warum sollte es mir etwas ausmachen?«

»Nun, ich weiß nicht so recht. Weil du seit einigen Jahren nicht mehr dort warst. Weil dadurch vielleicht Erinnerungen ausgelöst werden könnten, für die du noch nicht bereit bist.«

»Nein, ich will hinfahren«, sagte Emily; ihre Worte klangen zwar sehr überzeugend, aber Lauren konnte an der Art, wie sie an ihrer Unterlippe kaute, doch gewisse Anzeichen von Nervosität an ihr entdecken. Aber sie hatte ja gesagt und Lauren extra noch daran erinnert, als sie später aus der Praxis kam. So holten sie Chelsea von ihrer Gymnastikstunde ab und fuhren Richtung Candlewood Terrace. Sie hielten in einiger Entfernung vor dem braunen, schindelgedeckten Haus mit dem großen Garten, dem Holzzaun und der langen, verwaisten Auffahrt, die zu einer entfernten Garage führte – offenbar war Gordon Cummings nicht zu Hause. Dort, wo die Straße auf die Auffahrt stieß, stand der Briefkasten; Lauren nahm den Umschlag aus ihrer Tasche und hielt ihn Emily hin. »Willst du ihn einwerfen?«

Emily öffnete die Wagentür und stieg aus; sie blieb jedoch dicht neben dem Wagen stehen, während sie auf das Haus starrte ... Sie war nervös, das war nicht zu übersehen, aber sie hatte sich offensichtlich selbst das Versprechen gegeben, jetzt nicht zu kneifen. »Du mußt es wirklich nicht machen,

Emily«, sagte Lauren, die es allmählich mit der Angst zu tun bekam, vielleicht doch einen Fehler begangen zu haben, das Mädchen hierherzubringen.
Aber Emily gab weder eine Antwort, noch wich sie zurück. Sie trat ein paar Schritte von dem Wagen weg, blieb wieder stehen und sah sich auf dem Grundstück um, ehe sie schließlich zu dem Briefkasten ging und den Umschlag einwarf. Als sie den Kopf hob, blickte sie direkt zu dem Haus hinüber, das jenseits der Straße stand, und plötzlich weiteten sich ihre Augen, und ein Lächeln umspielte ihre Lippen. Lauren seufzte erleichtert, die Spannung des Augenblicks war vorüber.
Als sie sich umdrehte, um nachzusehen, was diesen Stimmungswandel ausgelöst hatte, entdeckte sie eine Frau, die die abfallende Rasenfläche vor ihrem Haus herunter- und Emily entgegenlief. Ihr folgte ein Mädchen mit zwei langen, kupferroten Pferdeschwänzen, das im Laufen einen Arm durch einen Pulloverärmel schob, während hinter ihr die verglaste Wetterschutztür ins Schloß fiel. Das Mädchen wirkte jünger als Emily.
Die Frau war winzig klein, wahrscheinlich Größe vierunddreißig. Sie hatte widerspenstiges, rotes Haar und Sommersprossen ... und aus ihrem Mundwinkel baumelte eine halbe Zigarette. Im Näherkommen warf sie die Kippe auf den Boden und rief grinsend: »O gütiger Gott, Emily, ich kann nicht glauben, daß du es bist!« Als sie endlich vor ihr stand, schlang sie beide Arme um das Mädchen, das ziemlich steif und verlegen darauf reagierte, sich aber doch sehr zu freuen schien.
Lauren beobachtete die beiden eine Weile und wurde Zeugin, wie die Frau immer wieder ihr Erstaunen darüber äußerte, wie groß Emily doch geworden sei. »Größer als ich!« rief sie lachend. »Und dann dieser verrückte Haar-

schnitt, nein so was! Wahrscheinlich müssen wir noch froh sein, daß du sie dir nicht lila gefärbt hast!«

Lauren öffnete die Wagentür und stieg aus, Chelsea folgte ihr. Während das kleine rothaarige Mädchen Emilys gesamte Aufmerksamkeit mit Beschlag belegte, kam Lauren näher und streckte der Frau ihre Hand entgegen. »Hallo, ich bin Lauren Grant«, stellte sie sich vor.

Es dauerte einen Moment, bis es in ihr Bewußtsein drang, aber dann weiteten sich die haselnußbraunen Augen der Frau. »O du meine Güte, ja.« Sie hielt Lauren eine magere Hand hin, während sie sie unverblümt musterte. »Ich habe gehört, daß Jonathan wieder geheiratet hat –« Nach einer Pause fügte sie hinzu: »Wenn ich Ihnen etwas grob erscheinen sollte, dann ist das nicht so gemeint, ehrlich. Mein Name ist Carla Abbot. Nancy und ich waren Freundinnen ...«

Lauren nickte. »Ist schon in Ordnung, das verstehe ich.« Dann drehte sie sich zu Emily und dem Mädchen um, das Carla Francine gerufen hatte; die beiden lagen einander in den Armen und redeten aufeinander ein. »Wie es aussieht, die beiden Mädchen auch.«

»Das kann man wohl sagen. Emily war wie eine große Schwester für sie«, meinte Carla lachend und schüttelte den Kopf. Lauren warf einen raschen Blick auf Chelsea, die mit grimmiger Miene die freudige Begrüßungsszene betrachtete. Lauren legte ihr eine Hand auf die Schulter und schob sie neben sich. »Das ist meine Tochter Chelsea.«

»Na, was sagt man dazu, das ist doch tatsächlich einer meiner Lieblingsnamen, Chelsea!« meinte die Frau, die offensichtlich zu den Menschen gehörte, die ein natürliches Talent im Umgang mit Kindern besitzen. Nachdem sie sich eine Weile mit ihr unterhalten hatte, wandte sie sich wieder an Lauren. »Ich habe schon gehört, daß Emily wieder zu

Hause ist. Sie wissen doch, wie schnell sich solche Nachrichten verbreiten! Und die ganze Zeit über wollte ich mal anrufen oder vorbeischauen, aber irgendwie kam ich mir komisch dabei vor. Weil Nancy nicht mehr da ist und ich so lange keinen Kontakt zu Emily hatte. Und, na ja, unter diesen Umständen ...«

Sie spielte natürlich auf sie an, auf die neue Stiefmutter in Emilys Leben, und so erwiderte Lauren: »Aber nein doch, Sie sind jederzeit willkommen, bei uns anzurufen oder vorbeizukommen, um Emily zu besuchen. Ich freue mich wirklich, endlich jemanden kennenzulernen, dessen Gegenwart sie so glücklich macht. Bisher war da nämlich niemand, seit sie wieder zu Hause ist – außer ihrem Vater natürlich.«

»Nun, wir sind ebenso glücklich über ihre Rückkehr. Warten Sie nur, bis Louie heimkommt – das ist mein Mann. Emily war immer einer seiner Lieblinge.« Sie deutete auf das Haus. »Was habe ich nur für Manieren! Darf ich Ihnen vielleicht etwas anbieten – Kaffee, vielleicht ein Glas Limonade? Was immer Sie möchten.«

Lauren blickte auf ihre Uhr, es war schon fast halb fünf. »Oh, ich würde ja gerne, wirklich ... aber ich kann leider nicht. Ich habe den Wagen voller Lebensmittel, und außerdem hat Jonathan eine wirklich schlechte Angewohnheit – er kann sehr brummig werden, wenn sein Essen nicht rechtzeitig auf dem Tisch steht.«

Carla nickte und verzog ihr Gesicht zu einer Grimasse, mit der sie Lauren ihr Mitgefühl signalisieren wollte. In dem Moment rief Francine: »Mom, darf Emily zum Essen bleiben? Bitte.«

Carla warf Lauren einen flehenden Blick zu. »Ach ja, wir hätten sie gerne bei uns. Ich kann sie Ihnen später ja wieder vorbeibringen – so gegen acht Uhr, es sei denn, früher wäre Ihnen lieber –«

Und Lauren wollte gerade nein sagen und den Vorschlag machen, daß ein anderes Mal vielleicht günstiger wäre, irgendwann einmal gleich nach der Schule oder an einem Wochenende, oder daß Francine zu ihnen nach Hause kommen solle, als Emily zu ihr trat und sie bat: »Darf ich, Lauren?«
Trotz ihrer bisherigen hartnäckigen Weigerung, Laurens Existenz überhaupt zur Kenntnis zu nehmen, geschweige denn die Tatsache anzuerkennen, daß sie so etwas wie Autorität für sie besitzen könnte, bat Emily doch tatsächlich ausgerechnet sie um Erlaubnis. Und noch dazu in einem derart schmeichelnden Tonfall, daß Lauren sich fragte, ob sie Emily nicht auch hinter das Steuer ihres Wagens lassen würde, wenn sie sie ebenso flehentlich darum bäte. Zum Glück verlangte sie nichts derartig Gefährliches, aber die Situation bot ihr immerhin die Gelegenheit, Punkte bei ihrer Stieftochter zu machen. »In Ordnung, du kannst bleiben.«
Als die beiden Mädchen davonstürmten, zufrieden, endlich allein zu sein, fiel Carla Chelseas unglückliches Gesicht auf, und sie sagte zu Lauren: »Wissen Sie, wenn die Kleine möchte, kann sie auch bleiben –«
»Nein. Vielen Dank, lieber nicht. Ein andermal vielleicht.«
Doch für diese Entscheidung sollte Lauren ihren Preis zu zahlen haben, und zwar recht bald schon. Denn als sie und Chelsea sich wieder in den Wagen setzten und nach Hause fuhren, wollte diese wissen: »Wieso durfte ich nicht bleiben?«
»Weil Emily ihren früheren Nachbarn offensichtlich immer sehr nahestand und sie seit langer Zeit nicht mehr gesehen hat. Deshalb ist das heute ein ganz besonderer Anlaß für sie, so etwas wie ein Wiedersehen nach langer Trennung. Das verstehst du doch, Liebling?«
Falls sie es verstand, zeigte sie es jedenfalls nicht.

Was Lauren jedoch noch mehr überraschte, war die Tatsache, daß sie sich zu Hause mit einem Jonathan auseinandersetzen mußte, der plötzlich in Panik ausbrach bei der Vorstellung, seine Tochter könnte sich nicht in der schützenden Abgeschiedenheit ihres eigenen Gartens befinden. »Sie ist doch kein Baby mehr«, verteidigte Lauren ihre Stieftochter, während sie die Zutaten für den Salat aus dem Kühlschrank holte und zur Küchentheke trug. »Du solltest dich besser daran gewöhnen, denn ehe du dich versiehst, wird sie die ganze Stadt unsicher machen.«

»Was soll das heißen?«

»Nichts, nur daß wir sie nicht festbinden können. Jonathan, du hättest sehen sollen, wie aufgeregt sie war, als sie Francine und ihre Mutter wiedersah. Sie wünschte es sich so sehr, noch bei ihnen zu bleiben. Wie hätte ich ihr diese Bitte abschlagen können?«

Mit diesem Argument schien sie seinen Widerstand gebrochen zu haben, denn schließlich ging es ihm letzten Endes immer darum, seine Mädchen glücklich zu machen. Er setzte sich auf den Küchenstuhl, lehnte sich zurück und meinte kopfschüttelnd: »Es gefällt mir trotzdem nicht, Lauren. Mir wäre lieber, sie würde ihre Freunde hierherbringen.«

In den zwei Wochen, die Emily nun zu Hause war, war dies der erste Hinweis darauf, daß sie überhaupt Freunde hatte oder welche haben wollte – um so mehr ein Grund, sie darin zu bestärken. »Chelsea geht doch auch ihren Aktivitäten außer Haus nach. Ich habe nie ein Wort von dir gehört, daß du dagegen etwas einzuwenden hättest.«

»Das ist etwas anderes, dabei ist sie immer unter Aufsicht; da ist sie nicht bei Kindern, die allein in der Gegend herumrennen.«

Natürlich hatte er recht. Hier, wo sie wohnten, gab es keine

Nachbarn – jedenfalls keine in nächster Nähe, und selbst wenn, keine mit Kindern in Chelseas Alter. Deshalb mußte Lauren immer dabeisein, wenn Chelsea in ihre Spielgruppe ging. Aber das würde auch nicht ewig so weitergehen. »Diese Gegend hier ist sicher, Jonathan«, sagte sie, obwohl sie ganz genau wußte, daß er an nichts anderes als an das eine Mal dachte, als sie nicht sicher gewesen war. Trotzdem fuhr sie fort: »Wir müssen den Mädchen vertrauen, wir sollten etwas lockerlassen, zumindest, wenn wir die beiden nicht mit unserer Fürsorge ersticken wollen.«

»In die Mädchen habe ich doch Vertrauen, blindes Vertrauen sogar. Nur mit dem Rest der Welt habe ich so meine Schwierigkeiten.«

»Aber die Abbots kennst du doch.«

»Eigentlich nicht, jedenfalls nicht sehr gut. Carla war Nancys Freundin, und die Kinder haben zusammen gespielt. Aber Carla kam mir als Mutter immer ziemlich nachlässig vor.«

Lauren fiel der dünne Pullover ein, in den Francine geschlüpft war, um in die Kälte hinauszulaufen, und daß Carla geraucht hatte. Perfekt war Carla bestimmt nicht, aber das sprach ihr noch lange nicht die Eignung ab, eine gute Mutter zu sein, und Emily mochte sie ganz eindeutig. Außerdem war Emily schon fast zwölf Jahre alt und kein Baby mehr; sie war schließlich nur zu Besuch und sollte nicht für immer dort leben. Lauren setzte sich auf den Stuhl neben Jonathan und ergriff seine Hand. »Jetzt hör mir doch bitte mal zu, Schatz. Zu den vielen Dingen, die ich an dir liebe, gehört auch deine totale Hingabe an deine Familie. Aber du mußt diesen Drang in dir unter Kontrolle bringen, allzu fürsorglich zu sein.«

Emily, Emily, Emily. Grollend ließ Chelsea den Namen auf ihrer Zunge zergehen; sie stand unter der Tür und hörte sich seit ein paar Minuten das Gespräch zwischen ihrer Mommy und ihrem Daddy mit an. Alle redeten immer nur über Emily, machten sich Sorgen um sie oder stritten sich ihretwegen. Diese häßliche, widerliche Emily mit ihrem kahlen Schädel, die nicht ein Mal das Geschirr abgeräumt hatte, seit sie zu Hause war, die Chelseas Mutter ständig widersprach, nie tat, was man ihr sagte, sich nie nett benahm und sich trotzdem nie Ärger deswegen einhandelte.

Carla fuhr Emily nach Hause, aber als sie sah, wie sich das Tor elektronisch öffnete, bekam sie es mit der Angst zu tun und weigerte sich, auch nur einen Schritt weiterzufahren, obwohl Lauren ihr versicherte, daß nichts geschehen würde, und Emily und Francine sie vom Rücksitz aus bedrängten. »Nein, nein, das kann ich nicht«, wiederholte sie. »Bittet mich nicht darum.«

Schließlich lief Lauren nach draußen und die Auffahrt hinunter bis zu dem offenen Tor, wo sie völlig außer Atem ankam. Sie klopfte an das Fenster auf der Fahrerseite. »Was ist los?«

»Irgendwie macht mir wahrscheinlich die Vorstellung angst, daß sich diese riesigen Eisentore wieder hinter mir schließen werden.«

Mit leichter Ironie in der Stimme erwiderte Lauren: »Aber sie gehen nicht nur zu, sondern auch wieder auf, wissen Sie.«

»Oh, ich weiß. Das tun Gefängnistore auch. Ach du meine Güte, jetzt denken Sie bestimmt, ich vergleiche Ihr Haus mit einem Gefängnis – oder schlimmer noch, daß ich im Knast war. Aber das stimmt beides nicht, ehrlich –«

»Es ist schon in Ordnung, Carla«, beschwichtigte Lauren sie. »Was halten Sie davon, wenn ich die Steuerung so einstelle, daß sich die Tore nicht gleich wieder hinter Ihnen schließen?«

»Könnten Sie das so einrichten?«

Lauren gab ein paar Zahlen ein und klappte anschließend den Kasten wieder zu. Triumphierend sah sie Carla an. »Voilà!«

Carla wirkte zwar immer noch ein wenig nervös, chauffierte aber Lauren und die Kinder tapfer die lange Auffahrt hinunter bis zum Haus. Als sie zur Tür kamen, bat Lauren sie noch auf eine Tasse Tee hinein, aber Carla lehnte dankend ab und lud sie ihrerseits zu sich ein. »Wieso kommen Sie nicht mal zu mir? Wie wäre es gleich mit morgen, nach der Schule? Sie können Emily und Ihren bezaubernden kleinen Blondschopf mitbringen. Wir haben hinter dem Haus einen großen, beheizten und begehbaren Vogelkäfig, den alle Kinder lieben. Wir halten vor allem Tauben, aber wenn man genau hinsieht, kann man bestimmt noch ein halbes Dutzend anderer Vogelarten entdecken. All die kleinen, verletzten Kerlchen, die uns zugeflogen oder die auf ihrem Flug in den Süden zurückgeblieben sind.«

Lauren überlegte nicht lange – was hatte sie denn sonst schon zu tun außer ihren Chauffeurdiensten für die Kinder, ihren gelegentlichen Einsätzen in der Bibliothek, ihren Aktivitäten bei der Eltern-Lehrer-Vereinigung oder bei dem Do-it-yourself-Projekt, an dem sie mitarbeitete? Sie sagte ja. Da Carla Emily so nahestand, konnte sie ihr möglicherweise helfen, zu dem Mädchen durchzudringen, ihr Vertrauen zu gewinnen. Außerdem war Carla ganz und gar nicht wie die anderen Mütter, die sie seit ihrem Umzug nach Elmwood Valley kennengelernt hatte, und sie fand diesen Unterschied sehr erfrischend. Himmel, wen kannte sie denn sonst schon, der eine Voliere besaß? Erst viel später ging ihr die Ironie der Situation auf – Carla, Nancys Freundin, sollte auch ihre Freundin werden.

»Wo bringst du mich eigentlich hin, Engelchen? Willst du mir denn gar nichts verraten, bevor ich zum Galgen geführt werde?« fragte Jonathan, der sich von Chelsea mit geschlossenen Augen an der Hand die Treppe hinaufführen ließ. Vor Emilys Zimmer blieb sie stehen; sie spürte, wie ihr Herz erwartungsvoll klopfte. Sie hatte noch nie zuvor jemanden verpetzt, in ihren Augen war das eine ganz feige Sache. Aber dieses Mal war ihr das völlig egal, sie konnte es gar nicht mehr erwarten, ihre große Schwester in Bedrängnis zu bringen.
»Ich muß dir etwas zeigen«, sagte sie, drehte den Türknauf und stieß die Tür zu Emilys Zimmer auf. Und aus der Art, wie Daddy sich darin umsah, konnte sie schließen, daß er gar nicht glücklich war über den Anblick, der sich ihm dort bot. Aber dabei wollte sie es noch nicht bewenden lassen. Sie führte ihn in eine Ecke, wo auf dem Teppich ein Kartoffelchip lag, auf dem lauter Ameisen herumkrabbelten. Sie deutete darauf. »Siehst du das?«
Obwohl er ziemlich entsetzt wirkte, sagte er mit neutraler Stimme: »Danke, daß du mir das gezeigt hast, Chelsea. Das hast du richtig gemacht.« Dann begleitete er sie aus dem Zimmer und die Treppe hinunter, wo gerade ihre Mutter mit Emily im Schlepptau zur Haustür hereinkam. Ohne lange Vorrede sagte er zu Emily: »Bitte geh mit deiner Schwester ins Wohnzimmer. Lauren und ich haben miteinander etwas zu besprechen.« Und dabei packte er Lauren am Ellbogen und führte sie die Treppe hoch.
»Sieht aus, als ob er sauer auf sie wäre«, meinte Emily, die ihnen neugierig hinterhersah.
»Wenn ich du wäre, würde ich mir mehr Sorgen um mich selbst machen«, bemerkte Chelsea; ihre Stimme hörte sich zwar schnoddrig und sicher an, aber das war nichts als Fassade. Sie verspürte ein merkwürdig flaues Gefühl im

Magen und war sich gar nicht mehr so sicher, ob ihr der Ausgang dieser Angelegenheit wirklich gefallen würde.

Er hatte sie regelrecht überfallen, als sie ins Haus kam, doch als sie oben vor Emilys Zimmer standen und er die Tür aufstieß, war Lauren klar, worum es ging. Aus irgendeinem Grund war er offenbar hineingegangen ...

»Ich will nur eines wissen: Hast du das gesehen?« fragte er und deutete auf das Zimmer.

»Habe ich. Gestern abend.«

»Und?«

»Natürlich habe ich ihr gesagt, daß sie hier aufräumen soll.«

»Aber wie du siehst, hat sie es nicht getan.«

Lauren seufzte. Sie hatte wirklich nicht gewollt, daß es soweit kam, aber jetzt war es eben passiert, und ihr blieb keine andere Wahl. »Jonathan, sie hat sich geweigert. Sie hat sogar vorgeschlagen, daß ich es dir erzähle.«

»Warum hast du es mir dann nicht erzählt?«

»Weil ich es nicht richtig fand, dich mit einer solchen Sache zu belästigen. Damit helfen wir ihr nur, uns weiter gegeneinander auszuspielen.«

Jonathan trat einen Schritt in das Zimmer, blieb stehen und deutete auf den Fußboden. »Komm mal her, ich möchte, daß du das siehst, Lauren.« Sie trat neben ihn und blickte hinunter auf einen Schwarm Ameisen ...

»O Gott«, stieß sie hervor und wich entsetzt zurück, ehe sie anfing, mit dem Fuß auf die Ameisen zu treten. »Ich könnte sie umbringen, dieses kleine –«, setzte sie an, aber kaum hatte sie die Worte ausgesprochen, wußte sie schon, daß sie einen Fehler begangen hatte. Die Panik auf Jonathans Gesicht bestätigte es ihr. »Liebling, bitte«, begann sie erneut, gleichzeitig wütend, daß sie sich deswegen rechtfertigen mußte. »Ich habe das natürlich nicht so gemeint. Aber ich bin ebenso wütend wie du.«

Er seufzte und meinte mit bedrückter Stimme: »Die Sache wächst dir langsam über den Kopf, nicht wahr?«

»Was soll das heißen?«

»Nur, daß du mehr Hilfe im Haus brauchst. Ich bin sicher, Beatrice wäre froh –«

Lauren war entsetzt – nicht nur wegen Emilys Zimmer, sondern vor allem wegen ihrer Arroganz – und gleichzeitig wütend, daß Jonathan dies nicht ebenso sah wie sie. »Verdammt, ich brauche Beatrice nicht«, sagte sie. »Und, Jonathan, du willst mir doch nicht einreden, daß es dir nur darum geht, das Haus sauberzuhalten, oder? Es geht um Emily, um ihre völlig Mißachtung unserer Gefühle. Wieso bestehst du nicht wenigstens darauf, daß sie hier hochkommt und ihren Saustall selbst aufräumt?«

»Weil ich die Angelegenheit im Gegensatz zu dir nicht als moralische Kraftprobe betrachte. Mir ist es völlig egal, wer das Zimmer saubermacht, Hauptsache, es wird saubergemacht. Und warum sollen wir das nicht von einer professionellen Kraft erledigen lassen, wenn es unserer Tochter offensichtlich zusätzliche Probleme bereitet, die sie an diesem Wendepunkt ihres Lebens bestimmt nicht brauchen kann?«

Lauren hätte nun argumentieren können, daß es für Emily eine Lektion in Hygiene, Verantwortung, Anstand und einer Reihe anderer moralischer Werte bedeutet hätte – Gründe, weswegen Eltern Dinge von ihren Kindern verlangen, die sie selbst viel leichter erledigen könnten –, aber sie tat es nicht. Vielleicht *war* sie ja pingelig. Als sie in Emilys Alter war, war ihr Zimmer da nicht auch eine Katastrophe gewesen? Und obwohl sich dieser Zustand im Laufe der Zeit gebessert hatte, hatte ihre Wohnung in der Stadt auch nicht gerade ausgesehen wie eine Seite aus SCHÖNER WOHNEN.

Jonathans Sicht der Dinge war nicht völlig unvernünftig. Hatte Emily in dieser Zeit denn nicht wirklich schon genügend Druck von anderer Seite? Da war die Eingewöhnung zu Hause, die Schule, wo sie mit ihren Klassenkameraden nicht eben gut auskam …

Außerdem gab es nun wirklich wichtigere Themen zu klären, wenn schon unbedingt etwas geklärt werden mußte. Lauren bückte sich, um ein paar Dinge vom Boden aufzuheben, die sie wegwerfen wollte, und sammelte dann das dreckige Geschirr ein; sie mußte sich sehr zusammenreißen, daß ihr dabei nicht schlecht wurde. »Okay, Jonathan, vielleicht hast du in diesem Punkt wirklich recht«, sagte sie schließlich.

»Heißt das, daß wir diesen lächerlichen Streit beenden können?«

»Zuerst würde ich dir gerne noch sagen, weswegen ich gestern abend hier war.« Er wartete, und sie unterbrach ihre Tätigkeit und verschränkte die Arme vor der Brust. »Ich konnte die goldene Halskette nicht finden, die du mir geschenkt hast. Ich habe wirklich überall nachgesehen. Deshalb habe ich an Emilys Tür geklopft, um sie zu fragen, ob sie etwas darüber wüßte.«

»Und, hatte sie die Kette gesehen?«

»Nein, zumindest hat sie mir das gesagt.«

»Willst du damit andeuten, daß du ihr nicht glaubst?«

Sie holte tief Luft und ließ dann die Katze aus dem Sack. »Ja, ich schätze, darauf will ich hinaus.«

Eigentlich hatte sie es für unmöglich gehalten, daß er imstande sein könnte, vernünftig auf eine derartige Beschuldigung gegen seine Tochter zu reagieren, aber sie wurde eines Besseren belehrt. »Dann sollten wir es herausfinden«, meinte er nur. Sie hatte sich mit moralischen Bedenken herumgeschlagen, Emilys Zimmer zu durchsuchen, aber

falls er ähnliche Skrupel haben sollte, schien er fähig zu sein, diese einfach beiseite zu schieben. Gründlich durchsuchte er das ganze Zimmer und sah überall nach – unter dem Bett, unter der Matratze, in Emilys Kommode und Schreibtisch, in ihrem Nachttisch, er wühlte sogar in ihren Schubladen und in ihrem Schrank. Als nichts mehr zu tun war und er auch nichts gefunden hatte, sagte er: »In Ordnung, Lauren, Spaß hat mir das keinen gemacht, aber es mußte erledigt werden, und so habe ich es getan. Bist du jetzt zufrieden?«
Sie nickte. Wie hätte sie auch nein sagen können? Aber sie war verwirrt und erschöpft, als hätte man sie durch eine Mangel gedreht. Er kam zu ihr, nahm sie in seine Arme, und sie sank dankbar an seine Brust.
»Würdest du mir bitte einen Gefallen tun?«
»Was soll ich tun?« fragte sie.
»Schließ mich nicht aus. Wenn dich etwas bedrückt, dann laß es mich wissen. Vielleicht kann ich dir helfen, aus einem Elefanten wieder eine Mücke zu machen. Dafür bin ich doch da.« Er lächelte und drückte seine Lippen auf ihre Stirn. »Ich werde jetzt nach unten gehen und nach unseren Mädchen sehen. Kommst du mit?«
Sie schüttelte den Kopf, befreite sich aus seiner Umarmung, ging zu einem Stapel Zeitungen und Papiere, die auf dem Boden lagen, und kniete sich hin, um sie aufzusammeln. »Ich mache erst mal das hier oben fertig.«

Kapitel 6

Der Mann vor der Schule hatte dunkle Tränensäcke unter den Augen und einen dünnen, grauen, zerrupften Schnurrbart. Er sah eigentlich ziemlich harmlos aus, wie ein Lehrer oder sonstjemand vom Schulpersonal, aber die Art und Weise, wie Emilys Augen auf der Suche nach einem Fluchtweg umherhuschten, stimmte Lauren nachdenklich. Sie kam gerade mit dem Wagen angefahren, erfaßte die Situation mit einem Blick, blieb an einer Stelle stehen, an der sie eigentlich nicht parken durfte, schaltete den Motor ab und stieg rasch aus. »Du bleibst im Wagen«, sagte sie zu Chelsea auf dem Rücksitz.

»Entschuldigen Sie bitte«, rief sie den beiden im Näherkommen zu. Emily blickte hoch und wirkte tatsächlich erleichtert, als sie sah, daß es Lauren war; der Mann hingegen stieß einen gereizten Seufzer aus und murmelte etwas vor sich hin. »Hallo, ich bin Lauren Grant«, stellte sie sich vor. »Emilys Stiefmutter.« Das war sowohl eine Frage als auch eine Feststellung und eindeutig als Aufforderung an den Mann gedacht, sich selbst vorzustellen.

Er griff in die Tasche seines zerknitterten, grauen Regenmantels, holte einen Ausweis heraus und hielt ihn ihr hin. »Detective Kneeland von der Polizei in Elmwood Valley.«

Trotz Jonathans Warnung in der letzten Woche war sie auf alles gefaßt, nur nicht auf einen Polizisten. »Aha«, erwiderte sie nicht eben originell.

»Keine Angst, Ma'am, es wird nicht lange dauern. Ich habe nur erfahren, daß die Kleine wieder zu Hause ist, und wollte ihr deshalb ein paar Fragen stellen. Ob ihr vielleicht noch ein paar neue Fakten eingefallen sind.«

Lauren legte die Hand auf Emilys Arm und sagte zu ihr, daß sie zum Wagen gehen solle, was sie auch tat; dann wandte sie sich wieder dem Detective zu. »Soweit ich informiert bin, hat mein Mann Sie doch gebeten, Emily nicht weiter zu befragen. Sie haben kein Recht dazu.«

Jetzt wippte er auf den Absätzen auf und ab und strich sich mit zwei Fingern über den Schnurrbart. »Tja, da täuschen Sie sich, Mrs. Grant. Die Polizei hat jedes Recht.«

»So, ist das so? Sie haben das Recht, eine Minderjährige ohne die Einwilligung der Eltern zu befragen?«

»Aber natürlich. Mit einer Anordnung des Gerichts.«

»Wollen Sie damit sagen, daß Sie so eine Anordnung haben?«

Seine Kiefermuskeln spannten sich an. »Ich wollte nicht, daß es soweit kommt, aber wenn Sie es darauf anlegen, werden Sie schon sehen, wie schnell ich eine bekomme.«

»Wieso?« wollte sie wissen und beschloß, es mit einem Appell an sein Mitgefühl zu versuchen. »Wieso tun Sie das? Sie wissen doch ganz genau, was Emily alles durchgemacht hat. Endlich bessert sich ihre Situation, und was tun Sie? Sie können sie gar nicht schnell genug wieder unter Druck setzen, obwohl sie dadurch vielleicht einen Rückfall erleiden könnte. Und das wegen einer Sache, die so lange zurückliegt.«

»Diese Sache, auf die Sie so leichthin anspielen, Mrs. Grant, war immerhin ein Mord. Und so lange liegt er nun auch wieder nicht zurück, daß Nancys Familie ihn vergessen hätte. Sie leben übrigens in New Hampshire und sind Farmer, anständige Leute, wissen Sie. Und sie vermissen ihre Tochter und trauern um sie ... wahrscheinlich für den Rest ihres Lebens. Nancy Grant war Mitte Dreißig, als sie getötet wurde, eine junge Frau, die vieles hatte, wofür es sich zu leben lohnte.«

Lauren hatte zuvor noch nie an Nancys eigene Familie gedacht, nur immer an Jonathan und Emily. Da Jonathan jetzt mit ihr verheiratet war, hatte er in gewisser Weise auf seine Position innerhalb der Familie seiner Exfrau verzichtet. Mit Emily verhielt sich das natürlich anders; sie würde für immer und ewig Nancys Tochter sein, ganz gleich, wer in ihrem Leben noch eine wichtige Rolle spielen mochte.

Das war eine ganz sachliche Feststellung, und Lauren mußte immer im Hinterkopf behalten, daß sie und Jonathan, trotz all ihrer Bemühungen, Emily zu helfen, nie von ihr verlangen durften, diese Bande aufzugeben. »Es tut mir leid«, meinte sie deshalb. »Das war unglaublich unsensibel von mir. Wir können Nancy nicht mehr zurückholen, mehr wollte ich damit nicht sagen. Aber ich stelle mir doch die Frage, weshalb wir die Ereignisse ausgerechnet mit einem kleinen Mädchen wiederkäuen müssen, das die größten Probleme hatte, mit ebendiesen Ereignissen fertig zu werden.«

»Sie scheinen offensichtlich zu vergessen, daß der Täter immer noch herumläuft, und das frei wie ein Vogel, was heißt, daß er jederzeit die Entscheidung treffen kann, wieder zu morden: meine Frau, meine Tochter, die alte Dame oder das kleine Kind hier in der Straße, auch Sie oder Ihre Kinder, Mrs. Grant. Glauben Sie nur ja nicht, daß Mr. Grant das nicht ebenfalls weiß. Ich habe mir die Verteidigungsanlage angesehen, mit der er seine neue Familie umgibt. Etwas übertrieben vielleicht, aber Sie wissen doch ganz genau, weshalb er diesen technischen Aufwand treibt.«

»Emilys Wohl steht für uns natürlich an erster Stelle«, entgegnete Lauren. »Ihr Vater und ich wollen nur, daß sie nicht noch mehr verletzt wird, als es ohnehin schon der Fall ist. Außerdem, Detective, kann sie Ihnen nicht helfen. Ich bin sicher, mein Mann hat der Polizei gesagt, daß bei ihr keine weiteren Erinnerungen im Zusammenhang mit dem Mord aufgetaucht sind.«

»Gut, ich verstehe. Dann zieht sich die Sache eben noch in die Länge. Es ist schon möglich, daß sie sich nicht an das Gesicht oder an den Vorfall selbst erinnern kann, aber wenn man etwas gezielter nachfragte, dann würde ihr vielleicht wieder das eine oder andere einfallen, das am fraglichen Tag oder an den Tagen zuvor passiert ist. Vielleicht auf der Fahrt von der Schule nach Hause mit ihrer Mutter, vielleicht ist sie da ja an einem bestimmten Wagen vorbeigekommen oder hat einen Fremden im Vorgarten nebenan gesehen, als sie ins Haus gingen. Irgend etwas, das von der normalen Routine abwich, irgendeine Einzelheit, die die Untersuchungen in eine neue Richtung lenken könnte.«

»Glauben Sie nicht, daß sich das Mädchen schon lange genug damit herumgeschlagen hat –«, fing Lauren an, aber er fiel ihr ins Wort.

»Wenn sich irgend jemand lange damit herumgeschlagen hat, dann ich. Wissen Sie, ich habe so viele Fakten über diesen Fall gesammelt, daß ich eine ganze Computerdiskette damit füllen könnte ... aber mein Computer ist das hier, Ma'am«, sagte er und tippte sich mit dem Finger an die Stirn. »Ich vergesse nichts, und nichts wird gelöscht, wenn ich es nicht sage ... und das tue ich nicht. Noch nicht.«

Als sie erkannte, wie sinnlos es war, weiter mit ihm zu argumentieren, wandte sie sich zum Gehen, aber da änderte er plötzlich seine Taktik. »Wissen Sie, Mrs. Grant, auf lange Sicht wird sich das Mädchen besser fühlen, wenn sie mit uns zusammenarbeitet. Schließlich befragen wir sie nicht als Zeugin eines Mordes, der nichts mit ihr zu tun hat, es geht hier immerhin um ihre eigene Mutter, um einen gräßlichen

Vorfall in ihrem eigenen Haus. Natürlich, in einem Punkt muß ich Ihnen zustimmen, es ist schon lange her ... Wie Sie bereits sagten, ist ziemlich viel Zeit zwischen dem Mord und dem heutigen Tag vergangen, und möglicherweise sind alle Fährten bereits erkaltet und führen nur noch ins Leere. Aber bevor ich endgültig aufhöre, müssen wirklich alle erdenklichen Spuren verfolgt worden sein.«

Er war wirklich unerbittlich, aber es war durchaus etwas dran an seiner Argumentation ... Was, wenn Emily tatsächlich über Wissen verfügte, von dem sie nichts ahnte und womit sie die Polizei auf die Fährte des Killers führen könnte? Und wenn sie nie die Gelegenheit hatte, dahinterzukommen, was dann, würde sie dann nicht eines Tages Lauren und Jonathan den Vorwurf machen, sie in dem Bemühen nicht genügend unterstützt zu haben? Daß der Mörder ihrer Mutter ungeschoren davonkommen konnte?

»Wissen Sie, ich bin mir nicht so sicher, was ich von der Sache halten soll«, entgegnete sie seufzend. »Ich kann Ihnen aber auf keinen Fall meine Erlaubnis geben, ohne vorher mit ihrem Vater gesprochen zu haben. Aber ich verspreche Ihnen, ich werde mit ihm reden.«

Er nickte und spielte an seinem Schnurrbart herum. »Wie ich schon sagte, wenn es sein muß, gehen wir auch vor Gericht. Aber ich will offen mit Ihnen sein, Ma'am, Ihr Mann ist ein anständiger Mensch und wird von allen sehr respektiert, soweit ich weiß. Mir ist klar, daß er durch die Hölle gegangen ist ... und das letzte, was ich will, ist, ihm das Gericht auf den Hals zu hetzen.«

Irgendwie klang das jedoch gar nicht freundlich, sondern viel eher wie eine Drohung.

Sie dachte immer noch über den Detective nach, als Carla eine Tasse Tee vor sie hinstellte; sich selbst hatte sie einen

Becher mit schwarzem Kaffee eingegossen. Die Kinder stopften sich eine Handvoll Plätzchen mit Erdnußbutter in die Jackentaschen und rannten nach draußen, um die Vögel zu füttern; Francine, der von ihrer Mutter zweimal eingetrichtert worden war, daß Chelsea ihr Gast war, zerrte diese lustlos hinter sich her. »Okay, möchten Sie mir vielleicht sagen, was los ist?« fragte Carla, sobald sich die Tür hinter den Mädchen geschlossen hatte.

»Wie kommen Sie auf die Idee, daß etwas passiert sein könnte?«

»Weil Sie einen so abwesenden Eindruck machen, als ob Sie Ihren Kopf draußen im Wagen gelassen hätten.«

Lauren seufzte, die sah keinen Grund, weshalb sie Carla nichts davon erzählen sollte, da sie doch, ebenso wie der Rest der Kleinstadt, viel mehr über den Mord an Nancy wußte als sie selbst. »Als ich heute in die Schule kam, um Emily abzuholen, war ein Detective bei ihr, ein ziemlich unangenehmer Typ, der versucht, den Eindruck zu erwecken, als würde er die hiesige Polizei im Alleingang leiten.«

»Donald Kneeland. Die Beschreibung paßt hundertprozentig auf ihn. Etwas dumpf in der Birne, aber hart arbeitend und äußerst engagiert, eine interessante Mischung. Die Polizei von Elmwood Valley besteht aus zwölf normalen Polizisten und drei Detectives – Kneeland ist einer davon. Was hat er denn gewollt?«

»Mit Emily reden, was er gerade versucht hat, als ich dazukam. Sie schien zu Tode erschrocken zu sein.«

»Tja, das ist doch mehr als verständlich, oder nicht?« Carla schüttelte wütend den Kopf. »Himmel, wieso kann er das Kind denn nicht in Ruhe lassen? Hat er denn nicht schon genug Schaden für ein Leben angerichtet?«

Laurens Reaktion auf diese Bemerkung kam nicht sofort, aber schließlich fragte sie: »Was meinen Sie denn damit?«

»Die Aufdringlichkeit, mit der er sie nach all dem, was Nancy zugestoßen ist, einfach nicht in Ruhe lassen wollte. Sie hat ihm bestimmt hundertmal erzählt, daß sie sich an nichts erinnern kann, aber meinen Sie, er hätte es dabei bewenden lassen? Als er dann noch anfing, sie des Verbrechens zu beschuldigen, da ist Ihr Mann wild geworden ... und hat der ganzen Sache einen Riegel vorgeschoben.«
»Er hat sie beschuldigt?«
»Ja, Emily.« Lauren machte offenbar einen dermaßen verwirrten Eindruck, daß Carla erklärend hinzufügte: »Des Mordes an Nancy.« Und mit gesenkter Stimme fuhr sie fort: »Ja, wußten Sie das denn nicht?«
Während die Worte in sie eindrangen, spürte Lauren, wie sie vor Kälte zu zittern anfing. Die Überraschung war doppelter Natur: Zum einen hatte Jonathan es offensichtlich nicht der Mühe wert gefunden, die Vorwürfe zu erwähnen, und zum anderen – warum, um alles auf der Welt, sollte die Polizei eine Zehnjährige eines Mordes beschuldigen? Diese Frage stellte sie schließlich Carla, als sie ihre Stimme wiedergefunden hatte.
Carla zündete sich eine Zigarette an und legte das Streichholz auf eine leere Untertasse auf dem Tisch. »Weil Elmwood Valley, so nett es auch sein mag, eine drittklassige Polizei hat.«
»Aber es muß doch einen Grund geben, wieso Detective Kneeland überhaupt auf einen solchen Gedanken kam –«
»Aber natürlich hatte er seine Gründe. Wer immer Nancy erschlagen hat, er hat es mit Emilys Baseballschläger getan. Der Schläger war neu und stand, laut Jonathan, direkt neben der Tür in der Küche, als er an diesem Morgen in die Arbeit fuhr. Was bedeutet, daß jeder hätte ins Haus kommen, den Schläger benutzen und hinterher die Fingerabdrücke abwischen können. Und dann war da noch die Fahrt von der

Schule nach Hause ... Wissen Sie, an diesem Tag ist Emily eher zu Hause gewesen –«
»Das weiß ich.«
»Gut. Also, soweit ich das verstanden habe, hielt Nancy unterwegs noch bei der Apotheke an, um Verbandszeug und Desinfektionsmittel für Emilys Hautabschürfungen zu besorgen, und einer der Verkäufer will dabei gehört haben, daß die beiden sich stritten. Okay, Sie sind selbst auch Mutter. Was meinen Sie, ist es denn so ungewöhnlich für ein Kind, sich in einem Geschäft aufzuführen und der Mutter zu widersprechen? Oder daß eine schwangere Mutter ungeduldig auf ihr Kind reagiert? Nur weil es einmal kräftig ausgeschimpft wird oder gar einen kleinen Klaps bekommt, ist das meiner Meinung nach noch lange kein Motiv für ein Kind, deswegen gleich die Mutter umzubringen. Für Sie vielleicht? Kneeland hat zwar keine Fingerabdrücke oder andere Beweise im Haus und auf dem Grundstück gefunden, daß irgend jemand, der nicht zur Familie gehörte, dort gewesen sei. Das bedeutet aber doch nichts anderes, als daß der Täter sehr sorgfältig vorgegangen ist – immerhin hat er auch den Baseballschläger abgewischt, wie wir wissen ... Aber wenn ein Polizist nichts findet, dann neigt er offenbar dazu, das wenige, das er hat, mächtig aufzubauschen und etwas daraus zu machen, das es nicht ist.«

Wie üblich kam Emily wieder davon. Es war ihre Mutter, die schließlich den Schweinestall aufräumen mußte. Und obwohl niemand die Frage stellte oder es erwähnte, irgendwie kam Emily dahinter, wer sie verpetzt hatte; Chelsea war sich dessen ganz sicher – so wie diese bösen, dunklen Augen sie über den Frühstückstisch hinweg anfunkelten.
Bisher hatte Emily sie noch nicht geschlagen, ärgerte sie

aber ständig, und ein paarmal, wenn sie glaubte, Chelsea würde jetzt bestimmt zu ihrem Vater laufen und sich bei ihm ausheulen, hatte sie sie auch gepackt und so fest an den Handgelenken und den Armen geschüttelt, daß sie blaue Flecken davon bekam. Deshalb war Chelsea auch erleichtert, daß Francine jetzt bei ihnen war. Auf diese Weise kam sie wenigstens dazu, die Drossel, deren Beinchen mit einem Zahnstocher geschient war, halten und die Tauben füttern zu dürfen; und sie konnte den älteren Mädchen überallhin folgen und ihnen zuhören, ohne Angst vor Emilys Wutausbrüchen haben zu müssen.

Nicht daß ihre Unterhaltung so faszinierend gewesen wäre, wenigstens nicht, bis ein grüner Pick-up-Laster in die Auffahrt des Hauses Candlewood Terrace Nummer fünfunddreißig bog. Emily, die plötzlich aussah, als sei ihr das ganze Blut zu Kopf gestiegen, rannte hinunter an den Rand des Grundstücks von Francine, um einen besseren Blick auf den Mann hinter dem Steuer werfen zu können. Francine und Chelsea folgten ihr und kauerten sich neben sie.

»Das ist er«, verkündete Francine, als hätten sie bereits über den neuen Mieter von gegenüber gesprochen. Während Emily ihn neugierig musterte, fuhr Francine fort: »Er heißt Gordon. Er hat so einen komischen Haarschnitt mit einem Pferdeschwanz, der über seinen Hemdkragen hängt.« Gordon stieg aus seinem Kleinlaster, knallte die Tür zu und ging auf den Briefkasten – und damit direkt auf sie – zu.

Er war groß, mit langen Armen und Beinen, und obwohl er eigentlich gar nicht so übel aussah, wirkte er irgendwie merkwürdig, so, als bestünde er aus lauter Einzelteilen, die nicht richtig zusammenpaßten. »Er sieht aus wie ein Monster«, meinte Chelsea, die auch etwas zu dem Gespräch der älteren Mädchen beitragen wollte. »Findet ihr nicht, daß er irgendwie furchteinflößend wirkt?«

Francine sah sie an, als wollte sie ihr zustimmen. »Ja, aber meine Mom sagt, daß er ganz nett ist.«
Emily wandte sich mit strengem Gesicht an Francine. »Woher will sie das wissen?«
Francine zuckte die Schultern. »Vielleicht kennt sie ihn.«
»Du meinst, sie kannte ihn, bevor er hier eingezogen ist?«
»Ich weiß es nickt. Sie hat sich jedenfalls so angehört, aber ich habe ihn noch nie zuvor gesehen. An dem Tag, an dem er einzog, ist sie zu ihm und hat ihn begrüßt, aber du kennst doch meine Mom, sie ist nun mal ein freundlicher Mensch.« Sie rollte mit den Augen, als wollte sie ihre Mutter charakterisieren, fügte dann aber mit besorgter Stimme hinzu: »Stört es dich, daß er dort wohnt?«
Emilys Augen wanderten wieder zurück zu Gordon, der eine Zeitschrift und einen Stapel Umschläge aus dem Briefkasten holte, der nun ihm zur Verfügung stand. »Irgendwie schon. Manchmal wünschte ich mir, ich würde immer noch dort wohnen, aber dann denke ich wieder, daß es so besser ist.«
»Ich wünschte mir, es wäre so«, seufzte Francine.
»Vielleicht ziehe ich ja eines Tages wieder dort ein.«
»Könntest du das?«
»Klar, dieser Gordon Sowieso hat es doch nur gemietet. Das Haus gehört immer noch mir und meinem Vater.«
Francine blickte über die Straße und sagte dann mit einem unterdrückten Kichern: »Mensch, Emily, schau dir mal an, wie der zu uns herüberstarrt! Meinst du, der hat gehört, was wir gesagt haben?«
Gordon sah tatsächlich zu ihnen herüber, aber da war noch jemand ... auch wenn Chelsea wahrscheinlich die einzige war, die ihn sah. Ungefähr zwei Häuser weiter unten in der Straße war ein schwarzer Wagen geparkt: Der Mann auf dem Fahrersitz trug eine blaue Baseballkappe.

Chelsea hatte sich auf den Beifahrersitz gesetzt, bevor Emily Gelegenheit dazu hatte. Jetzt wandte sie sich fragend an ihre Mutter: »Mommy, kann Emily wieder in ihr altes Haus ziehen, wenn sie möchte?«

»Nein, es ist doch vermietet.«

»Aber ich meine, wenn der Mann wieder auszieht. Kann sie dann zurück?«

»Daddy und ich hoffen eigentlich, daß wir bis dahin einen Käufer dafür gefunden haben.«

Chelsea drehte sich zu Emily auf dem Rücksitz um und streckte ihr die Zunge heraus. »Siehst du? Ich hab's dir doch gesagt.«

Lauren bemühte sich zwar, daß die beiden Mädchen nichts von ihrer schlechten Stimmung mitbekamen, aber sie konnte an nichts anderes als an das Gespräch mit Carla denken. Und je mehr sie über die Verdächtigungen der Polizei nachdachte, desto mehr regte sie die Sache auf. Wieso hatte Jonathan ihr nichts gesagt, wieso mußte sie es auf diese Weise erfahren? Ihre Abmachung, alles miteinander zu teilen, war die hier nicht gültig?

Chelsea war im Auto nur deshalb so frech gewesen, weil ja ihre Mutter für den Notfall da war, um sie zu retten; aber jetzt saß sie in ihrem Zimmer und überlegte, daß es vielleicht doch nicht so klug von ihr gewesen war. Sobald sie nämlich oben und außer Hörweite gewesen waren, hatte Emily sie in ihr Zimmer gejagt. Während Chelsea nun in einer Ecke kauerte, riß Emily ihren Dalmatiner aus dem Regal und trampelte mit ihren großen, häßlichen Stiefeln darauf herum.

»Das nächste Mal hältst du dich besser aus meinem Zimmer und aus meinem Leben heraus!« fauchte sie, auf die Ereignisse des vergangenen Abends anspielend.

»Ich habe nicht –«
»Lüg mich nicht an, Goldköpfchen. Du machst damit alles nur noch schlimmer.«
Nachdem sie eine Weile allein in ihrem Zimmer gesessen und nachgedacht hatte, nahm Chelsea ihren ganzen Mut zusammen und klopfte an Emilys Tür. Als die Tür sich öffnete, stockte ihr kurz der Atem, ehe die Worte aus ihr heraussprudelten: »Tut mir leid, daß ich gepetzt habe.«
Emily betrachtete sie kalt. »Ja, mir auch.«
»Ich werde es nicht wieder tun.«
Emily nickte, und ihre Augen schienen sanfter zu werden, oder war das nur Chelseas Wunschdenken? Emily sagte auch keine weiteren häßlichen Dinge zu ihr, was Chelsea ebenfalls als positiv wertete. Die Gunst des Augenblicks nutzend, deutete sie auf den Schmuckbaukasten, der immer noch auf demselben Platz auf dem Regal lag. »Das macht bestimmt viel Spaß ... Ich meine, wenn du dich mal entschließen solltest, ihn aufzumachen.«
Emilys Augen wurden wieder kalt. Sie knallte Chelsea die Tür vor der Nase zu, die von der Wucht völlig überrumpelt zu Boden fiel.

Lauren hatte es geschafft, während des Abendessens und bis die Mädchen endlich in ihren Zimmern waren, alles für sich zu behalten, aber dann platzte es aus ihr heraus. »Carla hat mir erzählt, daß man Emily damals des Mordes an Nancy verdächtigt hat. Wieso hast du mir das nicht gesagt?«
Es dauerte einen Moment, bis Jonathan sich von dieser Bemerkung, die sich selbst für ihre Ohren wie ein Angriff anhörte, wieder erholt hatte. Aber dann ließ er die Zeitung sinken, in der er gerade las, und sah sie traurig an. »Aha, damit beschäftigst du dich also zur Zeit. Du treibst dich in der Stadt herum und machst Emily schlecht?«

»Das ist doch nicht fair«, brauste sie auf, und das war es auch nicht; von einer Sekunde auf die andere sah sie sich plötzlich in die Defensive gedrängt. »Carla hat nicht schlecht über Emily gesprochen, im Gegenteil, sie hält große Stücke auf sie. Wir kamen nur deshalb auf dieses Thema zu sprechen, weil ich so wütend über diesen Detective war –« Seine Augen verengten sich zu zwei schmalen Schlitzen, und seufzend fuhr sie fort: »Detective Kneeland. Als ich heute zur Schule kam, war er da und versuchte mir ihr zu reden.«

Jonathan beugte sich erregt vor und schlug mit der Zeitung auf den Couchtisch. »Dieser Hundesohn, er hat kein Recht dazu!«

»Bist du dir da ganz sicher? Seiner Aussage nach ist es ein leichtes für ihn, sich beim Gericht eine entsprechende Anordnung zu besorgen, Emily befragen zu dürfen.«

»Das hätte er wohl gerne. Nein, damit ist jetzt Schluß. Nicht bei Emilys Krankengeschichte. Dr. Strickler wird eine eidesstattliche Erklärung hinsichtlich ihrer psychischen Erkrankung abgeben, und auch Dr. Greenly wird jederzeit bezeugen –«

»Woher willst du das wissen?« fragte sie und sah Jonathan an. »Ich meine, woher willst du wissen, daß die Therapeutin zu Emilys Gunsten aussagen wird? Vielleicht ist in ihren Augen eine Aussage nicht ganz so schädlich für Emily.«

»Weil ich bereits mit ihr darüber gesprochen habe.«

Wieder eine Überraschung. »Du hast mit ihr darüber gesprochen? Wann?«

Jonathan seufzte. »Strickler hat mir bereits beim ersten Mal, als er anrief, um mir zu sagen, daß Emily bald nach Hause käme, Dr. Greenly wärmstens empfohlen und noch betont, wie wichtig es ist, daß Emily auch draußen sofort weiterbehandelt wird. Und deshalb war es doch nur normal, daß ich mich sofort ans Telefon gesetzt habe –«

»Warte, langsam! Willst du damit sagen, daß du bereits vorher mit Dr. Greenly gesprochen hast?«
»Ja, aber –«
»Würdest du mir dann bitte mal erklären, wozu du mir die Liste mit den Namen gegeben hast? Am Ende vielleicht nur, damit ich beschäftigt war und den Eindruck hatte, auch in die Entscheidungsfindung hier im Haus eingebunden zu sein?«
»Du solltest besser aufpassen, was du sagst, Liebling, du hörst dich nämlich allmählich paranoid an. Ja, okay, ich habe vorher schon mal mit Dr. Greenly gesprochen, und ihre Sicht der Dinge hat mich hundertprozentig überzeugt. Aber was ist denn nur so falsch daran, daß ich auch noch deine Meinung dazu hören wollte? Ich habe ihr sogar noch erklärt, daß ich mich nur gemeinsam mit meiner Frau für einen Therapeuten für Emily entscheiden würde. Hättest du mir einen anderen Namen genannt, wäre das auch in Ordnung für mich gewesen, dann hätten wir uns diesen Therapeuten eben auch noch angesehen.«
»Aber du hast sie mir doch selbst wärmstens empfohlen –«
»Hatte ich denn nicht das Recht zu einer Empfehlung?«
Was sich in diesem Augenblick abspielte, war ihre übliche Routine bei einem Streit oder einer Auseinandersetzung zwischen ihnen beiden. Irgendwie wurden ihr dabei immer alle Worte im Mund herumgedreht, sobald Jonathan sich ihrer bemächtigte. Aber dieses Mal ließ sie nicht locker. »Jonathan, antworte mir bitte. Wieso hast du mir nicht gesagt, daß die Polizei Emily des Mordes an Nancy verdächtigte?«
Er lehnte seinen Kopf zurück und strich sich mit der Hand über die Stirn; seine Augen waren geschlossen, und es hatte den Anschein, als wäre plötzlich jegliche Energie aus ihm gewichen. »Ich konnte nicht, Lauren«, erwiderte er und sah

sie endlich an. »Ich konnte die Erinnerung nicht ertragen, geschweige denn auch noch darüber reden. Es war ein Alptraum. Versuch dir doch mal vorzustellen, wie entsetzlich das für mich war, die Panik auf dem Gesicht meiner Tochter mit ansehen zu müssen, als sie erkannte, worauf die Polizei hinauswollte. Was glaubst du wohl, wie ich mich mit dem Wissen fühlte, sie davor nicht beschützt zu haben? Zuerst wird ihre Mutter vor ihren Augen umgebracht, und dann ist sie gezwungen, sich diesen Schwachsinn anzuhören! Klar, es war eine Untersuchung in einem Mordfall, wahrscheinlich hätte ich darauf gefaßt sein sollen. Aber ich war es nicht. Nicht bei einer Zehnjährigen. Und als sich dann der Detective und die übrige Polizei gegen sie wandten, da hätte ich diese Mistkerle am liebsten in der Luft zerrissen ...«

Als sie sah, wie der alte Schmerz über sein Gesicht zuckte, trieb es Lauren die Tränen in die Augen; sie rutschte näher und legte ihm die Hände auf das Gesicht. »O nein, Jonathan, nicht, bitte, quäl dich nicht so. Es tut dir nicht gut, und es ist auch nicht gerechtfertigt. So gern du es auch hättest, aber du hast nun mal nicht das ganze Universum unter Kontrolle. Ich wünschte mir nur, ich würde begreifen, wieso sie Emily verdächtigen konnten.«

Er war jetzt wieder ruhiger, nahm ihre Hände von seinem Gesicht, umfaßte sie mit den seinen und küßte sie. Mit einem tiefen Blick in ihre Augen sagte er: »Sie war zum Zeitpunkt des Mordes im Haus. Für die Polizei reicht das bereits. Die hätten mich doch ebenso beschuldigt, hätte ich kein Alibi gehabt.«

»Was ist mit dem Fenster? Ich dachte, eines der Fenster im Erdgeschoß sei eingeschlagen gewesen.«

»Das war auch so, aber das haben sie nicht so ernst genommen. Die wären wahrscheinlich sogar so weit gegangen, zu behaupten, daß Emily es eingeschlagen hat.«

»Eine Zehnjährige?« fragte sie fassungslos.
»Verstehst du das denn nicht, Lauren? Kneeland hat vergebens versucht, den Fall abzuschließen. Er war ein Witz. Es war sein erster Mordfall überhaupt, der erste in der Stadt seit zweiundzwanzig Jahren.«
»Ich bin sicher, daß er noch keine große Erfahrung hat. Aber hältst du es wirklich für so schrecklich, wenn er Emily ein paar Fragen stellt, um herauszufinden, ob sie irgend etwas weiß, das von Nutzen sein kann? Ich bin überzeugt, daß wir es so einrichten könnten, daß entweder wir oder auch Dr. Greenly bei der Befragung anwesend sind.«
Er schüttelte ablehnend den Kopf. »Er hat sie befragt, damals, als alles passiert ist, Lauren. Er hat ihr Fotos gezeigt. Sie hat sich an nichts erinnert oder wollte sich nicht erinnern – was auch immer. Und weil sie ihm bei seinem gottverdammten Fall nicht helfen konnte, hat er alles auf sie abgewälzt. Das Ergebnis war, daß sie fast zwei Jahre in einer psychiatrischen Anstalt verbrachte. Es kommt nicht in Frage, dieser Bulle wird ihr nicht noch einmal das Gehirn vernebeln.«
Mochte am Nachmittag die Argumentation des Polizisten noch so vernünftig geklungen haben, jetzt war das nicht mehr der Fall. Jetzt, da sie die ganze Geschichte kannte, nicht mehr.
»Ich werde Mike anrufen«, sagte er und stand auf. »Ich will, daß er eine einstweilige Verfügung erwirkt, die Kneeland und den Rest seiner Polizeitruppe von Emily fernhält. Und bis das erledigt ist, bin ich der Meinung, daß Emily besser nicht mehr mit dem Bus in die Schule und wieder nach Hause fahren sollte. Liebling, wäre es dir vielleicht möglich, zur Schule zu fahren und sie dort abzuholen? Ich will nicht, daß sie noch einmal allein dort wartet.«
Sie nickte. Er hatte sie gebeten, er hatte es ihr nicht befohlen

oder ihr irgendwelche Vorwürfe gemacht; warum hatte sie dann aber das Gefühl, von ihm gestraft zu werden? Sie bewunderte die Stärke, Intelligenz und das Selbstvertrauen ihres Mannes, aber es war nicht das erste Mal, daß sich ein Teil von ihr wünschte, er wäre sich nicht so verdammt sicher in allem.

»Was ist los, Schatz?« fragte er; offensichtlich ahnte er, daß irgend etwas in ihr vor sich ging. »Hast du etwas dagegen, sie abzuholen?«

»Nein, selbstverständlich nicht«, versicherte sie ihm, und das war natürlich auch so.

Später, im Bett, nachdem sie sich geliebt hatten, empfand sie ein köstliches Gefühl des Friedens; sie schmiegte ihren Rükken an Jonathans Brust, der sie an sich drückte, und ihre Körper paßten zueinander, als hätte man sie in eine Form gegossen. Sie dachte ein wenig über die kleinen Lügen nach, die er ihr erzählt hatte … oder besser gesagt, über seine Version der Wahrheit. Natürlich machte es ihr etwas aus – wie auch nicht? –, aber sie verstand ihn auch. Sie verstand seinen Wunsch, seine Tochter vor der Polizei zu verteidigen. Doch sollte dieser Alptraum jetzt wieder von vorne anfangen, jetzt, da Detective Kneeland fest entschlossen war, den Fall neu aufzurollen?

Plötzlich war ihr kalt, sie streckte die Hand aus und zog die Steppdecke bis unter ihr Kinn hoch. »Jonathan«, sagte sie.

Schweigen.

»Liebling, bist du wach?«

Aber es kam immer noch keine Antwort. Dann würde die Frage eben bis morgen warten müssen.

Kapitel 7

Jonathan war bereits im Bad und rasierte sich, als Lauren am nächsten Morgen aufwachte; als sie aufstand, fiel ihr sofort die Frage wieder ein. Sie stellte sich hinter ihn und schlang ihre Arme um seine Hüften; er lächelte und blinzelte ihr im Spiegel zu. »Liebling«, sagte sie, »wie hast du es geschafft, daß die Polizei Emily in Ruhe ließ? Ich meine, damals, als das passiert ist.«

Er bewegte den Rasierapparat zu seiner Oberlippe und betrachtete sein Spiegelbild ... »Das ist eine seltsame Frage.«

»Kann schon sein. Aber ich habe mich eben gefragt, ob man deine Entscheidung einfach so akzeptiert und sich zurückgezogen hat oder ob du dich deswegen ans Gericht wenden mußtest. Immerhin handelte es sich schließlich um eine Untersuchung in einem Mordfall, und bei schweren Verbrechen hat die Polizei doch großen Spielraum, soviel ich weiß.«

»Tja, als das damals passierte, mußte ich eigentlich gar nicht viel machen. Emily hat mir die Sache erleichtert, sie hat nämlich versucht, sich umzubringen.«

Lauren ließ entsetzt die Arme sinken. Einen Moment lang starrte sie ihn fassungslos an. »O mein Gott, Jonathan, wie schrecklich! Wieso hast du mir das nicht erzählt?«

Er senkte einen Augenblick die Augen, als versuchte er, sich zu sammeln, aber dann suchte er erneut ihren Blick im Spiegel. »Wieso? Wieso hätte ich dir das sagen sollen?«

»Weil ich dich liebe, Jonathan, deshalb. Weil ich deine Frau bin, weil Emily meine Stieftochter ist, weil wir alles miteinander teilen sollten, vor allem so wichtige Dinge –«

»Verdammt, Lauren, was willst du denn mit mir teilen? Soll ich vielleicht mit dir teilen, wie ich die Badezimmertür eintrat, um zu ihr zu kommen, wie sie am Boden lag mit einer Beule auf der Stirn, die so groß war wie meine Faust, wie ich sie auf den Rücksitz des Wagens legte und mit halsbrecherischer Geschwindigkeit mit ihr ins Krankenhaus fuhr, damit sie mir ja nicht unter den Händen wegstirbt? Oder wie sie ihr den Magen auspumpen mußten, um die Tabletten aus ihrem Kreislauf zu bringen? Oder soll ich dir gar noch ein paar Bilder malen, die du dann bei den Müttern hier am Ort herumzeigen kannst? Was willst du eigentlich von mir?«

Die Tränen unterdrückend, die bereits zu fließen anfingen, wich sie an die Tür zurück, aber er drehte sich um, packte sie an der Hand und hielt sie auf. Er nahm ein Handtuch vom Waschbecken, wischte sich den Rasierschaum aus dem Gesicht, zog sie in seine Arme und vergrub sein Gesicht in ihrem Haar. »Es tut mir so leid, Lauren, vergib mir, daß ich dir das antue. Ich bin nur so verdammt müde. Ich will nur noch, daß meine Familie in Sicherheit und glücklich ist und daß sich der Rest der Welt aus unseren Angelegenheiten heraushält. Ist das vielleicht zuviel verlangt?«

* * *

Emily hatte versucht, sich das Leben zu nehmen. Hätte Lauren das nicht wissen sollen? Aus welchem Grund, weil sie sich dann noch mehr bemüht hätte, an das Mädchen heranzukommen? Tat sie nicht bereits alles, was in ihrer Macht stand? Natürlich, etwas bewußter wäre sie bestimmt an die Aufgabe herangegangen, hätte sie es gewußt, möglicherweise hätte sie auch nicht so ohne weiteres die Verantwortung für ein Kind übernommen, dem so weh getan worden war, daß es sterben wollte. Aber was hatte Lauren sich denn gedacht? Hatte sie naiverweise angenommen, Emily wäre ohne eine triftigen Grund in einer psychiatrischen Anstalt untergebracht worden? Nein, all das war ihr nie zuvor in den Sinn gekommen, jedenfalls nicht vor gestern abend. Aber genau das hatte sie mit ihrer Frage an Jonathan doch eigentlich erfahren wollen, nicht wahr?

Sie war auf dem Holzweg gewesen, aber plötzlich sah Lauren Emily mit anderen Augen, sie sah ein wesentlich zerbrechlicheres Mädchen in ihr, was Jonathans hartnäckiger Weigerung, sie zu hart anzupacken, größere Glaubwürdigkeit verlieh. Aber gab es nicht auch noch andere Faktoren zu berücksichtigen? Zum Beispiel Emilys Einstellung ihr und Chelsea gegenüber, die sie beide aus dem Leben ihres Vaters verdrängen wollte? Mußte sie sich vielleicht Sorgen machen, daß die Verzweiflung des Mädchens wieder zu groß werden könnte?

Lauren hatte keine Ahnung, worauf sie achten sollte, welches die verräterischen Zeichen waren, die nach Meinung der Psychiater einem Selbstmord vorausgehen. So viele Fragen stürmten nun auf sie ein, Dinge, die sie die Ärztin gleich zu Anfang hätte fragen sollen, wäre sie besser informiert gewesen. Fragen, die sie Jonathan nicht zu stellen wagte, da er gar so abweisend war, wenn es um seine Tochter ging. Außerdem würde er mit großer Wahrscheinlichkeit abstreiten, daß es überhaupt Grund zur Sorge gäbe.

Nachdem Lauren Emily vor der Schule abgesetzt und an einer lästigen und sich ewig hinziehenden Sitzung der Eltern-Lehrer-Vereinigung teilgenommen hatte, saß sie am nächsten Vormittag um elf Uhr Dr. Penelope Greenly an deren Schreibtisch gegenüber. »Zunächst möchte ich Ihnen

danken, daß Sie mich so kurzfristig dazischengeschoben haben«, sagte sie.
Dr. Greenly nickte. »Ich versuche mein Bestes. Und Ihrer Stimme nach zu schließen, mußte es dringend sein.«
»Es tut mir leid, falls ich diesen Eindruck erweckt haben sollte. Dringend ist es, aber nur für mich. Ich habe nämlich ein paar Dinge über Emily erfahren, die ich bisher noch nicht wußte.«
Dr. Greenlys Augen hinter den dicken Brillengläsern warteten neugierig ab.
»Nun, so hatte ich zum Beispiel nicht die leiseste Ahnung, daß Emily einen Selbstmordversuch hinter sich hat.«
»Macht Ihnen das Gedanken?«
»Nun, ja, selbstverständlich. Ist das nicht normal?«
»Tja ... wir hoffen natürlich, daß die Therapie angeschlagen hat«, erwiderte die Ärztin mit leiser, emotionsloser Stimme. »Das war jedoch damals, heute ist die Situation eine andere; damals war ihre Mutter ermordet worden, und sie war Zeugin.«
»Ja, aber was ist mit heute? Ich meine, es kam doch bei unserem ersten Treffen deutlich zur Sprache, daß Emily mit der Wiederverheiratung ihres Vaters mit mir nicht einverstanden ist, und sie hat aus ihrem Groll auch kein Geheimnis gemacht. Wenn sie schon einmal versucht hat, ihrem Leben ein Ende zu setzen, ist es dann nicht denkbar, daß sie es ein weiteres Mal versucht?«
»Selbstverständlich ist das vorstellbar, ich glaube, alles ist vorstellbar. Aber wir wollen doch hoffen, daß Emily Fortschritte gemacht hat seit den dunklen Zeiten, als ich sie nach Bateman überwies.«
Lauren richtete sich auf. »Wie bitte?«
»An Dr. Strickler, meine ich.«
»Jetzt bin ich aber doch etwas verwirrt. Wollen Sie damit

sagen, daß Sie Emily vor ihrem Aufenthalt in der Bateman-Klinik bereits behandelt haben?«

»O nein, das meine ich ganz und gar nicht.« Jetzt wirkte sie doch etwas nervös. »Ich will damit nur sagen, daß mich Ihr Mann damals, nachdem er meinen Namen erfahren hatte, angerufen und gebeten hat, ihm eine entsprechende Einrichtung zu empfehlen. Man könnte sagen, daß ich eine Schülerin von Adam Strickler bin, ich halte mich eng an seine Schriften.«

»Ich verstehe«, erwiderte Lauren, obwohl sie eigentlich gar nichts verstand. Es erschien zwar alles ziemlich einfach, und wahrscheinlich war es das auch – aber warum hatte Jonathan das nicht früher erwähnt, wieso hatte er sie in dem Glauben gelassen, es sei anders gewesen? Doch um fair zu sein: einmal hatte Jonathan erwähnt, daß Adam Strickler Dr. Greenly persönlich kannte, daran erinnerte sie sich, aber wieso hatte sie trotzdem das Gefühl, daß hinter allem immer noch etwas anderes steckte? Da die Therapeutin sie abwartend ansah, lenkte sie ihre Gedanken wieder zu Emily zurück. Sie räusperte sich ... »Um wieder auf Emily zurückzukommen, gibt es irgend etwas Besonderes, worauf ich in diesem Zusammenhang achten sollte?«

»Nun, es gibt tatsächlich gewisse Anzeichen von Krankhaftigkeit, ein größeres Bedürfnis, über den Tod zu sprechen, schon fast ein Zwang. Manche Menschen verschenken alle ihre Habseligkeiten oder werden so lethargisch, daß sie unfähig sind, normal zu funktionieren. Aber mir ist nichts dergleichen an ihr aufgefallen, Ihnen vielleicht?«

Lauren überlegte; Feindseligkeit ja, auch Gehässigkeit und Streitsucht waren ihr aufgefallen, doch nichts von all dem, was die Ärztin beschrieben hatte. Erleichtert schüttelte sie den Kopf und stellte gleichzeitig fest, wie absurd es doch

war, Erleichterung angesichts der Existenz derart aggressiver Eigenschaften zu empfinden.
»Nun, wir werden sie weiter beobachten, mit ihr reden und ihren emotionalen Puls fühlen, wie ich immer zu sagen pflege.« Die Therapeutin beugte sich vor und konzentrierte sich auf ihre Unterlagen; ihre Körpersprache gab deutlich zu verstehen, daß Laurens Zeit abgelaufen war. »Genau das, was wir auch jetzt schon tun.«
Lauren räusperte sich, überlegte kurz, ob sie die Frage stellen sollte, und stürzte sich dann ins kalte Wasser. »Dr. Greenly, hat Emily mit Ihnen gesprochen ... ich meine, hat sie sich Ihnen anvertraut?«
»Aber ja, natürlich.«
Zur Zeit mußte sie ja wirklich jede Menge Tiefschläge einstecken, offensichtlich war ihre Einschätzung der Therapeutin unzutreffend gewesen; das mußte sie wohl oder übel schlucken, aber der Neid auf diese farblose, leblose Frau, die fähig war, Emily zu erreichen, während sie dabei versagte, dieser Neid hockte schwer auf ihrer Brust und schnitt ihr die Luft ab. Gut, das war nichts weiter als die Reaktion ihres verletzten Ego, diese Gefühle waren kindisch und selbstsüchtig, und sie würde sie überwinden müssen.
»Zwischen meiner Stieftochter und mir läuft, was die Kommunikation angeht, nicht viel«, erklärte Lauren und kam sich vor, als würde sie sich damit selbst abqualifizieren. »Aber am wichtigsten, Dr. Greenly, ist doch, dafür zu sorgen, daß Emily sich nie mehr so verzweifelt oder so mutlos fühlt. Wenn Sie mir deshalb ab und zu mitteilen könnten, was sie empfindet, dann wäre ich vielleicht in der Lage –«
Die Therapeutin schaute auf die Uhr auf ihrem Schreibtisch. »Tut mir leid, ich hoffe, Sie haben Verständnis – ich habe noch andere Termine. Außerdem glaube ich, daß ich

mich schon früher klar und deutlich dahingehend ausgedrückt habe, daß alles, was Emily mir über ihre Gefühle anvertraut, vertraulich ist und auch bleiben muß. Denn wenn ich mich anders verhielte, wäre sie nicht mehr frei, das zu sagen –«

»Nein, nein, ich verstehe schon«, fiel ihr Lauren ins Wort und stand unbeholfen auf; sie kam sich vor wie eine neugierige Nachbarin, die auf Tratsch aus war. Als sie zu Hause ankam, hatte sie ihre Gefühle jedoch soweit wieder unter Kontrolle und war zu dem Schluß gekommen, daß es nicht so wichtig war, ob Jonathan ihr nun von seinen früheren Kontakten mit Dr. Greenly erzählt hatte oder nicht. Es war völlig unbedeutend ... außerdem fing sie erst jetzt an zu begreifen, was er alles durchgemacht hatte, als er sich mit Emilys seelischem Schock und dessen Behandlung konfrontiert sah.

Jonathans Rechtsanwalt hatte sich mittlerweile darangemacht, alle erforderlichen Papiere und eidesstattlichen Versicherungen zusammenzustellen, um eine einstweilige Verfügung gegen die Polizei zu erwirken. Als Detective Kneeland sie in der Zwischenzeit zu Hause anrief, informierte Lauren ihn über ihre Entscheidung. »Sie waren nicht ganz ehrlich zu mir«, sagte sie zu ihm. »Mir waren Ihre Gestapo-Methoden Emily gegenüber nicht klar, ich wußte nicht, daß Sie eine Zehnjährige beschuldigten, ihre Mutter umgebracht zu haben.«

»Hören Sie, Mrs. Grant, das ist nun mal mein Job. Okay, vielleicht war ich nicht ganz so feinfühlig, wie ich besser hätte sein sollen, aber Sie müssen verstehen, daß allen Möglichkeiten nachgegangen werden mußte.«

»Kann sein. Aber soweit ich weiß, waren Sie dabei äußerst hartnäckig.«

»Hören Sie, ich versichere Ihnen, daß ich dieses Mal –«

»Nein, Sie verstehen nicht, es wird kein ›dieses‹ Mal geben. Falls es noch etwas zu besprechen geben sollte, dann tun Sie das am besten mit Michael Perkins, er ist unser Anwalt.« Mit diesen Worten legte sie auf.

* * *

Ein paar Tage später rief Francine Emily an und fragte sie, ob sie am nächsten Tag nach der Schule zu ihr kommen wolle. »Warum bittest du sie nicht, dieses Mal zu uns zu kommen?« schlug Lauren Emily vor, als sie ihr davon erzählte; sie wußte, daß Jonathan dies bestimmt lieber wäre.
»Ich will aber zu ihr.«
»Ich bin sicher, sie hätte nichts –«
»Ich will zu Francine«, wiederholte Emily. »Denn wenn wir hier bleiben, wird Goldköpfchen auf Schritt und Tritt hinter uns hertrotten.«
Lauren überging den boshaften Spitznamen. »Tja, das haben jüngere Schwestern nun mal so an sich. Das kann einer großen Schwester zwar gehörig auf den Geist gehen, aber eigentlich ist es doch schmeichelhaft; es ist eben ihre Art, den großen Schwestern zu sagen, daß sie so sein wollen wie sie.«
»Ich schätze, wenn sie wirklich meine Schwester wäre, dann wäre das auch gar nicht so schlimm. Aber sie ist es nun mal nicht.«
»Ich verstehe«, erwiderte Lauren, fest entschlossen, ruhig zu bleiben trotz Emilys sichtlichem Vergnügen daran, wenn sie ihre Selbstbeherrschung verloren hätte. »Aber wenn ihr zwei Mädchen unter euch sein wollt, dann kann ich das mit Sicherheit so einrichten.«
»Spar dir die Mühe«, antwortete Emily. »Denn ich werde zu Francine gehen, Lauren, darauf kannst du dich verlassen.«

»Mir gefällt deine unverschämte Art ganz und gar nicht.«
»Vielleicht wäre ich nicht so unverschämt, wenn ich manche Dinge nicht hundertmal wiederholen müßte.«
»Okay, gut. Dann ist es wahrscheinlich besser, wenn du zu Hause bleibst.«
Doch am nächsten Morgen hatte Lauren es sich anders überlegt, nachdem sie sich erinnert hatte, wie glücklich Emily bei Francine gewesen war, wie gut es ihr tat, eine Freundin zu haben ... So gab sie wie üblich nach und erklärte sich einverstanden, Emily nach der Schule zu Francine zu fahren. Als sie dort war, blieb sie noch ein paar Minuten, um mit Carla zu plaudern.
»Ich habe versucht, Emily zu überreden, Francine zu uns einzuladen, aber sie hat darauf bestanden, hierherzukommen. Ich fürchte, unser toller Garten mit seinen Eisentoren und Schlössern ist nicht annähernd so anziehend wie Ihr Garten.« Da sie nicht widerstehen konnte, fügte sie ironisch hinzu: »Aber eine besonders große Anziehungskraft übt mein Garten auf Sie ja auch nicht aus.«
Carla tat so, als würde sie betroffen zusammenzucken, und entgegnete dann, wieder etwas ernster: »Ich würde das nicht so persönlich nehmen, Lauren, Sie wissen doch, wie Kinder sind, man blickt nie ganz durch. Ich denke, sie sind deswegen so gerne hier, weil die Umgebung viele schöne Erinnerungen für sie birgt. Emily und Francine waren immer unzertrennlich und hingen von morgens bis abends zusammen.«
»Und was ist mit den schlechten Erinnerungen? Die gab es doch auch für Emily, zumindest zum Schluß. Als ich sie das erste Mal hierherbrachte, um den Schlüssel für unseren Mieter einzuwerfen, da habe ich extra darauf geachtet, weil ich glaubte, es könnte vielleicht zu viel für sie sein.«
»Ich weiß nicht so recht, Emily ist ein starkes Mädchen, das war sie immer schon. Stark und sportlich, sie konnte kämp-

fen und war den meisten Jungen überlegen. Sie war auch ein neugieriges Kind, klug und gutwillig, aber auch stur. Sie hat nie Ruhe gegeben, bis sie nicht genau wußte, was es mit einer Sache auf sich hatte. Ich muß zwar zugeben, daß sie momentan einen wesentlich ruhigeren, wenn auch launischeren Eindruck auf mich macht, doch Angst, ihre Meinung zu sagen, die hatte sie noch nie.«

Während sie sich Carlas Beschreibung des Mädchens anhörte, bekam Lauren allmählich eine etwas andere Vorstellung von diesem Mädchen. Aber nur in manchen Punkten. Es gab auch noch andere Seiten an Emily, dunklere Seiten, die weder nett noch hübsch waren, Seiten, die Lauren kannte, die Carla aber offensichtlich noch nie an dem Mädchen erlebt hatte. Doch das sagte sie nicht, sondern meinte nur seufzend: »Tja, einmal war sie leider nicht stark genug.«

Carla schaute sie neugierig an. »Wollen Sie damit sagen, daß Sie ihr den Vorwurf machen, nichts für Nancy getan zu haben –«

»O nein, selbstverständlich nicht. Ich meine damit nur ihren emotionalen Zusammenbruch. Ich will damit auch keineswegs die entsetzlichen Erlebnisse herunterspielen, die hinter ihr liegen, das wäre für jeden Menschen grauenvoll gewesen. Aber manchmal denke ich, wenn sie nur etwas stabiler gewesen wäre, dann wäre ihr vielleicht der Aufenthalt in der Bateman-Klinik erspart geblieben ...«

»Also, das kann man so oder so sehen. Wenn Jonathan vielleicht nicht ganz so rasch die Entscheidung getroffen hätte, sie dorthin zu geben.«

»Aber, Carla, was hätte der arme Mann denn Ihrer Meinung nach tun sollen?« fragte Lauren; eine merkwürdige Kritik angesichts der Umstände, dachte sie.

»Wer weiß, vielleicht wäre Emily auch so wieder auf die Beine gekommen, wenn man ihr etwas mehr Zeit und Raum

zum Atmen gelassen hätte. Und was diesen Detective Kneeland betrifft, der sich wirklich wie ein Idiot benommen hat, der hätte bestimmt auch irgendwann mal aufgegeben, oder nicht? Schließlich hatte er nichts gegen sie in der Hand ...«
Als sie das sagte, begriff Lauren endlich. »Carla, Jonathan hatte in dieser Hinsicht gar keine andere Wahl. Emily war in einer schrecklichen Verfassung. Sie hat damals eine Überdosis Tabletten geschluckt.«
Carla hielt verblüfft die Luft an und riß erstaunt ihre haselnußbraunen Augen auf. »Oh ... Allmächtiger. Wieso hat mir das denn keiner gesagt?«
»Jonathan war natürlich am Boden zerstört und wollte mit seinem Unglück nicht hausieren gehen«, erklärte Lauren, die es vorzog, besser nicht zu gestehen, daß auch sie es nicht gewußt hatte.
»Selbstverständlich«, erwiderte Carla. »Wozu auch. Ich werde kein Wort davon verlauten lassen, Lauren, richten Sie das Jonathan von mir aus. Dieses arme kleine Mädchen, wenn man sich vorstellt, daß sie sterben wollte.«

Emily hatte die breite, goldene Halskette aus dem Reißverschlußfach ihrer abgetragenen Schultertasche geholt, wo sie sie aufbewahrte, und gab nun Francine gegenüber damit an.
»Mensch, ist die schön«, staunte ihre Freundin, nahm sie ihr aus der Hand und legte sie sich um den Hals. »Wo hast du die denn her?«
»Von meinem Vater natürlich«, log Emily sie an; sie konnte ja schlecht sagen, daß sie sie gestohlen hatte. Mit gekünstelter Stimme, aufgesetzter Miene und übertriebenen Gesten fügte sie hinzu: »O ja, meine liebe Francine, du hast ja keine Ahnung ... Der arme Mann liebt mich so verzweifelt, daß er einfach nicht mehr weiß, was er mir als nächstes kaufen soll.«
Francine kicherte. »Du bist vielleicht verrückt, Emily. Ich

hatte schon fast vergessen, wie verrückt du bist, aber jetzt erinnerst du mich ja wieder daran.« Auf die Halskette zurückkommend, fügte sie hinzu: »Die muß ja ein Vermögen gekostet haben.«

»Also, ein Sonderangebot war sie bestimmt nicht.« Und das war sie mit Sicherheit nicht, nein, da war wirklich nichts Billiges an dem wundervollen, perfekten, zum Sterben gutaussehenden Jonathan Grant; Emily dachte an die vielen schönen Geschenke, die er ihr und ihrer Mutter immer gekauft hatte, ehe sie abrupt in die Gegenwart zurückkehrte und sagte: »Lauren und Chelsea dürfen aber nichts davon wissen. Sie würden mich sicher nur beneiden, und wenn ich etwas nicht gebrauchen kann, dann ist das ein Aufstand von diesen beiden grinsenden Weibern aus Manhattan.«

»Mach dir keine Sorgen, ich sag nichts –«, begann Francine, als Emily ihr plötzlich die Halskette aus der Hand riß, sie wieder im Fach ihrer Tasche verstaute und den Reißverschluß zuzog. Dann stupste sie ihre Freundin an und deutete über die Straße.

Emily war sich zuerst nicht sicher, ob Gordon ihnen tatsächlich zuwinkte und sie zu sich einlud, aber je länger sie hinsah, desto deutlicher wurde die Geste. Francine hatte sie gewarnt, daß sie sich nicht so weit an die Straße vorwagen sollten, vor allem jetzt, da die Büsche vom Winter noch nackt und sie leicht zu entdecken waren. Francine hatte also recht gehabt, er hatte sie gesehen, und Emily fragte sich, ob sie sich das nicht insgeheim sogar gewünscht hatte. Sie kannte zwar nicht genau den Grund dafür, vielleicht war es nur reine Neugierde.

»Ich denke nicht, daß wir rübergehen sollten«, gab Francine zu bedenken. »Er sieht doch wirklich komisch aus.«

»Und? Was gibt es da zu fürchten. Vergiß nicht, schließlich bin ich seine Hausbesitzerin.«

»Das weiß er aber nicht.«
»Wenn er anfängt, sich merkwürdig zu benehmen, dann sage ich es ihm.«
»O ja, ganz toll, das wird helfen –« Aber Emily hatte ihre Freundin bereits an der Hand genommen und zog sie mit sich. Francine warf einen letzten Blick zum Haus zurück, wahrscheinlich um sich zu vergewissern, ob Carla sie vom Fenster aus beobachtete, was sie aber nicht tat. Bestimmt saß sie vor dem Fernseher und sah sich die Talk-Show mit Oprah an. Außerdem, was sollte sie dagegen haben, wenn die beiden hinübergingen? Hatte sie Francine nicht selbst gesagt, daß der neue Nachbar ein netter Kerl war?
Als sie hinüberkamen, war er gerade in der Garage und zersägte ein Holzbrett mit einer Elektrosäge. Er schaltete die Säge aus und betrachtete sie. Aus der Ferne war es ihr nicht aufgefallen, aber jetzt sah sie es: Er hatte braune Augen, groß und warm wie Milchschokolade. »Hallo«, begrüßte er sie, »wie heißt ihr zwei denn?«
Emily stellte sich und Francine mit ihren Vornamen vor. Er sagte ihnen, daß er Gordon hieße, was sie natürlich bereits wußten, und dann herrschte ein paar Minuten Schweigen, bis Emily beschloß, den Anfang zu machen. »Und, wie gefällt Ihnen das Haus?«
»Gut, sehr gut, ich mag es«, erwiderte er. »Ich bin erst vor ein paar Wochen eingezogen.« Auch keine große Neuigkeit für sie. »Wollt ihr mal reinkommen und euch umsehen?«
»Nö, nicht nötig, wir waren schon oft drinnen«, beeilte Francine sich zu sagen, und Emily widersprach nicht.
»So? Also, ich habe ein paar Sachen umgebaut.«
Mit einem Schlag war Emilys Interesse geweckt; einerseits erschien es ihr zwar nicht sehr klug, ins Haus zu gehen, andererseits mußte sie aber unbedingt sehen, wie es sich drinnen verändert hatte. Sie packte Francine am Arm.

»Komm mit rein, schauen wir es uns an«, flüsterte sie ihr zu.
»Kommt nicht in Frage.«
»Sei keine solche Memme. Es ist doch mein Haus.«
»Ich denke nicht, daß wir da reingehen sollten«, meinte Francine; sie bemühten sich zwar, so leise wie möglich zu sprechen, aber wenn Gordon nicht schwerhörig war, verstand er jedes Wort ihrer Unterhaltung. Aber er sah in die andere Richtung und tat so, als hörte er nichts, was Emily ihm hoch anrechnete. Schließlich ließ Francine sich breitschlagen – wie Emily genau gewußt hatte.
Doch jetzt, da die Entscheidung getroffen war, war sie plötzlich nicht mehr so sicher. Sie hatte ein Gefühl im Magen, als wäre er voll kaltem Stahl, der sie nach unten zog und ihr schwer zu schaffen machte; trotzdem war sie entschlossen, die Sache durchzuziehen. Sich fest auf die Unterlippe beißend, folgte sie dem jungen Mann namens Gordon in ihr eigenes Haus und sah sich vorsichtig darin um, als erwartete sie, daß jeden Moment etwas geschehen könnte. Aber nichts geschah. Da blickte Emily nach oben und sah das neue Oberlicht in der Küche …
Sie betrachtete es eine Weile und folgte dann Gordon ins Wohnzimmer, wo er auf die Bücherregale deutete, die er gerade baute. Bücherregale, natürlich – eine gute Idee, dachte Emily, aber aus irgendeinem seltsamen Grund kam es ihr so vor, als ob diese Bücherregale immer schon dort gewesen wären.
Vielleicht wirkte sie etwas blaß, denn er fragte sie: »Möchtest du etwas Kaltes zu trinken? Eine Limo? Milch?«
Sie lehnte ab, setzte sich aber, was Francine ihr nachtat. Gordon nahm ihnen gegenüber Platz; obwohl er etwas verlegen wirkte, wandte er den Blick nicht von Emily ab. »Mir gefällt dein Haarschnitt«, sagte er schließlich zu ihr.

»Tatsächlich? Die meisten Leute denken, ich sehe damit aus wie ein Ungeheuer.«
»Das kann ich mir nie und nimmer vorstellen. Du könntest dir den Kopf kahl scheren und wärst immer noch hübsch.«
Emily rutschte ein Stück vor, näher an ihn heran, als käme sie so leichter dahinter, wer er war, wenn sie ganz dicht vor ihm saß. »Und das Haus gefällt Ihnen also?« fragte sie ein zweites Mal.
Er nickte und sah sich stolz lächelnd um, als gehörte es ihm. »Ja, ich mag es.«
Emily deutete Richtung Küche und auf das Oberlicht, durch das das Sonnenlicht in dicken Strahlen hereinfiel und die Küchengeräte und Bodenfliesen in einen angenehmen Schatten tauchte. »Das ist lustig«, bemerkte sie.
»Was ist lustig?«
»Meine Mutter hat immer gesagt, daß ihr die Küche zu düster und dunkel ist.«
Er erwiderte nichts, sondern sah einfach da und betrachtete sie lächelnd.

Lauren, die seit einigen Tagen nicht mehr mit Fern gesprochen hatte, brachte sie nun an diesem Nachmittag am Telefon auf den neuesten Stand der Dinge und erntete von ihr die Reaktionen, die auch sie empfunden hatte; auch Fern war merkwürdig berührt, daß Jonathan Lauren so vieles verschwiegen hatte. »Es scheint ja alles immer komplizierter statt einfacher zu werden«, meinte sie.
»Also, was die Polizei betrifft, ist sich Jonathans Anwalt sicher, daß er eine einstweilige Verfügung erhält. Bei Emilys psychiatrischer Vorgeschichte scheint ihm das ein leichtes zu sein.«
»Gut – ein Problem weniger.«

»Aber wie geht es weiter? Wie komme ich endlich an das Mädchen ran?«

»Ich persönlich glaube ja, daß du strenger sein solltest. Du solltest allmählich deine Autorität stärker zeigen.«

»Wie, soll ich sie schlagen?«

»Jetzt werde bitte nicht albern. Aber wenn du sie bestrafst?«

»Wie stellst du dir denn vor, daß ich diese Strafen durchsetzen soll? Das funktioniert doch nur, wenn sie auf mich hört.«

»Und wenn du sie nicht mehr zu ihren Freunden läßt?«

»Das hätte ich beinahe schon mal versucht.«

»Beinahe?«

»Nun, ich habe damit gedroht, aber letztlich doch wieder nachgegeben. Sie ist so verletzlich, Fern. Es kam bereits zu einem größeren Streit in der Schule, soweit wir wissen ... Laut Francine, die es Carla erzählt hat, kommt sie mit ihren Klassenkameraden überhaupt nicht aus. Die einzige richtige Freundin ist Francine, und Carla vergöttert sie regelrecht. Hier ist sie überhaupt nicht glücklich, wenn, dann nur drüben bei den Abbots. Wie kann ich sie also von dort wegholen?«

»Du sagst, sie ist so zart, aber für mich hört sich das reichlich hart an. Und vergiß nicht, wie sie dich, kaum daß sie zu Hause war, bedroht hat. Das hat dich doch wirklich getroffen.«

»Aber das war doch, bevor ich wußte ... Wie hart kann ein Kind sein, das versucht, sich das Leben zu nehmen?«

»Du willst es also weiterhin zulassen, daß sie dich schikaniert?«

»Tue ich das?«

»Ich denke schon. Aber was ich gerne noch wüßte, ist, wieso du das zuläßt.«

»Was soll das heißen?«

»Ich denke, du hast immer noch Angst vor ihr, Lauren. Ich sehe doch, was du alles anstellst, damit sie dich mag, und daß es nicht funktioniert. Das sieht man dir mittlerweile sogar schon an – du wirkst müde und verhärmt. Ich denke, du solltest dein Verhalten wirklich ändern.«

»Versprich mir, daß du keinem verrätst, daß wir dort waren«, sagte Emily, sobald sie wieder draußen und bei Francine im Garten waren.

»Wieso?«

»Weil ich es sage.«

»Findest du nicht, daß es komisch von ihm war, als er sagte, du seist so hübsch?«

»Warum, denkst du, ich bin nicht hübsch?«

»Das meine ich nicht damit. Der Kerl ist nur so alt ... er ist doch bestimmt schon über Zwanzig. Ich meine, er hat dich angesehen, als ob du eine Prinzessin oder so was wärst.« Als Emily nichts darauf erwiderte, fuhr sie fort: »Kennst du ihn denn?«

»Wie kommst du auf die Idee?«

Francine zuckte die Schultern. »Ich weiß es nicht, war nur so ein Gedanke.«

»Und, wenn ich ihn kennen würde, glaubst du nicht, daß ich es dir gesagt hätte?«

»Okay, sei nicht sauer.«

Emily erwiderte nicht gleich etwas, sondern ließ erst ein paar Minuten verstreichen. »Francine, hast du gehört, was ich über das Oberlicht gesagt habe, daß meine Mutter sich die Küche immer heller wünschte?« Francine nickte. »Willst du was hören, was noch merkwürdiger ist?«

»Was?«

»Die Bücherregale, die er im Wohnzimmer baut. Zuerst kam es mir so vor, als seien die schon immer dort gewesen, aber das war nicht so. Merkwürdig ist nur, daß sie immer davon gesprochen hat, dort welche einbauen zu lassen.«

Kapitel 8

An diesem Abend sagte Jonathan zu Lauren, daß die Anhörung für die nächste Woche angesetzt sei. »Mike möchte, daß du als Zeugin aussagst«, erklärte er, als er in die Küche kam, sie küßte und ihr die Stange Sellerie aus der Hand nahm, die sie gerade in den Salat schneiden wollte. »Wie war dein Tag?«

Sofort brach sie eine neue Stange ab, hielt sie unter das laufende Wasser und gab sie ihm. »Was hast du ihm darauf geantwortet?«

»Daß das kein Problem ist, natürlich.« Er stellte sich neben sie und betrachtete sie. »Das war doch nicht falsch von mir, oder?«

Sie schüttelte den Kopf. »Nein, natürlich nicht. Aber was kann ich denn schon bezeugen?«

»Nur die Tatsache, daß du jetzt die Mutter in Emilys Leben bist; das Gericht will vielleicht deine Meinung dazu hören. Und du kannst aussagen, wie es ihr jetzt geht.«

»Ich kann aber nicht sagen, daß alles nur eitel Sonnenschein ist.«

»Das erwartet auch keiner von dir. Sag einfach die Wahrheit. Die Tatsache, daß sie immer noch Probleme hat, ist doch um so mehr ein Grund, weshalb wir um jeden Preis zu verhindern suchen, daß sie noch einmal von der Polizei belästigt wird.« Er warf einen raschen Blick durch das Küchenfenster, ehe er sich wieder an Lauren wandte. »Wo sind denn die Mädchen?«

»Chelsea ist oben und spielt mit ihren Puppen, und Emily ist zum Essen bei den Abbots.«

Als er das hörte, sah er sie verärgert an. »Ich dachte, in der Hinsicht hätten wir anders entschieden.«
Lauren hatte selbstverständlich seine Einwände nicht vergessen, als Emily zum ersten Mal zum Abendessen dort geblieben war, dachte aber, daß diese sich mittlerweile zerstreut hätten. »Wir haben nur beschlossen, daß ich sie so lange in die Schule und wieder zurück fahren werde, bis diese gerichtliche Verfügung erwirkt ist.«
»Ich will nicht, daß sie sich dort drüben herumtreibt, wo keiner richtig auf sie aufpaßt.«
»Aber da ist doch –«
»Ich sagte es dir schon, ich halte nicht sehr viel von Carla.«
Sie seufzte; sie war überhaupt nicht einverstanden mit seinen Einwänden gegen Carla. Trotzdem sagte sie: »Wie du meinst. Würdest du dich in Zukunft besser fühlen, wenn Chelsea und ich auch mitkämen?«
»Ich würde mich dann wirklich besser fühlen, wenn du mit den beiden Mädchen hier zu Hause bliebest, wo ihr schließlich hingehört! Wo ich relativ sicher sein kann, daß euch nichts passiert.«
Sie wollte gerade entschieden widersprechen, überlegte es sich aber anders und ließ ihn ins Wohnzimmer zu seinen Zeitungen hinübergehen. Er befand sich in einem recht kritischen Zustand wegen dieser Sache zwischen der Polizei und Emily ... und dann waren da selbstverständlich auch noch seine alten, nicht überwundenen Ängste. Aber im Augenblick fühlte Lauren sich einer Auseinandersetzung in dieser Richtung nicht gewachsen, denn Fern hatte in einer Hinsicht recht gehabt, sie war *wirklich* nicht auf der Höhe im Moment. Und die Aussicht, vor einem Gericht als Zeugin aussagen zu müssen, belastete sie zusätzlich, zum Teil auch deswegen, wie sie vermutete, weil es eine neue Erfahrung für sie war, und zum Teil, weil sie

nicht ganz einsah, daß ihre Aussage von großer Bedeutung sein sollte.

* * *

»Und vergiß nicht, dir für Francine den neunten Mai freizuhalten«, sagte Lauren zu Carla, als sie am nächsten Tag mit ihr telefonierte. Lauren hatte Carla am Abend zuvor angeboten, sie doch zu duzen.

»Ich notiere es mir gleich in meinem Kalender. Und, willst du mir auch verraten, warum? O nein, warte, laß mich raten«, meinte Carla. »Korrigiere mich, wenn ich mich irre, aber Emily hat um diese Zeit doch Geburtstag, nicht wahr – am siebten Mai?«

»Du hast voll ins Schwarze getroffen. Ich wollte die Party aber nicht unbedingt an einem Wochentag feiern und habe mich deswegen für den Sonntag entschieden. Also, was hältst du von der Idee, wird sie sich darüber freuen?«

»Welches Kind mag keine Partys? Wie hat sie denn reagiert, als du es ihr gesagt hast?«

»Das ist es ja, ich habe ihr bisher kein Wort gesagt, es soll eine Überraschung werden. Ich rufe dich auch deswegen an, weil ich gerne die Namen von ein paar Freunden von ihr gewußt hätte, mit denen sie früher mal zusammen war … Ich möchte mit dieser Einladung auch versuchen, den Kindern die Schwellenangst zu nehmen … du weißt schon, dieses ungute Gefühl, da wahrscheinlich keiner weiß, was er sagen soll zu den schrecklichen Dingen, die passiert sind. Meiner Meinung nach brauchen die dringend etwas Abwechslung. Eigentlich hätte ich gleich eine Willkommensparty geben sollen, als Emily nach Hause kam, aber auf die Idee bin ich nicht gekommen. Doch angesichts ihres bevorstehenden Geburtstages habe ich ja noch mal eine Chance.«

»Mensch, Lauren, das klingt wirklich toll, aber ich glaube

nicht, daß ich dir groß helfen kann. Sie war ja erst zehn damals, und da war sie fast immer nur zu Hause und hat mit Francine gespielt.«

»Hat sie denn nie Besuch von anderen Kindern bekommen oder umgekehrt? Was ist mit Schulfreunden?«

»Ach, ich will damit nicht sagen, daß sie keine hatte. Jetzt, wo du es erwähnst, fällt mir ein, daß sie schon Freunde hatte. Ich weiß noch, daß sie in einem Jahr sogar mal Klassensprecherin war, und dafür muß man in der Klasse populär sein. Aber wie gesagt, das war in der Schule.«

Und so kam Lauren auf die Idee, sich an Emilys Schule zu wenden. Karen Daniels, Emilys Lehrerin der siebten Klasse, willigte ein, sich am nächsten Vormittag in einer Pause mit Lauren zu treffen. Sie war noch jung – vor zwei Jahren erst hatte sie ihre Lehrerausbildung beendet –, aber mit einer unglaublichen Begeisterung bei der Sache, die sich nicht nur in ihrer lebhaften Art, sondern auch in ihrem strahlenden Lächeln zeigte.

Lauren stellte sich erst einmal selbst kurz vor, und dann diskutierten sie Emilys schulische Leistungen, die sich zu Laurens Erleichterung wesentlich besser anließen, als sie sich vorgestellt hatte. »Ich kann zwar nicht gerade behaupten, daß sie sich sehr große Mühe gibt«, sagte die Lehrerin, die darauf bestand, daß Lauren sie Karen nannte, »aber wichtig ist doch nur, daß sie mit dem Rest der Klasse gut mithalten kann. Natürlich kenne ich die Ergebnisse ihrer Tests und weiß, daß sie größere Fähigkeiten hat, aber ich halte es nicht für klug, sie im Moment allzusehr zu bedrängen.«

Lauren äußerte ihre zustimmende Meinung und wechselte dann das Thema. »Und wie sieht es mit Freundschaften in der Klasse aus?« Doch ehe Karen antworten konnte, warf sie noch rasch ein: »Es wäre mir übrigens lieber, wenn Sie Emily nichts von unserem Gespräch erzählen würden.«

»Natürlich, kein Problem.«
»Tja ... Ich nehme an, Sie wissen, daß sie ein paar heftige Auseinandersetzungen mit Klassenkameraden hatte.« Karen nickte, und Lauren fuhr fort: »Sie will aber nicht, daß ihr Vater oder ich mich einmischen, sie will allein damit fertig werden, hat sie gesagt. Und solange die Sache nicht außer Kontrolle gerät, haben mein Mann und ich beschlossen, es auch dabei zu belassen.«
Karen lächelte. »Ich halte das für äußerst klug von Ihnen. Natürlich, wenn wir sehen, daß sich die Kinder buchstäblich an den Kragen gehen, dann kann man schon nervös werden, und wenn jemand vom Lehrpersonal so etwas beobachtet, dann greifen wir natürlich auch sofort ein. Aber ehrlich gesagt, glaube ich, daß das Schlimmste vorbei ist; Kinder quälen und ziehen einander normalerweise so lange auf, bis das Thema sie langweilt oder es zum großen Knall kommt. Den hatten wir schon, und üblicherweise folgt daraufhin eine Phase des Waffenstillstandes, und ehe man sich versieht, haben die Beteiligten vergessen, weswegen sie überhaupt sauer waren, und schon sind alle wieder die besten Freunde. Ich würde sagen, daß wir uns im Augenblick in einer solchen Phase des Waffenstillstandes befinden.«
»Haben Sie eine Ahnung, worum es bei diesem Streit eigentlich ging? Ich meine, weshalb die Kinder Emily aufzogen? Ich weiß zwar, wie das so ist mit einem neuen Kind an der Schule, aber das trifft auf Emily ja nicht zu. Die anderen Kinder kennen sie ja alle noch von früher, sie ist hier aufgewachsen und hat die Rawson-Elementary-Schule besucht.«
»Ja, das ist mir bewußt. Aber ich weiß wirklich nicht, worum es bei dieser Auseinandersetzung ging. Doch eine der Lehrerinnen, die Emily noch ziemlich gut von der Rawson her kannte, meinte, daß sie sich ziemlich verändert hätte und bei

weitem nicht mehr so freundlich und umgänglich wie früher sei. Das ist natürlich mehr als verständlich, wenn man bedenkt, was sie alles durchgemacht hat. Aber Kinder sind recht schnell, wenn es darum geht, sich über die Verhaltensweisen anderer lustig zu machen und die eigenen Stacheln zur Verteidigung aufzustellen.«

»Karen, was würden Sie dazu sagen, wenn ich die Absicht hätte, mich da ein bißchen einzumischen? Nicht zu auffällig natürlich.«

»Ich glaube, ich verstehe nicht ganz, was Sie damit meinen.«

»Also, Emily hat in ein paar Wochen Geburtstag, und da möchte ich eine Überraschungsparty für sie geben – bei uns zu Hause natürlich. Und ich dachte mir, da sie ja alle Kinder hier kennt und – soweit ich weiß – früher einmal recht beliebt war, einfach alle ihre Klassenkameraden zu uns einzuladen. Was meinen Sie? Das hilft vielleicht, die Dinge wieder in Ordnung zu bringen. Schließlich feiern alle Kinder gerne Partys, und was könnte es für eine bessere Art geben, alte Freundschaften zu erneuern? Erscheint Ihnen das sinnvoll?«

»Äußerst sinnvoll, ich halte das sogar für eine hervorragende Idee.«

»Dann meinen Sie also nicht, daß die gegenseitigen Feindseligkeiten so stark sind ... Ich meine, ich will schließlich nicht, daß Emily deswegen wütend ist auf mich.«

»Ich sehe nicht, weshalb sie das sein sollte. Wie ich bereits sagte, die Wogen haben sich mittlerweile ziemlich geglättet, was meiner Meinung nach nichts anderes heißt, als daß beide Seiten zu Friedensverhandlungen bereit sind. Warten Sie doch kurz, Mrs. Grant, ich werde Ihnen rasch eine Liste mit allen Namen und Adressen fotokopieren.«

Francine hatte an diesem Nachmittag nicht mit Emily gerechnet und wollte gerade hinüber in das Einkaufszentrum, um sich mit ein paar Kindern aus der Schule zu treffen, als Emily kam und ihre Pläne über den Haufen warf. Das Einkaufszentrum war zwar nur sechs Straßenzüge von ihrem Haus entfernt, aber Lauren wollte nichts davon hören, daß Emily mit dorthin ginge, so daß diese sich reichlich blöd vorkam. Francine mußte deshalb schnell so tun, als ob sie auch keine Lust mehr auf das Zentrum hätte, woraufhin Emily aber nur noch wütender auf Lauren wurde. Natürlich steckte Daddy dahinter – so dumm war sie auch wieder nicht, um das nicht zu wissen –, aber das entschuldigte Lauren noch lange nicht.
Aber wahrscheinlich noch dümmer war, daß sie sich wegen einer Sache ärgerte, die sie sich im Grunde genommen gar nicht gewünscht hatte. »Und, wo ist denn unser kleiner grinsender Liebling aus Manhattan?« fragte Francine, kaum daß sie außer Hörweite waren, in dem Versuch, Emilys schlechte Laune zu vertreiben.
Und der Versuch war in gewisser Weise auch erfolgreich, denn er entlockte Emily immerhin ein knappes Lächeln. »Sie ist bei ihrer Wichtelgruppe«, erwiderte sie. »Eigentlich wollte ich auch gar nicht in dieses Einkaufszentrum«, fügte sie hinzu.
»So, warum nicht?«
»Weil wir bessere Dinge zu tun haben.«
»Haben wir?«
Und sofort übernahm Emily die Führung und deutete ihr an, mit ihr zu kommen. »Komm schon, geh mir nach«, forderte sie Francine auf.
Und das tat sie und folgte ihr die Straße hinunter und auf die andere Seite hinüber, dann – da Lauren und Carla noch in der Nähe waren – wieder zurück zu dem Haus direkt

gegenüber, zu Emilys Haus. »Er ist noch nicht daheim«, bemerkte Francine. »Hast du nicht gesehen, daß sein Laster nicht da ist?«

»Natürlich ist mir das aufgefallen. Denkst du vielleicht, ich bin blind?« Mit diesen Worten holte sie den Schlüsselring aus der Tasche.

»Was machst du da?«

Emily steckte den Schlüssel ins Schloß – denselben Schlüssel, mit dem sie immer aufgesperrt hatte, als sie dort noch gewohnt hatte, und den sie jetzt seit Tagen mit sich herumtrug, hin und her überlegend und auf die passende Gelegenheit wartend. »Wonach sieht das deiner Meinung nach aus?«

»Nein, niemals, damit will ich auf keinen Fall etwas zu tun haben«, protestierte Francine und wollte schon den Rückzug antreten. »Wenn wir dabei erwischt werden, dann dreht mir Carla den Hals um.«

Aber Emily packte Francine an ihrer Hemdbluse und hielt sie fest, so daß sie nicht mehr weg konnte. »Wirst du wohl hierbleiben, du Feigling! Vergiß nicht, es ist schließlich mein Haus.«

»Jetzt nicht mehr.«

»Hat mein Vater es vielleicht verkauft?«

»Nein, aber es muß doch ein Gesetz geben, das sagt, daß du nicht so einfach in ein Haus spazieren kannst, das ein anderer gemietet hat.«

»Oh, ich bin sicher, daß es das gibt, aber genau wissen wir es nicht, das ist ja das Problem. Und das wird unsere Entschuldigung sein, falls wir erwischt werden, wir waren dann einfach zu dumm und unwissend. Leute, die bei der Steuer schummeln, nehmen das doch meistens als Ausrede her, und das funktioniert auch.«

»Okay, dann komme ich mit«, erwiderte Francine, und

Emily ließ ihre Hemdbluse wieder los. »Aber was, wenn Gordon uns erwischt?«
Als Antwort drehte Emily den Schlüssel um, öffnete die Tür und hielt sie fest, während Francine an ihr vorbei zögernd in die Küche trat. »Jetzt hör endlich auf, so nervös zu sein.«
Das kam zwar von Emily, aber selbst sie hatte ihre Schwierigkeiten mit der Situation. Doch sie holte tief Luft, biß sich auf die Unterlippe und ging schließlich voraus; langsam und schweigend sahen sie sich jedes Zimmer des Hauses an und gingen sogar hinunter in das Nähzimmer im Keller, wo sich – laut Aussage der Polizei – ihre Mutter nur wenige Minuten zuvor aufgehalten hatte, ehe man sie die Treppe hinunterstieß und mit Emilys nagelneuem Baseballschläger zu Tode prügelte.

* * *

Lauren hatte Chelsea vor dem Pfarrsaal bei ihrer Wichtelgruppe der Pfadfinder abgesetzt und war dann mit Emily zu Carla weitergefahren. Während die beiden Mädchen zusammen draußen waren, erzählte Lauren Carla von ihrem Gespräch mit Emilys Lehrerin. »Ach, übrigens, ich habe ganz vergessen zu erwähnen, daß ich dich auch bei der Party erwarte. An meiner Seite, denn bei der Aussicht auf achtundzwanzig Kinder brauche ich dringend moralische Unterstützung.« Und ehe Carla irgendwelche Einwände vorbringen konnte, fügte sie hinzu: »Und keine Angst, die Eisentore werden dir zuliebe natürlich offenbleiben.«
»Danke, daß du mich gnädig bei dir aufnimmst.«
»Bleibt mir denn etwas anderes übrig?«
»Also, erzähl mir von der Party. Was hast du dir bis jetzt dazu überlegt?«
»Ich dachte mir, viele Spiele, lustige Preise, Live-Musik,

reichlich Dekoration und jede Menge zu essen, und das alles soll draußen auf der Veranda und hinter dem Haus stattfinden.«

»Du meine Güte, das klingt ja ziemlich aufwendig.«

»Meinst du, das ist zuviel?«

»Für uns vielleicht, aber für die Kinder bestimmt nicht. Was hält Jonathan denn davon?«

»Nun, er war nicht sehr davon angetan. Du weißt doch, wie Männer reagieren bei der Aussicht auf eine Mischung aus Horden fremder Kinder, Krach und lästigen Spielen, oder? Aber er hat schließlich nachgegeben ... Hin und wieder soll das bekanntlich auch bei ihm vorkommen«, fügte sie grinsend hinzu. »Solange sich das alles bei uns auf dem Grundstück abspielt, selbstverständlich.« Carla wollte gerade etwas dazu sagen, als Lauren auf die Küchenuhr schaute und erschrocken hochfuhr. »Ach du meine Güte, es ist schon fast vier Uhr, und ich muß Chelsea abholen. Aber zuerst muß ich Emily auftreiben.«

»Wieso fährst du nicht rasch los und holst sie hinterher wieder ab ...?«

Lauren schlüpfte in ihre Jacke. »Das kann ich nicht, Carla.«

»Wieso nicht?«

»Ich darf Emily nicht aus den Augen lassen.«

»Aber warum?«

»Du würdest es bestimmt nicht wissen wollen.«

Es dauerte einen Moment, aber dann stieß Carla einen Seufzer aus, der signalisierte, daß sie verstanden hatte. »Jonathan, habe ich recht? Er will nicht, daß du Emily aus den Augen läßt.«

»Es ist hauptsächlich wegen dieser Sache mit der Polizei. Nur so lange, bis wir eine einstweilige Verfügung –«

»Darauf würde ich mich nicht verlassen.«

Lauren sah sie fragend an. »Was meinst du damit?«

Carla stand auf und trug die Tassen zum Spülbecken. »Vergiß es, das war nur meine große Klappe. Louie sagt mir immer, daß ich mich besser um meine Angelegenheiten kümmern soll. Und er hat recht.«
Aber jetzt konnte Lauren die Sache nicht mehr auf sich beruhen lassen, obwohl sie es immer noch sehr eilig hatte. Sie ging zum Spülbecken und baute sich vor Carla auf. »Raus mit der Sprache. Ich gehe nicht eher weg, bis du es mir gesagt hast.«
»Hör mal, dein Liebster ist ein anständiger Kerl, und ich plaudere nicht gerne aus dem Nähkästchen, was ihn angeht –«
»Aber?«
Sie seufzte. »Aber er hat Nancy schier in den Wahnsinn getrieben mit seinen festen Vorstellungen und Regeln. Francine und Emily haben normalerweise immer drüben in ihrem Garten gespielt, weil Jonathan das so lieber war. Zuerst habe ich das noch persönlich genommen, aber irgendwann war es mir egal. Wie ich schon sagte, Emily hatte außerhalb der Schule nicht viele Freunde oder Hobbys. Ich kann es zwar nicht mit Sicherheit behaupten, aber ich glaube, daß das auch Jonathans Schuld war. Ich weiß nämlich, daß Emily immer in die Schülerliga wollte, aber das Kind durfte ja keine ordinäre Jeans anziehen, geschweige denn ein Baseballtrikot. Gut, so etwas ist vielleicht nicht das Ende der Welt, aber –« Achselzuckend hielt sie inne. »Aber was weiß ich schon?«

Nun gut, vielleicht war es damals tatsächlich so gewesen. Es stimmte natürlich schon, manchmal übertrieb es Jonathan wirklich mit seiner Fürsorge für Emily, was auch sie selbst des öfteren als durchaus störend empfand, aber er hatte auch wirklich jeden Grund dafür. Tatsache war, daß Emily viele

Dinge außer Haus unternahm, und solange diese Freizeitbeschäftigungen ausreichend organisiert waren und unter Aufsicht stattfanden, hatte er auch nichts dagegen. Und einmal abgesehen von dieser einen irrationalen Äußerung ihr gegenüber, versuchte er auch nie, sie selbst in ihren Aktivitäten einzuschränken – nicht daß es da viel zum Einschränken gegeben hätte. Im Gegenteil, hatte er sie nicht immer geradezu gedrängt, sich mehr Hilfe für das Haus zu holen, damit ihr mehr Zeit für sich selbst bliebe? Solange sie nur wieder zu Hause war, wenn er heimkam. Eigentlich kein besonders ausgefallener Wunsch ... wünschten sich das nicht die meisten Männer?

Wie dem auch sei, bis sie es geschafft hatte, ihre Gedanken zu diesem Thema Carla verständlich zu machen und endlich im Auto zu sitzen, sah sie sich gezwungen, genau das zu tun, was Carla ihr gleich zu Anfang vorgeschlagen hatte: erst Chelsea abzuholen, anschließend wiederzukommen und Emily mitzunehmen. Von den Kindern war ohnehin noch nichts zu sehen, und Laurens und Carlas Rufe verhallten ungehört. Als Lauren mit Chelsea nach Candlewood Terrace zurückkehrte, befand sie sich jedoch bereits in einem derart aufgelösten Zustand, daß sie um ein Haar eine schwarze Limousine gestreift hätte, die im Schrittempo mitten auf der Straße fuhr.

Als sie Gas gab und an dem Wagen vorbeibrauste, warf sie dem Fahrer einen bösen Blick zu, so daß sie ihn ziemlich genau sehen konnte: Er war Mitte Zwanzig, hatte ein rundes Gesicht mit vorstehenden Zähnen und trug eine blaue Kappe der Yankees. Sein Gesicht erkannte sie nicht, aber die Baseballkappe und der Wagen kamen ihr merkwürdig vertraut vor. Und da fiel ihr der junge Mann wieder ein, der Emily vor der Schule nach dem Weg gefragt hatte ... Aber das war doch etwas weit hergeholt, oder?

Sie bog in Carlas Auffahrt ein und hielt an. Sie war fast zehn Minuten weg gewesen, aber laut Carla waren die Mädchen immer noch nicht aufgetaucht, so daß sie wie der Blitz aus dem Wagen schoß, die Straße auf und ab lief und immer wieder laut ihre Namen rief.

»Lauren, ich bin sicher, daß es ihnen gutgeht«, redete Carla, die hinter ihr herlief, beruhigend auf sie ein. »Vielleicht haben sie beschlossen, ins Einkaufszentrum hinüberzulaufen. Alle Kinder gehen doch in die Eisdiele –«

»Aber ich habe doch extra betont ... O mein Gott, Jonathan wird einen Anfall bekommen!« seufzte sie, und plötzlich wurde ihr ganz warm und leicht im Kopf, als sie wieder in das Auto stieg und zum Einkaufszentrum fahren wollte. Und der schwarze Wagen? Was war mit dem, dachte sie. Es hatte zwar nur dieser eine Mann darin gesessen ... aber hätte sie es gesehen, wenn noch jemand darin gewesen wäre?

Plötzlich legte Carla eine Hand auf ihren Oberarm und deutete mit der anderen Hand über die Straße. »Dort sind sie, Lauren. Es ist alles in Ordnung.« Aber sie machte dann doch laut ihrem Ärger Luft, wahrscheinlich Lauren zuliebe. »Wo, zum Teufel, habt ihr zwei gesteckt? Wir haben schon die ganze Nachbarschaft zusammengeschrien! Habt ihr uns denn nicht gehört? Jetzt bewegt euren Hintern aber mal fix hier rüber, ihr zwei!«

»Was sollen wir ihnen sagen?« wollte Francine leise von Emily wissen, als sie die Straße überquerten.

»Daß wir sie nicht gehört haben. Und das haben wir auch nicht, wenigstens nicht, bis unser Liebling aus Manhattan seine Ruhe und sein vornehmes Getue verloren und zu kreischen angefangen hat.«

»Was sollen wir sagen, wo wir waren?« fragte Francine erneut.

»Drüben in der Saddle Hill Road.« Das war die Straße, die hinter Emilys Haus entlanglief.
Dann verfielen beide in längeres Schweigen, während sie die Straße entlang und auf die beiden dort wartenden Mütter zutrotteten, auf das Empfangskomitee in der Auffahrt, das aus Lauren, Carla und der lästigen kleinen Göre bestand.
»Na gut, aber würdest du mir jetzt bitte sagen, was du dort zu finden hofftest?« fragte Francine in einem abrupten Themenwechsel.
»Ich weiß es nicht«, erwiderte Emily, und sie wußte es wirklich nicht. Aber irgend etwas war merkwürdig an Gordon, das war nicht zu übersehen. Und Francine schien ihre Gedanken lesen zu können, denn sie meinte: »Es hat was mit Gordon zu tun, nicht wahr?«
»Kann schon sein.«
»Und mit dem Mord an deiner Mutter?«

Lauren kam auf dem Nachhauseweg nicht auf den Zwischenfall zu sprechen, und zwar, weil sie sich weitaus mehr über ihr eigenes unangemessenes Verhalten als über das von Emily ärgerte. Das Mädchen sollte nächste Woche schließlich zwölf Jahre alt werden, und Lauren führte sich auf, als sei ihr ein hilfloser Säugling auf einem Rummelplatz abhanden gekommen. Carla war zwar in die Bresche gesprungen und hatte die beiden Mädchen gehörig ausgeschimpft, aber das auch nur, damit Lauren ihr Gesicht wahren konnte.
Gut, die Polizei hatte Emily vernehmen wollen, aber das war jetzt nicht mehr sehr wahrscheinlich, da dem zuständigen Polizeirevier die entsprechenden Papiere bereits zugestellt worden waren. Außerdem hatte Jonathan Emily erklärt, daß sie einfach die Aussage verweigern solle, falls jemand von der Polizei sich ihr näherte. Und abgesehen davon gab es nun wirklich nichts zu befürchten.

Aber sie, Lauren, führte sich auf wie eine Neurotikerin von Jonathans Gnaden und brach sofort in Panik aus wegen nichts und wieder nichts. Doch trotz des brennenden Schamgefühls, das sich deswegen in ihr breitmachte, war ihr eine Sache im Gedächtnis geblieben, hatte sich ein Detail von Carlas übertriebener und nun wirklich nicht zutreffender Beschreibung von Jonathans Charakter in ihr festgesetzt; jetzt war ihr klar, weswegen Emily gar so heftig an ihren zwei Paar Jeans hing – offensichtlich waren es die ersten ihres Lebens.

»Das ist doch schon eine Ewigkeit her«, meinte Jonathan später, als Lauren das Gespräch darauf brachte, daß er Emily früher eine Teilnahme an organisierten Baseballspielen untersagt habe. Er folgte Lauren zu dem Schrank, aus dem sie eine Vase für den Strauß roter Rosen holte, den er ihr eben mitgebracht hatte. »Ich glaube, daß ich deswegen dagegen war, weil ich Angst hatte, sie könnte sich dabei verletzen.«

Lauren ließ die Vase mit Wasser vollaufen und arrangierte dann geschickt die Blumen. Schließlich stellte sie sie auf den Küchentisch. »Sie wollte Baseball spielen, Jonathan, nicht Football.«

»Aber in der Schülerliga spielen doch sonst nur Jungen mit.«

»Nicht mehr, das war mal so.«

»Dann haben sich die Frauen also auch dort schon breitgemacht«, meinte er achselzuckend. »Schön, aber deswegen ist es in erster Linie doch noch eine Sportart für Jungen.«

»Sag mal, kommst du dir nicht ein bißchen merkwürdig vor, eine derart chauvinistische Position zu vertreten?«

Er grinste. »Ich habe nie behauptet, ein Verfechter von Frauenrechten zu sein, und das habe ich dir auch nie verschwiegen.« Er griff über ihre Schulter, brach eine Rose vom Stengel und schob sie ihr hinters Ohr; dabei küßte er sie.

Nein, auch wenn sie es vielleicht nur ungern zugab, er hatte es ihr nicht verschwiegen; der Mann, den sie liebte und mit dem sie den Rest ihres Lebens verbringen wollte, war in der Tat ein Traditionalist mit all den Vor- und Nachteilen, die eine solche Einstellung mit sich brachte. Sie wußte, daß sie ihn nicht ändern würde, aber zum Wohle der Mädchen mußte sie darauf achten, daß er die beiden wenigstens nicht an ihrer Entfaltung hinderte. Sie sollten nämlich zu selbstsicheren und unabhängigen, zu starken Frauen heranwachsen.

»Wie kommst du überhaupt darauf ... Hat Emily sich über mich beschwert?« fragte er, ließ seine Hände unter Laurens Pullover gleiten und schob auch ihren Büstenhalter nach oben, der seinen forschenden Fingern im Weg war.

»Nein, ganz und gar nicht«, erwiderte sie seufzend und kopfschüttelnd; aber sie ließ ihn in dem Glauben, daß Emily das Thema Sport aufgebracht hätte.

»Sie hatte sogar mal einen Baseballschläger –«, setzte Jonathan an, aber dann fiel ihm offensichtlich wieder ein, was mit dem Schläger geschehen war, und er vergrub seine Lippen in ihrem Haar und schloß seine Finger so fest um ihre Brüste, daß sie aufstöhnte und ihren Rücken an ihn preßte. »Ich werde nie zulassen, daß dir jemand weh tut, Lauren«, sagte er mit vor Emotion bebender Stimme. »Das verspreche ich dir.«

Die Anhörung vor Gericht, die im Vorfeld mit so großer Erwartung und Aufregung verbunden gewesen war, entpuppte sich als einfacher als erwartet. Jonathans Anwalt legte eine eidesstattliche Versicherung von Dr. Strickler vor, und auch Dr. Penelope Greenly sagte in seinem Sinne

aus. Vor diesem Hintergrund schien Laurens Aussage unwichtig zu sein, zumindest kam es ihr so vor, aber Mike Perkins wollte nicht auf diese zusätzliche Sicherheit verzichten. Dadurch sah sie sich aber plötzlich mit Fragen konfrontiert, die sich als ziemlich unangenehm erwiesen.
»Haben Sie je mit Emily über die Ereignisse des Tages gesprochen, an dem ihre Mutter ermordet wurde?« fragte der Anwalt der Stadt.
»Nein, nie«, erwiderte sie.
»Wieso nicht?«
»Weil ich der Meinung bin, daß sie es mir schon sagen wird, wenn sie möchte. Verstehen Sie bitte, ich kenne Emily doch erst seit –«
»Beschränken Sie sich in Ihrer Antwort doch bitte auf die vorliegende Frage«, unterbrach er sie in ihrem Redefluß.
Doch da mischte sich der Richter ein. »Das hier ist eine informelle Anhörung, und ich würde gerne hören, was Mrs. Grant zu sagen hat.«
So fuhr sie fort. »Ich bin doch erst seit kurzem Teil dieser Geschichte. Ich bin zwar bereits seit fünf Monaten mit ihrem Vater verheiratet, habe Emily aber erst vor sechs Wochen kennengelernt, als sie zu uns nach Hause kam.«
»Und wie geht es ihr jetzt?« wollte der Richter wissen, der die Befragung nun selbst in die Hand genommen hatte.
»Tja, alles braucht seine Zeit«, entgegnete Lauren. »Es ist so vieles passiert, viele Dinge, mit denen sie erst langsam zurechtkommen muß. Ich bin zwar fest davon überzeugt, daß sie es schaffen wird, aber dafür braucht sie Zeit, Liebe und Geduld.« War das wirklich ihre Meinung, oder hatte sie einfach nur zu große Angst, sich die Alternative vorzustellen?
»Mrs. Grant, hat Emily irgendwelche Erinnerungen an das, was am Tag der Ermordung ihrer Mutter geschah?«

»Laut Aussage ihrer Ärzte hat sie die nicht.«
»Aber was denken Sie?«
»Ich glaube nicht«, antwortete sie. Ihre Aussage beruhte in erster Linie auf der Annahme, daß jedes Kind in einer ähnlichen Situation sich früher oder später irgendeinem Menschen anvertrauen würde, wenn die Erinnerung zurückkehrte: seinen Ärzten, den Eltern, irgend jemandem.
Wie sich anschließend herausstellte, hatte Detective Kneeland nur eine leere Drohung ausgestoßen, denn ein jeder Bürger hatte das Recht, Fragen, die die Polizei ihm stellte, nicht zu beantworten; und im Falle eines Kindes, bei dem die Gefahr einer Einschüchterung bestand, hatten die Eltern um so mehr dieses Recht.
Die Polizei konnte also noch so lange argumentieren, daß Emily schließlich eine wichtige Augenzeugin in einem Mordfall sei und daß im Interesse der Gerechtigkeit das Gericht ihre Befragung für rechtmäßig erklären solle, es nützte nichts; Emilys psychische Labilität genügte dem Richter als Begründung, eine einstweilige Verfügung zu erlassen. So dauerte es keine dreiviertel Stunde, und sie verließen das Gerichtsgebäude mit der unterschriebenen Verfügung, die wohlverwahrt in Jonathans Jackentasche steckte.
Es war ein traumhaft schöner Frühlingstag, und Lauren fühlte sich wie verjüngt und voller Energie; so steuerte sie geradewegs das Einkaufszentrum an, um für alle neue Frühjahrskleidung und Dekoration für Emilys Geburtstagsparty zu besorgen, die in zehn Tagen stattfinden sollte. Die witzigen Einladungskarten waren bereits verschickt worden; Lauren hatte unter Carlas Nummer um telefonische Zusagen gebeten, da sie das Risiko nicht eingehen wollte, daß Emily noch durch Zufall davon erführe. Bis jetzt hatten acht Klassenkameraden angerufen und gesagt, daß sie kommen

wollten – bisher ließ sich also alles ganz gut an. Und so gab Lauren Jonathan zum Abschied einen Kuß; sie fühlte sich beschwingt und fröhlich wie seit Wochen nicht mehr.

Es war kurz nach eins, als sie – rechts und links tausend Tüten in der Hand – hörte, wie ihre Schwester ihren Namen rief. Sie hatte seit Tagen nicht mehr mit Fern gesprochen, nicht mehr, seit diese sie darauf aufmerksam gemacht hatte, daß ihre Nachgiebigkeit und Geduld Emily gegenüber möglicherweise auf reiner Angst begründet waren. »Hör doch, tut mir leid, daß ich das gesagt habe, ich wollte dich nicht verletzen«, sagte Fern jetzt, als sie sie eingeholt hatte und neben ihr stand; die Zerknirschung war ihr ins Gesicht geschrieben.

»Ich weiß«, erwiderte Lauren, konnte sich dann aber ein Lächeln nicht verkneifen ... »Ach, Schwesterherz, es ist so schön, dich zu sehen. Ich würde sogar soweit gehen und dich umarmen, wenn ich eine Hand frei hätte.«

»Hier, laß mich dir helfen«, sagte Fern, zog ihr zwei der Pakete unter dem Arm hervor und küßte sie. »Komm mit, ich lade dich zum Mittagessen ein.«

Sobald sie in einem chinesischen Restaurant mit schummriger Beleuchtung saßen, erzählte Lauren Fern alles über die einstweilige Verfügung. »Das ist eine große Erleichterung für uns, ein Problem weniger, um das wir uns Sorgen machen müssen. Und nachdem sich Emilys Party gut anläßt, bin ich auch in dem Punkt recht zuversichtlich ... Wenn sie mal neue Freundschaften schließt, sich wohler in der Gesellschaft Gleichaltriger fühlt, dann wird alles andere bald von selbst kommen. Und ich weiß genau, was du jetzt denkst, daß ich entweder durch passives Abwarten etwas bei ihr erreichen werde oder aber –«

»Na, na, mal langsam, leg mir keine Worte in den Mund. Vielleicht hast du ja gar nicht so unrecht; wenn man auf einem Gebiet seines Lebens glücklich ist, dann färbt das vielleicht auch auf andere Bereiche ab. Und letzten Endes ist es doch egal, wie oder warum etwas passiert.«

Lauren nahm die Speisekarte und schlug sie auf. »Wieso bist du eigentlich nicht in der Arbeit?«

»Ich hatte den Nachmittag frei und dachte mir, daß ich die Gelegenheit nützen und mich auf die Suche nach einem Geburtstagsgeschenk für Emily machen könnte.«

Lauren schaute kurz auf die Uhr. »Weil wir gerade beim Thema sind ... Ach Gott, Fern, ich glaube, ich kann nicht so lange bleiben.«

»Warte, laß mich raten«, erwiderte Fern seufzend und legte einen Finger unter ihr Kinn, »die Wichtelgruppe, Gymnastik, Dr. Greenly? Nein, nichts davon? Dann gebe ich auf.«

»Ich muß Emily um halb drei von der Schule abholen. Wenn ich nicht gleich aufbreche, schaffe ich es nicht mehr.«

»Ich hatte den Eindruck, daß dieses tägliche Abholen nur vorübergehend sei.«

»Das ist es auch ... das war es. Aber da ich heute morgen noch nicht wußte, wie die Sache ausgehen würde, habe ich Emily nicht abgesagt.«

Fern, die bereits in ihrer Geldbörse nach Kleingeld kramte, kam schließlich mit einer Handvoll Münzen zum Vorschein. Sie streckte Lauren die Hand hin, während sie mit der anderen auf das Telefon neben den Toiletten zeigte. »Ruf die Schule an und bitte die Sekretärin, Emily auszurichten, daß sie mit dem Schulbus nach Hause fahren soll.«

»Aber –«

»Nichts aber. Los.«

Lauren stand auf; wenn Emily den Bus nahm, dann war sie zur selben Zeit zu Hause wie Chelsea. Bestimmt würden es die Sieben- und die Zwölfjährige auch mal eine dreiviertel

Stunde ohne Schiedsrichter aushalten. »Okay, du hast mich überzeugt«, erwiderte sie. »Bestell mir das Huhn mit Brokkoli.«

Alice, die Schulsekretärin, hatte den Zettel mit der Nachricht für Emily Grant – »Fahr bitte mit dem Bus nach Hause, ich komme in einer Stunde nach. Sei lieb zu Chelsea, Grüße Lauren« – an Irene Olansky, die in der laufenden Woche für Botengänge zuständige Schülerin, weitergegeben. Diese sollte die Benachrichtigung, zwei Packen mit Handzetteln, drei Lehrbücher, ein Lehrerhandbuch und einen Anschlag für das Schwarze Brett von der stellvertretenden Direktorin in den Raum bringen, in dem die Schüler unter Aufsicht von Karen Daniels' ihre Hausaufgaben machten.

Auf dem Weg zu Miss Daniels' Klassenzimmer schlich sich plötzlich Harvey Quarterman von hinten an Irene heran und klatschte seine Hand auf ihren Hintern. Sie wirbelte herum, um zu sehen, wessen Hand das war; als sie direkt in sein häßliches Grinsen blickte, schlug sie mit dem Stapel Bücher nach ihm und erwischte ihn auch beinahe an der Schläfe. Sie ärgerte sich aber so sehr, daß sie gar nicht bemerkte, wie zwei Handzettel zusammen mit der Nachricht für Emily Grant zu Boden segelten. Was bildete sich dieser verdammte Quarterman eigentlich ein, wer sie war ... eine von diesen dummen Gänsen vielleicht, die nichts anderes zu tun hatten, als sich bei den Spinden der Jungen herumzutreiben und sich ihnen an den Hals zu werfen?

Und so kam es, daß Emily nach Schulschluß nicht zu den Schulbussen ging und statt dessen auf Lauren wartete. Eine Zeitlang herrschte reges Kommen und Gehen, und sie sah sich die Leute an und versuchte, in ihren Gesichtern zu lesen und herauszufinden, welche Arten von Lügen sich dahinter versteckt hielten. Busse schlossen ihre Türen und verließen den Schulhof, Lehrer und sonstige Angestellte eilten zu ihren geparkten Autos ... Emily wartete zehn Minuten, fünfzehn, zwanzig Minuten, bis sie nach ungefähr einer halben Stunde beschloß, die paar Meilen nach Hause zu Fuß zurückzulegen.

Sie hatte gerade die Straße überquert und die paar hundert Meter bis zu den unbebauten Feldern zurückgelegt, als der schwarze Wagen neben ihr auftauchte und anhielt.

Kapitel 9

Beim Essen zeigte Fern Lauren das schwarzweiß gestreifte Designer-Telefon, das sie für Emilys Geburtstag gekauft hatte; den krönenden Abschluß bildete ein großer, weißer Hirtenhund, der auf seinen Hinterbeinen hockte und seine Schnauze, die als Gabel für den Hörer diente, weit aufgerissen hatte.

»Das ist ja herrlich«, lachte Lauren und betrachtete es genauer. »Ich denke, das wird ihr sehr gefallen.« Sie sah Fern an. »Weißt du, das ist wirklich nett von dir – ich meine, eigentlich hätte ich angenommen, daß dir außer einem blauen Auge kein weiteres Geschenk für Emily in den Sinn käme.«

»Na ja, so weit würde ich nun wirklich nicht gehen, aber ich kann auch nicht gerade sagen, daß ich große Sympathien für sie hege. Wir haben uns bestimmt schon ein dutzendmal gesehen, seit sie zu Hause ist, aber nie hatte sie auch nur ein einziges Lächeln, geschweige denn ein freundliches Wort für mich übrig. Und am Telefon ist sie geradezu unverschämt zu mir. Aber am meisten mißfällt mir die Art, wie sie dich und Chelsea behandelt. Du fährst sie hierhin und dorthin, erfüllst jeden ihrer Wünsche, hüpfst und springst –«

»Halt, bevor wir dieses Thema zu sehr vertiefen. Willst du damit andeuten, daß sie mich ausnützt?«

»Nein, nein, das will ich nicht, versprochen. Ich wundere mich nur über das Ausmaß deiner Toleranz.«

»Und, ich strenge mich eben sehr an. Das ist doch nicht falsch, oder?«

»Nein, natürlich ist es das nicht.«

»Wer weiß, vielleicht werde ich ja endlich erwachsen.« Mit einem schrägen Blick auf ihre Schwester fügte sie hinzu: »Du meinst doch wohl nicht, daß ich Jonathan für meine erschütternde, aber doch auch recht praktische Metamorphose verantwortlich machen muß, oder?« Doch ehe Fern antworten konnte, deutete Lauren auf die Schachtel mit dem neuen Telefon, die vor ihr auf dem Tisch lag. »Aber natürlich, Fern, genau das ist es – ein Hund. Seit einer Woche zermartern Jonathan und ich uns jetzt schon das Gehirn, damit uns endlich ein Geschenk für sie einfällt.«

Die Haltestelle des Grundschulbusses lag nur fünfzig Meter vom Anwesen der Grants entfernt, und wie immer war Chelsea die einzige, die diese Haltestelle benutzte. Heute war sie überrascht, als sie auf dem Weg zum Haus den Wagen ihrer Mutter nicht in der Auffahrt stehen sah, was nur bedeuten konnte, daß sie es schneller als Emily und ihre Mutter nach Hause geschafft hatte. Es war ein tolles Gefühl, zum ersten Mal ganz allein daheim zu sein, so daß sie die kleine Plastikkarte aus der Seitentasche ihres Rucksackes herausholen mußte, um damit Tor und Eingangstür zu öffnen. Kaum im Haus, stürmte sie sofort in die Küche.
Dort hängte sie ihre Jacke und ihren Rucksack über einen der Stühle und kletterte auf die Küchentheke, um die Schränke nach etwas Eßbarem zu durchsuchen. Mit einer Stange Vollkornkräcker und einer Schachtel Rosinen unter dem Arm ging sie anschließend ins Wohnzimmer, um Fernsehen zu schauen, aber nachdem sie sich ein paar Minuten durch alle Kanäle gezappt hatte, hörte sie ein knackendes Geräusch. Sie schaltete den Fernsehapparat leiser und sah sich um – das Geräusch schien von oben zu kommen. Oder vielleicht von unten ... das war schwer zu sagen.
Sich mittlerweile nicht mehr ganz so erwachsen fühlend,

ging sie hinüber ins andere Wohnzimmer mit dem großen Erkerfenster und schaute hinaus auf die Straße, auf der jedoch kein Wagen zu sehen war. Ihre Mutter mußte Emily in die Schule und wieder zurück fahren, nur damit das böse, häßliche Prinzeßchen nicht von der Polizei belästigt wurde. Doch normalerweise waren sie immer vor Chelsea zu Hause, die mit Ausnahme der Nachmittage, an denen sie bei den Pfadfindern oder in der Gymnastik war, lieber mit den anderen Kindern im Bus fuhr.

Jetzt hörte sie erneut ein Geräusch und wirbelte herum, aber sie konnte nirgends etwas entdecken. Wieder schaute sie zum Fenster hinaus – noch immer kein Auto in Sicht. Wo waren sie nur?

Emily kam der Wagen auf den ersten Blick bekannt vor, und dann erkannte sie die Baseballkappe; es war derselbe Mann, der sie vor der Schule nach dem Weg gefragt hatte. Er lächelte sie jetzt an und winkte sie zu sich an den Wagen heran.

Aber sie blieb, wo sie war, und trat sogar noch einen Schritt zurück. »Was wollen Sie?«

»Ich wollte nur mit dir über etwas reden. Steig doch ein, ich fahre dich nach Hause.«

»Nein«, erwiderte sie, setzte sich wieder in Bewegung und tat so, als ob alles in bester Ordnung sei; aber sie machte sich selbst etwas vor, sie wußte, daß etwas gründlich in Unordnung war, hatte aber keine Ahnung, was sie dagegen tun sollte. Der Wagen fuhr weiter langsam neben ihr her.

»Weißt du, wer ich bin?« fragte der Fahrer.

Sie gab keine Antwort, sondern schaute in die andere Richtung. Natürlich wußte sie, wer er war, aber nur, weil er sie nach dem Weg gefragt hatte, war er noch lange nicht ihr Freund.

»Hey, ich will dir doch nichts tun, Kleine. Ich will dir doch bloß ein paar Fragen stellen.«

»Lassen Sie mich in Ruhe!«

»Scheiße!« meinte er plötzlich sehr zornig und gar nicht mehr freundlich; gleichzeitig trat er auf die Bremsen und stieß die Tür auf. Und in dem Moment fingen ihre Beine und ihre Gedanken sich zu überschlagen an. *Durch die Felder und in die Wälder, zu Großmutters Haus will ich laufen ...*

Chelsea rief als erstes ihre Tante an; sie wollte ihren Vater nicht bei der Arbeit stören, aber als sie erfuhr, daß Tante Fern den ganzen Nachmittag nicht mehr ins Büro käme, blieb ihr keine andere Wahl. Man machte Daddy mittels Piepser schließlich auf irgendeiner Baustelle ausfindig, und bereits wenige Minuten später rief er sie zurück. Als sie seine Stimme hörte, fing sie zu weinen an, sie wußte, daß sie sich wie ein Baby benahm, aber es war ihr egal ... Es dauerte schließlich eine Weile, bis er aus ihr herausbekam, was los war.

»Es kommt alles wieder in Ordnung, Engelchen«, beruhigte er sie, aber seine Stimme klang dabei merkwürdig gedämpft. »Schau dir doch nur mal an, wie hoch der Zaun da draußen ist. Wenn jemand versucht, da hinüberzusteigen, geht sofort ein Alarm los. Was glaubst du wohl, warum Daddy den hat bauen lassen?« Als sie keine Antwort gab, fuhr er fort: »Natürlich gefällt es mir gar nicht, daß du allein zu Hause bist. Ich mag es auch nicht, daß ich nicht weiß, wo deine Mutter und deine Schwester sind. Aber ich bin schon auf dem Weg zu dir. In spätestens fünfzehn Minuten bin ich zu Hause. Kannst du noch solange tapfer durchhalten?«

In dem Moment, in dem sie ihn sagen hörte, daß er gleich käme, spürte sie, wie sie lockerer wurde. »Ja, schon«, erwiderte sie; sie fühlte sich bereits viel besser und dachte, wie glücklich sie sich doch schätzen konnte, einen Vater zu haben, der ihr Geschichten erzählte, sie zum Lachen brachte und sich immer um alles kümmerte. Dann bat er sie noch, ihre Jacke anzuziehen und draußen auf der Treppe auf ihn zu warten, bis er käme.

Nach dem Essen im chinesischen Restaurant hatte Fern Lauren in die Zoohandlung begleitet, nicht um zu kaufen, sondern um sich erst einmal umzusehen und Ideen zu sammeln, welche Hunderasse man Jonathan vorschlagen könnte. Aber die Hunde waren alle gleich entzückend, und Lauren konnte sich überhaupt nicht entscheiden, welche Rasse ihr am besten gefiel. Sie nahm sich Informationsbroschüren mit, die sie sich zu Hause ansehen wollte, steckte sie in ihre Tasche und schaute auf die Uhr. »Jetzt fahre ich aber wirklich besser los, die Kinder denken bestimmt schon, daß ich verlorengegangen bin.«

»Wieso rufst du sie nicht an? Um ihnen zu sagen, daß du unterwegs bist?«

»Das ist eine gute Idee«, erwiderte sie und war bereits auf dem Weg zu den Telefonzellen. Dort warf sie ihr gesamtes Kleingeld in einen der Apparate und wählte ihre Nummer. Es war belegt. Sie wartete eine Weile und versuchte es erneut – immer noch belegt.

»Dann fahr du schon mal los«, meinte Fern. »Ich versuche es weiter, bis ich durchkomme, und sage ihnen, daß du auf dem Weg nach Hause bist.«

Lauren schloß ihre Schwester fest in die Arme; als sie sie endlich wieder losließ, sagte sie lächelnd: »Ich fühle mich jetzt um einiges wohler – wirklich. Als ob plötzlich jede Menge neuer Energien in mir freigesetzt worden wären. Was meinst du?« Es war nur eine rhetorische Frage, und sie war auch schon fort, kaum daß sie sie gestellt hatte.

Fern lehnte sich an eine der Betonwände; sie wollte erst noch ein paar Minuten warten, ehe sie es erneut probierte. Irgendwie fühlte sie sich erleichtert, glücklich, daß sie und ihre kleine Schwester sich wieder gut verstanden und daß Lauren so guter Dinge war, was Emily betraf. Und sie schien tatsächlich wieder mehr Energie zu haben. Wer weiß, vielleicht lag wirklich alles nur an der Einstellung – der eine fing damit an, positiv auf den anderen zu reagieren, woraufhin dieser wiederum positiv auf jenen reagierte, und so weiter und so fort. Vielleicht hatte Lauren tatsächlich einen entscheidenden Schritt in Richtung Emily getan, und möglicherweise tat diese Party ihr übriges.

Sie seufzte, ging wieder zum Telefon, nahm den Hörer ab, steckte ihre Kreditkarte in den Schlitz und gab die Nummer ihrer Schwester ein. Sie ließ es fünfzehnmal läuten – keiner meldete sich. Sie rief erneut an, vielleicht hatte sie sich ja verwählt, aber wieder bekam sie keine Antwort. Dann fiel ihr ein, daß die Mädchen vielleicht draußen waren.

In dem Moment meldete sich ihr Piepser ...

Ihr Vater hatte sein Wort gehalten, mehr als das; zwölf Minuten später war er bei ihr zu Hause. Sobald er vorgefahren war, deutete er Chelsea an, in den Wagen zu steigen. »Komm schon, steig ein.« Er mußte es ihr offensichtlich angesehen haben, wie arg es ihr war, ihn von der Arbeit weggeholt zu haben, denn er sprach ihr sofort Trost zu. »Hab nie Angst, mich anzurufen, wie du es eben getan hast, Engelchen«, sagte er. »Das war genau das richtige. Sei bloß nicht so wie deine Mutter, die nie zugibt, daß man ein bißchen auf sie aufpassen muß.«

Sie nickte. »Wo fahren wir hin?«

»Wir suchen deine Mutter und deine Schwester«, erwiderte er, rief die Auskunft an und erkundigte sich nach der Nummer von Louis Abbot, Francines Vater. Nahm ihr Vater vielleicht an, die beiden hätten Francine besucht und sie allein zu Hause gelassen? Doch statt dessen sagte er mit fester Stimme: »Carla, hier ist Jonathan Grant. Haben Sie irgendeine Ahnung, wo Lauren oder Emily stecken könnten?« Und dann erklärte er ihr die Situation. Es folgte eine Pause, in der Chelsea nur undeutlich Carlas Stimme hören konnte, ehe ihr Vater meinte: »Nein, das können Sie vergessen, ich habe bereits in der Schule angerufen, die sind für heute schon alle weg. Ich habe auch im Büro von Laurens Schwester angerufen, die versuchen gerade, sie über Piepser zu erreichen ...«

Und kaum hatte er das Gespräch mit Carla beendet, läutete das Telefon. Daddy meldete sich sofort; in dem Moment bog er gerade in die Einfahrt zum Grand-Bell-Einkaufszentrum ein, wo es eine Reinigung, ein Reformhaus und sonst noch ein paar Geschäfte gab, in denen Mommy öfter einkaufte.

»Fern. Hör mal, ich suche Lauren«, sagte er. »Hast du sie gesehen?«

Chelsea hörte, wie er seufzte, eine Weile nichts sagte und schließlich meinte: »Ich verstehe das nicht, und was ist mit Chelsea –« Kopfschüttelnd fügte er hinzu: »Vergiß es, ich werde mit ihr darüber reden, wenn sie nach Hause kommt. Wann sind sie und Emily losgefahren?«

In dem Augenblick wich jede Farbe aus Daddys Gesicht. »Willst du damit sagen, daß sie Emily nicht abgeholt hat? Wo, zum Teufel, ist sie dann?« Mitten im Einkaufszentrum vollführte der Wagen eine waghalsige Kehrtwende, wurde rasch schneller und schoß zur rückwärtigen Ausfahrt, die in Richtung von Emilys Schule lag, wieder hinaus.

Chelsea überlegte, daß Emily vielleicht zu einer Freundin nach Hause gegangen war, aber außer Francine hatte sie eigentlich keine. Obwohl sie normalerweise ihre Stiefschwester auf den Mond wünschte, fing die Sache langsam an, auch ihr angst zu machen.

Als Lauren nach Hause kam, war keiner da, nur Chelseas Rucksack hing an der Lehne eines Küchenstuhls. Sie war entschlossen, sich davon nicht aus der Ruhe bringen zu lassen, es bestand kein Grund zur Panik ... Sie ging nach hinten in den Garten und rief die Namen der Mädchen. Es gab keine Einkaufszentren in der Nähe, die zu Fuß zu erreichen gewesen wären, keine Nachbarn ...

Schließlich kehrte Lauren wieder ins Haus zurück und rief Jonathans Büro an; ihr Entschluß, Ruhe zu bewahren, hatte sich mittlerweile in Luft aufgelöst. Jonathan sei vor einiger Zeit weggerufen worden, berichtete seine Sekretärin ... ein Notfall, soweit sie wüßte, aber sie würde versuchen, ihn unterwegs zu erreichen. Als Lauren auflegte, fiel ihr das Autotelefon ein, und sie wählte diese Nummer, aber plötzlich wurde ihr schwarz vor Augen.

O mein Gott, was für ein Notfall?

Vom Wagen aus durchsuchten sie die ganze nähere Umgebung, und es war Chelsea, die schließlich Emilys roten Rucksack in dem Feld entdeckte. Jonathan blieb stehen, stieg aus, und Chelsea, die sich fürchtete, allein im Auto zu bleiben, folgte ihm. Er hob den Rucksack auf und sah sich um; dann hielt er beide Hände wie einen Trichter vor den Mund und begann, immer wieder Emilys Namen zu rufen. Schließlich wandte er sich an Chelsea. »Engelchen, du mußt jetzt ganz tapfer sein und Daddy helfen. Okay?« Sie nickte, war sich aber nicht sicher, ob sie das fertigbringen würde. »Ich möchte, daß du in den Wagen zurückgehst, einsteigst und alle Türen verriegelst. Dann will ich, daß du die Notfallnummer 911 wählst und dem, der sich meldet, erzählst, daß du mit deinem Vater auf den Feldern vor der Junior-High-School bist, in einem Auto. Bitte darum, daß sie einen Streifenwagen schicken, es ist ein Notfall. Kannst du das für mich tun?«

Konnte sie es? Sie wußte es nicht ... »Und wo gehst du hin?« fragte sie und testete, ob ihre Stimme noch funktionierte. Sie tat es noch, hörte sich aber ganz anders an, als sie sie in Erinnerung hatte.

»In den Wald, Emily suchen. Und jetzt geh zum Auto.«

»Aber –«, setzte sie an, doch als sie seinen grimmigen Gesichtsausdruck sah, wußte sie, daß ihr keine andere Wahl blieb.

Als er sich überzeugt hatte, daß sie im Wagen saß und alle Türen verriegelt hatte, setzte er sich in Richtung Wald in Bewegung. Und gerade als sie das Telefon in die Hand nehmen und die Nummer der Polizei wählen wollte, läutete es. Sie stieß einen Schreckenslaut aus und zog die Hände zurück, als hätte sie einen Schlag erhalten. Doch sie zwang sich dazu, sie langsam, Zentimeter für Zentimeter, wieder in Richtung Telefon zu bewegen, nahm den Hörer ab, hielt ihn sich ans Ohr ... und hörte schließlich die Stimme ihrer Mutter.

»Mommy«, heulte sie ins Telefon. »Irgend jemand hat Emily gestohlen! Wo bist du?«

Sobald Lauren begriffen hatte, was Chelsea versuchte ihr zu erzählen, rief sie selbst die Polizei an, die ungefähr zur selben Zeit wie sie am Schauplatz des Geschehens erschien, gerade als Jonathan aus dem Wald kam, den Arm um Emily gelegt. Das Gefühl der Erleichterung, das Laurens Innerstes durchströmte, war so gewaltig, daß ihr fast die Beine wegsackten; Detective Kneeland mußte eingreifen und sie regelrecht zwingen, sich doch einen Moment in den Streifenwagen zu setzen.

Aber Emily war in Ordnung ... Als langsam die ganze Geschichte zum Vorschein kam, erfuhr Lauren, daß die Nachricht, die sie für sie hinterlassen hatte, sie nie erreicht hatte. Emily hatte auf sie gewartet, und als sie nicht erschienen war, hatte sie sich zu Fuß auf den Weg gemacht, und da war der Mann, der eine Baseballkappe trug und einen schwarzen Wagen fuhr, neben ihr aufgetaucht und hatte sie in den Wald gejagt. Aber sie war davongelaufen und geschickt genug gewesen, sich seiner Verfolgung zu entziehen, indem sie sich in einem Graben versteckte. Erst als sie die Rufe ihres Vaters hörte, hatte sie sich wieder hervorgewagt. Das Ironische an der Geschichte aber war, daß ausgerechnet Detective Kneeland Emily befragte, der Jonathan nicht von der Seite wich.

»Hast du diesen Mann vorher schon mal gesehen?« wollte Kneeland wissen.

Sie nickte. »Einmal. Als er seinen Wagen neben mir anhielt und sich nach dem Weg erkundigte.«

»Wann, wo –«, setzte Jonathan an, aber der Detective legte ihm die Hand auf den Arm und deutete ihm an, sich aus der Befragung herauszuhalten.

»Mr. Grant, wären Sie bitte so freundlich, ja? Sie wollen doch auch, daß wir diesen Kerl erwischen, oder?« sagte er, wodurch sich Jonathan schließlich überzeugen ließ. Dann wandte er sich wieder an Emily. »Einmal, hast du gesagt. Wann war das?«

Achselzuckend erwiderte sie: »Keine Ahnung, ist schon eine Weile her.«

»Bist du zu ihm an den Wagen und hast mit ihm –«, fing er an, aber da mischte Lauren sich ein.

»Nein, hat sie nicht«, sagte sie. »Und das Ganze ist vor ungefähr sechs Wochen passiert.«

Die Art, wie die beiden Männer sie ansahen, gab ihr das Gefühl, in einer Falle zu hocken; instinktiv wich sie an die

Tür des Streifenwagens zurück und wandte sich an Jonathan. »Ich habe sie damals von der Schule abgeholt, um sie zu ihrem Termin mit ihrer Therapeutin zu fahren. Ich kam gerade in dem Moment dazu, als er sie ansprach, und hielt hinter dem Wagen dieses Kerls –«

»Ich begreife nicht, wieso du das nicht erzählt hast!«

»Weil mir alles in Ordnung zu sein schien. Ich meine, Emily hat ihm den Weg zum Büro des Direktors beschrieben, ohne zu dicht an den Wagen ranzugehen. Ich habe sie sogar noch gelobt, wie gut sie ihre Sache gemacht hat. Dieser Mann ... er machte auch keine Anstalten, aus dem Wagen auszusteigen, und ich hupte, damit Emily wußte, daß ich da war.« Sie spürte, wie ihr der Schweiß auf die Stirn trat und wie sie im Nacken zu schwitzen begann ... Sie hatte das Gefühl, sich gleich übergeben zu müssen. *Na toll, genau das hat mir jetzt gerade noch gefehlt.*

In dem Moment hob Jonathan die Hand und unterbrach die Befragung, um Emily zum Wagen zu begleiten und sie neben Chelsea zu setzen. Natürlich war es das einzig Richtige, das er tun konnte, sie hatte alle Fragen beantwortet, und es bestand kein Grund, sie weiter zu behelligen. Vor allem dann nicht, wenn sich Lauren wahrscheinlich besser an den Fremden erinnern konnte als Emily.

»Haben Sie sein Gesicht sehen können?« fragte Kneeland sie schließlich.

Sie zuckte zusammen. »Damals nicht.«

»Ja, hast du ihn denn noch ein zweites Mal gesehen?« wollte Jonathan wie auf Stichwort wissen. Und war es denn ein Wunder, daß er sich aufregte? Wäre sie nicht ebenso entsetzt gewesen über seine Nachlässigkeit, wenn die Sache anders ausgegangen wäre?

»Gestern«, erwiderte sie schließlich. »In Candlewood Terrace. Emily und ich haben Freunde besucht, während unsere

sieben Jahre alte Tochter in der Wichtelgruppe war. Als ich dann gehen wollte, aber Emily nirgends finden konnte, habe ich mir ein wenig Sorgen gemacht –« An Jonathan gewandt, fuhr sie fort: »Es war nichts Ernsthaftes. Sie ist nur eine Straße weiter weg gewesen, in der – wie heißt sie – Saddle Hill Road, zusammen mit Francine.«
»Bitte, Mrs. Grant, es wäre sehr hilfreich, wenn Sie etwas genauer werden könnten –«, warf Kneeland ein.
»Aber ja, natürlich. Also, ich war kurz weg, um Chelsea von ihrer Gruppe abzuholen, und als ich zurückkam, bin ich fast auf diesen schwarzen Wagen aufgefahren, der mitten auf der Straße in Schrittgeschwindigkeit dahinschlich. In dem Moment kam mir in den Sinn, daß ich den Wagen schon mal gesehen hatte. Und die blaue Baseballkappe.«
»Okay. Und das war in Candlewood Terrace?«
Sie nickte. »Ja.«
»Können Sie den Mann noch genauer beschreiben?«
Sie überlegte einen Moment. »Ein schmales Gesicht, schlechte Haut ... Mitte Zwanzig, denke ich.« Sie zuckte die Schultern.
»Und der Wagentyp?«
»Eine Limousine, schwarz. Aber ich kenne mich mit Automarken überhaupt nicht aus«, sagte sie und kam sich dabei noch dümmer und hilfloser vor. »Doch mir fiel auf, daß er Jonathans Wagen sehr ähnlich war.« Und da fiel Lauren wieder ein, daß der Wagen auch an dem Tag, an dem Emily nach Hause gekommen war, an ihrem Haus vorbeigefahren war ... »Ach du meine Güte«, entfuhr es ihr, ehe sie sich erklärend an Jonathan wandte: »Kannst du dich noch an den Tag erinnern, an dem du Emily aus der Klinik nach Hause geholt hast? Kurz zuvor ... bevor ihr nach Hause kamt, fuhr ein schwarzer Wagen am Haus vorbei. Langsam, als ob der Fahrer eine Hausnummer suchen würde. Ich konnte ihn

nicht sehen, habe mir aber auch nichts dabei gedacht. Doch zuerst hielt ich den Wagen für einen Lexus.«

»Er sah so ähnlich aus, aber nicht ganz genau?« fragte Kneeland.

Sie nickte.

»Was war anders?«

Sie zuckte die Schultern. »Er war kürzer, breiter, denke ich ...« O Gott, sie hatte nicht die geringste Ahnung von Autos, und sie war sich auch dieser Beobachtung nicht sicher, was die Sache nur noch schlimmer machte.

Der Mann hatte sie also dreimal beobachtet – zumindest wußten sie nun von drei Malen. Aus irgendeinem Grund verfolgte er Emily. Und Lauren konnte nur eine unklare Beschreibung liefern. Der Detective beließ es für den Augenblick bei dieser Aussage, ließ sich aber von Jonathan versprechen, daß Lauren und Emily am nächsten Vormittag zur Polizei kämen und sich Fotos ansähen, um den Mann eventuell zu identifizieren.

Sie waren in zwei Autos gekommen, und so umfaßte Jonathan Laurens Ellbogen und half ihr in ihren Wagen. »Ich fahre hinter dir her«, versicherte er ihr.

Doch kaum waren sie zu Hause angekommen, ließ Jonathan sie völlig links liegen. Aber wer konnte ihm seine Gefühle schon verübeln? Emily war noch keine zwei Monate zu Hause und wäre beinahe entführt worden. Und das trotz Jonathans wiederholter Warnungen, was die Sicherheit seiner Tochter betraf, Warnungen, die Lauren nicht so ernst genommen hatte, wie sie es hätte tun sollen.

Er kümmerte sich statt dessen ausgiebig um die Mädchen; Chelsea wollte ihn einfach nicht gehen lassen und bestand darauf, daß er sie ins Bett brachte, ihr vorlas und noch so lange neben ihr sitzen blieb, bis sie eingeschlafen war. Dann sprach er eine Weile mit Emily, die jedoch nicht sehr gesprächig war und auch kein Abendessen, sondern nur ins Bett wollte, da sie müde sei, wie sie sagte. Die ganze Zeit über saß Lauren allein im Wohnzimmer und bearbeitete ein Papiertaschentuch nach dem anderen, während sie auf Jonathan wartete.

Erst kurz nach neun kam er endlich zu ihr herunter und ließ sich in den Sessel ihr gegenüber fallen; sein Hemd war zerknittert, seine Krawatte gelockert, und seine dunklen Haare waren zerzaust, als käme er gerade aus einer Schlacht. Zum ersten Mal, seit sie wieder zu Hause waren, sah er sie an, und wieder spürte sie, wie Schuldgefühle sie überschwemmten. Und dann fing er zu reden an – weich und gleichzeitig streng und betont langsam, was die Bedeutung seiner Worte nur noch mehr unterstrich. »Kannst du dir vorstellen, welche Angst ich hatte, als Chelsea mich heute nachmittag weinend anrief?« fragte er.

Bestimmt hatte das in ihm Erinnerungen an damals geweckt, als Emily am Tag von Nancys Ermordung die Vermittlung angerufen hatte. Bisher war Lauren dieser Gedanke jedoch noch gar nicht gekommen, da sie sich in diesem Zusammenhang mit so vielen anderen Aspekten hatte herumschlagen müssen, die schlimm genug gewesen waren. Statt ihn nun weiter über das reden zu lassen, was sie bereits wußte, sagte sie: »Es tut mir leid, Liebling. Bitte, verzeih mir. Aber ich bin dennoch der Meinung, daß dies alles nicht passiert wäre, hätte Emily die Nachricht erhalten –« Hier hielt sie inne, da ihr die Worte so töricht und nichtssagend angesichts der Umstände vorkamen.

»Hätte es dir denn so viele Umstände bereitet, sie abzuholen?«

Achselzuckend meinte sie: »Ich habe es wirklich nicht für nötig gehalten.«

»Weißt du was, Lauren, das ist genau das, was mir am meisten angst an der Sache macht. Immer wieder fällt dir auf, daß sich dieser Fremde in Emilys Nähe herumtreibt, aber statt darauf zu reagieren, ziehst du es vor, diesen Umstand einfach zu ignorieren. Du bist bodenlos leichtsinnig. Irgendwie scheine ich dir nicht klarmachen zu können, daß wir in den Neunzigern leben und daß wir, verdammt noch mal, von Verbrechern umzingelt sind!«
»Aber es geht doch immer noch um den Mord, um den Mord an Nancy, nicht wahr?«
»Kann schon sein. Das will ich auch gar nicht leugnen, es ist sogar sehr wahrscheinlich, aber das heißt doch nicht, daß wir heute in einer Welt ohne Verbrechen leben. Du bist eine Mutter, keine Karrierefrau, die sich allein durch die Welt schlägt. Meinst du nicht, es ist endlich an der Zeit, daß du diese Dinge ernst nimmst?«
Ja, er hatte recht ... waren die Ereignisse dieses Nachmittags nicht Beweis genug dafür? Sie wünschte sich, ihr würde eine logisch klingende Verteidigung einfallen, aber ihr fiel nichts ein. Wenn dieser Mann Emily tatsächlich verfolgte, wie man wohl annehmen mußte, dann hätte er sie leicht auf dem Nachhauseweg von der Haltestelle des Schulbusses entführen können. Und was wäre weiter geschehen, wenn Emily ihm nicht hätte entkommen können? »Lauren?« sagte Jonathan; sie hob den Kopf und sah, daß er auf eine Antwort wartete.
Sie nickte, aber als sie den Mund aufmachte, kam nur ein Flüstern heraus. »Ja, das denke ich auch.« Und dann, als er ihre Schuldgefühle und ihren Schmerz sah, nahm Jonathan sie endlich in den Arm. »Wieso, Jonathan, ich verstehe das nicht!« schluchzte sie. »Wieso passiert das alles?«

Vielleicht hing das alles mit dem Mord an Nancy zusammen, keiner wußte es, am allerwenigsten die örtliche Polizei. Sosehr Jonathan einerseits kein gutes Gefühl dabei hatte, Emily dem zusätzlichen Trauma auszusetzen, sich die Fotos der Verbrecherkartei anzusehen, so sehr war er andererseits natürlich daran interessiert, daß der Mann erwischt wurde.

Deshalb hielt er Wort und begleitete Lauren und Emily am nächsten Tag zum Polizeirevier. Detective Kneeland war zwar selbst nicht da, wie vorgesehen, aber einer der Beamten aus dem Büro schaltete für sie den Computer ein. Nachdem sie sich fast eine Stunde lang Gesichter angesehen hatten, deren Züge langsam ineinander zu verschwimmen begannen, stand Lauren auf, um sich ein Glas Wasser aus dem Behälter zu holen. Als sie zum Tisch zurückkam, drehte sich plötzlich der ganze Raum um sie, und Jonathan konnte gerade noch rechtzeitig aufspringen und sie packen, als sie strauchelte. »Was ist los, Lauren?«

»Nichts«, erwiderte sie, selbst erschrocken über den Zwischenfall. »Aber ich habe heute noch nichts gegessen, das dürfte der Grund sein.«

Doch damit war ihre Zusammenarbeit mit der Polizei fürs erste natürlich beendet, und Jonathan schob Lauren und Emily zur Tür hinaus mit den Worten: »Wenn ihr bis jetzt noch nichts gefunden habt, werdet ihr jetzt auch nichts mehr entdecken.«

Auf ihrer Fahrt zu Dr. Greenlys Praxis saß Emily schweigsam und verschlossen im Wagen; Jonathan hatte außer der Reihe einen Notfalltermin für sie arrangiert und darauf bestanden, daß sie ihn auch wahrnähme. Als sie Emily im Behandlungszimmer der Therapeutin verschwinden sah, wurde Lauren von Verzweiflung gepackt: wieder ein Rückschritt. Und zu diesem Gefühl kam das Wissen hinzu, daß es für Emily da draußen so lange nicht sicher wäre, solange dieser kranke Mensch, der sie verfolgte, nicht gefaßt wäre. Doch Jonathan wollte weder über das eine noch über das andere sprechen, in dem Moment galt seine einzige Sorge Lauren. Er führte sie aus dem Wartezimmer hinaus und über die Straße in ein Café.

»Mir geht es schon viel besser«, beruhigte sie ihn, als sie in eine Scheibe trockenen Toast biß und einen Schluck von dem süßen Tee trank. »Wirklich. Ich schätze, bei der gräßlichen Geschichte gestern und der Tatsache, daß ich heute morgen nicht in der Stimmung für ein Frühstück war, na ja, da hat es mich eben erwischt.« Aber ihre Erklärung genügte Jonathan nicht; sobald Emily ihre Sitzung hinter sich hatte und in der Schule abgesetzt worden war, lenkte Jonathan den Wagen in den Ort zurück.

»Wo fahren wir hin?« wollte Lauren wissen.

»Wir fahren zum Arzt.«

»Aber mir geht es gut. Ich brauche keinen –«, sagte sie, aber er wollte nicht auf sie hören. Zwanzig Minuten später saß sie neben Jonathan in Doc Stevens' Praxis; der Allgemeinmediziner war ein älterer Herr, schon fast im Pensionsalter, und seit fünfzehn Jahren, als Jonathan nach Elmwood Valley gezogen war, sein Hausarzt. Seine behutsamen Hände, die ruhige Stimme und die sanften Umgangsformen erleichterten Lauren jeden Besuch bei ihm, der normalerweise mit großem Streß für sie verbunden war.

Nach der Untersuchung stellte der Arzt Lauren ein paar der üblichen Routinefragen, die sie, so gut sie konnte, beantwortete. Nein, wenn sie so darüber nachdachte, es ging ihr schon seit einiger Zeit nicht besonders. Ein wenig müde war sie, aber vor allem ihr Magen war es, der sich ziemlich launisch gebärdete. Ihre Periode? Nun ja, jetzt, da sie darüber nachdachte ... sie nahm zwar die Pille, hatte aber das eine oder andere Mal tatsächlich keine Periode gehabt. Alles keine großartigen Beschwerden, und es war mehr als wahrscheinlich, daß sie alle auf den Streß der letzten Zeit zurückzuführen waren ... Doch so liebenswert Doc Stevens auch war, seine Diagnose lautete anders: Seiner Meinung nach war Lauren im dritten Monat schwanger.

Kapitel 10

Jonathan, der den Verlust seines Sohnes, der zusammen mit Nancy gestorben war, nie so richtig verkraftet hatte, war von Anfang an ganz versessen darauf gewesen, ein Kind mit ihr zu haben; sie hingegen hatte noch warten wollen, zumindest so lange, bis sie ihr gemeinsames Leben besser eingerichtet hätten. Und so war Laurens erste Reaktion auf ihre Schwangerschaft größte Ungläubigkeit, und das trotz der Freude, die sofort in Jonathans Augen aufglomm. Natürlich hatte sie davon gehört, daß es auch mit der Pille zu »Unfällen« kommen könne, und es wurde sogar auf der Packung davor gewarnt, daß auch dieses Verhütungsmittel gelegentlich versagte, aber die Wahrscheinlichkeit war doch nur sehr gering.

Sie war immer noch ganz verwirrt, als Jonathan, der sich bemühte, seine Begeisterung zu dämpfen, sie hinaus zum Wagen führte. »Ich weiß, daß wir das nicht geplant haben, aber ist es wirklich so eine Tragödie für dich?«

»Nein, keine Tragödie natürlich, aber ... Ich begreife das nicht, ich habe doch keinen Tag ausgelassen.«

»Du hast doch den Arzt gehört, daß so etwas passiert. Selten, aber es passiert.« Er öffnete ihr die Tür und half ihr ins Auto, dann ging er auf die andere Seite. Aber er steckte den Schlüssel nicht gleich ins Zündschloß. »Hör mal, Liebling, ich muß wissen, daß du glücklich bist und dich freust.«

Sie schluckte und schaute ihn an. »Gib mir ein wenig Zeit, damit ich mich an die Idee gewöhnen kann.«

»Dann sagst du also nicht, daß du dieses Kind nicht willst?«

»O Gott, nein, Jonathan«, sagte sie rasch und griff nach seiner Hand. »Wie kannst du nur so etwas denken?«

Er nahm sie in die Arme. »Sag mir, daß du dieses Kind willst, ich muß hören, wie du es sagst.«

»Ich will dieses Kind, Jonathan, wie könnte ich unser Kind nicht wollen?« Er hatte ihr zwar die Worte einzeln aus der Nase ziehen müssen, aber es war trotzdem die Wahrheit – sie wollte dieses Kind. Sie wünschte sich nur, der Zeitpunkt wäre besser gewählt gewesen, und das sagte sie ihm auch. »Schau dir doch nur an, was Emily beinahe passiert wäre. Wie können wir da so tun, als ob alles in Ordnung wäre?«

Er legte erneut den Arm um sie ... »Es wird alles wieder in Ordnung kommen, vertrau mir. Vielleicht darf zur Abwechslung mal ich mich um alles kümmern.«

»Was meinst du, wer der Mann ist, der sie verfolgt, Jonathan? Und wieso tut er das?«

»Ich will, daß du dir von heute an nicht mehr die geringsten Sorgen machst, über nichts. Hast du verstanden?«

»Aber wie soll ich mich nicht –«

»Lauren, Schluß mit solchen Gedanken, hör mir zu«, sagte er und legte ihr die Hände auf die Schultern. Jetzt erst schwieg sie und sah ihn erwartungsvoll an. »Emily wird nichts geschehen, sie wird in Sicherheit sein wie du und Chelsea – dafür werde ich sorgen. Wer immer dieser Verbrecher ist und aus welchem Grund er das tut, irgendwann wird er erwischt werden, wenn er sich weiter in der Gegend um Elmwood Valley herumtreibt. Wir wissen, wie er aussieht, und schließlich ist das hier kein großer Ort. Doch bis dahin wird er weder Emily noch Chelsea noch dir zu nahe kommen. Er wird sich nie mehr in euer Leben drängen.«

Und seinen entschlossen blitzenden Augen nach zu schließen, war er bereit, für dieses Versprechen auch zu sterben.

Als sie zu Hause ankamen, bestand er darauf, daß sie sich

sofort umzog und in einen der seidenen Hausanzüge schlüpfte, die er ihr ständig kaufte, die sie aber noch nie getragen hatte. Dann schickte er sie zum Entspannen aufs Sofa, während er das Mittagessen zubereitete. Eine Viertelstunde später kam er mit einem Tablett zurück, das er auf den Beistelltisch stellte: Es gab einen hervorragenden Salat nach Art des Hausherrn, ein Glas Milch und als Dessert eine rote Rose, die Jonathan offenbar aus einer der herumstehenden Vasen stibitzt hatte.

»Hm, ich glaube, daran könnte ich mich gewöhnen«, seufzte sie und bemühte sich, Jonathan zuliebe alle Sorgen beiseite zu schieben und sich auf die positive Stimmung einzulassen. Aber Jonathan hatte sich offensichtlich bereits ernsthafte Gedanken gemacht und Pläne geschmiedet, denn er erzählte ihr, welche Sicherheitsmaßnahmen er sich überlegt hatte.

»Die Schule dauert nur noch ein paar Monate . . . also werde von jetzt an ich den Chauffeurdienst übernehmen.«

»Aber das kann doch ich machen.«

»Natürlich, aber ich fühle mich wohler, wenn ich es selbst übernehme. Außerdem will ich, daß ihr mir beide gesund bleibt, du und unser Baby. Du bist müde, gestreßt, und das aus gutem Grund. Wenn sich in diesem Haus etwas ändern soll, dann müssen wir an diesem Punkt anfangen.« Als er sagte »unser Baby«, wurde ihr ganz anders zumute. Zum ersten Mal, seit der Arzt ihre Schwangerschaft bestätigt hatte, erschien ihr das Kind, das sie trug, real, und plötzlich sah sie lauter Babygesichter vor sich auftauchen. Alle möglichen Babys, vor allem aber kleine Jungen. Und darunter immer wieder einen kleinen Jungen, der so aussah wie Jonathan.

»Wird sich das nicht sehr störend auf deine Arbeit auswirken, wenn du nebenbei noch einen Fahrdienst und Lieferservice betreibst?«

»Ich werde meine Termine eben so legen, daß ich immer in der Nähe meiner Familie sein kann; ich habe auch vor, den Papierkram in Zukunft verstärkt von zu Hause aus zu erledigen. Und ich werde mich darum kümmern, daß Beatrice ständig hier ist.«

»Und wenn sie nicht kommen kann?«

»Sie wird kommen.«

Lauren seufzte; sie wußte, er hatte recht, sie würde Beatrices Hilfe benötigen, wünschte sich aber trotzdem, sie könnte alles weiterhin allein bewerkstelligen. Aber sie hatte ja bereits bewiesen, daß sie es offenbar nicht konnte. »Tja, mir scheint, da werdet ihr beide, du und Beatrice, alle Hände voll zu tun haben. Was bleibt mir da noch übrig, Jonathan?«

»Du entspannst dich und siehst weiter so schön aus wie bisher. Und du konzentrierst deine ganze Energie darauf, ein gesundes, stabiles Kind auf diese Welt zu bringen. Klingt das so schwierig?«

Im Augenblick konnte sie sich selbst nur als Karikatur vorstellen: wie sie auf dem Sofa vor dem Fernseher lag, auf der Fernbedienung herumdrückte ... Aber vielleicht strengte sie ihre Phantasie nur einfach nicht genug an. Mit Sicherheit gab es noch andere Dinge zu tun. Andere Frauen in ihrer Situation malten, bildhauerten, schrieben Gedichte, Kinderbücher, fingen an zu fotografieren, zu gärtnern ... Gartenarbeit klang doch gar nicht so unvernünftig. Und wenn sie sich einfach in die Sonne legte und ihre Lektüre wiederaufnahm? Lange Spaziergänge wären doch bestimmt auch ganz schön. »Ach, übrigens, Liebling, Chelsea fährt eigentlich lieber mit dem Schulbus –«

»Tut mir leid. Erst wieder, wenn wir diesen Kerl gefaßt haben.«

Es dauerte einen Moment, bis sie begriff, aber dann sah sie

ihn erschrocken an. »Ja, glaubst du denn, daß Chelsea auch in Gefahr ist?«
»Ich weiß es nicht, Lauren. Vielleicht, vielleicht auch nicht. Auf jeden Fall bin ich nicht bereit, auch nur das kleinste Risiko einzugehen, du vielleicht?« Nein, sie selbstverständlich auch nicht. Sie kam sich plötzlich völlig begriffsstutzig und unfähig vor, so wie am Abend zuvor, als sie nicht einmal auf die Idee gekommen war, es könnte auch nur die Möglichkeit bestehen ...

Fern hatte am Abend zuvor eigentlich sofort kommen wollen, als sie hörte, was Emily zugestoßen war, aber Lauren hatte sie vertröstet, da sie erst mit Jonathan über die Sache hatte reden wollen. Und so war sie jetzt auch nicht überrascht, ihre Schwester zu sehen, kaum daß Jonathan weggefahren war, um die Mädchen von der Schule abzuholen.
»Wie geht es Emily?« war das erste, was sie fragte, als sie Lauren ins Wohnzimmer folgte. Lauren kehrte wieder auf das Sofa zurück, und Fern setzte sich in den Sessel gegenüber.
Lauren zuckte die Schultern. »Das ist schwer zu sagen bei Emily. Mir scheint sie in erster Linie wütend zu sein – auf niemanden im besonderen, eher schon auf jeden, da ihr nicht ganz klar ist, wen sie dafür verantwortlich machen soll. Ich wünschte, es gäbe etwas, womit ich sie trösten könnte. Und ich wüßte wirklich allzu gerne, wieso ein völlig Fremder hinter ihr her ist.«
»Und du bist ganz sicher, daß es ein Fremder ist?«
»Da bin ich ganz sicher. Ich habe doch an dem Tag vor der Schule gesehen, wie er mit ihr sprach, und da war es klar, daß sie ihn nicht kannte oder sich jedenfalls nicht an ihn erinnerte«, sagte sie, obwohl sie natürlich ahnte, daß diese Möglichkeit trotzdem bestand. »Heute morgen sind Emily

und ich mit Jonathan auf das Polizeirevier gefahren und haben uns die Fotos in der Verbrecherkartei angesehen.« Lauren schüttelte hilflos den Kopf. »Weißt du, Schwesterherz, ich hatte ja keine Ahnung, wie viele Spinner da draußen herumlaufen.«

»Eine interessante Feststellung von einer Frau, die fast ihr ganzes Leben in New York City zugebracht hat. Es ist schon so, wie diese Soziologen immer sagen, daß man nämlich auf heimatlichem Territorium ein trügerisches Gefühl der Sicherheit empfindet, ganz gleich, wie gefährlich es da auch zugehen mag.« Lauren dachte über diese Bemerkung nach, und Fern fragte: »Und, hast du jemanden erkannt?«

»Nein, leider nicht. Wir werden Emily eben noch stärker im Auge behalten müssen«, erwiderte sie. »Fern, Jonathan befürchtet, daß Chelsea auch in Gefahr schweben könnte.«

Sofort war Ferns Besorgnis wieder geweckt, und sie beugte sich nach vorne. »Wieso geht mir eigentlich der Gedanke nicht mehr aus dem Kopf, daß dieser Überfall etwas mit dem Mord an Nancy zu tun haben könnte?«

»Nun, den Eindruck kann man natürlich bekommen, und auch die Polizei kam von sich aus darauf zu sprechen. Aber es ist doch alles sehr unsicher, und Jonathan ist nicht bereit, irgendwelche Risiken einzugehen oder Spekulationen anzustellen. Er besteht darauf, daß wir jetzt eben noch vorsichtiger sein müssen.«

»Und damit hat er natürlich recht«, bemerkte Fern.

Lauren überlegte kurz, für bessere Stimmung zu sorgen und Fern von dem Baby zu erzählen, beschloß aber, lieber damit zu warten, bis Jonathan wieder zu Hause war. Aber in dem Moment schaute ihre Schwester auf die Uhr und fragte: »Solltest du jetzt nicht die Mädchen von der Schule abholen?«

»Ja. Aber heute ... Bis zu den Ferien will Jonathan sich darum kümmern.«
Jetzt erst fielen Fern der Hausanzug, den sie trug, und das Tablett, das noch auf dem Couchtisch stand, auf. »Oh? Gibt es einen Grund, weshalb du es nicht selbst machen kannst?«
»Nein. Na ja, eigentlich schon. Ich meine, nicht richtig, es ist nur so, daß Jonathan ...« Doch jedes ihrer Worte verwirrte Fern nur noch mehr. Lauren richtete sich entschlossen auf, schüttelte den Kopf und konnte sich ein Grinsen nun doch nicht mehr verkneifen. Das Warten konnte sie sich ersparen, da sie es ja doch nicht durchhalten würde. »Schwesterherz, Jonathan hat mich heute vormittag zum Arzt geschleift. Warte, warte«, sagte sie rasch und hob bremsend die Hand. »Ehe du dich aufregst – Tja, wie es so aussieht, wirst du bald wieder Tante.«
Es folgte eine längere Pause, in der Fern aufstand, sie zunächst sprachlos und mit offenem Mund anstarrte, dann aber heftig zu lachen anfing. »Ich will die ganze Zeit über sagen – meinst du das im Ernst? Das ist doch der richtige Text an dieser Stelle, oder? Ach du meine Güte, das sind ja wunderbare Neuigkeiten!« Sie ließ sich neben Lauren auf das Sofa sinken und schlang die Arme um sie. Als sie sich wieder aufrichtete, standen Tränen in ihren Augen. »Ach Gott, ich kann mir Jonathans Reaktion so richtig vorstellen, als er es erfuhr. Er muß sich doch wahnsinnig freuen!«
Fern sprach es zwar nicht aus – dafür war sie viel zu feinfühlig –, aber sie dachte es, das spürte Lauren, die ebenfalls sehr empfänglich für diese Dinge war: Dieses Mal würde die Sache anders ausgehen, dieses Mal würde Laurens Baby einen Vater haben, der es auch wollte.

Da auf Fern noch ein Kunde wartete, dem sie ein Anwesen zeigen mußte, blieb sie nur noch so lange, bis Jonathan zurückkam, um ihm zu gratulieren; sorgfältig achtete sie jedoch darauf, daß die Mädchen – die noch nichts wußten – außer Hörweite waren. Als Jonathan sie zur Tür begleitete, konnte Lauren hören, wie Fern ihrer Sorge wegen Emily Ausdruck verlieh. »Gibt es irgend etwas, das ich für euch tun kann?« fragte sie.

»Kümmere dich darum, daß deine Schwester auf sich aufpaßt, das heißt, daß sie sich ausreichend entspannt und keinen Streß an sich heranläßt. Es ist bald Sommer, und es gibt keinen Grund, weshalb sie ihn nicht hier auf dem Grundstück, wo sie in Sicherheit ist, genießen sollte. Ich habe auch bereits mit Beatrice gesprochen, sie wird in Zukunft regelmäßig hiersein. Und ich werde auch öfter zu Hause sein, was sich hoffentlich entschärfend auf Emilys Benehmen auswirken wird. Was hältst du übrigens von einem Swimmingpool?«

»Ich halte das für eine wunderbare Idee. Hört sich ja ganz so an, als hättest du alles bestens unter Kontrolle. Aber etwas anderes hätte ich von dir auch nicht erwartet.« Dann hörte Lauren nichts mehr, und sie nahm an, daß Fern in dieser Gesprächspause Jonathan zum Abschied auf die Wange küßte. Dann schloß sich die Tür hinter ihnen. Obwohl Lauren genau wußte, daß die beiden wirklich nur ihr Bestes wollten, war sie leicht verstimmt; sie mochte es nämlich gar nicht, wenn man über sie sprach, als ob sie noch ein Kind wäre. Sie stand auf und nahm das Tablett vom Couchtisch.

»Hey, was machst du da?« fragte Jonathan, der in dem Moment ins Zimmer zurückkam.

»Es wird doch wohl noch erlaubt sein, daß ich ein Tablett trage, oder?«

Sofort trat ein zerknirschter Ausdruck auf sein Gesicht. Sanft nahm er ihr das Tablett aus der Hand und stellte es auf

den Tisch zurück. »Okay, raus mit der Sprache. Was habe ich wieder angestellt?«
»Ich mag es nun mal nicht, wenn du und meine Schwester hinter meinem Rücken über mich sprecht.«
»Ich verstehe. Haben wir so leise gesprochen, daß du es nicht verstanden hast?«
»Nein. Aber –«
»Haben ich oder Fern vielleicht versucht, irgend etwas vor dir zu verbergen?«
»Hör auf damit. Ich hasse es, wenn du das machst.«
»Wenn ich was mache?«
Seine ruhige, logische Art konnte sie manchmal wirklich wütend machen, und das wußte er genau. »Ich hörte, wie du zu Fern sagtest, du hättest bereits mit Beatrice gesprochen. Würdest du mir bitte mal erklären, wie so etwas möglich ist? Wir haben uns doch erst vor einer Stunde darüber unterhalten.«
»Stimmt, da haben wir beide darüber gesprochen, aber es war nicht das erste Mal, daß ich darüber nachgedacht habe, und du weißt das auch. Gestern, nach dem erschreckenden Zwischenfall mit Emily, war mir klar, daß du einfach zu viel um die Ohren hast. Und deshalb – gut, ich bekenne mich schuldig –, deshalb habe ich sie gleich noch gestern abend angerufen –«
Lauren stieß einen tiefen Seufzer aus; offensichtlich war sie immer die letzte, die etwas erfuhr. »Du denkst, es ist meine Schuld, nicht wahr, Jonathan?«
»Wie bitte?«
»Das, was mit Emily passiert ist. Und ich kann dir deswegen nicht einmal einen Vorwurf machen. Hätte ich sie doch nur abgeholt. Hätte ich sie –«
Er legte seine Hand auf ihren Mund und unterbrach sie. »Nicht. Der einzige Verantwortliche hier bin ich. Weil ich

nicht von vornherein darauf bestanden habe, daß du Hilfe bekommst. Was dachte ich mir nur dabei, dir alle diese Belastungen aufzuhalsen und zu erwarten, daß alles glattläuft, während ich mich weit weg mit meiner Arbeit amüsiere? Ich weiß, daß der Umgang mit Emily nicht leicht ist, es wird noch eine Weile dauern, bis sie sich wieder einlebt... Und dann kommt auch noch dieser kranke Kerl daher und verfolgt sie ... Aber in dem Punkt wird es kein zweites Mal geben, Lauren. Dieses Mal hatten wir noch Glück – Emily ist davongekommen. Einmal angenommen, es wäre nicht so gewesen?«

Sie spürte, wie er sie in die Arme schloß, und sie vergrub ihr Gesicht an seiner Brust. Was stimmte nur nicht mit ihr? Warum mußte sie immer so ichbezogen sein? Da regte sie sich darüber auf, daß er ohne ihr Wissen seine Arrangements traf, während er doch nichts anderes tat, als für Emilys Sicherheit zu sorgen. Sein größter Fehler – der ihn auch immer wieder in Schwierigkeiten brachte – war nun mal der, daß er seine Familie zu sehr liebte. Sie seufzte, jede andere Frau auf der Welt wäre überglücklich mit einem solchen Mann. »Okay, erzähl weiter, Jonathan«, sagte sie, »ich höre dir zu. Gestehe, daß du bereits die ersten Schritte wegen eines Swimmingpools in die Wege geleitet hast. Wie ich noch mitbekommen habe, hast du das doch gerade eben Fern verraten.«

»Nein, nein, nie im Leben. So leicht bekommst du das nicht aus mir heraus.« Dann blickte er mit einem schiefen Lächeln auf sie hinunter. »Na ja, wenn du mir versprichst, daß du dich nicht aufregst?«

Sie fing zu lachen an und hämmerte in gespielter Wut mit beiden Fäusten auf seinen Rücken ein. »Jonathan!«

»Okay, ich habe tatsächlich schon ein paar Gespräche mit einer Baufirma geführt. Wir wollten die Mädchen in diesem

Jahr doch ohnehin nicht ins Sommerlager schicken, oder? Und so dachte ich mir, daß ein Swimmingpool die beste Lösung wäre. Was können sie sich sonst noch wünschen?«
»Freunde?«
»Schön. Du weißt, ich lasse mit mir reden. Sie können ihre Freunde doch auch hierher einladen.«
In dem Moment fielen Lauren wieder Emilys Geburtstagsparty und der junge Hund ein, an den sie bei ihrer Heimkehr gestern aus verständlichen Gründen nicht mehr gedacht hatte. Sie erzählte Jonathan davon, der sofort begeistert und sehr dafür war, daß es unbedingt ein junger Schäferhund sein müßte.
»Aber sind die auch lieb und anhänglich?«
»Und wie, zumindest ihren Herrchen gegenüber. Sie sind auch sehr klug und treu. Das ist wirklich eine ausgezeichnete Idee, Lauren.«

Wie sich herausstellte, hatte Chelsea nichts dagegen einzuwenden, daß ihr Vater sie an diesem Tag abholte, und sie diskutierte auch nicht lange herum, als sie erfuhr, daß er von nun an für den Rest des Schuljahres beide Mädchen hin- und herfahren würde. Den gestrigen Zwischenfall hatte sie noch nicht vergessen, und es würde wahrscheinlich eine Weile dauern, bis die Erinnerung gänzlich verblaßte. Wie Lauren so nebenbei erfuhr, wollte ihr fürsorglicher Ehemann ihr auch noch den Einkauf der Lebensmittel abnehmen. Nachdem er das Tablett in die Küche zurückgetragen hatte, bat er sie nämlich um eine Liste all der Dinge, die sie benötigten; sie ging erst mal darauf ein, da sie ganz genau wußte, daß seine Begeisterung nicht lange anhalten würde, sobald er einmal merkte, was für eine lästige Arbeit das war.
Keine fünf Minuten später läutete das Telefon; es war Carla.
»Guter Gott, ich versuche jetzt seit gestern nachmittag,

euch zu erreichen. Jonathan rief an und sagte, daß er dich und Emily suchen würde, und seitdem bin ich ganz krank vor Sorge. Gestern abend war ständig besetzt, als ich es bei euch versuchte, heute morgen war keiner zu Hause. Ich habe mindestens ein Dutzend Nachrichten auf Band hinterlassen ... Hört ihr denn eigentlich nie euren Anrufbeantworter ab?« Nach einer kurzen Atempause fragte sie schließlich: »Was ist denn passiert?«

Lauren erzählte ihr von den Ereignissen des Vortages, woraufhin Carla zunächst mit Ungläubigkeit und dann mit großer Besorgnis reagierte. »Vielleicht ist das der Typ, der Nancy getötet hat«, meinte sie.

»Das ist natürlich möglich. Aber warum sollte er zurückkommen, aus welchem Grund?«

»Nun, wenn Emily ihn gesehen hat?«

Aber das war eine Diskussion, die nicht viel brachte und zu nichts führte, und deswegen war Lauren auch dankbar, als sie endlich auf das Baby zu sprechen kommen konnte ...

»Okay, und jetzt zu den guten Nachrichten«, sagte sie. »Rate mal. Anfangs war ich mir nicht so ganz sicher, ob ich die Sache wirklich so gut finden soll ... aber je mehr ich darüber nachdenke –«

»Du bist schwanger«, reagierte Carla prompt.

»Woher weißt du das?«

Erst Schweigen, dann ein leises Kichern. »Keine Ahnung, du hast doch gesagt, ich soll raten. Also scheine ich richtig geraten zu haben.«

»Na gut. Und?«

»Tja, das ist natürlich eine wunderbare Neuigkeit. Ich meine, solange du dich darüber freust.«

»Das tue ich. Es ist zwar nicht genau das, was Jonathan und ich geplant hatten, und wenn es nach mir ginge, würde ich mir bestimmt noch etwas Zeit damit lassen. Aber, weißt du,

Carla, diese heimtückischen Hormone scheinen bereits bei mir zu wirken ... Je mehr ich mich auf die Vorstellung einlasse, desto erstaunlicher und wunderbarer erscheint mir die Sache.«

Beim Abendessen eröffneten Jonathan und sie den Mädchen die Neuigkeit. Chelsea reagierte noch etwas gedämpft, freute sich aber sehr über die Tatsache, daß sie nun bald selbst eine große Schwester sein sollte. Emily, die sichtlich noch mit den Nachwehen des gestrigen Schocks zu kämpfen hatte, zeigte nicht das geringste Interesse, nicht einmal ihrem Vater zuliebe. Und so beendeten sie das Gespräch über das Baby und wandten sich dem Thema Sicherheit zu, das Jonathan ansprach, als er ihnen von dem bevorstehenden Sommer vorschwärmte und den vielen tollen Möglichkeiten, die ihnen Haus und Garten böten.

»Ich will damit nicht ausdrücken, daß du noch in Gefahr bist, Prinzessin«, beeilte er sich, zu Emily zu sagen. »Wir wissen nur nicht, wer dieser Bursche ist oder was er von dir will. Vielleicht ist er ja nur ein harmloser Spinner, der hübschen Mädchen gerne Angst einjagt. Aber ehe ich das nicht mit Sicherheit weiß, bin ich nicht bereit, irgendwelche Risiken einzugehen.«

Mit diesen Worten wandte er sich Chelsea und schließlich Lauren zu. »Bei keinem meiner Mädchen. So, den unangenehmen Teil hätten wir jetzt hinter uns«, fuhr er schalkhaft lächelnd fort. »Jetzt will ich natürlich nicht, daß ihr den Eindruck bekommt, diesen Sommer könntet ihr bereits abschreiben. Nein, ganz und gar nicht. Im Gegenteil, ich habe noch ein paar tolle Überraschungen für euch im Ärmel.« Dabei wedelte er mit dem Arm, als würde dieser ein Eigenleben führen, und tat so, als holte er eine Nachricht aus seinem Hemdsärmel. Das brachte ihm zwar ein unterdrücktes Kichern von Chelsea ein, während Emily von seiner

Darbietung völlig unbeeindruckt blieb. »Also, Mädchen, noch diese Woche werden ein paar Bauarbeiter und Schaufelbagger bei uns im Garten anrücken und ein Riesenloch buddeln.«
»Und wozu?« wollte Chelsea wissen.
»Tja, laut dem, was hier steht«, sagte er und deutete auf den imaginären Zettel in seiner Hand, »werden wir einen Swimmingpool bekommen. Mit Sprungbrett, Wasserrutsche und allem, was dazugehört.«
Chelsea, die in dem Moment alles andere um sich herum vergaß, warf sich Jonathan in die Arme; für sie, ein Stadtkind, waren bei ihrem Einzug bereits das wunderschöne Haus und das Grundstück ein regelrechter Kulturschock gewesen, aber ein Swimmingpool im Garten, das war der reinste Wahnsinn. Das war vielleicht sogar noch aufregender als ein Baby ...
Emily stand auf und lief zur Treppe ... Lauren eilte hinter ihr her und holte sie am Treppenabsatz ein.
Eine Sache hatten weder Lauren noch Jonathan bedacht, nämlich Emilys Bindung an den kleinen Bruder, den sie zusammen mit ihrer Mutter verloren hatte. Laut Jonathan hatte sie sich fast ebenso auf das Baby gefreut wie Nancy und er. Deshalb würde sie bestimmt etwas Zeit brauchen, um sich an die Idee zu gewöhnen ... um mit der Situation zurechtzukommen. Und aus diesem Grund beschloß Lauren, das Thema Baby erst mal auf sich beruhen zu lassen und sich angenehmeren Dingen zuzuwenden.
»Der Swimmingpool wird euch bestimmt viel Spaß machen. Ich bin sicher, daß Francine und Carla oft herüberkommen werden. Und wer weiß, vielleicht möchtest du ja auch noch andere Freunde einladen«, sagte sie in der erneuten Hoffnung, daß die Party einen leichten Einstieg dafür bieten würde.

»Soll ich deswegen jetzt vielleicht glücklich sein?«
»Na ja ... schlecht ist es jedenfalls nicht, oder?«
»Keine Ahnung. Bist du vielleicht glücklich?« wollte sie von Lauren wissen, die von der Frage völlig überrumpelt wurde.
»Ja ... natürlich bin ich das. Ich meine, ich wünsche mir selbstverständlich, daß diese schreckliche Geschichte, die dir das Leben so schwer macht, bald ein Ende findet. Aber dein Vater wird es nicht zulassen, daß uns etwas passiert, wenn es das ist, was du –«
»Willst du ein Baby?«
Die Direktheit der Frage überraschte sie. »Natürlich«, erwiderte sie; es bestand kein Anlaß, ins Detail zu gehen, fand sie. Aber das mußte sie auch gar nicht ...
»Warum hast du dann die Pille genommen?«
Laurens erster Gedanke war, woher sie das wissen konnte. Aber sie sollte nicht lange im dunkeln tappen. »Ich habe einmal dein Bad benutzt, ich dachte mir, daß du bestimmt nichts dagegen hast.«
»Meine Pille liegt aber nicht im Bad, sie ist im Ankleidezimmer.«
Emily zuckte die Schultern. »Dann habe ich eben ein bißchen geschnüffelt. Na und?«
»Um genau zu sein, sie liegt in meinem Schmuckkästchen. Genau dort, wo ich auch meine goldene Halskette ... Du kannst dich erinnern, Emily, die Halskette, die ich bisher nicht wiedergefunden habe?«
»Weißt du was, Lauren, zur Abwechslung wäre es mal sehr erfrischend, wenn du auch sagen würdest, was du meinst. Wenn du denkst, daß ich dir dein lausiges kleines Kettchen gestohlen habe, warum sagst du mir das nicht offen ins Gesicht? Aber vielleicht solltest du dich mal fragen, wieso ich so etwas tun sollte. Mein Vater hat meiner Mutter

Sachen gekauft, die waren viel besser als dieses billige Kettchen.«
Mit diesen Worten drehte sie sich um und stieg die Treppe hinauf. Die Konfrontation hatte nur wenige Minuten gedauert, nur wenige Worte waren gefallen, doch Emily hatte es geschafft, Lauren die Stimmung zu verderben. Mit Absicht, so als wäre ihr Laurens Zorn lieber als ihr Verständnis. Lauren wußte zwar, daß sie Emilys Worte nicht unbedingt auf die Goldwaage legen sollte, aber trotzdem war sie ziemlich beunruhigt. Zuerst die Halskette, und jetzt erfuhr sie, daß Emily in ihrem Ankleidezimmer geschnüffelt hatte; und was noch beunruhigender war – sie hatte die ganze Zeit über gewußt, daß sie die Pille nahm ...
Hatte Emily vielleicht damit herumgespielt ... Aber bei dem Gedanken hielt sie inne, sie war fast schon im dritten Monat schwanger, und so lange war Emily noch gar nicht zu Hause.

* * *

Am nächsten Morgen sah sie von der Haustür aus zu, wie Jonathan und die Mädchen in den Wagen stiegen und zur Schule fuhren. Wie üblich in diesen Tagen war ihr Magen etwas unruhig, aber da es draußen schön warm war, beschloß Lauren, diesen Umstand einfach zu ignorieren. Zusammen mit einem Karton voller Kugelschreiber, Notizblöcke und Karteikarten trug sie ihren Kaffee hinaus auf die Veranda; bis jetzt hatte sie die Pläne für die Party mindestens sechsmal neu überarbeitet, und jetzt blieben ihr nur noch drei Tage. Lauren hoffte nur, daß sich Emilys Laune bis dahin wieder gebessert hatte.
Kurz danach kam Beatrice, gratulierte ihr erst zu ihrer Schwangerschaft und bestand dann unmißverständlich dar-

auf, für Lauren ein kräftiges, gesundes Frühstück zuzubereiten. Lauren hatte sie noch nie zuvor so beharrlich erlebt und nahm deshalb an, daß Jonathan dahintersteckte.
»Hören Sie, ehe wir uns an diese neue Regelung gewöhnen, hielte ich es für keine schlechte Idee, wenn wir vorab ein paar Dinge klärten«, sagte Lauren, bemüht, jede Schärfe aus ihrer Stimme zu nehmen, um die Frau nicht zu verletzen.
»Ich bin sicher, daß mein Mann Ihnen das Gefühl vermittelt hat, daß ich dringend rund um die Uhr betreut werden muß, aber ich versichere Ihnen, ich bin gesund wie ein Ackergaul. Mir wäre es am liebsten, wenn Sie einfach Ihre Arbeit machten und sich nicht unnötig mit mir belasteten.«
Beatrice nickte und ging, während Lauren sich das Telefon auf der Veranda holte und Carla anrief. »Okay, wie viele sind es jetzt insgesamt?«
»Warte mal kurz«, sagte Carla und meldete sich wenige Sekunden später wieder. »Vierzehn sicher, einschließlich Francine und Emily. Zwölf können nicht, und fünf haben überhaupt nicht reagiert.«
»Okay, gar nicht so schlecht, damit können wir alle Spiele und Wettbewerbe auf die Beine stellen.«
»Was ist mit Chelsea?«
»Wir haben für den eigentlichen Geburtstag eine Torte für Emily bestellt und werden im engsten Familienkreis feiern. Mir ist es lieber, wenn bei der Party nur Kinder in Emilys Alter dabei sind. Ich will ihr nämlich keinen Vorwand liefern, sich nicht zu amüsieren.«
»Du bist mir schon eine, wirklich.«
»O ja, da hast du sicher recht. Frag mal Emily.«
»Ich meine es ernst, nicht jede Stiefmutter würde sich alle Beine ausreißen, um es ihrer Stieftochter recht zu machen, die sich hinter meterdicken Steinmauern verschanzt. Ich habe erst gestern abend darüber nachgedacht, du weißt

doch, daß ich sehr eng mit Nancy befreundet war. Nun, und ich glaube, daß Nancy sehr froh darüber wäre, Emily in deiner Obhut zu wissen.«
Lauren zog die Schultern hoch und spürte, wie ihr ein kalter Schauer über den Rücken lief. »Danke, Carla, es war schön von dir, mir das zu sagen.«

Beatrice hielt sich strikt an Laurens Anweisungen, das heißt, bis ungefähr gegen Mittag, als Lauren den letzten Rest an Magermilch trank und beschloß, aus dem Haus zu gehen und Nachschub zu holen. Sie saß bereits im Wagen und steckte gerade den Schlüssel ins Zündschloß, als Beatrice aus dem Haus gerannt kam. Lauren kurbelte das Fenster hinunter, um sie zu fragen, was los sei.
»Wo fahren Sie hin?« fragte die Frau.
»Wie bitte?«
»Ich meine, ich muß doch wissen, wo Sie sind, falls Ihr Mann anruft oder falls Sie gebraucht werden, nicht wahr?«
An so etwas war sie nun wirklich nicht gewöhnt, und sie fragte sich, ob sie sich wohl jemals daran gewöhnen würde.
»Nur in den nächsten Supermarkt, wir haben keine Milch mehr.«
»Aber, Gott, nein, Mrs. Grant«, rief Beatrice und öffnete die Fahrertür. »Das müssen Sie doch nicht. Ich werde Ihre Einkäufe erledigen. Das ist doch mein Job, und außerdem habe ich schon eine Liste zusammengestellt.«
»Sie haben bereits eine Liste aufgestellt, ohne mich zu fragen?«
»Natürlich hätte ich Sie vorher noch gefragt, bevor ich gegangen wäre. Aber jetzt, wirklich, es besteht überhaupt kein Grund –«
»Okay, schön, ich verstehe, was Sie mir sagen wollen. Aber

ich kann es nicht ändern, ich möchte nämlich aus dem Haus.«
»Es tut mir leid, Ma'am, aber ich kann Ihnen das einfach nicht erlauben. Da draußen ist es nicht sicher für Sie.«
Lauren musterte düster das entschlossene Gesicht der Frau, ein Gesicht, das viel hübscher hätte sein können, wenn sie öfter gelächelt hätte. War das wirklich dieselbe Frau, die sonst immer einen so schüchternen Eindruck machte? Wenn, dann offensichtlich nur Jonathan, aber nicht ihr gegenüber. Beatrice schien es nämlich nicht die geringsten Schwierigkeiten zu bereiten, die – wie es schien – Anweisungen ihres Mannes auszuführen. Statt deshalb lange mit ihr herumzustreiten, knallte Lauren entschlossen die Fahrertür zu, ließ den Wagen an und sagte: »Beatrice, es steht Ihnen nicht zu, mir etwas zu erlauben oder zu verbieten. Und falls Mr. Grant sich nach mir erkundigen sollte, dann richten Sie ihm aus, daß ich gleich wieder zurück bin.«
Kaum daß sie das gesagt hatte, rannte die Frau vor den Wagen. Sie trat ein paar Schritte zurück und baute sich dann mit vor der Brust verschränkten Armen auf, als wollte sie dort Wurzeln schlagen. »Gehen Sie aus dem Weg!« rief Lauren.
Aber Beatrice rührte sich nicht von der Stelle, auch nicht, als Tränen der Frustration in Laurens Augen traten. Verdammt noch mal, am liebsten hätte sie die Frau über den Haufen gefahren. Aber sie tat es natürlich nicht, und genau in dem Moment tauchte Jonathan neben ihr auf und öffnete ihre Fahrertür. »Würde mir bitte jemand erklären, was hier vor sich geht?«
»Frag sie doch«, fauchte Lauren, packte ihre Handtasche und rannte zum Haus zurück. »Ich will, daß du sie rauswirfst, Jonathan!«

Kapitel 11

Es verging nur kurze Zeit, und Jonathan kam zu ihr ins Wohnzimmer und versuchte, das Verhalten der Frau zu verteidigen. »Bitte, tu mir einen Gefallen, Lauren, mach mir die Sache zum Vorwurf – nicht ihr. Beatrice sieht doch, was im Moment hier los ist, und sie weiß genau, welche Sorgen ich mir um dich mache. Ich habe ihr ausdrücklich gesagt, daß ich möchte, daß du dich ausruhst und daß sie sich darum kümmern soll, daß du diese Ruhe auch bekommst.« Achselzuckend fügte er hinzu: »Natürlich wollte ich nicht, daß sie so weit geht.«

»Hast du sie entlassen, Jonathan?«

»Lauren, ich bitte dich, zwing mich nicht dazu. Sie war doch der Meinung, das Richtige zu tun –«

Ganz klar – er hatte sie nicht entlassen, denn in diesem Moment erschien Beatrice unter der Tür, ihre roten, verquollenen Augen mit einem weißen Spitzentaschentuch betupfend, das sie zusammengeknüllt in ihrer Hand hielt. »Es tut mir so leid, Mrs. Grant«, schluchzte sie. »Ich wollte doch nur helfen ... Ich weiß doch, welche Sorgen sich Ihr Mann um seine Mädchen macht, und wo jetzt auch noch das Baby unterwegs ist ... Aber nein, statt Ihnen zu helfen, was mache ich da? Ich verärgere und beleidige Sie und benehme mich wie eine verrückte Alte.«

Lauren hatte nicht die Absicht, ihr zu widersprechen, und Beatrice fuhr fort: »Ich weiß, Sie wollen, daß ich gehe, also, wenn Sie erlauben, dann packe ich jetzt meine Sachen zusammen.« Mit gesenktem Kopf ging sie Richtung Küche. Lauren sah zu Jonathan hinüber, dessen Augen sie anflehten, doch bitte nachzugeben, was sie natürlich auch tat. »Bleiben Sie hier, Beatrice«, sagte sie schließlich, und die Frau drehte sich mit eifrigem Blick zu Lauren um. »Es ist nicht nötig, daß Sie Ihre Sachen packen. Aber ich warne Sie, so etwas darf nie mehr vorkommen.«

Beatrice ging nach oben, um weiter sauberzumachen, und Jonathan führte Lauren zum Essen in ein Restaurant am Highway aus, dessen Spezialität Fisch und Salat waren. Hinterher machten sie noch einen Abstecher zu einem Juwelier, wo Jonathan eine dicke Halskette aus Gold mit drei verschiedenen Anhängern abholte: ein Herz mit Diamantsplittern, in dem seine Name eingraviert war, und zwei Blüten, die das jeweilige Geburtsdatum der Mädchen und den ihrem Tierkreiszeichen zugeordneten Stein trugen. Die Anhänger waren wunderschön, doch Lauren hatte trotzdem ein merkwürdiges Gefühl, auch einen für Emily zu tragen, was ihrer Stieftochter bestimmt nicht gefallen hätte, hätte sie es gewußt. Aber sie erwähnte ihre Bedenken Jonathan gegenüber nicht.

Von dort aus fuhren sie zu einem Hundezwinger, wo sie einen neun Wochen alten Schäferhundwelpen auswählten, den sie jedoch nicht gleich mitnahmen, sondern bis Freitag nachmittag noch dort ließen. Erst dann wollten sie ihn abholen, um den Hund nach dem Abendessen im engsten Familienkreis als Geschenk zu überreichen.

Ehe sie endgültig nach Hause fuhren, hielten sie noch an einem Laden an und nahmen die Milch mit.

Erst als Lauren am Telefon Carla die denkwürdige Episode beschrieben hatte, wurde ihr die Absurdität der Situation klar.

»Kannst du dir diese Frau vorstellen? Die hat sich mir doch buchstäblich vor den Wagen geworfen.«

»Ich habe nie auch nur ein Wort mit ihr gewechselt, aber

Nancy hat immer zu mir gesagt, daß ihr die Frau nicht geheuer ist.«

»Wieso das denn?«

»Ich denke, es gefiel ihr nicht, daß die Frau so schweigsam und unfreundlich war. Es käme ihr immer so vor, als würde sie durchs Haus schleichen und versuchen, sie dabei zu überraschen, wie sie etwas Falsches tat, hat Nancy manchmal erzählt.«

»Aber sie hat sie doch trotzdem behalten?« Es war mehr eine Frage als eine Feststellung, und Carla faßte es auch so auf.

»Na ja, sie kam nur ein- oder zweimal die Woche, und ihre Arbeit erledigte sie recht zufriedenstellend, und so hat Nancy sich eben damit abgefunden, schätze ich. Und dann war da natürlich noch ihre Anhänglichkeit, was Jonathan betraf.«

»Ihre Anhänglichkeit?«

»Ja, sie hatte doch schon früher für ihn gearbeitet ... Ja, so war es, glaube ich.«

Natürlich hatte Jonathan ihr nicht verschwiegen, daß Beatrice bereits in der Vergangenheit für ihn gearbeitet hatte, aber Lauren hatte darunter die Zeit seiner Ehe mit Nancy verstanden. Reichte die Bekanntschaft also noch weiter zurück? An diesem Abend fragte sie ihn, wie lange er Beatrice schon kenne.

Er überlegte fast eine Minute. »Mein ganzes Leben, glaube ich. Ich war ungefähr sechs, als meine Eltern sie einstellten.«

»Tatsächlich?«

»Wieso fragst du?«

»Ach, ich habe mich mit Carla unterhalten, und dabei kamen wir auch auf dieses Thema ... Wieso hast du mir das noch nie erzählt?«

»Ich dachte, ich hätte es –«

»Nur, daß sie für dich gearbeitet hat, nicht daß sie zuvor bereits bei deinen Eltern angestellt war.«
»Was macht das für einen Unterschied?«
Lauren wußte nur sehr wenig über Jonathan als kleinen Jungen; seine Kindheit, in der es ihm an Liebe und Wärme gemangelt hatte, war kein Thema, über das sie oft gesprochen hätten, obwohl sie einige Male versucht hatte, ihn dazu zu bringen, ihr mehr darüber anzuvertrauen. »Wahrscheinlich ist es wirklich nicht wichtig«, erwiderte sie. »Ich wußte es nur einfach nicht ... und es hat mich doch einigermaßen überrascht. Rochester ist schließlich eine ganze Ecke entfernt, und deshalb wundert es mich, wie es Beatrice hierher verschlagen hat.«
»Sie hat eine unverheiratete Nichte, die keine zwanzig Meilen nördlich von hier in Little Canyon lebt. Als sich die Nichte dieses Haus kaufte, machte sie Beatrice den Vorschlag, doch bei ihr zu wohnen. Sobald Beatrice sich hier eingelebt hatte, rief sie bei mir an und fragte mich, ob ich Arbeit für sie hätte. So einfach war das.«
Es klang wirklich nicht kompliziert, es kam ihr nur irgendwie seltsam vor, daß er von sich aus nie darauf zu sprechen gekommen war. Aber Männer reagierten oft seltsam, wenn es um solche Dinge ging, über die sie am liebsten nie sprachen, ganz im Gegensatz zu Frauen, die so etwas in einem Gespräch ganz selbstverständlich erwähnten. Doch jetzt, da sie über die Zusammenhänge Bescheid wußte, kam ihr der Gedanke, auf diese Weise vielleicht endlich mehr über Jonathans Kindheit in Erfahrung zu bringen ... und zwar über Beatrice.

Am nächsten Tag – es war schon fast Mittag – hörte Lauren, die nach einem weiteren Anfall von Morgenübelkeit draußen auf der Veranda in einem Liegestuhl lag, wie Beatrice sich über die Gegensprechanlage mit jemandem unterhielt und dabei ständig betonte, daß Lauren sich hingelegt hätte und nicht gestört werden dürfe. Sie stand auf und ging ins Haus. »Ist schon in Ordnung, ich bin wach«, sagte sie zu Beatrice und nahm die Sache selbst in die Hand. Auf dem Monitor war Detective Kneeland zu sehen.

»Lauren Grant«, meldete sie sich und stellte den Schirm so ein, daß er sie auch sehen konnte. »Womit kann ich Ihnen helfen?«

»Guten Morgen, tut mir leid, wenn ich Sie störe. Aber ich habe hier ein Foto, von dem ich gerne hätte, daß Sie es sich ansehen –«

»Ich weiß nicht, ob Sie darüber informiert sind, aber Emily und ich waren an dem Tag nach dem Überfall bei Ihnen auf dem Revier, wie wir es versprochen hatten. Um uns diese Fotos anzusehen. Eigentlich hatten wir erwartet, auch Sie dort anzutreffen.«

»Ja, es tut mir auch leid deswegen. Es gab einen Notfall in meiner Familie. Hören Sie, es geht hier wirklich um ein ganz besonderes Foto, von dem ich glaube, daß es Ihnen nicht vorgelegt wurde, und ich würde es Ihnen gerne zeigen.« Als Lauren nicht sofort antwortete, fuhr er fort: »Mrs. Grant, bitte, es dauert nur ein paar Minuten. Ein Blick genügt, und ich bin schon wieder draußen.«

Sie drückte auf den Knopf, um ihn auf das Grundstück zu lassen, und dabei fiel ihr auf, daß Beatrice sie schweigend vom Bügelzimmer neben der Küche aus beobachtete. Aber der Detective, der einen gelben Umschlag bei sich trug, aus dem er das Foto nahm und ihr zeigte, hielt sein Versprechen, denn die ganze Angelegenheit nahm wirklich nur ein paar Minuten in Anspruch. »Und, was halten Sie davon?«

Ihr Herz klopfte wie wild. »Das ist er«, sagte sie.

Jay Philips, der ursprünglich des Mordes an Nancy verdächtigte junge Mann, der seiner Schwester den Schädel mit einem Stein zertrümmert hatte, war mittlerweile sechsundzwanzig Jahre alt und fuhr einen schwarzen Hyundai, der sich erheblich von einem Lexus unterschied. Aber er war ganz eindeutig der Verfolger. Er arbeitete jetzt als Automechaniker im nahe gelegenen Monticello und war nur selten ohne seine blaue Baseballkappe der Yankees in der Öffentlichkeit zu sehen.

Da er zu der Zeit, als er sein abscheuliches Verbrechen beging, noch minderjährig war, war sein Foto auch in keinem Computer gespeichert, doch bereits am selben Nachmittag sollten Jonathan und Lauren diesem Philips gegenüberstehen, keine fünf Meter von ihm entfernt. Sie standen dabei hinter einer Spiegelwand und beobachteten, wie Detective Kneeland ihn befragte.

Zuerst stritt er zwar heftig ab, derjenige zu sein, der Emily verfolgt hatte, aber schließlich gab er es doch zu. »Ja, okay, ich war es. Aber ich habe ihr doch nichts angetan oder sie verletzt.«

»Die Frage ist doch, was Sie mit ihr vorgehabt hätten, wäre sie Ihnen nicht entkommen.«

Schweigen.

»Wie lange haben Sie das Mädchen schon verfolgt, Philips?«

Er fläzte sich auf seinem Stuhl, verschränkte die Arme vor der kräftigen Brust und reckte entschlossen das Kinn vor, Gleichgültigkeit heuchelnd. Kneeland packte ihn hinten an seinem Hemdkragen und zog ihn wieder in eine sitzende Position hoch. »An Ihrer Stelle würde ich jetzt mal anfangen, mit uns zusammenzuarbeiten, ehe ich mich genötigt sehe, Sie noch etwas gerader hinzusetzen. Wie lange haben Sie Emily Grant verfolgt?«

Er zuckte mit den Achseln. »Keine Ahnung, ein paar Wochen, einen Monat vielleicht. Ich habe sie aber nie angerührt, nie. Falls sie das sagt, ist sie eine unverschämte kleine Lügnerin.«

»Mir seht es eher so aus, als hätten Sie nur auf die richtige Gelegenheit gewartet, sie mal allein zu erwischen, um sie dann zu entführen. So ist es an dem Tag doch auch gewesen, oder nicht?«

»Nein, so war das nicht.«

»Wie war es *dann?*«

»Ich wollte doch nur mit ihr reden.«

»Was, um alles in der Welt, soll ein Kerl wie Sie mit einem elfjährigen Mädchen zu bereden haben?« Als keine Antwort kam, sagte Kneeland: »Ich würde meinen, daß es dem Staatsanwalt nicht schwerfallen dürfte, hier eine Verurteilung wegen versuchter Vergewaltigung zu erreichen.«

»Hey, das ist eine gottverdammte Lüge!« brauste Philips auf. »Ich habe sie nicht angefaßt. Ich wollte sie doch nur fragen –«

»Sie was fragen?«

Es folgte eine längere Pause, dann ein tiefer Seufzer. »Okay, ich habe mir eben Sorgen gemacht, als ich hörte, daß sie aus dem Irrenhaus entlassen wird, und ich hatte Angst, daß sie ihr dort drinnen den Kopf verkehrt herum wieder angeschraubt haben. Ich kenne sie doch, diese Mackenärzte, die setzen einem alle möglichen Flausen in den Kopf ... Ehe man es weiß, erinnert man sich an Dinge, die überhaupt nie passiert sind. Und da sagte ich mir, Junge, das letzte, was du jetzt gebrauchen kannst, ist, daß die Kleine heimkommt und sich an etwas erinnert, das gar nicht war.«

»So? Was denn zum Beispiel?«

Er rutschte unbehaglich auf seinem Stuhl herum. »Daß ich vielleicht der Typ gewesen sein soll, der ihre Mutter getötet hat.«

»Wieso sollte sie so etwas denken?«
»Wer, zum Teufel, weiß das schon? Aber ihr Burschen habt das doch sicher auch gedacht. Und jetzt sagen Sie bloß nicht nein. Nicht, nachdem ihr mir das letzte Mal so auf die Pelle gerückt seid und alle meine Freunde und Arbeitskollegen ausgequetscht habt. Drei- oder viermal habt ihr mich doch zum Verhör geholt!«
»Und da haben Sie sich überlegt, daß Sie die einzige Zeugin doch leicht für immer am Reden hindern könnten.«
»Nein, so war das nicht; ich habe es Ihnen doch gesagt. Ich wollte doch nur wissen, woran ich war ... ob die Kleine hergehen und jemandem den Mord anhängen würde.«
»Und was, wenn sie das vorgehabt hätte, was dann?«
Er zuckte die Schultern ... »Dann wäre ich vielleicht verschwunden, keine Ahnung. Hören Sie, wenn ich ihr etwas hätte antun wollen, dann hätte ich das jederzeit tun können.« Seine Augen fingen zu leuchten an, und ohne daß er sich dessen bewußt war, stahl sich ein Lächeln auf seine Lippen. »Wissen Sie, ich habe ein Jagdgewehr, ich hätte sie leicht abknallen können.«
Kneeland informierte Lauren und Jonathan über das Ergebnis der Befragung, ehe sie das Polizeirevier wieder verließen. Natürlich konnten sie jederzeit eine einstweilige Verfügung gegen Philips erwirken und ihm verbieten lassen, sich Emily jemals wieder zu nähern, aber mehr als das und eine strenge Verwarnung vom Richter wären nicht zu erreichen – da bisher noch kein Fall vorlag. Laut Emilys Aussage nach der angsteinflößenden Episode nach der Schule, die sie auch jetzt noch einmal bekräftigte, hatte er sie tatsächlich nicht angefaßt; und außer bei der einen Gelegenheit, als er sie vor der Schule nach dem Weg fragte, hatte sie ihn auch nie gesehen.
Jedenfalls soweit sie sich erinnern konnte ...

Aber die Drohung, Emily mit dem Gewehr abzuknallen, hatte Lauren eisige Angst eingejagt, und sie hatte rasch nach Jonathans Hand gegriffen auf der Suche nach Trost und Sicherheit. Bisher war er derjenige gewesen, der sich um ihre Sicherheit gesorgt hatte, und sie hatte darüber immer ihre Witze gemacht ... aber angesichts von Menschen wie Philips, die frei herumliefen, erschien ihr die Angelegenheit nicht mehr so spaßig.

Tante Fern kam am Freitag abend, um auch Emilys Geburtstag zu feiern, aber bei Emilys Laune konnte so etwas wie Feierlichkeit kaum aufkommen. Fern schenkte ihr ein Telefon; nett genug von ihr, wie Chelsea dachte, die selbst gerne so einen Apparat gehabt hätte, der ihr als Geschenk für Emily jedoch nicht sonderlich sinnvoll erschien, da sie ja schließlich nur eine einzige Freundin hatte.

Es war schon verrückt, dachte Chelsea: eine Freundin und zwei Geburtstagspartys; die zweite, die am Sonntag nachmittag stattfand, sollte ganz groß aufgezogen werden. Nur Kinder in Emilys Alter durften daran teilnehmen, Kinder, die bestimmt nur deshalb kamen, weil es eben eine *Party* war. Hatte ihre Mutter denn gar keinen Durchblick? Sah sie denn nicht, daß die Kinder in Wirklichkeit gar nicht Emilys Freunde waren?

Chelsea war zur zweiten Feier nicht eingeladen worden, obwohl sie wesentlich mehr Rechte hätte, dabeizusein, als irgendeiner dieser »Nicht-Freunde« ihrer Stiefschwester. Tante Fern würde sie dafür an diesem Tag abholen und mit ihr ins Kino und hinterher zum Essen gehen, was ihr unter anderen Umständen bestimmt sehr gefallen hätte. Aber so wie die Sache lag, stank sie zum Himmel. Und um alles noch schlimmer zu machen, gingen ihre Eltern auch noch her und schenkten Emily einen richtigen, echten,

lebendigen Hund und behaupteten, das Geschenk käme von ihnen allen.
»Von mir ist der Hund nicht«, fauchte Chelsea, aber die einzige, die sie hörte, war ihre Mommy, die ihr einen warnenden Blick zuwarf. Emilys Augen fingen zwar vor Freude richtig zu leuchten an, als sie den kleinen Schäferhund sah, aber sie überlegte sich bestimmt schon, wie sie den kleinen Welpen quälen konnte, ohne daß dies nach außen sichtbar wäre. Sie bedankte sich nicht einmal, aber das störte keinen ... keiner erwartete jemals irgend etwas von Emily.
Chelsea sagte ziemlich lange nichts, erst als Emily den Welpen in die Waschküche trug und sie ihr folgte. Ein Teil des gefliesten Fußbodens war bereits mit Zeitungspapier ausgelegt, und in einer Ecke standen ein Korb mit einem roten Kissen und eine Schüssel mit Wasser. Hier sollte der Schäferhund schlafen und spielen, wenn er nicht draußen war, hatte Daddy gesagt, zumindest, bis er stubenrein war.
»Wie willst du ihn nennen?« fragte sie.
Emily legte den jungen Hund in den Weidenkorb und meinte dann, während sie zu ihr aufblickte: »Ich dachte eigentlich an Goldköpfchen, aber ich wollte nicht, daß der arme Hund auf dumme Gedanken kommt und meint, er sieht aus wie du. Deshalb habe ich mir einen hübscheren Namen ausgedacht – Stew, so etwas Ähnliches wie Gulasch. Hast du schon mal Hundegulasch probiert?«
Ein eisiger Schauer lief über Chelseas Rücken. Ihr war schlecht; Emily war einfach zu bösartig, um ein lebendiges Tier zu besitzen, das von ihr abhängig war.

Es waren weder die Torte noch das viele Eis oder gar die Überraschungsparty, die wenigstens für eine Weile die Qual und den Zorn auf Emilys Gesicht milderten – es war der junge Hund. Der Hund war wirklich eine gute Idee gewesen, Lauren war sehr zufrieden, daß ihr dieser Einfall gekommen war; und das sagte sie auch zu Fern, als die Mädchen aus dem Zimmer waren und Jonathan sich in sein Arbeitszimmer zurückgezogen hatte. »Ich halte uns allen die Daumen, daß jetzt auch noch der Sonntag klappt.«

Sonntag kam, und besseres Wetter hätte Lauren sich gar nicht wünschen können. Auf den Einladungskarten hatte als Beginn halb drei Uhr gestanden, und deshalb sollte Jonathan das Haus gegen elf Uhr mit Emily verlassen; sie wollten auf den Rummelplatz und dort so lange herumbummeln, bis es an der Zeit war, wieder nach Hause zurückzukehren, also so gegen drei. Kaum waren sie weg, kam auch schon Carla mit Francine; wie versprochen ließ Lauren das Tor hinter ihnen offenstehen, auch wenn ihr dies im Augenblick doch etwas schwerfiel.

Chelsea war mit Fern bereits zu ihrem nachmittäglichen Ausflug unterwegs, und so machten Lauren, Carla, Francine und Beatrice sich daran, den Garten herzurichten.

Emily war es reichlich merkwürdig erschienen, mit ihrem Vater auf den Rummelplatz zu gehen, aber im Grund war es ihr egal, vielleicht würde es sogar nett werden, dachte sie. Sie, ihre Mutter und ihr Vater waren früher oft auf den Rummel gegangen, aber das schien ihr Lichtjahre herzusein. Doch auf dem Weg dorthin kehrten die Erinnerungen wieder: Jeden Sommer, drei- oder viermal in der Saison, hatte Daddy sie und Mom mitgenommen, um sich die Stände anzuschauen, sich auf den Karussells zu amüsieren, Spiele zu spielen ... Und wenn seine beiden Mädchen artig gewesen waren, hatte er ihnen Geschenke gekauft und sie hinterher zum Essen in dieses kleine italienische Restaurant ausgeführt ...

Daddy stand immer im Mittelpunkt, deshalb kam es Emily jetzt auch so seltsam vor, während sie an den verschiedenen Ständen und Buden in Richtung des umzäunten Geländes mit den Farmtieren gingen, daß sie sich nicht daran erinnern konnte, daß er auch dieses eine Mal dabeigewesen war ...

Wo war Daddy gewesen? Es war nur eine einfache Frage, aber sie hatte das Gefühl, als wären ihr diese Worte wie Säure unter die Haut gespritzt worden, rasten nun durch ihre Adern und raubten ihr den Atem. Sie blieb stehen und holte tief Luft, verwirrt und zitternd ... Ungefähr siebzig Meter vor ihr war zu sehen, daß gebaut wurde ...

»Die Unterkünfte der Tiere werden neu gemacht«, sagte Daddy, der glaubte, daß sie deswegen stehengeblieben war. »Es wird sehr schön werden, es kommt nämlich noch ein Teil dazu, in dem die Tiere gefüttert und gestreichelt werden können.«

Doch ihr Blick wurde automatisch von etwas anderem angezogen, von dem Wohnwagen der Baufirma, der etwas weiter hinten stand.

Das Mädchen, das seine Mutter auf den Rummelplatz begleitete, hatte dunkles, glänzendes Haar, das sie zu zwei dicken Pferdeschwänzen zusammengefaßt trug, die auf ihren Schultern lagen. Obwohl ihre Mutter schwanger war und nie ohne Daddy aus dem Haus ging, waren sie an diesem Tag ins Auto gestiegen und zum Rummelplatz gefahren. Mommy sagte, daß der Ausflug ein Geheimnis bleiben müsse, das sie keinem Menschen verraten dürfe. Sie suche nämlich nach einem speziellen Geschenk für Daddy, was in Ordnung war, wie das Mädchen beschloß, da sonst immer er derjenige war, der ihnen Geschenke kaufte oder nette Dinge für sie tat.

Mommy gab ihr eine Handvoll Kleingeld und ließ sie bei einer der Buden: Die Ballons hatten die Form von Tieren und mußten mit Pfeilen abgeschossen werden. »Wenn du mit dem Spielen fertig bist, dann wartest du hier auf mich«, sagte ihre Mutter zu ihr. »Lauf nicht allein herum, sonst reißt Daddy mir den Kopf ab.« Sie selbst wollte in das große Zelt gehen, in dem Kunsthandwerk aus Holz und Leder zum Verkauf ausgestellt war, alles ideale Geschenke für Daddy. Und ehe sie ging, fügte sie noch hinzu: »Ich bin in fünfzehn Minuten wieder zurück, spätestens in dreißig.«

Aber es sollte nicht so kommen: Emily hatte den blauweißen Hai harpuniert, den einzigen Ballon in dem ganzen Haufen, bei dem man sich jeden Preis am Stand aussuchen konnte. Es gab ausgestopfte Tiere, mit Perlen bestickte Gürtel, Unmengen von Modeschmuck, sogar eine Kamera mit Blitz und Fototasche. Aber sie entschied sich für einen Baseballschläger und rannte in ihrer Aufregung hinüber in die Kunsthandwerksausstellung, um ihn ihrer Mutter zu zeigen.

Suchend eilte sie durch die Gänge, ohne sie jedoch finden zu können. So kehrte sie wieder zurück, doch langsamer dieses Mal ... Auf diese Weise fiel ihr die Baustelle auf ...

Und der einzige Grund, weshalb sie die Stufen des Bauwohnwagens hinaufstieg, die Tür öffnete und hineinspähte, war der, daß sie in dem Seitenfenster, dessen Plastikvorhänge nur teilweise zugezogen waren, Moms große, bunte Tasche entdeckte, die Daddy ihr einmal als Überraschungsgeschenk mitgebracht hatte. Und zuerst dachte sie noch, es sei Daddys Rücken, auf den sie starrte ... er sei der Mann, der mit Mommy auf der Bank lag und sie küßte. Aber in seinem Nacken war ein kurzer Pferdeschwanz zu sehen ...

Sie wich zurück, stolperte die Treppen hinunter und rannte davon; ihre Gedanken waren fast ebenso flink wie ihre Beine, die erst zur Ruhe kamen, als sie einen verlassenen Fleck im Schatten von ein paar Bäumen erreichte. Sie fiel auf die Knie, holte weit aus und schlug mit dem Baseballschläger fest gegen einen der Baumstämme, während ihre Gedanken zu Willie Campbell wanderten und ihr wieder all die Dinge einfielen, die er zu ihr gesagt hatte ... Dinge, die sie ignoriert hatte, so sicher war sie gewesen, daß es Lügen waren.

Jetzt hätte sie ihre Mom am liebsten geschüttelt, bis ihr die Zähne aus dem Mund gefallen waren – weil all die abstoßenden Dinge, die Willie zu ihr gesagt hatte, wahr gewesen sein mußten, sie war nichts weiter als eine Schlampe.

Und der Fremde ... der Betrüger, der Bastard, der ihre Familie zerstörte, der Mann mit dem nackten Rücken und dem spaßigen kleinen Pferdeschwanz. Natürlich. Das war Gordon Cummings!

Kapitel 12

Lauren war zwar fix und fertig, aber zwei Stunden später war der Garten hinter dem Haus bunt dekoriert mit Luftballons, Girlanden, lustigen Bildern und Sprüchen, die sie an den Bäumen befestigt hatten. Alle Vorbereitungen für das Luftballonstechen und das Pennywerfen waren getroffen. Außerdem wollten sie Scharaden und Gummitwist spielen und auch so etwas wie eine Schatzsuche veranstalten. Dabei sollten die Kinder jeweils zu zweit einen Korb und ein paar Karteikarten bekommen, auf denen eine verschlüsselte Nachricht stand, die die Kinder, wenn sie sie entziffert hatten, zu versteckten Gegenständen auf dem zwei Hektar großen, umzäunten Grundstück führen würde. Das Paar, das als erstes mit den richtigen Gegenständen an den Ausgangspunkt zurückkehrte, hatte gewonnen.

Danach sollte sich die Feier auf die Veranda verlagern, von der aus breite Schiebetüren in den Hobbyraum im Erdgeschoß führten, wo Pizza, Limonade und eine Geburtstagstorte die Kinder erwarteten. Zu lateinamerikanischen Limbo-Klängen und der Musik von *Skin and Bones,* einer fünfköpfigen High-School-Band, die immer sicheren Erfolg garantierte, konnten sie dann entweder ihre Gelenkigkeit unter Beweis stellen oder sich tanzend austoben.

»Jetzt setzen Sie sich aber einen Moment hierher, Ma'am«, sagte Beatrice streng und stellte einen Stuhl neben sie.

Aber noch ehe Lauren sich über den Befehlston der Frau ärgern konnte, hieb auch Carla in dieselbe Kerbe. »Genau, du rennst jetzt seit zwei Stunden im Garten hin und her, und dabei hat die Party noch gar nicht angefangen. Entwe-

der läßt du die Sache jetzt langsamer angehen, oder ich muß dich bei deinem Mann verpetzen.«
»O nein, tu das lieber nicht«, erwiderte Lauren, die zwar genau wußte, daß Carla sie nur aufzog, aber auch, welches Theater eine unschuldige Bemerkung von ihr hervorrufen könnte. »Aber du hast recht, ich bin wirklich müde. Ich kann mich gar nicht erinnern, daß ich damals bei Chelsea auch so erschöpft gewesen wäre.«
»Na, du darfst nicht vergessen, daß du zu der Zeit noch ein gutes Stück jünger warst.«
»O danke, das ist ja reizend von dir«, erwiderte sie grinsend. Mit diesen Worten ließ sie sich endlich auf dem Stuhl nieder und nickte Beatrice dankbar zu; doch völlig traute sie der Frau immer noch nicht über den Weg.
Als sie auf die Uhr blickte, wurde sie kurz von Aufregung ergriffen. *Lieber Gott, mach, daß Emily sich freut.* Sie mußte sich auch noch frisch machen, denn ehe sie sich's versah, würden auch schon die Kinder kommen.

Alle Kinder – neun von vierzehn waren Jungen – kamen pünktlich und trafen in Minutenabständen ein; Lauren ließ sie von Beatrice hinter das Haus in den Garten führen, wo sie nicht zu sehen wären, wenn Jonathan mit Emily zurückkehrte. Sie blieb derweilen mit Carla draußen vor der Tür stehen, wo sie geduldig auf Emilys Eintreffen warteten, die bereits fünfzehn Minuten hinter dem Zeitplan war. Als sie endlich den Wagen kommen sahen, verlief alles Weitere nach Plan: Carla verschwand hinten im Garten, um die Kinder zu beruhigen.
Lauren fiel sofort der starre Gesichtsausdruck von Jonathan auf, auch die Art, wie er aus dem Wagen stieg und auf sie zukam. Sie lief ihm auf der Hälfte des Weges entgegen. »Was ist los, wieso seid ihr so spät dran?« fragte sie, aber ehe

er auf eine ihrer Fragen antworten konnte, schob sie bereits eine dritte nach. »Und wo ist Emily?«

»Sie kommt nach ... Aber ich kann dir jetzt schon sagen, daß es nicht funktionieren wird.«

»Hast du ihr etwas erzählt?«

»Nein, selbstverständlich nicht. Es ist etwas passiert auf dem Rummelplatz, ich bin nur nicht sicher, was. Es lief eigentlich alles ganz wunderbar – wir kamen gut miteinander aus und unterhielten uns sogar recht angeregt, als sie plötzlich eine Art Angstattacke hatte. Sie hat sich mittlerweile wieder beruhigt, dürfte aber kaum in Stimmung für eine Party sein.«

»Vielleicht ändert sich das ja, wenn sie Francine und Carla und die Kinder aus der Schule sieht –«

»Ach, Lauren, ich weiß nicht so recht. Diese Geschichte paßt mir irgendwie gar nicht.« Während er das sagte, stieg Emily aus dem Auto und ging auf die Eingangstür zu.

»Um Himmels willen Jonathan, es ist alles vorbereitet und kann jeden Moment losgehen, die Kinder warten bereits draußen im Garten. Hol sie her, und wir werden ja sehen, was passiert.« So fingen sie gegen Jonathans besseres Wissen Emily gerade noch vor der Haustür ab und bestanden darauf, daß sie mit ihnen zum hinteren Eingang kam. Jonathan ließ sie und Lauren vorausgehen. Als sie dann endlich den Schauplatz der Party betraten, die Kinder »Überraschung« riefen und die Musik einsetzte, machte Emily doch ein verdutztes Gesicht.

Aber zufrieden sah sie nicht aus. Laurens Herz wurde schwer, doch das war noch gar nichts im Vergleich zu dem, was sie empfand, als sich Emilys Aufmerksamkeit auf einen blonden Jungen konzentrierte.

Wie ein gefangenes Tier, das plötzlich die offene Käfigtür bemerkte, stürzte sie sich auf ihn, und da Lauren am nächsten stand, als sie den Jungen angriff, war sie auch als erste bei den beiden und versuchte, Emily von ihm loszureißen. Aber Emily holte mit der Hand aus und schlug Lauren mit solcher Kraft ins Gesicht, daß diese nach hinten taumelte, über einen großen Stein stolperte und schließlich auf den Rasen fiel.

Und von ihrer Position am Boden aus beobachtete Lauren nun, wie sich die Szene weiterentwickelte: Emily, die sich rasch wieder auf den Jungen konzentrierte, drosch wie der Teufel auf ihn ein, während Jonathan erst Lauren zu Hilfe kam und anschließend Beatrice anwies, telefonisch den Arzt zu benachrichtigen; dann griff er schließlich ein und trennte Emily von dem Jungen.

Jetzt schienen auch die übrigen Jungen völlig durchzudrehen, als sei der anfängliche Zwischenfall nur eine Aufwärmübung für sie alle gewesen, nach der der Spaß erst richtig losgehen konnte: Sie johlten, schrien und rasten wie wild herum, sie schüttelten ihre Pepsi-Dosen und bespritzten sich gegenseitig mit dem klebrigen Getränk; sie brachten die Luftballons zum Platzen, rissen Girlanden, Zeichnungen und Sprüche von den Bäumen ... Und mit Ausnahme von Francine, die aussah, als müßte sie sich gleich übergeben, standen die Mädchen daneben und sahen kichernd zu. Die Mitglieder der Band sprangen auf und versuchten, ihre Instrumente in den Kästen in Sicherheit zu bringen.

Es war, als wäre plötzlich ein Wirbelwind durch die offenen Tore hereingeweht, wäre einmal über das Grundstück gefegt und weigerte sich jetzt, es wieder zu verlassen. Laurens Wange pochte ... ihr rechter Knöchel ebenso, und sie wünschte sich nur, dieses Chaos möge sich in Luft auflösen; aber das einzige, das ihr unter diesen Umständen gelang, war, in eine Art halber Ohnmacht zu fallen. Als letztes bekam sie gerade noch mit, daß Jonathan sie hochhob und daß sie zusammenzuckte, als sie ihn rufen hörte: »Carla, das ist meine letzte Warnung, das Tor geht auf der Stelle zu.«

Laut Doc Stevens war die Schwangere in bester körperlicher Verfassung, da hätte es schon eines ganz anderen Vorfalles bedurft, um Schaden anzurichten. Aber Laurens Knöchel war verstaucht und benötigte einen Verband, und ihre Lippe und ihre Wange waren dick und blau angelaufen.

Sie konnte es immer noch nicht glauben, daß Emily sie tatsächlich geschlagen hatte, sie konnte es auch nicht fassen, welche Kraft hinter ihrem Schlag steckte. Es war zwar nicht mit Absicht geschehen, wie Lauren glaubte, aber Reue hatte Emily deswegen auch keine gezeigt. Und was Emilys Klassenkameraden betraf, die freudig johlend das Chaos vollendet und alles noch schlimmer gemacht hatten ... das war fast noch erschreckender gewesen. Jonathan war es irgendwann gelungen, sie wieder zu beruhigen und aus dem Haus zu schaffen; ein paar von ihnen hatte Beatrice sogar mit ihrem eigenen Kombi nach Hause gefahren.

Lauren war sehr enttäuscht und traurig über die Geschichte, aber Jonathan war fuchsteufelswild und schickte Emily auf ihr Zimmer, das sie so bald nicht wieder verlassen durfte.

Tante Fern war entsetzt und Chelsea ebenfalls, als sie sah, was mit ihrer Mutter passiert war. Sie versuchte es zwar als Unfall hinzustellen, aber Chelsea hatte ihre Zweifel. Das einzig Gute daran war, daß ihre Schwester jetzt wirklich handfesten Ärger mit ihrem Daddy hatte; und Chelsea konnte der Versuchung einfach nicht widerstehen, ihr das auch unter die Nase zu reiben. »Tja, sieht so aus, als ob es meine irre Stiefschwester jetzt wirklich geschafft hätte«, schleuderte sie ihr entgegen, als sie mutig die Tür zu ihrem Zimmer aufriß. »Und etwas Schöneres kann ich mir eigentlich nicht vorstellen –« Aber überrascht hielt sie mitten im Satz inne, als sie sah, wie Emily den Hörer ihres neuen Telefons auf die Gabel knallte. »Wen hast du da angerufen?«

»Raus hier!«

»Francine? Nein, Francine kann das nicht gewesen sein, die ist eben erst weg, und ihre Mutter hat gesagt, daß sie nicht gleich nach Hause fahren würden. Außerdem, nachdem du heute so eine Idiotin aus dir gemacht hast, bezweifle ich, daß sie noch länger deine Freundin sein will, geschweige denn –« Da verstummte sie erneut ... denn Emily kam auf sie zu, wütend mit ihren dunklen Augen rollend und die Fäuste schwingend, offensichtlich bereit, sie jederzeit wieder einzusetzen. Aber nachdem sie gesehen hatte, was Emily mit ihrer Mutter angestellt hatte, trat Chelsea lieber rasch den Rückzug an.

Auf der Fahrt von der Schule nach Hause hatten sie am Drugstore angehalten ... Das hatte ihr gerade noch gefehlt, in den letzten Tagen wollte sie eigentlich nur noch weg von ihrer Mutter, weg von der Möglichkeit einer Konfrontation, weg von dem Thema, das sie vor Wut kochen ließ, wenn sie nur daran dachte. Aber als sie vor der Ladentheke stand und ihre Mutter sie prüfend betrachtete, da wußte sie, daß es zu einer Auseinandersetzung kommen würde. »Was ist los, Emily?« fragte Nancy. »Du warst in den letzten Tagen so kalt und distanziert. Als ob deine Gedanken ständig woanders wären.«

Richtig ... eigentlich ging das schon über eine Woche so, wenn Nancy es genau wissen wollte. Nicht, daß das etwas ausgemacht hätte. »Du kannst dir die Mühe sparen, es ist nichts«, erwiderte sie.

»Sei nicht so schnippisch.«

»Was willst du eigentlich von mir?«
»Ich will wissen, was los ist.«
»Wirklich?«
»Würde ich dich sonst fragen?«
»Okay«, sagte Emily schließlich und versuchte, dabei cool zu klingen. »Es geht darum, daß du eine Schlampe bist.«
Aber ihre Mutter reagierte alles andere als cool auf diese Aussage; erst schnappte sie empört nach Luft, dann holte sie mit der Hand aus und schlug Emily ins Gesicht! Und während ihre Mutter noch verblüfft dastand, erschrocken über das, was sie eben getan hatte, drehte Emily sich um und lief zum Wagen, böse, gehässige Worte in Richtung ihrer Mutter rufen. Als diese sich schließlich wieder soweit in der Gewalt hatte und sich neben sie ans Steuer setzte, fuhr Emily erklärend fort: »Weißt du, ich habe es nie geglaubt, nicht bis zu dem Tag auf dem Rummelplatz, als ich dich mit eigenen Augen gesehen habe, selbst dann nicht, als der eine Junge überhaupt nicht mehr damit aufhören wollte und mir ständig in den Ohren lag ... Ach Gott, was war ich doch für eine dumme Kuh. Hast du dabei eigentlich einmal an Daddy gedacht – was ist mit ihm?«
Den ganzen Weg nach Hause versuchte ihre Mutter, ihr die Sache mit dem minderjährigen Typen im Wohnwagen zu erklären, mit dem sie es seit acht Monaten trieb ... Aber je mehr sie erklärte, desto wütender wurde Emily. Eigentlich hätte sie von ihrer Mutter hören wollen, daß dies alles nur ein entsetzlicher Fehler gewesen sei, daß sie zeitweilig den Verstand verloren habe, daß sie es gar nicht gewesen sei, sondern irgendein unanständiges, unterbelichtetes Flittchen, das da an ihrer Stelle – aber sie sagte nichts von alledem. Statt dessen stammelte sie und wand sich und behauptete, sie würde diesen Kerl lieben und daß Emily dies vielleicht eines Tages verstehen würde.

Als sie ins Haus gingen, nahm Emily ihren neuen Baseballschläger, der an der Wand in der Küche lehnte, und ging damit ins Wohnzimmer. Zornig schwang sie ihn hin und her. Verstehen? Nie im Leben, Mommy ...

»Steh auf und zieh dich an.« Jäh unterbrachen die Worte den Fluß von Emilys Gedanken, und sie schoß hoch in ihrem Bett, keuchte erschrocken und ließ den Blick zu der Gegensprechanlage über ihrem Schreibtisch wandern; es war Beatrices Stimme, die da zu ihr drang. Sie seufzte, ließ sich wieder auf das Kissen zurücksinken und sah sich prüfend im ganzen Zimmer um; die Küche, das Arbeitszimmer und das Tor waren mit Kameras ausgestattet ... war in ihrem Zimmer auch eine verborgen?

Wenn das so war, dann war sie gut versteckt. Emily versuchte, wieder an den Gedankengang von vorhin anzuknüpfen, aber ihre Erinnerungen waren wie durch einen Kurzschluß verschwunden, und ihr Gehirn fühlte sich an, als wäre es in Watte gepackt, ein Zustand, an den sie sich mittlerweile gewöhnt hatte. Sie stand auf und zog sich für die Schule an. Bis auf die Schuhe allerdings, denn einer ihrer Stiefel fehlte an diesem Morgen, obwohl sie das Paar erst gestern noch getragen und in ihrem Zimmer ausgezogen hatte.

Statt dessen zog sie Turnschuhe an ... und als sie aus dem Zimmer kam, stieß sie mit der alten Beatrice zusammen, die eine Schüssel mit irgendwelchem knusprig gebackenen Zeug trug ... »Wofür ist das?«

»Um Laurens Magen zu beruhigen.«

»Wie geht es ihrem Knöchel?«

»Wieso? Ist das wichtig für dich?«

»Nein ... war falsch von mir, daß ich gefragt habe. Aber es war auch dumm von ihr, diese Party zu veranstalten. Wenn du sie siehst, dann richte ihr das aus.«

Sie ging nach unten, während die Frau ihr nachstarrte; Emily fragte sich, ob sie es nicht gewesen war, die ihren Stiefel genommen hatte. Eines wußte sie jedoch genau, sie wollte bestimmt nicht eines von Beatrices Geheimrezepten ausprobieren müssen. Sie traute Beatrice nicht über den Weg. Daddys alte Haushälterin, seine Pflegerin oder was immer sie gewesen war. Und ihre Mutter hatte ihr auch nicht vertraut, wie Emily in diesem Moment wieder einfiel. Aber der Baseballschläger, sie hatte ihn *tatsächlich* in die Hand genommen, diesen verdammten Baseballschläger ...

Das Haus war gespenstisch ruhig, als sie von dem lauten, fremden, mahlenden Geräusch geweckt wurde, das aus dem Garten zu ihr drang. Lauren hob den Kopf und sah auf die Uhr neben dem Bett: zehn Uhr. Sie konnte sich nicht erinnern, wann sie das letzte Mal so lange geschlafen hatte. Sie richtete sich auf, und wie üblich war ihr etwas flau im Magen, aber auf dem Nachttisch warteten in einer flachen Schüssel bereits ein paar dünne Kräcker auf sie. Jonathans Werk, dachte sie und schüttelte verwundert den Kopf. Sie nahm einen der trockenen Kekse und biß hinein.

Offensichtlich hatte er den Mädchen Frühstück gemacht und sie in die Schule gebracht. In knapp einer Woche würden die Sommerferien beginnen, und Lauren fragte sich, ob es nicht klüger gewesen wäre, Emily solange nicht zur Schule zu schicken und so jede Möglichkeit einer weiteren Konfrontation zu vermeiden. Und vielleicht wäre es sogar generell besser, sie im September auf eine Privatschule zu geben, bis die Situation hier geklärt war.

Lauren stand auf, ihr Knöchel schmerzte ein wenig; humpelnd ging sie ans Fenster, um nachzusehen, wo der Lärm herkam. Sie schüttelte den Kopf – natürlich, der Swimmingpool. Zwei Schaufelbagger hatten bereits angefangen, eine tiefe Grube auszuheben, ungefähr sieben Meter von der hinteren Veranda entfernt, dort, wo Jonathan es dem Bautrupp gesagt hatte. Ihr Blick wanderte zurück zur Veranda, wo sie noch keine vierundzwanzig Stunden zuvor so eifrig dekoriert hatte. Jetzt waren alle Hinweise auf eine Party verschwunden.

Sie seufzte und ging unter die Dusche. Als sie aus der Duschkabine trat, war sie überrascht, Beatrice dort stehen zu sehen, die ihr ein Handtuch entgegenhielt. Um sich nicht allzu heftig über dieses Eindringen in ihre Intimsphäre aufzuregen, sagte Lauren sich immer wieder vor, wie hilfreich die Frau am Tag zuvor gewesen war; wie sie alles vorbereitet hatte und sich während und nach der schrecklichen Szene um sie gekümmert hatte. »Danke«, sagte sie deshalb jetzt nur, als sie das Handtuch entgegennahm und sich darin einwickelte. »Aber das wäre wirklich nicht nötig gewesen. Mir geht es gut.«

Beatrice ging zur Tür und fragte im Gehen: »Was möchten Sie denn zum Frühstück, Mrs. Grant?«

»Kräutertee und Saft genügen mir vollkommen. Wann sind Sie denn eigentlich gekommen –«, setzte sie an, aber die Frau konnte sie schon nicht mehr hören, da sie bereits auf der Treppe war, um das Frühstück zuzubereiten.

Als Lauren in die Küche kam, war der Tisch gedeckt, und außer Tee und Orangensaft gab es noch ein Körbchen mit ofenwarmen Blaubeermuffins, die in eine weiße Leinenserviette eingeschlagen waren; der Geruch ließ ihr das Wasser im Mund zusammenlaufen, und dabei stellte sie fest, daß sich ihr Magen zur Abwechslung einmal tatsächlich gut benahm. Fragend sah sie Beatrice an. »Das waren Sie, die mir diese Kräcker ans Bett gestellt hat, richtig?«

»Die sind selbstgemacht, nach einem alten Familienrezept ... Die helfen wunderbar gegen Morgenübelkeit.«

Lauren nahm eines der köstlich aussehenden Törtchen aus dem Korb und biß hinein. »Hm ... die sind ja wirklich ausgezeichnet, Beatrice«, sagte sie. »Auch ein altes Familienrezept?«
Beatrice nickte, während sie weiter die Küchentheke abräumte und das Geschirr spülte. »Ganz recht. Als Mr. Grant noch ein kleiner Junge war, hat er die am liebsten gegessen.«
»So?« Lauren blickte interessiert hoch. »Beatrice, erzählen Sie mir doch mehr über Mr. Grant als kleinen Jungen.«
Die Frau zuckte die Schultern. »Ich weiß nicht, was gibt es da zu erzählen? Er war immer schon sehr klug, diszipliniert und respektvoll, als Student hat er immer alle Preise für die besten Leistungen bekommen. Ganz gleich, ob in Mathematik oder Englisch oder in den Naturwissenschaften.«
Lauren lächelte in sich hinein und legte eine Hand auf ihren noch fast flachen Bauch. Die Vorstellung, daß darin als Ergebnis ihrer und Jonathans Liebe ein Baby heranwuchs, in dem sie beide sich vereinten, ließ sie eine Erregung verspüren, die sie während ihrer ersten Schwangerschaft nicht gekannt hatte. »Seine Eltern müssen sehr stolz auf ihn gewesen sein«, antwortete sie automatisch.
»Ja, selbstverständlich waren sie das ... aber es war nun mal ihre Art, mit Lob sehr sparsam umzugehen. Ihrer Meinung nach war das nicht nötig. Sie hatten bestimmte Erwartungen an den jungen Mr. Grant, die dieser, als guter Sohn, der er war, auch immer erfüllte. Sein Vater war Unternehmer, der sein Geschäft aus dem Nichts aufgebaut und in eine Multimillionendollargesellschaft verwandelt hatte. Und seine Frau hat ihm dabei immer zur Seite gestanden und mitgearbeitet.«
Lauren nickte, und Beatrice fuhr fort: »Sie war schon eine ungewöhnliche Frau, eine Trendsetterin. Sie kleidete sich bereits lange, bevor es Mode wurde, in Schneiderkostüme.«

Das erklärte wahrscheinlich Jonathans Vorliebe für Frauen, die sich eher weiblich kleideten. In ihrem Kopf sah sie das Bild eines kleinen, einsamen, dunkelhaarigen Jungen namens Jonathan vor sich. Wie schön es für die beiden älteren Grants auch gewesen sein mochte, Tag und Nacht miteinander zu arbeiten, so einsam und ausgeschlossen hatte sich dabei wahrscheinlich ihr Sohn gefühlt. »Was war das für eine Art von Unternehmen?« fragte sie. Beatrice sagte zwar nichts, aber es war ihr anzusehen, wie merkwürdig sie es fand, daß sie als Jonathans Frau so wenig über ihn wußte. Aber sie beantwortete ihre Frage. »Sie entwarfen Verpackungsmaterial, Schachteln und so, und stellten es auch her.«

Lauren nickte. »Ich verstehe. Und was ist aus der Firma geworden?«

»Der junge Mr. Grant war in seinem zweiten Jahr am College, als sein Vater starb und ihm einen großen Anteil am Geschäft hinterließ. Seine Mutter war zwar geistig immer noch hellwach, aber sie kam langsam in die Jahre, und um ihre Gesundheit stand es offensichtlich auch nicht zum besten. Mr. Grant hatte kein Interesse daran, das Geschäft selbst zu führen, und so verkaufte er es an einen ernsthaften Interessenten, und das trotz der Proteste seiner Mutter, die nicht so leicht auf ihre Macht verzichten wollte.«

Lauren konnte Jonathans Entscheidung verstehen; Schachteln zu entwerfen klang nicht annähernd so aufregend wie das Entwerfen von Straßen und Brücken und Gebäuden ... Aus der Sicht seiner Mutter allerdings war es mit Sicherheit keine leichte Entscheidung gewesen.

»Der junge Mr. Grant hat sich dann um alle finanziellen Dinge gekümmert; er hat das Geld aufgeteilt und investiert, damit es sich vermehren konnte. Und auf ihn konnte seine Mutter sich natürlich hundertprozentig verlassen.«

Das klang ganz nach dem zuverlässigen Jonathan, der immer da war für seine Familie. Obwohl seine Eltern offensichtlich als Eltern nicht sehr erfolgreich gewesen waren, hatte er sich dadurch nicht verbittern lassen. Was bedeutete, daß er sie trotz ihrer Fehler sehr liebte, auch wenn er es nie sagte.

Lauren betrachtete versonnen Beatrice, die die Küche fertig aufräumte. »Ich danke Ihnen, daß Sie mir das alles erzählt haben«, meinte sie lächelnd. »Ich höre so gerne Geschichten über Jonathans Kindheit, aber er spricht nicht gerne über diese Zeit. Aber wenn man einen Menschen wirklich liebt, na ja, dann will man eben wissen, wie das ist –« Sie zuckte die Schultern und ließ den Satz unvollendet; es kam ihr plötzlich seltsam vor, eingestanden zu haben, daß sie ...

Aber Beatrice gab ihr keine Antwort und ging nicht weiter darauf ein, sondern bückte sich, öffnete das Schränkchen unter dem Spülbecken und holte den Eimer mit Möbelpolitur und einen Polierlappen heraus. »Sie legen heute aber wirklich los, Beatrice«, bemerkte Lauren. »Machen Sie etwas langsamer, übertreiben Sie nicht ... das hat keine Eile. Wann sind Sie denn nun heute eigentlich gekommen?«

Jetzt erst wandte sie sich Lauren zu. »Ich dachte, Mr. Grant hätte Ihnen das gesagt.«

»Hätte mir was gesagt?«

»Nun, er ist Ihretwegen doch sehr besorgt, wie Sie wissen, seit Sie sich den Knöchel verstaucht haben, sogar noch mehr. Deswegen hat er mich gebeten, von jetzt an hier im Haus zu bleiben. Ich schlafe in dem Zimmer, das zwischen dem Ihren und denen der Kinder liegt, das heißt, falls Ihnen ein anderes nicht lieber sein sollte.«

Sobald Jonathan nach Hause kam, sprach sie das leidige Thema an, obwohl sie sich zu diesem Zeitpunkt bereits wieder etwas unter Kontrolle hatte. Sie konnte sich einfach nicht mit der Vorstellung anfreunden, ihre Haushälterin auch noch bei sich im Haus wohnen zu haben, was ihrer Meinung nach ihre Privatsphäre deutlich einschränkte, und das sagte sie ihm auch.

»Die Wände hier sind ziemlich dick, Liebling. Das war eines der ersten Dinge, die ich überprüfte, als ich mir das Haus ansah.«

»Es gibt mehr als eine Möglichkeit, in die Privatsphäre eines anderen einzudringen.«

»Beatrice ist die Unaufdringlichkeit in Person.«

»Daran habe ich keine Zweifel, aber du hättest diese Entscheidung wenigstens zuerst mit mir besprechen können.«

»Wann hatten wir denn Zeit dazu?«

In seiner Antwort schwang eine gewisse Müdigkeit mit, die neu für sie war, und sie erkannte, wie oft sie in der letzten Zeit an seinen Entscheidungen herumkritisiert hatte. Sofort fühlte sie sich schuldig, da doch fast alle Sorgen und Belastungen des Haushalts auf seinen Schultern ruhten. Sie legte eine Hand auf seinen Arm ... »Tut mir leid, ich bin überzeugt, daß Beatrices vorübergehender Aufenthalt im Haus uns allen guttun wird.«

»Ach, übrigens«, warf er ein, »damit mir nicht wieder vorgeworfen wird, ich würde hinter deinem Rücken agieren, ich wollte dir noch sagen, daß ich mit Emilys Therapeutin gesprochen habe. Nur um sie wissen zu lassen, was bei der Party passiert ist. Emily hat sich mir nicht anvertraut, vielleicht wird sie sich ihr gegenüber öffnen. Und damit würde ich dieses Thema gerne beenden. In Ordnung, Lauren?«

Schweigend nahmen sie auf der Veranda ihr Mittagessen ein, das Beatrice ihnen servierte, und bald darauf hatte

Jonathan bereits wieder einen Termin. Eine Weile später rief Lauren bei Carla an und mußte überrascht feststellen, daß diese äußerst kühl klang. »Hör doch, ich würde mich gerne dafür entschuldigen, daß mein Mann gestern so gereizt auf das offene Tor reagiert hat. Er hat es nicht böse gemeint, er war eben etwas erregt.«

»Waren wir das nicht alle?« entgegnete Carla. »Wie es aussah, sogar Emily. Was ist denn eigentlich in sie gefahren?«

»Ich habe sie heute morgen noch gar nicht gesehen, Jonathan schon, natürlich. Aber ihm wollte sie auch nichts sagen.«

»Hat er sie denn nicht gefragt?«

»Natürlich hat er sie gefragt. Aber Emily trägt ihr Herz nicht gerade auf der Zunge, Carla.«

»Dann müßt ihr sie zum Reden bringen, entweder du oder Jonathan.«

Lauren stieß einen tiefen Seufzer aus. »Und wie, meinst du, sollen wir das anstellen?« fragte sie. Ihre Frage erinnerte sie an eine ähnliche Unterhaltung mit Fern vor wenigen Wochen, bei der sie sich ebenfalls in die Defensive gedrängt vorgekommen war. Sicher, hätte Chelsea sich geweigert, mit ihr über ein so wichtiges Thema zu reden, hätte sie sich dann nicht vor ihrer Türschwelle postiert und sich erst dann wieder wegbewegt, wenn sie mit ihr gesprochen hätte? Aber Chelsea war nicht Emily, weder ihrem Temperament nach noch in anderer Hinsicht. Absicht oder nicht – jedenfalls hatte Lauren nun einen verstauchten Knöchel und ein geschwollenes Gesicht vorzuweisen.

»Aha, dann ist Jonathan also plötzlich zu einem dieser wachsweichen Väter mutiert, die in ihrer Familie nichts zu sagen haben, einer wie Al Bundy vielleicht? Komisch, mir kommt es eigentlich so vor, als würde er kein Blatt vor den Mund nehmen und geradeheraus sagen, was er denkt.«

»Du bist also doch noch verärgert wegen seiner Äußerung von gestern, oder?«

»Nicht wegen des Tors, Lauren. Aber als ich ging, das war, kurz nachdem der Arzt gekommen war und ich wußte, daß es dir soweit wieder gutging, da hat er mir deutlich zu verstehen gegeben, daß er es lieber sähe, wenn ich mich in Zukunft von dir fernhielte.«

Lauren zögerte einen Moment, ehe sie sagte: »Es tut mir leid, aber das glaube ich dir nicht.«

»Glaube, was du willst, Lauren. Ich habe das alles schon einmal durchgemacht und nicht die Absicht, es ein zweites Mal zu erleben.« Danach hörte Lauren nur noch ein Klicken. Sie wollte eigentlich sofort noch einmal anrufen, aber in dem Moment kam Beatrice ins Zimmer. »Wieso verschieben Sie Ihr Gespräch nicht auf später?« schlug sie vor und nahm ihr dabei behutsam den Hörer aus der Hand. »Es ist Zeit für ein Nickerchen für Mutter und Kind.« Und Lauren ließ es ohne Widerrede mit sich geschehen; sie war viel zu müde, um sich mit Carlas Vorwurf auseinanderzusetzen. Beatrice schaltete das schnurlose Telefon aus und schob es in ihre Schürzentasche; Lauren sah ihr zu, wie sie das Kissen aufschüttelte, und dann spürte sie, wie ihr die Sandalen ausgezogen, wie ihre Füße auf das Sofa gehoben wurden ... Carla hatte das falsch verstanden, es gab keine andere Erklärung dafür, dachte Lauren, während sie fühlte, wie die Baumwolldecke wie ein sanfter Windhauch über sie gebreitet wurde. Beatrice trat ans Fenster und ließ die Jalousien herunter; als das Licht nur noch gedämpft zu ihr drang, schloß Lauren die Augen. Ja, ein Mißverständnis. Sie würde das später mit Jonathan klären ...

Das letzte, was ihr noch einfiel, ehe sie einschlief, war ein

Streit, den sie heute morgen mit angehört hatte, soweit sie sich erinnerte: Emily war auf Beatrice losgegangen ... und Jonathan hatte sich eingemischt und sie beruhigt. Offensichtlich hatte Emily einen ihrer klobigen Stiefel verlegt.

Nachdem Jonathan die Mädchen aus der Schule nach Hause gebracht hatte, konfrontierte ihn Lauren umgehend mit Carlas Vorwurf, und er bestätigte ihre Überlegungen.
»Weißt du, ich mag vielleicht nicht gerade deine Zuneigung oder Wertschätzung für Carla teilen«, sagte Jonathan, »aber etwas mehr solltest du mir schon zutrauen. So unsensibel bin ich nun auch wieder nicht, daß ich so etwas sagen würde.«
»Wir waren wirklich alle sehr nervös in diesem Augenblick ... Also, da kann man schon mal leicht etwas mißverstehen. Was hast du denn eigentlich zu ihr gesagt?«
»Nur, daß du und die Mädchen einen wunderbaren Sommer auf dem Grantschen Anwesen verbringen werdet«, meinte er leichthin, wurde aber sofort wieder ernst. »Ich habe ihr aber auch zu verstehen gegeben, daß sie und Francine jederzeit willkommen sind. Bei geschlossenen Toren allerdings. Du verstehst doch, Lauren, daß ich die Sicherheit meiner Familie bestimmt nicht vernachlässigen werde, nur um Carlas Marotten zu befriedigen, oder?«
Laurens Gedanken wanderten zu Jay Philips aus Monticello, der sich ohne Schwierigkeiten ein Gewehr hatte besorgen können und vor der Polizei damit geprahlt hatte, wie leicht er Emily hätte abknallen können. Selbstverständlich hatte Jonathans Anwalt mit Hilfe von Detective Kneeland erreicht, daß der Richter eine sich auf neunzig Tag erstreckende Verfügung ausgesprochen hatte, die Jay Philips verbot, sich der Familie Grant zu nähern, aber wer wußte, ob er sich daran hielt.

Außerdem, so dumm war Lauren auch wieder nicht, daß sie glaubte, dies sei die einzige Seite, von der in Zeiten wie diesen Gefahr für sie drohte ... Da mußte sie nur an das rüde und unverschämte Verhalten der Jugendlichen während der Party zurückdenken. Ihr Haus war mit einem ausgeklügelten Alarmsystem gesichert, da wäre es doch wirklich himmelschreiende Dummheit, wenn sie sich dessen nicht bedienten, nicht wahr?

Sie nickte, und Jonathan fuhr fort: »Und in dem Zusammenhang habe ich wörtlich zu ihr gesagt, daß ich hoffe, sie würde sich deswegen in Zukunft nicht von dir fernhalten.«

Er setzte sich zu ihr auf das Sofa, wobei er auf ihren verstauchten Knöchel achtgab, den Beatrice auf ein paar Kissen gebettet hatte, und beugte sich über sie. »Hör mal, wenn es dir hilft, dann rufe ich Carla an und kläre die Sache –«

Sie schüttelte den Kopf. »Vergiß es. Um Carla kümmere ich mich. Statt dessen würde ich viel lieber mal über dich reden.«

»Oh-oh, was habe ich jetzt schon wieder angestellt?«

»Ach, jetzt komm aber, Jonathan. Wenn das einer hört, dann denkt er sich ja, ich nörgle immer nur an dir herum.«

»Ich muß gestehen, manchmal habe ich tatsächlich diesen Eindruck.« Obwohl ein dünnes Lächeln seine Worte begleitete, sah sie seinen Augen an, daß dies nicht nur im Scherz dahingesagt war.

Wieder hatte sie das Gefühl, ihm gegenüber zu kritisch zu sein, seine Gegenwart als zu selbstverständlich zu erachten. Tat sie ihm damit nicht genau das an, was seine Eltern ihm angetan hatten? Sofort stiegen Schuldgefühle in ihr hoch. Sie nahm seine Hände in die ihren, küßte sie und blickte in seine zauberhaften Augen. »Du hast überhaupt nichts angestellt, Liebling. Beatrice hat mir nur heute vormittag er-

zählt, was für ein kluges Kind du gewesen bist – nicht daß mich das sonderlich überrascht hätte. Sie erzählte mir, daß du in der Schule immer alle Preise abgeräumt hast.«
Jetzt wurde sein Lächeln breiter und umfaßte das ganze Gesicht. »Willst du damit sagen, daß ich bisher noch nicht mit meinen Heldentaten vor dir angegeben habe?«
»Nein, bisher noch nicht. Aber weißt du, wenn man verheiratet ist, dann darf man so etwas.«

»Hey, Gordon, wie geht's?« war alles, was sie sagte, als er sich schließlich meldete.
»Wer ist da?« fragte er.
»Nancy, Schätzchen ... Halten wir ein Schwätzchen, wollen wir ein Tänzchen wagen, oder geht es gar um Kopf und Kragen?«
Erst ein tiefer Seufzer, dann lange nichts, ehe er schließlich sagte: »Du bist ihre Tochter, richtig, die an dem einen Nachmittag mit dem kleinen Nachbarmädchen hier im Haus war. Du bist auch diejenige, die zweimal bei mir angerufen, mir aber nichts auf den Anrufbeantworter gesprochen hat, oder?«
»Wahnsinn, du bist aber wirklich schlau. Hey, was meinst du, war es dieses übergroße Hirn, das meine Mutter so an dir gemocht hat? Oder war es eher dein zartes junges Fleisch, dem sie nicht widerstehen konnte?«
»Ich würde sagen, so jung wie du bist, hast du aber eine ganz schön freche Klappe.«
»Ich kann mich gut an dich erinnern. Du warst der, der meine Mutter in dem Wohnwagen auf dem Rummelplatz gebumst hat.«
Wieder folgte längeres Schweigen, ehe er auf ein anderes Thema zu sprechen kam. »Hey, Emily, wie gefällt dir eigentlich, was ich im Haus gemacht habe?« Doch ehe sie eine

Antwort geben konnte, fuhr er bereits fort: »Ich habe es für deine Mutter getan. Ich hatte nie eine Chance, sie glücklich zu machen, weißt du, wenigstens nicht so, wie ich es gern getan hätte. Nicht, wie sie es verdient hätte.«
Ein seltsames Geräusch drang durch die Telefonleitung, und Emily fragte: »Hey, bist du noch da?«
»Ja, ich bin noch da.«
»Ich habe keine Ahnung, was in deinem Kopf vor sich geht, Arschloch, weil sie nämlich glücklich war ... und das auch ohne deine Hilfe. Du scheinst dich maßlos zu überschätzen, deswegen sollte ich dir vielleicht mal den Kopf zurechtrücken. Du bist nämlich der Idiot, der schließlich daherkam und alles versaut hat.«
Wieder lange nichts, ehe er fragte: »Also, wenn du das wirklich denkst, warum hast du mich dann angerufen?«
»Ich wollte dir eine Frage stellen.«
»Nur zu, stell sie mir.«
»Hast du sie auch getötet?«
»Ich denke, du kennst die Antwort auf diese Frage besser als jeder andere. Vielleicht könnten du und ich gemeinsam –«
Hörte sie in dem Moment ein Klicken in der Leitung? Sie war sich nicht ganz sicher, denn da ging plötzlich die Tür auf. Emily ließ den Hörer fallen, packte ihn aber schnell mit bebenden Fingern wieder und legte auf. Wen hielt Gordon für den Mörder? Dachte er, daß sie es sei, wollte er das damit sagen? Oder drückte er nur aufs Geratewohl ein paar Knöpfe bei ihr, um zu sehen, wie sie reagierte?
Sicher, sie war wütend auf ihre Mutter gewesen, daran konnte sie sich jetzt erinnern, aber die Polizei war nicht fähig gewesen, stichhaltige Beweise gegen sie zu erbringen – oder gegen irgend jemand anderen. Strickler, ihr Seelenklempner, hatte ihr erklärt, es sei ein durchreisender Fremder gewesen, der ihre Mutter getötet hatte, jemand,

den sie höchstwahrscheinlich nie mehr wiedersehen würde. Aber sie sei es nicht gewesen ... und er hatte es so oft zu ihr gesagt, daß sie jederzeit aus ihrem Gehirn wie aus einem Aktenschrank eine eigene Akte herausziehen konnte mit dem Titel: Erinnerungen, handgearbeitet von Dr. Strickler. Aber war es jetzt nicht an der Zeit, daß sie endlich wieder Ordnung in ihr wie ein Schweizer Käse durchlöchertes Gehirn brachte – jedenfalls in das bißchen, das davon noch übrig war? Strickler war schließlich nicht dabeigewesen, also, woher wollte er das alles wissen?

Es war zwar schon schwierig genug, mit ihrem verstauchten Knöchel die Treppen hochzusteigen, aber als noch schwieriger sollte es sich an diesem Nachmittag erweisen, Beatrices wachsamen Augen zu entgehen. Jonathan hatte sich zum Arbeiten in sein Studio zurückgezogen, und Beatrice putzte im Wohnzimmer, so daß Lauren es schließlich geschafft hatte, ungesehen die hintere Treppe zu Emilys Zimmer zu erklimmen. Sie hatte sich vorher nicht genau überlegt, was sie ihr sagen wollte oder was sie darauf zu hören bekäme, und so hatte sie auch keine Erwartungen, als sie die Tür öffnete.

Emily hatte auf dem Boden gesessen und offensichtlich telefoniert; als Lauren ins Zimmer kam, war sie so erschrocken gewesen, daß sie den Hörer erst hatte fallen lassen, ehe sie ihn schnell wieder auf die Gabel legte. Ungefähr ein Viertel des Bodens war mit alten Zeitungen bedeckt, die feucht und voller gelber Flecken waren und merkwürdig streng rochen.

»Dein Vater hat dir doch gesagt, daß der Hund in der Waschküche bleiben soll, bis er stubenrein ist.«

Schweigen, während Emily sich auf einen gänzlich anderen Dialog zu konzentrieren schien.

»Mit wem hast du telefoniert, Emily?« fragte sie, womit sie jedoch nur noch mehr Schweigen erntete. Mit Francine, stellte sie sich vor, da ihr sonst niemand einfiel. Natürlich war es auch noch möglich, daß Emily ihre Therapeutin angerufen hatte, aber die Frau konnte sagen, was sie wollte, Lauren glaubte ihr einfach nicht, daß das Mädchen sich ihr anvertraute. Als Emily ihr immer noch keine Antwort gab, zog Lauren ein Gesicht und sagte: »Mensch, Lauren, es tut mir leid, daß ich dir ins Gesicht geschlagen habe. Es tut mir leid, daß du meinetwegen hingefallen bist und dir den Knöchel verstaucht hast.«
Aber der Sarkasmus brachte ihr nicht die Entschuldigung ein, die sie Emily entlocken wollte, auch kein Anzeichen von Reue oder wenigstens eine simple Erklärung – nur einen kalten, desinteressierten Blick. In dem Moment wurde Laurens Aufmerksamkeit auf Emilys Bett gelenkt, dessen schwarzer, gesteppter Überwurf sich an einer Seite leicht bewegte. Lauren ging hin, bückte sich, hob die Decke an einer Ecke an und sah den kleinen Ausreißer vor sich.
Sie zog den jungen Hund, der sofort zu wimmern anfing, unter dem Bett hervor und nahm ihn gegen seinen Willen auf den Arm. Auf dem Weg zur Tür blieb sie noch einmal stehen und drehte sich um. »Francine hat mir gesagt, daß der Junge, mit dem du dich gestern geprügelt hast, Willie Campbell heißt«, sagte sie. »Wieso er, Emily? Was hat er dir getan?«

Kapitel 13

Lauren versuchte alles, um Carlas verletzte Gefühle zu heilen. Carla versicherte ihr zwar, daß alles wieder in Ordnung sei, aber ihre Stimme klang doch noch ausgesprochen kühl. Als Fern später auf einen Sprung vorbeischaute, kam Lauren auch auf dieses Thema zu sprechen. »Das eigentliche Problem ist, daß sie Jonathan nicht mag, und aus ihrer Sicht kann ich das sogar verstehen, er ist nämlich nicht sehr freundlich zu ihr. Und dann habe ich auch den Verdacht, daß Nancy bei ihr ziemlich schlecht über Jonathan geredet hat. Man weiß doch, daß es nie sehr klug ist, wenn einer der beiden Partner so etwas macht ... es bleibt nie aus, daß sich das Paar irgendwann wieder versöhnt, und dann bleibt der dritte grollend zurück.«

»Worüber hat sie sich denn beklagt?«

Lauren zuckte die Schultern und hob in einer fragenden Geste die Hände. »Keine Ahnung, Fern, irgendwelche Sachen eben.«

»Ich hoffe, mich schließt du in dieses Dreieck nicht mit ein. Ich bleibe nie grollend zurück.«

»Also gut. Daß er so besitzergreifend ist. Sie ist zwar nicht so direkt mit der Sprache herausgerückt, aber ich glaube, sie hält ihn für einen Menschen, der immer unbedingt alles unter Kontrolle haben muß.«

»Und du bist nicht dieser Meinung?«

Lauren blickte hoch. »Wie bitte? Komisch, eigentlich dachte ich, daß du Jonathan mögen würdest.«

»Oh, das tue ich doch auch, ich halte ihn für einen braven Mann, der meine Schwester anbetet. Aber ich lebe weder mit ihm zusammen, noch bin ich seine Frau. Wäre es für mich schwierig, mit diesem Mann verheiratet zu sein? Ja, wahrscheinlich schon. Aber jeder Mensch ist anders. Wie lautet der Spruch noch mal: Jeder nach seinem Geschmack. Oh, versteh mich bitte nicht falsch, wenn ich auch nur für einen Augenblick der Ansicht wäre, daß er dich manipuliert oder dir oder Chelsea ein Leid zufügt, dann würdest du ganz andere Töne von mir hören.«

»Das hört sich ja richtig ernst an.«

»So ist es nicht gemeint. Ich will damit nur sagen, daß er ein kluger Kopf ist, der rasch und eigenwillig seine Entscheidungen trifft und es gerne sieht, wenn alles so läuft, wie er es will – nicht einfach, mit einem solchen Menschen umzugehen. Vielleicht war er für Nancy einfach zu viel.«

»Für mich aber nicht, oder?«

Fern zögerte und warf ihr rasch einen Blick von der Seite zu.

»Versuchst du, mir irgend etwas zu sagen?«

»Nein, selbstverständlich nicht«, erwiderte Lauren. »Mein Gott, wo hast du denn deinen Sinn für Humor gelassen?« Mit einem Lachen entschärfte sie die Situation; schließlich hatte sie das alles doch nur im Spaß gesagt, oder etwa nicht?

Emily ging nicht leichtfertig auf den Vorschlag ein; sie hatte es sich sorgfältig überlegt, ehe sie zustimmte, sich an diesem Abend mit Gordon zu treffen. Sie würde bis nach dem Abendessen warten, bis es dunkel wurde ... und dann würde sie aus ihrem Schlafzimmerfenster klettern, von dem aus es nur einen kurzen Sprung bis auf das Garagendach war. Von dort aus würde sie so weit die Dachrinne hinunterrutschen, bis sie auf den Rasen springen konnte. Sie hatte im vergangenen Jahr zwar wenig Gelegenheit zum Klettern gehabt, aber das dürfte wohl nicht so schwierig sein. Danach mußte noch der Maschendrahtzaun überwunden werden,

aber das war kein Problem – Daddy hatte ihr schließlich eine der elektronischen Passierkarten gegeben.
Dann wollte sie Chelseas Rad aus der Garage holen, da ihr altes Fahrrad einen Platten hatte. Candlewood Terrace lag nur ein paar Meilen entfernt, selbst im Dunkeln wären das mit dem Fahrrad nur zehn oder fünfzehn Minuten.
Vorhin, als Lauren ins Zimmer geplatzt war und alles ruiniert hatte, hatte Gordon eine Anspielung gemacht, aber als sie ihn danach noch einmal anrief, weigerte er sich, ihr mehr zu sagen, und benutzte statt dessen ihre Neugier als Köder, um sie aus dem Haus zu locken und zu einem Treffen zu überreden. Doch so dumm war sie auch wieder nicht, sie wußte genau, daß er ebensogut auch seine Spielchen mit ihr treiben konnte ...
Es war schwer, festzustellen, wie kaputt er war. Schließlich hatte er sich mit einer verheirateten Frau eingelassen, die alt genug gewesen war, um seine Mutter zu sein. Und jetzt hatte er sich im Haus seiner alten Liebe eingenistet und richtete es so her, wie es ihr gut gefallen hätte, wäre sie noch am Leben gewesen. Wenn das nicht zwanghaft war, was dann? Emily ging zu ihrem Schrank, holte von ganz hinten die Blechschachtel hervor und öffnete sie. Darin befand sich, außer vielen anderen alten Schätzen, auch ihr großes Klappmesser, das sie einmal bei einem anderen Kind eingetauscht hatte. Sie nahm es heraus.
Vielleicht nicht gerade eines dieser scharfen Schnappmesser, wie sie die Mädchen in Bateman heimlich in ihren Strümpfen oder in ihren Hosenbeinen trugen oder sich nachts unters Kissen legten, aber es würde seinen Zweck schon erfüllen.
Und es war tatsächlich alles ganz einfach und klappte wie am Schnürchen. Gegen halb neun stand sie draußen vor Gordons Haus ... ihrem Haus. Sie stellte Chelseas Rad hinten

an die Garagenwand, holte das Messer aus ihrer Tasche und klappte es auf; dann steckte sie es in die Tasche ihrer Jeans, wo sie nur danach zu greifen brauchte, falls sie es benötigte. Mit einem merkwürdigen Gefühl der Gelassenheit klopfte sie schließlich an die Hintertür. Was für ein Witz, sie hätte ihren Schlüssel benutzen können, wenn sie gewollt hätte, aber es war nicht nötig. Als sie nach dem ersten Klopfen keine Antwort bekam, wartete sie noch eine Weile, ehe sie den Türknauf ausprobierte. Und als er sich drehte, öffnete sie die Tür und schlich sich auf Zehenspitzen ins Haus.

Ohne zu wissen, was eigentlich geschehen war, rannte sie plötzlich aus dem Haus, sprang auf ihr Fahrrad und trat so fest in die Pedale, wie sie nur konnte. Und als eine Stunde vergangen war und ihr zu Bewußtsein kam, was sie da tat, hatte sie keine Ahnung, wo sie war oder wo sie hinfuhr. Aber sie trat weiter in die Pedale, weil sie nicht wußte, was sie sonst tun sollte. Ruhig, cool, ausgeflippt und leer im Kopf – *genau, Emily, zeig's ihnen allen, es gibt nichts, worüber du dir Sorgen machen müßtest.* Sie hatte ihre Mutter nicht getötet und ihn auch nicht. Richtig, Doktor Seelenklempner?

Jedesmal, wenn der Anblick des zertrümmerten Schädels des Mannes wieder vor ihren Augen aufstieg, mußte sie sich sehr anstrengen, ihn beiseite zu schieben. Verdammt, es war schließlich ihr Kopf, und sie konnte reinlassen oder wieder rauswerfen, wen immer sie wollte. Er stand ganz bestimmt nicht auf ihrer Gästeliste, sie kannte ihn ja kaum. Er war nichts als ein dumpfer, jämmerlicher Lüstling, von dem bald nichts mehr als ein dreizeiliger Nachruf in einer Lokalzeitung übrig wäre. Sie hatte keinerlei Verpflichtung, ihn in ihren Kopf zu lassen, zu seiner Beerdigung zu gehen oder sich seinetwegen gar schlecht zu fühlen. Das Leben war doch

wirklich ein Beschiß, nicht wahr? Aber manche Dinge erledigten sich offenbar von selbst, wenn es soweit war. Dieser Kerl würde nicht länger herumposaunen, wer Nancy getötet hatte, weil er es nicht mehr wußte.
Sie mußte pinkeln, was sie zum Lachen brachte. War es nicht merkwürdig, daß ein Mensch trotzdem noch auf die Toilette mußte, obwohl sich die Welt um ihn herum mit Lichtgeschwindigkeit drehte? Gab es denn keine Prioritäten mehr, keinen Anstand? Seltsames Vokabular, findest du nicht, Emily? Ihren eigenen Namen hätte sie in dem Moment vielleicht nicht gewußt, hätte man sie gefragt, aber plötzlich biß sich ihr Verstand an dem unmöglichen Namen Gordon Cummings fest.
Gordon Cummings, wer, zum Teufel, war Gordon Cummings? Sie stieß einen lauten Seufzer aus, und dann, als sie erkannte, wo sie war, und weil es ihr unter diesen Umständen als das Vernünftigste erschien, wendete sie das Fahrrad und fuhr Richtung Mountainview Road. Und während sie das tat, fiel es ihr wieder ein – Gordon war der nette junge Mann, der ihre Mutter gevögelt und in ihrem Haus gelebt hatte und dessen Kopf mit einem eisernen Schürhaken eingeschlagen worden war. *Mensch, Emily, was ist nur mit deinem Gedächtnis los?*

Lauren schlief gegen halb acht beim Lesen eines Taschenbuchs auf dem Sofa im Wohnzimmer ein; dabei verpaßte sie völlig, daß Chelsea ins Bett mußte, und wachte erst wieder auf, als Jonathan aus dem Arbeitszimmer kam. Eine Stunde beobachtete sie ihn nun schon, wie er im Wohnzimmer auf und ab lief und behauptete, daß alles in schönster Ordnung sei. Sie versuchte, ihn zu beruhigen, und bemühte sich, eine Unterhaltung in Gang zu bringen.
Dabei kam sie auch auf das Thema einer Privatschule für

Emily im kommenden Herbst zu sprechen. Und er war auch sofort interessiert und meinte, daß er sogar eine renommierte Tagesschule ein paar Ortschaften weiter kenne; der Hin- und Rücktransport sei auch kein Problem. Und angesichts des Benehmens der Schüler an der öffentlichen Schule, das er am Tag zuvor hatte bewundern dürfen, sei dieser Schritt seiner Meinung nach auch für Emily nur von Vorteil.

Als hätte diese Entscheidung plötzlich jeglichen Streß von ihm genommen – was immer das auch gewesen sein mochte –, lächelte er und beschloß, daß er nun gern ein Eis essen würde. »Im Eisschrank sind ein paar Sorten, such dir was aus.«

»Was ist mit den Mädchen?«

Sie schaute auf die Uhr und meinte achselzuckend: »Es ist schon fast zehn ... Chelsea schläft bestimmt schon.«

»Emily nicht, möchte ich wetten«, erwiderte er listig. »Ich glaube, ich sehe mal nach.« Sie schüttelte den Kopf – das sah ihm ähnlich. Trotz seines Grolls und seines Ärgers auf Emily nach der katastrophalen Party machte er sich Gedanken, daß er ihr die falsche Sorte bringen könnte.

Er ging nach oben, während sie unten zurückblieb und sich Gedanken zu dem Thema Eiscreme, Gewicht und Schwangerschaft machte, woraufhin ihr wieder einfiel, daß sie sich nach einem guten Frauenarzt umsehen mußte. Doc Stevens war durchaus in Ordnung, wenn es um Erkältungen, Grippe und verstauchte Knöchel ging, aber für ihr Baby wollte sie einen Spezialisten haben, und sie war sicher, Jonathan auch.

Doch sie sollte weder die Zeit noch die Gelegenheit haben, ihre Überlegungen noch an diesem Abend anzusprechen, denn das nächste, was sie hörte, waren schwere Schritte auf der hinteren Treppe und das Klappern von Autoschlüsseln.

Dann kam Jonathans mit wild funkelnden Augen ins Wohnzimmer gestürzt. »Was ist los, Jonathan?«

»Emily ist weg. Ich muß sie suchen.«

Sie stand auf und lief zum Telefon. »Ich rufe Carla an«, sagte sie.

»Nein!« rief Jonathan. »Du sollst überhaupt niemanden anrufen! Verstehst du, Lauren?«

Erschrocken wich sie vom Telefon zurück und nickte, obwohl sie kein Wort verstand. Er war außer sich vor Sorge und konnte offensichtlich keinen klaren Gedanken mehr fassen. »Warte, ich gebe rasch Beatrice Bescheid und komme mit dir –«, setzte sie an, aber da war er bereits aus dem Haus gelaufen.

Sie rannte nach oben, gab kurz Beatrice Bescheid, die an ihrer Nähmaschine im Schlafzimmer saß, packte sich eine Jacke und lief genau in dem Moment nach draußen, als sich das Tor öffnete, um Jonathans Wagen hinauszulassen. Doch noch ehe sie ihm nachlaufen oder in ihren eigenen Wagen steigen konnte, um ihm nachzufahren, war plötzlich alles wieder in Ordnung ... oder jedenfalls sah es so aus: Durch das offene Tor kam ein Fahrrad auf das Grundstück ... und auf dem Fahrrad saß Emily.

Sie hatte sich Chelseas Rad ausgeliehen und war wer weiß wohin damit gefahren. Doch jetzt saß sie, weiß wie ein Gespenst, zwischen Jonathan und Lauren auf dem Sofa und sagte mit erschreckend ruhiger Stimme: »Gordon Cummings ist tot.«

»Was meinst du damit?« fragte Jonathan, der offenbar nicht sofort den Namen mit dem seines Mieters in Candlewood Terrace in Verbindung brachte. Er sah Lauren hilfesuchend an. »Der neue Mieter?« Als sie nickte, wandte er sich wieder an Emily. »Woher weißt du, daß er tot ist?«

»Ich war dort, ich habe ihn gesehen.«

»Dort? Du meinst, im Haus?«
Sie nickte.
»Ich begreife nicht, wieso ... wieso fährst du da hin?«
Sie zuckte die Schultern. »Es ist doch unser Haus, oder nicht?«
»Du bist dorthin gefahren, weil es unser Haus ist?«
»Und weil ich ihn von Francine her kenne. Wir haben uns ein paarmal unterhalten.«
Lauren spürte, wie sich ein Gewicht auf ihre Brust senkte ... Gott im Himmel, wo war sie in der Zeit gewesen? Es folgte eine längere Pause, in der sie Jonathans Augen anklagend auf sich ruhen fühlte, ehe er fragte: »Warst du vorher schon einmal dort?«
»Zweimal. Beide Male mit Francine. Einmal war Gordon zu Hause, einmal nicht.«
Jonathan machte einen verwirrten Eindruck, als ob er enorme Schwierigkeiten hätte, die Geschichte zu verdauen. »Und dieses Mal?« fragte er schließlich. »Wußte er, daß du kommen wolltest?«
Sie nickte. »Er wußte es, ich hatte ihn angerufen.«
Jonathan fuhr sich mit der Zunge über die Lippen, er fieberte geradezu vor Aufregung. »Okay, damit ich das richtig verstehe, er hat dich also erwartet. Wußte sonst irgend jemand davon? Francine, Carla, irgend jemand?«
»Nein, ich habe es keinem gesagt, und ich weiß, er hätte es auch nicht gewollt.«
»War jemand da, als du dorthin kamst?«
»Nur er. Er lag auf dem Boden, sein Gehirn war über den ganzen Teppich gespritzt.«
Lauren holte tief Luft und bemühte sich, jeden Impuls, sich zu übergeben, noch im Keim zu ersticken; es war jetzt nicht der geeignete Zeitpunkt, daß ihr schlecht wurde. Jonathan zuckte zwar angesichts der unnötig deutlichen Beschrei-

bung betroffen zusammen, fuhr aber unbeirrt fort: »Hast du auf dem Weg dorthin oder auf dem Nachhauseweg jemanden gesehen? Überlege genau, einen Wagen, der vorbeifuhr, jemanden, der einen Hund spazierenführte?«

»Nein, niemanden.«

»Und als du dort warst?«

Sie schüttelte den Kopf.

Er legte den Arm um Emily, die ihn zwar gewähren ließ, sich aber sichtlich versteifte. »Es wird alles wieder gut, Prinzessin. Ich möchte jetzt, daß du nach oben gehst, dein Nachthemd anziehst und dich ins Bett legst. Und dann will ich, daß du das alles vergißt, so, als ob es nie passiert wäre. Hörst du mich?« Wieder nickte sie. »Vergiß nicht, du hast das Haus heute abend nicht verlassen, du hast nichts gesehen und nichts getan.«

»Aber meinst du nicht –«, fing Emily an.

»Hör auf mich, es ist wichtig. Bitte.« Er legte seine Hände auf ihre Schultern und blickte ihr tief in die Augen. »Würde Daddy dir jemals etwas Falsches raten oder dir sagen, daß du etwas Falsches tun sollst?«

Sie schüttelte den Kopf und stieß flüsternd hervor: »Nein.«

»Möchtest du vielleicht wieder zurück nach Bateman?« Lauren sah, wie die Angst in Emilys Augen kroch. »Dann überlaß das hier deinem Vater und tu genau das, was ich dir sage.« Er schloß sie fester in die Arme und drückte sie tröstend an sich. »Alles wird wieder gut.«

Emily ging nach oben, und obwohl Lauren es kaum mehr aushalten konnte, wartete sie, bis sie hörte, wie sich die Tür zum Zimmer ihrer Stieftochter hinter dieser schloß, ehe sie damit herausplatzte. »Ich kann nicht glauben, was ich da eben gehört habe, Jonathan. Was willst du tun?«

»Was meine Pflicht ist – meine Tochter beschützen.«

»Wovor?«
Er stand auf und lief im Zimmer auf und ab. »Ist dir klar, wie das aussieht, wenn die Polizei erfährt, daß sie dort war, am Schauplatz eines Mordes? Die würden das doch nie verstehen.«
»Nun, um offen zu sein, ich verstehe es auch nicht. Du vielleicht? Das ergibt doch keinen Sinn. Vielleicht sollten wir mal mit Francine darüber reden, möglicherweise kann sie uns etwas über diese merkwürdige Freundschaft erzählen.«
»Du wirst weder jemanden anrufen noch einen Fremden ins Vertrauen ziehen«, sagte er bestimmt und sah sie eindringlich an.
»Aber die Sache ist ernst, Liebling, dieser Mann wurde ermordet.«
»Ganz genau. Und die Polizei wird daraus sofort den Schluß ziehen, daß Emily es getan hat.«
»Aber warum hätte sie das tun sollen?«
Jonathan zuckte die Schultern. »Er lebte in ihrem Haus, und ihr gefiel das nicht ... oder, keine Ahnung, was weiß ich, verdammt noch mal! Vielleicht hatte sie eine Affäre mit dem Kerl.«
»Jonathan. Gott im Himmel, sie ist doch erst zwölf!«
»Und er ist zweiundzwanzig, soweit ich mich an Ferns Bemerkung richtig erinnern kann. Das scheint mir nicht unmöglich. Nicht heutzutage.«
»Ich weiß nicht«, erwiderte sie, zweifelte aber noch im Reden an ihrer eigenen Intuition. »Ich habe bisher eigentlich noch keine Anzeichen an Emily festgestellt, daß sie Interesse am anderen Geschlecht hätte. Du vielleicht?«
»Ich will dir doch nur ein Beispiel für das geben, was die Polizei dazu sagen könnte. Woraus sie für Emily leicht ein Motiv basteln könnten.«

Laurens Gedanken wanderten zu dem Mieter, zu Gordon Cummings. Was sollten sie tun, sollten sie den armen Mann einfach dort liegen lassen und warten, bis ihn jemand fand? In ihren Augen war das falsch, völlig falsch, für jeden, vor allem für Emily. Sollte man ihr raten, alles zu vergessen, war das gesund? »Vielleicht sollten wir diese Entscheidung lieber mit ihrer Therapeutin besprechen«, schlug sie vor, sich an diesen letzten Strohhalm klammernd.
»Ganz bestimmt nicht, und Emily sollte ihr gegenüber besser auch nichts erwähnen. Und so ungern ich ihr von nun an ihren Ausgang beschneiden werde, aber wir müssen Prioritäten setzen. Was ist wichtiger – ihr Seelenfrieden oder ihre Freiheit? Ihr Seelenfrieden wird sich von allein wieder einstellen, schließlich hat sie ja nichts Falsches getan, aber ihre Freiheit, die steht auf dem Spiel.«
Es war genau in dem Moment, daß Lauren das erste Mal selbst die Angst verspürte, unter der Jonathan litt. Das heißt, sie konnte sie nicht nur vom Verstand her nachvollziehen, sondern spürte sie am eigenen Leib. Das war nun bereits der zweite Mordfall im selben Haus, und das innerhalb von zwei Jahren in einer Kleinstadt, in der sonst kaum ein Verbrechen passierte. Und beide Male war Emily die einzig andere Person in diesem Haus gewesen. Dachte er, sie hätte es getan? O gütiger Gott, dachte er das wirklich?

Nein, Lauren zog Schlußfolgerungen, die sie besser lassen sollte. Jonathans Angst hatte nichts mit einer möglichen Schuld Emilys zu tun, sondern vielmehr mit seiner Vergangenheit ... Es lag doch auf der Hand, daß Emily wieder in einem Mordfall verdächtigt würde, mit dem sie nichts zu tun hatte. Aber was, wenn sie es doch getan hatte? Sich nach Einbruch der Dunkelheit aus dem Haus zu schleichen, um einen erwachsenen Mann zu besuchen, machte keinen sehr guten Eindruck. Einmal angenommen, die beiden hatten etwas miteinander? Eine sexuelle Beziehung ... tausend lächerliche Szenarien schossen ihr dabei durch den Kopf ... Ihre Spekulationen waren doch krankhaft, vor allem aber illoyal – sowohl ihrer Stieftochter als auch ihrem Mann gegenüber. Aber jetzt, da sie es wagte, sich solche Dinge überhaupt auszumalen, wollten sie nicht mehr so leicht aus ihrem Kopf verschwinden. In der Nacht wachte sie mindestens ein halbes dutzendmal auf, fest von Emilys Schuld überzeugt, bis sie sich jedesmal wieder dadurch Erleichterung verschaffte, daß sie sich mit logischen Argumenten von ihrer Unschuld überzeugte. Ihr Hauptargument dabei war, daß Emily niemals die Kraft gehabt hätte, einen Mann, der laut Fern – soweit Lauren sich erinnern konnte – ziemlich groß und kräftig gewesen war, zu überwältigen. Ein ausgebildeter Zimmermann, ein Mann, der durch die Arbeit am Bau sportlich durchtrainiert war, also nicht unbedingt ein Schwächling. Nein, niemals. Und auch für Jonathans stures Beharren darauf, Emilys Anwesenheit am Schauplatz eines Mordes geheimzuhalten, fand sie schließlich noch eine Begründung: Wenn Lauren schon so leicht zu falschen Schlüssen hinsichtlich ihrer zwölfjährigen Stieftochter kommen konnte, wie sah es da wohl erst mit der Polizei aus?

Als Fern am nächsten Vormittag gegen elf anrief, war Lauren darauf vorbereitet, von ihr zu erfahren, daß Gordon Cummings ermordet aufgefunden worden war. Wegen ihrer Angst und der Zweifel, die auch sie verspürte, fiel es ihr folglich nicht schwer, mit ehrlicher Betroffenheit zu reagieren. Fern erzählte, daß einer der Arbeiter an diesem Morgen am Haus vorbeigefahren sei, in der Annahme, Gordon sei krank, um dort eine Bohrmaschine aus seinem Lieferwagen zu holen. Er habe eigentlich gar nicht ins Haus gehen wollen, aber wie sich herausstellte, benötigte er den Schlüssel zum Werkzeugkasten.

»Hat die Polizei eine Ahnung, wer für die Tat verantwortlich ist?« fragte sie und empfand eine tiefe Trauer, als sie ihre Schwester zum ersten Mal in ihrem Leben anlog.

»Falls es so sein sollte, haben sie bisher jedenfalls nichts verlauten lassen. Aber ich kann mir einfach nicht helfen, irgendwie ist das doch grotesk, Lauren. Ich meine, das ist jetzt der zweite Mord im selben Haus. Irgendwie kann ich mich des Eindrucks nicht erwehren, daß der neue Mord etwas mit Nancy zu tun hat.«

Da sie sich seit gestern abend ausschließlich mit Emily beschäftigt hatte, fand es Lauren nun doch erstaunlich, daß sie selbst noch nicht auf diese Idee gekommen war. Doch das gab der Geschichte eine ganz andere Wendung. Vielleicht war ja ein und derselbe Täter für beide Morde verantwortlich ...? Aber warum, mit was für einem Wahnsinnigen hatten sie es hier zu tun? Sicher mit einem Psychopathen. Würde jetzt Nancys Fall wieder neu aufgerollt werden? Und was war mit Jay Philips, sollte man ihn nicht auch in Betracht ziehen?

»Lauren, huhu, bist du noch da, Liebes? Alles in Ordnung?« rief Fern in die Stille hinein.

»Ja, selbstverständlich, das war nur so ein Schock. Ich muß sofort Jonathan anrufen.«

»Gute Idee. Ich schätze, die Polizei dürfte schon unterwegs sein.«

»Hierher? Warum sollte sie –«

Und jetzt mußte sie sich doch ziemlich panisch und verwirrt angehört haben, denn Fern erklärte ihr geduldig, wie einem kleinen Kind, den relativ simplen Zusammenhang. »Liebes, denk doch mal einen Moment nach. Der Mord geschah auf Jonathans Grundstück. Selbst wenn seine Exfrau dort nicht

getötet worden wäre, würde euch die Polizei deswegen Fragen stellen wollen.«
»Richtig, das verstehe ich. Aber wir kannten den Mann ja nicht einmal.«
»Natürlich nicht, und das habe ich Detective Kneeland, der mich bereits befragt hat, auch begreiflich zu machen versucht. Ich sagte ihm, daß alle Verhandlungen mit dem Mieter über mich gelaufen sind.«
»Dann glaubst du also nicht, daß sie uns sehr auf die Nerven gehen werden?«
Plötzlich klang Ferns Stimme eine ganze Oktave tiefer. »Lauren, du hast ja Angst. Aber warum nur?«
»Habe ich denn nicht Grund genug? Sag bloß, du hast nicht bereits daran gedacht. Eine Weile haben Jonathan und ich doch überlegt, ob wir nicht selbst in das Haus ziehen sollten. Mal angenommen, wir hätten es getan?«

Sobald Lauren das Telefonat beendet hatte, rief sie über die Gegensprechanlage Beatrice, die sofort nach unten kam. »Ist etwas passiert, Mrs. Grant?«
»Es ist wirklich nicht nötig, daß Sie weiterhin so formell sind. Es wäre mir lieb, wenn Sie mich von jetzt an Lauren nennen würden.«
»Wenn Sie möchten«, erwiderte die Frau in ihrer sachlichen Art. »Und, was kann ich für Sie tun?«
Lauren knetete ihre Hände, unsicher, wie sie die Sache am besten angehen sollte; aber sie wußte, daß ihr nichts anderes übrigblieb. »Beatrice, hat Jonathan irgend etwas wegen gestern abend zu Ihnen gesagt?«
»Wie soll ich das verstehen?«
»Sie wissen doch ... als ich Sie aufweckte, um Ihnen zu sagen, daß Emily nicht da wäre?«
»O ja, das natürlich. Ja, er hat gestern abend mit mir darüber

gesprochen.« Lauren mußte wohl einen ziemlich verwirrten Eindruck machen, denn Beatrice fügte hinzu: »Ich bin mit Chelsea aufgestanden und war gerade auf dem Weg in die Küche, um ihr ein Glas Milch zu holen. Dabei habe ich Mr. Grant getroffen, der im Wohnzimmer auf und ab lief. Ich weiß, er wollte mich nicht aufwecken –«

»Warten Sie, noch mal von vorne. Was war los mit Chelsea?«

»Oh, nichts, weswegen Sie sich Sorgen machen müßten, sie ist nur weinend aufgewacht. Von einem dieser bösen Träume, wie es bei Kinder regelmäßig vorkommt. In dem Moment, in dem sie aufwachte, hatte sie ihn auch schon vergessen.«

Nein, regelmäßig kam das nicht vor – Chelsea hatte keinen Alptraum mehr gehabt, seit sie drei war. Lauren stellte entsetzt fest, daß sich der Streß und die negative Stimmung seit Emilys Heimkehr offensichtlich auch bei ihr bemerkbar machten. »Aber ich habe gar nichts gehört –«, setzte sie an.

»Sie haben tief und fest geschlafen ... Ich habe mal in Ihr Schlafzimmer geschaut, um nach Ihnen zu sehen.« Laurens Gesichtsausdruck zeigte wohl, wie merkwürdig sie das fand, denn die Frau fuhr erklärend fort: »Mein erster Gedanke war, daß Sie vielleicht selbst nach ihr schauen wollten, aber als ich Sie dann sah ... na ja, da brachte ich es nicht übers Herz, Sie zu stören. Das passiert doch oft, wenn man schwanger ist; der Körper nimmt sich einfach, was er braucht, was das Baby braucht.«

Nein, das war kein gesunder Schlaf gewesen, eher sehr unruhig, dachte sie, als ihr die vielen Male wieder einfielen, die sie aufgewacht war und über Emily und über den Mord nachgedacht hatte. Und mindestens einmal war ihr dabei aufgefallen, daß Jonathan nicht neben ihr gelegen hatte. Aber sie ersparte es sich, Beatrice darauf aufmerksam zu machen, sondern nickte nur, obwohl sie es doch ziemlich überraschend fand, daß sie Chelseas Weinen einfach überschlafen hatte. Das war ihr noch nie passiert, dachte sie und hielt einen Moment inne, um Ordnung in ihre wirren Gedanken zu bringen – nun ja, jedenfalls nicht, soweit sie wußte. Zum Glück war ja Beatrice dagewesen.

Jonathan war zwanzig Minuten nach ihrem Anruf zu Hause; Detective Kneeland, der sich telefonisch bei ihr angemeldet hatte, wartete bereits im Wohnzimmer auf sie beide. Als Lauren Jonathan in der Halle entgegenkam, küßte er sie und fragte: »Hast du ihm gesagt, daß du bereits von deiner Schwester über den Mord verständigt worden bist?«

»Ja, als er anrief. Genau wie du es mir gesagt hast. Beatrice hat ihn ins Haus gelassen, und ich habe auf dich gewartet.«

»Gut, es besteht ja auch kein Grund, zu lügen«, sagte er, was Lauren doch etwas verwunderte. Was war es dann, wenn sie der Polizei Informationen vorenthielten? Jonathan spürte ihre Ängstlichkeit und legte seine Arme um sie. »Liebling, es besteht wirklich kein Grund, nervös zu sein. Wir tun nichts Falsches und ganz bestimmt nichts Kriminelles. Richte dich einfach nach mir.«

Sie taten nichts, als Emily vor den Ungerechtigkeiten des Systems zu schützen, sagte sich Lauren, als sie und Jonathan schließlich ins Wohnzimmer gingen, wo der Detective auf sie wartete. Zuerst wurden die üblichen Höflichkeiten ausgetauscht, und Kneeland erkundigte sich in diesem Zusammenhang auch nach Laurens geschwollener Lippe und ihrem leicht humpelnden Gang. Jonathan beeilte sich, ihm zu erklären, daß diese Verletzungen davon herrührten, daß Lauren im Garten gegen einen Baum gelaufen sei, als sie diesen für Emilys Geburtstagsparty dekorierte.

Danach kamen die anderen Fragen, die überraschenderweise

jedoch bei weitem nicht so bohrend waren wie die, die Lauren sich selbst gestellt hatte. Der Detective wollte wissen, ob einer von ihnen den Mieter bereits vor dem Einzug gekannt habe. Und ob Nancy ihn gekannt habe. Tatsache war, daß weder sie noch Jonathan Gordon Cummings je zu Gesicht bekommen hatten, nachdem er eingezogen war. Und soweit Jonathan wußte, hatte Nancy ihn auch nie getroffen. Als nächstes fragte Kneeland, ob Lauren oder Jonathan an diesem Abend das Haus verlassen hätten, was selbstverständlich nicht der Fall gewesen war. Jonathan rief sogar Beatrice ins Zimmer, um sich von ihr diese Aussage bestätigen zu lassen.

Lauren vermutete, daß Beatrice auch bestätigt hätte, daß sie in der Südsee gewesen wären, wenn Jonathan es von ihr verlangt hätte, und wahrscheinlich wußte das auch der Detective. Auf jeden Fall waren sie und Jonathan respektable Mitglieder der Gemeinde, so daß der Mann eigentlich keinen Grund haben durfte, ihre Aussage zu bezweifeln. Laut Kneeland war der Mord zwischen halb neun und elf Uhr abends geschehen. Als er nun sagte: »Ich nehme an, die Mädchen waren zu der Zeit zu Hause« (wo hätten sie nach Einbruch der Dunkelheit wohl sonst sein sollen?), da dachte sie, sie müßte gleich in Ohnmacht fallen. Aber sie tat es nicht, sondern versicherte ihm statt dessen, daß sie zu Hause gewesen seien – ihre zweite Lüge.

Schließlich war Jonathan an der Reihe. »Sagen Sie doch mal, Detective, glauben Sie, daß der Mord etwas mit Nancy zu tun hat?«

»Es sieht nicht so aus, als sei etwas mitgenommen worden, aber da dieser Cummings allein dort gewohnt hat, können wir das nicht ausschließen. Vielleicht war es eine Art Racheakt ... Wir werden selbstverständlich auch diese Möglichkeit überprüfen. Mein Instinkt sagt mir jedoch, daß der Fall was mit Mrs. Grants Ermordung zu tun hat, aber außer in Fernsehfilmen haben Gefühle meistens schlechte Karten und führen selten zu Verurteilungen. Wir haben auch Philips bereits vernommen, und er hat ein Alibi. Laut Aussage eines seiner Saufkumpane waren sie bis Mitternacht bei ihm zu Hause und haben Poolbillard gespielt. Keine sehr verläßlichen Zeugen, aber besser als gar keine. Solange wir keine weiteren Beweise am Tatort finden – woran meine Männer im Augenblick fieberhaft arbeiten –, so lange haben wir, fürchte ich, nichts in der Hand.«

Lauren schüttelte den Kopf und dachte an den jungen Mann, der ermordet worden war. »Sagen Sie, ist Mr. Cummings' Familie schon verständigt worden?«

»Ja, Ma'am, wir haben uns sofort darum gekümmert. Der größte Teil seiner Verwandtschaft lebt in Saugerties, aber es gibt eine Schwester, die mit ihrer Familie hier in der Stadt wohnt. Eine gewisse Kathy Campbell.«

Laurens Kopf schoß ruckartig in die Höhe, als sie ihn den Namen Campbell erwähnen hörte; sie mußte sofort an Willie denken, und sie fragte sich, ob er und Kathy wohl verwandt waren. Kneeland, dem ihre abrupte Bewegung nicht entgangen war, fragte: »Stimmt etwas nicht, Mrs. Grant?«

Kapitel 14

Nach ihrem letzten Gespräch, das in reichlich angespannter Atmosphäre stattgefunden hatte, hatte Lauren eigentlich keine große Lust, mit Carla zu telefonieren, aber sie rief sie trotzdem an. Und falls Carla wirklich noch verärgert gewesen sein sollte, so schien sie ihre Verstimmung für den Augenblick zugunsten wichtigerer Probleme beiseite geschoben zu haben. »O Lauren, hast du es schon erfahren?« fragte sie, sobald sie ihre Stimme hörte.

»Wenn du den Mord meinst, ja. Die Polizei war auch schon da, sie ist noch gar nicht lange wieder weg.«

»Bei uns waren sie auch«, erwiderte Carla. »Sie wollten wissen, ob ich in der fraglichen Nacht irgend etwas Ungewöhnliches gesehen hätte ... was nicht der Fall war. Meinen sie vielleicht, daß es eine Verbindung zu dem Mord an Nancy gibt?«

Lauren hätte ihr gerne erzählt, daß sich Francine und Emily mit Gordon Cummings angefreundet hatten, aber wenn sie ihr das sagte, dann würde eines zum anderen führen, und das konnte sie nicht riskieren. »Sie wissen es nicht ... Wie es aussieht, sind sie wüst am Spekulieren. Carla, hast du ihn eigentlich gekannt, ich meine, Gordon Cummings?«

»Wie kommst du auf die Idee?« fragte sie gereizt; aus irgendeinem Grund schien sie die Frage in Verlegenheit zu bringen. Als sie sich wieder unter Kontrolle hatte, sagte sie: »Vergiß es, ich bin wahrscheinlich auch etwas durcheinander ... Und das ist auch kein Wunder, oder? Da lebe ich nun in dieser netten, kleinen Stadt, die so sicher ist, wie alle immer behaupten, und dann passieren zwei Morde. Und beide gleich bei mir gegenüber.«

»Ich verstehe dich doch ... Glaub ja nicht, daß ich mir nicht bereits ähnliche Gedanken gemacht habe. Ich wollte das auch nur deshalb von dir wissen, weil ich hoffte, daß du mir eine Frage beantworten könntest ... Weißt du, ich wußte zwar, daß unser Mieter Familie am Ort hat, aber ich wußte nicht, wer das war – jedenfalls nicht, bis Detective Kneeland hier war. Er erwähnte, daß Gordons Schwester drüben in der Holyoke Avenue wohnt und daß sie Kathy Campbell heißt.«

Schweigen auf Carlas Seite. Lauren stellte die Frage trotzdem, obwohl sie wußte, daß ihre Freundin ahnte, worauf sie hinauswollte. »Und, ist sie oder ist sie nicht mit Willie Campbell verwandt? Mit dem Jungen von der Party?«

Erst ein kurzes Zögern, dann: »Ja, sie ist tatsächlich mit ihm verwandt. Kathy ist Willies Mutter.«

So ließ sich also möglicherweise doch eine Verbindung zwischen Emilys Wut auf Willie und ihrem Besuch bei dessen Onkel, bei Gordon Cummings, herstellen. Übrigens auch ein mögliches Motiv. Carla kannte diese Zusammenhänge natürlich nicht, aber sie wußte, daß Emily den Jungen angegriffen hatte, dessen Onkel in Jonathans Haus zur Miete wohnte, und sie schien selbst gerne gewußt zu haben, warum. Mit Sicherheit hätten sie den Grund herausgefunden, wenn sie sich nach der Party länger darüber unterhalten hätten. »Es kommt mir merkwürdig vor, daß du das mir gegenüber nicht erwähnt hast«, sagte Lauren.

»Wieso? Emily versucht, den Neffen dieses Burschen zu verprügeln. Was soll daran so besonders sein?«

Carla benahm sich wirklich merkwürdig ... Zu Anfang ihres Gesprächs war sie noch nicht so gewesen, erst als Lauren sie unabsichtlich mit der Frage verärgert hatte, wie gut sie ihren neuen Nachbarn gekannt habe. Und deshalb stellte sie die Frage erneut, dieses Mal mit voller Absicht. »Carla, hast du Gordon Cummings vor seinem Einzug bereits gekannt?«

»Wie kommst du nur auf die Idee, daß ich ihn überhaupt gekannt habe?«

»Weil du mir offensichtlich irgend etwas verschweigst. Würdest du mir bitte sagen, was hier vor sich geht?«

»Nichts geht hier vor sich. Hör mal, Lauren, ich muß jetzt Schluß machen. Francine ist eben von der Schule nach Hause gekommen.«

»Warte, nicht –«, setzte sie an, aber es war zu spät. Carla hatte bereits aufgelegt, und Beatrice kam mit einer Tasse Tee ins Zimmer. Verdammt, sie täuschte sich nicht, Carla verschwieg ihr etwas.

Lauren stöhnte – der junge Hund war wieder einmal in Emilys Zimmer; sie konnte ihn zwar nirgends sehen, als sie die Tür öffnete und ins Zimmer trat, aber der stechende Geruch war Beweis genug. Irgendwie war es Emily wieder einmal gelungen, Beatrice auszutricksen. Darum würde Jonathan sich kümmern müssen, sie hatte im Moment keine Nerven dafür. Eigentlich war sie hundemüde und wußte nicht so recht, weshalb sie die vielen Stufen zu Emilys Zimmer hochgestiegen war; vielleicht, weil sie unbedingt noch einen Versuch starten mußte, mit ihr zu reden, obwohl es bestimmt nichts brachte.

Emily sah schlecht aus und hatte Ringe unter den Augen; offensichtlich hatte auch sie nicht gut geschlafen. »Hat deine Wut auf Willie Campbell irgend etwas mit seinem Onkel Gordon zu tun?«

Sie sah sie zwar an, sagte aber nichts.

»Wo ist die Verbindung, Emily? Wenn du es mir nur sagen würdest ... vielleicht könnte ich dir dann helfen.«

»Würdest du dich bitte aus meinem Leben raushalten, ja?« Lauren stieß einen tiefen Seufzer aus. »Ich bin aber nun mal Teil deines Lebens, ist dir das immer noch nicht klar? Ich bin deine Stiefmutter, und ob es dir gefällt oder nicht, eine bessere als mich kriegst du nicht!«
Sie konnte es kaum fassen, so etwas Grausames zu einer Zwölfjährigen gesagt zu haben, aber statt sie zu bremsen, schien diese Bemerkung neue Energien in Emily freizusetzen. »Na, da schau an«, zischte sie und stemmte die Hände in die Hüften. »Endlich läßt unsere Dauerlächlerin aus Manhattan die Katze aus dem Sack. Tja, dann kannst du mich ja gleich fragen, ob ich Gordon Cummings umgebracht habe. Und meine Mutter natürlich auch.« Sprachlos stand Lauren da, während Emily sie weiter attackierte. »Ich weiß doch, daß du dich das von Anfang an gefragt hast – du konntest es doch kaum erwarten, mir endlich diese Frage zu stellen, du warst bisher nur zu feige. Komm schon, Lauren, sei zur Abwechslung doch mal eine ganze Frau.«
Vielleicht war es diese letzte Bemerkung, die den Ausschlag gab, aber in dem Moment merkte Lauren, daß Emily recht hatte, zumindest teilweise. Zu Anfang ihrer Bekanntschaft hatte Lauren vielleicht noch keine Zweifel an ihrer Stieftochter gehabt, aber mittlerweile hatte sie sie, und es stimmte, sie wollte ihr diese Frage stellen. »Okay, Emily«, erwiderte sie schließlich. »Gehen wir mal davon aus, daß du mich nicht schamlos anlügen würdest. Was hast du mit dem Mord an Gordon Cummings zu tun? Und was ist mit dem an deiner Mutter?«
Doch Emily gab ihr keine Antwort. Sie blickte statt dessen zur Tür, und Laurens Augen folgten ihr: Wie lange hatte Jonathan bereits dort gestanden?

Es war bereits früher vorgekommen, daß Jonathan sich hinter einer Mauer des Schweigens verschanzt hatte, aber immer war eine unbedeutende Verstimmung die Ursache gewesen, die meistens bald wieder vergeben und vergessen war – nie jedoch war etwas so Schwerwiegendes zwischen sie getreten. Plötzlich schien es so, als hätte er ein Messer genommen und sie einfach aus seinem Leben herausgeschnitten.

In den folgenden paar Tagen war er für Lauren zwar körperlich anwesend, sein Geist und seine Seele hatten sie jedoch verlassen. Er sprach nur mit ihr, wenn es absolut notwendig war, und dann auch mit einer Eiseskälte in der Stimme, die sie erschaudern ließ. Plötzlich kam es ihr vor, als hätte ihr Haus keine elf, sondern hundert Zimmer, so selten bekam sie ihn zu sehen; die meiste Zeit verbrachte er in seinem Arbeitszimmer, sogar seine Mahlzeiten nahm er oft dort ein ... sonst war er draußen, unterhielt sich mit den Mädchen oder mit den Männern, die den Pool bauten. Sie schliefen zwar weiterhin in demselben großen Doppelbett, wie immer seit ihrer Hochzeit, doch nie war ihr dieses Bett so groß oder kalt vorgekommen.

Zu Anfang machte sie sein Schweigen noch wütend, aber es ließ ihr auch die Zeit und den Raum, ihre Emotionen abzukühlen und über alles nachzudenken, was bisher geschehen war. Was Emily betraf, so kehrte sie wieder zu ihren anfänglichen Überlegungen zurück: Ein Kind von ihrer Größe hätte nie einen so großen Mann überwältigen können, nicht einmal mit einer Waffe. Und Detective Kneeland mußte offensichtlich zu demselben Schluß gekommen sein, da er an Emilys Aufenthaltsort am fraglichen Abend nicht sonderlich interessiert gewesen war.

Und was Jonathans momentane Haltung betraf – hätte sie vielleicht anders reagiert, wären die Rollen vertauscht ge-

wesen? Wenn es Chelsea gewesen wäre, deren Unschuld *er* angezweifelt hätte, hätte sie da Verständnis gezeigt und ihm verziehen? Nein, in diesem Augenblick des Zweifelns hatte sie ihn verraten, etwas, das sie sich umgekehrt von seiner Seite nie vorstellen konnte. Hätte sie ihre Worte zurücknehmen können, hätte sie es getan, aber das war natürlich nicht möglich. Ihr blieb nichts anderes übrig, als ihn inständig zu bitten, mit ihr darüber zu reden ... und sich zu entschuldigen, was sie beides auch immer wieder tat.
Aber er weigerte sich, mit ihr zu reden, auch ihre Entschuldigung wollte er nicht annehmen. Oh, irgendwann würde er das schon, da war sie ganz sicher ... wenn er dazu bereit wäre.

Sie versuchte, es Fern nicht wissen zu lassen, was zwischen ihr und Jonathan vor sich ging; hätte sie ihr anvertraut, daß sie kaum miteinander sprachen, dann wäre dabei nur herausgekommen, daß sie einen Verdacht gegen Emily gehegt hatte, und das konnte sie nicht besprechen, ohne zuzugeben, daß Emily am Abend des Mordes bei Gordon Cummings im Haus gewesen war. Und dann waren da noch die Lügen, die sie der Polizei erzählt hatte, worüber Lauren lieber nicht nachdachte, geschweige denn es auch noch zugab.
Doch als Fern am nächsten Nachmittag unerwartet zu Besuch kam, fiel ihr sofort Chelseas gedämpfte Stimmung auf, obwohl ihr Jonathan ein paar Tage zuvor einen neuen Sandkasten und ein neues Klettergerüst mitgebracht hatte. Fern war mit Lauren in den Garten hinausgegangen, um den neuen Swimmingpool zu bewundern, der schon fast fertig war, während Chelsea apathisch auf ihrer Schaukel hockte und zu Boden starrte.
»Was ist los mit ihr?«
»Ich glaube, ihr ist einfach langweilig«, erwiderte Lauren,

die sehr wohl wußte, daß die Erklärung nicht so simpel war. Da waren ihre Alpträume, ihre Ruhelosigkeit, ihre mangelnde Bereitschaft, sich ihr mitzuteilen – Chelsea war ganz und gar nicht mehr das überschwengliche kleine Mädchen, das sie kannte. Doch Lauren blieb bei ihrer anfänglichen Erklärung. »Gestern war der letzte Schultag, die Pfadfindergruppe und die Turnstunden sind für diesen Sommer auch vorbei. Hier in der Nachbarschaft ist kein einziges Kind, mit dem sie spielen könnte ... und ich, na ja, vergiß es. Ich bin zur Zeit so fertig, daß ich wahrscheinlich für niemanden eine lustige Gesellschaft wäre.«

»Die große böse Schwester ist da bestimmt auch keine Hilfe, vermute ich mal.«

»So etwas solltest du nicht sagen, Fern.«

»Du hast recht. Mir fällt nur nichts Gutes ein, was ich über dieses Mädchen sagen könnte. Hat sie bisher eigentlich ein Wort über die Party verloren, die du ihr zu Ehren zu geben versucht hast, oder vielleicht über den Schlag ins Gesicht, den du dafür eingesteckt hast? Rein aus Versehen, natürlich?«

Die äußeren Erinnerungen daran waren gerade eben verheilt, aber Fern hatte ja keine Ahnung, wie es wirklich stand. Seit ihrer letzten schrecklichen Auseinandersetzung hatte sich Emily ihr gegenüber fast ebenso zurückhaltend und abweisend benommen wie ihr Vater, hatte nur wenig gegessen und war oft, mit dem Hund als einziger Gesellschaft, auf dem Grundstück hin und her gewandert, als suchte sie einen Weg nach draußen. Einmal war sie hinausgekommen, in jener katastrophalen Nacht, in der sie mit dem Rad nach Candlewood Terrace gefahren war. Lauren schüttelte als Antwort auf Ferns Frage den Kopf. »Es ist auch nicht so wichtig«, meinte sie.

»Tut mir leid, Liebes, ich wollte meine Verstimmung nicht

an dir auslassen.« Fern sah sich den Swimmingpool an und bewunderte ihn gebührend, vor allem die eine Ecke, in der sich ein geheizter Whirlpool befand, von dessen Existenz Lauren erst erfahren hatte, als er bereits eingebaut worden war. Aber das war wieder einmal typisch, nicht wahr? Ließ man sie nicht ständig im dunkeln tappen? »Du magst dich ja vielleicht nicht so über diesen Pool freuen, aber ich schon. Gibt es eigentlich auch ein Sprungbrett?«

»Aber selbstverständlich. Und eine Viermeterrutsche.«

Fern kicherte. »Der Mann, den du da geheiratet ist, ist wirklich erstaunlich, der läßt auch nichts aus. Ach übrigens, mir ist aufgefallen, daß sein Wagen draußen stand, als ich kam. Wo ist er denn?«

»In seinem Studio. Er arbeitet.«

»Wahrscheinlich ist er zu beschäftigt für eine Stippvisite.«

»Da bin ich mir nicht sicher. Probier's doch mal.«

Sie begleitete ihre Schwester ins Haus, aber als Fern das Arbeitszimmer betrat, zog sie es vor, sich die Unterhaltung der beiden von draußen mit anzuhören. Jonathan begrüßte Fern sehr herzlich; wie Lauren wollte auch er nicht, daß Fern etwas von ihrem Streit mitbekam. »Setz dich doch«, sagte er zu ihr.

»Ich will dich nicht bei deiner Arbeit stören, mein lieber Schwager, aber ich dachte mir, daß wir vielleicht mal über das Haus sprechen sollten«, erklärte sie. »Die Polizei ist laut eigener Aussage fertig damit und hat alle Beweise aufgenommen, die sie aufnehmen konnte. Deshalb habe ich mir überlegt, einen Reinigungsdienst kommen zu lassen.«

»Das klingt vernünftig«, entgegnete Jonathan.

»Ich glaube übrigens nicht, daß wir es so schnell wieder vermieten dürften. Im Moment ist das Haus das reinste Gift, würde ich sogar sagen. Also, solange wir keinen Mieter finden, der nicht abergläubisch oder ähnliches ist, können wir die Sache vergessen. Um ganz offen zu sein, mir bereitet die Sicherheit des Hauses selbst schon Kopfschmerzen. Als ich vom Schicksal dieses armen Burschen erfahren habe, bin ich auf meine Knie gesunken und habe dem Herrgott gedankt, daß nicht die Familie meiner Schwester dort eingezogen ist.«

»In die meisten Häuser kommt man doch ziemlich leicht hinein, da bildet dieses Haus bestimmt keine Ausnahme ... und es gibt jede Menge Burschen da draußen, die nur auf die richtige Gelegenheit lauern. Das versuche ich jetzt seit ewigen Zeiten auch Lauren klarzumachen – daß die Welt da draußen gefährlich ist.«

»Was meinst du, besteht da ein Zusammenhang mit Nancy?«

Er schüttelte den Kopf. »Ich weiß es nicht. Der Mord an Nancy war schließlich als Einbruch geplant gewesen. Im jetzigen Fall gab es darauf keinerlei Hinweis, vielleicht hatte es jemand wirklich ausgerechnet auf diesen Kerl abgesehen. Das könnte auch der Grund gewesen sein, weshalb er überhaupt hierhergezogen ist. Wer weiß, vielleicht war er gar nicht so nett und harmlos, wie deine Überprüfung ergeben hat.«

»Willst du damit andeuten, daß ich meine Arbeit nicht gründlich –«

»Langsam, langsam, du mußt nicht gleich überempfindlich reagieren, aber es kommt schließlich nicht alles zur Sprache bei solchen Überprüfungen. Bei der hohen Kriminalitätsrate bräuchten wir ohnehin ein Gesetz, das vorschreibt, daß alle kriminellen Aktivitäten und Verstöße im polizeilichen Führungszeugnis eingetragen werden. Ich persönlich halte es ja für reinen Zufall, daß sich diese beiden Morde in ein und demselben Haus ereignet haben. Aber wenn ich deswegen das unvermietete Haus als zusätzliche Einnahmequelle ab-

schreiben muß, bitte. Solange meine Frau und meine Kinder sicher sind, ist Geld für mich völlig zweitrangig.«
»Weil wir gerade bei diesem Thema sind – ich mache mir Sorgen um Lauren.«
»Tatsächlich, weshalb?«
»Ich weiß nicht, sie sieht nicht gut aus ... sie klingt auch nicht so. Diese Schwangerschaft scheint sie sehr zu belasten. Ich kann mich gar nicht erinnern, daß es bei der ersten auch so schlimm gewesen ist. Ich schätze aber, die momentanen Begleitumstände sind auch nicht gerade günstig für sie.« Stuhlbeine schabten über den Boden, und Lauren hörte, wie Fern aufstand. »Aber weißt du, eigentlich ist Müdigkeit ein völlig normales und verbreitetes Symptom bei einer Schwangeren. Daß ich jetzt auch noch anfange, mir Sorgen zu machen, das fehlt dir wahrscheinlich gerade noch, richtig? Eine überfürsorgliche große Schwester, die herumgluckt und dir zusätzlich unnötige Probleme bereitet.« Kichernd fügte sie hinzu: »Was bei einer Glucke wie dir wohl kaum nötig ist.«
Aber Jonathan nahm die Sache nicht auf die leichte Schulter. »Nein, nein, wenn du meinst, daß es Grund zur Sorge gibt, dann raus mit der Sprache«, beeilte er sich zu sagen, die Stimme rauh vor ehrlich empfundener Emotion. »Meine erste Ehe mag schon sehr gut gewesen sein, Fern, aber ich habe noch nie einen Menschen so geliebt wie deine Schwester.« Nach einer Pause fügte er hinzu: »Aber ich nehme an, daß dich das nicht überrascht.«
Lauren, die immer noch versteckt hinter der Tür stand, zog sich zurück; ihre Augen füllten sich mit Tränen. Auch für Lauren war dies keine Überraschung, aber es tat gut, es ausgerechnet in einem solchen Moment zu hören. Dennoch, und das mochte lächerlich klingen, beneidete sie Fern, daß sie bei ihm im Zimmer sein und mit ihm reden konnte, daß sie keine negativen Gefühle trennten.

Sie ging auf die Veranda hinaus und legte sich in einen der Liegestühle ... Eine Weile später kam Fern nach. »Ich habe noch etwas Zeit und dachte mir, mir mit Chelsea einen netten Nachmittag zu machen. Vielleicht würde ein kleiner Bummel über den Rummelplatz wieder für bessere Laune bei ihr sorgen.«

»Ich sollte vielleicht zuerst mit Jonathan darüber reden – du weißt schon, ob er es auch für eine gute Idee hält.«

»Das brauchst du nicht, Liebes, ich habe gerade mit ihm darüber gesprochen, und er ist einverstanden.«

Fern hatte nichts davon gesagt, daß sie auch Emily mitnehmen würde, weil sie sie nicht dabeihaben wollte, wahrscheinlich – nicht daß Lauren ihr deswegen einen Vorwurf gemacht hätte –, vielleicht aber auch, weil sie wußte, daß Emily ohnehin nicht mitkäme.

Es war schon seltsam, aber gerade ihr neutrales Verhältnis zueinander war es, das Lauren erlaubte, sich Beatrice gegenüber stärker zu öffnen und mit ihr zu reden. Beatrice wußte nicht nur genau, was zwischen den beiden Eheleuten vor sich ging, bei ihr mußte Lauren sich auch keine Sorgen machen, daß sie ein ungerechtes Urteil über Jonathan fällen könnte. Es war am dritten Tag seines Schweigens – Lauren saß draußen und versuchte zu lesen, konnte sich aber nicht konzentrieren, während Jonathan bei den Bauarbeitern war und ihnen Anweisungen gab. Lauren legte das Buch beiseite, als Beatrice ihr Weintrauben und ein Glas kalte Milch brachte. »Haben Sie Geduld, meine Liebe«, sagte sie. »Ehe Sie sich versehen, ist er wieder ganz der alte.«

Lauren blickte hoch, überrascht, daß die Frau ihre Meinung zu einem so persönlichen Thema geäußert hatte. Aber statt sich von dieser Bemerkung gestört zu fühlen, stellte Lauren

fest, daß sie darüber reden wollte. »Sie kennen dieses Verhalten an ihm, nicht wahr, Beatrice?«
»Die Menschen sind die Summe ihrer Erfahrungen.«
»Wer hat ihm das angetan?«
»Seine Mutter. Einmal hat sie ganze drei Wochen kein Wort mit ihm gesprochen.«
O gütiger Gott, dachte sie, schlimm genug, so eine Qual ein paar Tage mitzumachen ... aber einem Kind so etwas anzutun, das noch keine emotionale Abwehr besitzt, um damit fertig zu werden ... »Was hat er denn getan, um sich dieses Schweigen einzuhandeln?«
Beatrice preßte die Lippen aufeinander, während sie versuchte, sich zu erinnern. »Noreen Grant liebte tropische Fische, die sie in großen Aquarien hielt, von denen in jedem Zimmer mehrere standen. Jonathan fing irgendwann einmal an, jeden Tag aus jedem Aquarium einen Fisch zu holen und ihn die Toilette hinunterzuspülen. Noreen hat es erst gemerkt, als fast zwei Dutzend Fische verschwunden waren.«
Nichts, das ein Kind tun konnte, sollte mit dem Schweigen seiner Mutter bestraft werden, obwohl das natürlich wirklich boshaft von ihm gewesen war. Aber Lauren wußte, daß noch mehr hinter der Geschichte stecken mußte. »Wieso hat er das getan?« fragte sie schließlich.
Und sie hatte recht, es gab einen Grund – einen sehr einfachen sogar, so simpel und grausam jedoch, daß sie nie von selbst darauf gekommen wäre. »Weil Mrs. Grant den Fischen soviel Aufmerksamkeit widmete, natürlich«, antwortete Beatrice. »Seit er alt genug zum Sitzen war, war Jonathan eifersüchtig auf diese Tiere gewesen.«

Lauren verblüffte die Geschichte; die Vorstellung von einem Kind, das eifersüchtig auf Fische war, schien ihr unfaßbar. Kurze Zeit später bekam sie einen Anruf von Carla und

erfuhr dabei noch etwas, das sie sehr erstaunte. Carla kam ohne lange Umschweife gleich zur Sache. »Lauren, seit unserem gestrigen Gespräch habe ich an nichts anderes mehr denken können.«
»Du fehlst mir, Carla«, erwiderte sie, als ihr plötzlich klar wurde, wie sehr sie die Freundin vermißte.
»Ich stecke in einem richtigen Dilemma. Einerseits bemühe ich mich, deine Freundin zu sein, andererseits möchte ich mich Nancy gegenüber auch nicht illoyal verhalten.«
»Was hat Nancy denn mit uns beiden zu tun?«
»Zuerst mußt du mir versprechen, nicht ein Wort von dem, was ich dir jetzt sage, weiterzuerzählen. Vor allem Jonathan nicht.«
Jetzt ging dieses Spiel schon wieder los; wieder war sie gezwungen, ein Geheimnis für sich zu behalten, nur daß dieses Mal die Positionen vertauscht waren – dieses Mal sollte sie vor ihrem Mann etwas geheimhalten. Nein, sie würde Carla dieses Versprechen nicht geben, es widersprach allen ihren Überzeugungen. Aber noch ehe sie protestieren konnte, fuhr Carla bereits fort: »Hör mal, ich weiß, daß dir die Sache stinkt, ich hasse es auch, dir irgendwelche Bedingungen zu stellen. Aber es gibt keine andere Möglichkeit, wie ich dir sonst guten Gewissens davon erzählen könnte. Und ich bin der Meinung, daß du es unbedingt wissen solltest.«
Und natürlich wollte sie es wissen; wenn es irgend etwas mit dem Durcheinander und den Verdächtigungen zu tun hatte, wenn es irgend etwas zu deren Aufklärung beitragen konnte ... »Okay«, sagte sie schließlich. »Ich verspreche es.«
»Also, du wolltest wissen, ob ich Gordon Cummings vor seinem Einzug bereits kannte. Ja, ich kannte ihn. Nicht sehr gut allerdings. Ich lernte ihn über Nancy kennen.«
Laurens linke Hand schoß automatisch hoch und legte sich über das Mundstück des Telefons, als wollte sie es zusätzlich

festhalten; dann bestand also tatsächlich eine Verbindung zwischen Nancy und Gordon. Du meine Güte, sie spürte, wie ihr Herz gegen ihre Brust hämmerte. »Wie? Ich meine, wieso? Carla, ich begreife nicht ... Was versuchst du mir damit zu sagen?«

»Lauren ... Nancy und Gordon hatten eine Affäre.«

Lauren stockte der Atem, und sie spürte das Blut in ihren Ohren rauschen. *Reiß dich zusammen, Lauren, viele Frauen haben heutzutage Affären.* Warum sollte es sie also erstaunen, daß auch diese Frau eine gehabt hatte, eine Frau, die sie nicht einmal gekannt hatte? Weil Nancy nur gut und schön und rein war, wie alle immer sagten? Weil Nancy mit Jonathan verheiratet gewesen war und sich deshalb unmöglich nach einem anderen Mann hatte sehnen können? Weil Jonathan fest davon überzeugt war, eine gute Ehe geführt zu haben – wie konnte er sich nur so getäuscht haben? »Hat Jonathan davon gewußt?« fragte sie.

»Nein, und er darf es auch nie erfahren. Ich habe es ihr geschworen, Lauren, ich habe ihr mein Wort gegeben. Es war nicht nur so eine billige Bettgeschichte, sie hat Gordon geliebt, wirklich, und ich denke, sie wäre mit ihm auch auf und davon, wenn ihre Bindung an Jonathan nicht so stark gewesen wäre. Irgendwann einmal hatte sie zwar beschlossen, ihn zu verlassen, aber sie schob es immer wieder vor sich her ... sie hatte Angst, ihn zu verletzen. Und dann wurde sie auch noch schwanger ...«

»Aber er war doch damals noch ein halber Junge?« bemerkte Lauren, der wieder einfiel, was Fern über Gordon gesagt hatte.

»Ja, zwanzig war er damals. Er war ein sanfter Junge, ein merkwürdiger Vogel, er hatte nicht viele Freunde und war früh von der Schule abgegangen. Ich bezweifle, daß er vor Nancy viele Frauen gehabt hatte.«

»Was Nancy wohl in ihm gesehen hat?«
Carla setzte zu einer Antwort an, verstummte aber wieder ...
»Nur zu, Carla, raus damit.«
»Weißt du ... Nancy war keine Großstadtpflanze so wie du –«
»Oh, oh. Mir scheint, jetzt bin ich zum Abschuß freigegeben.«
»Nein, das geht doch nicht gegen dich, aber es ist die Wahrheit. Nancy war schüchtern und unsicher, als sie Jonathan kennenlernte und heiratete. Sie war hübsch, sie war süß, sie war eine tolle Hausfrau – aber abgesehen von ihrem hausfraulichen Können besaß sie keine großen Fähigkeiten. Ihr ganzes Selbstvertrauen, das nicht sehr ausgeprägt war, bezog sie von Jonathan. Die ersten zehn Jahre ihrer Ehe war er derjenige, der ihr gezeigt hat, wo es langgeht: Er hat ihr gesagt, was sie tun, was sie anziehen, was sie denken, was sie sagen soll. Dann kam eines Tages Gordon ins Haus, um im Auftrag seiner Schwester etwas für die Lehrer-Eltern-Vereinigung abzugeben. Und der Rest ist Geschichte, sie kamen sich näher, sie verliebten sich.
Weißt du, plötzlich kam sich Nancy wie eine Frau und nicht länger wie ein kleines Mädchen vor. So, als ob vielleicht auch sie einen Kopf und eine eigene Meinung hätte, die zählte.«
»Du kannst doch Jonathan keinen Vorwurf machen –«
»Halt, bevor du jetzt hergehst und dich hinter deinen schützenden Mauern verschanzt – ich versuche doch gar nicht, irgend jemandem einen Vorwurf zu machen. Vielleicht paßten die beiden nur einfach nicht zusammen, ich habe keine Ahnung. Ich will dir doch nur sagen, was Nancy in einem jungen, bettelarmen, unerfahrenen, verschrobenen Jungen wie Gordon gesehen hat. Wenn ich ehrlich bin,

glaube ich, daß sie immer noch eine gewisse Zuneigung für Jonathan hegte, mehr vielleicht, als sie zugeben wollte ... möglicherweise war aber auch sein Einfluß auf sie einfach zu mächtig. Sie wäre bestimmt durch brennende Reifen gesprungen, nur, um ihm nicht weh tun zu müssen. Und deshalb darfst du das auch keinem Menschen erzählen – vor allem ihm nicht.«

»Nein, selbstverständlich werde ich das nicht tun«, entgegnete Lauren, die genau wußte, daß es ihn immer noch sehr verletzen würde, obwohl es schon so lange her war ... und es war auch so unnötig. »Carla, kannst du mir sagen, wessen Kind es war?«

Ein lauter Seufzer. »Nancy war sich nicht sicher. Natürlich blieb ihr nichts anderes übrig, als Jonathan zu sagen, daß es seines war.«

»Bist du schon mal auf die Idee gekommen, daß Gordon deswegen vielleicht wütend auf sie gewesen sein könnte? Schließlich hätte es ja auch sein Kind sein können, das sie unter dem Herzen trug. Hast du schon mal überlegt, daß Gordon möglicherweise derjenige war, der –«

»Hör auf, Lauren, er war es nicht. Wenn ich das dächte, hätte ich es der Polizei gesagt ... ohne zu zögern.«

»Wie kannst du so sicher sein?«

»Weil er zum einen ein richtiger Softie war, der keiner Fliege was zuleide tun konnte. Und weil zu der Zeit, in der Nancy ermordet wurde, Gordon bei mir in der Küche saß und wie ein Baby heulte. Die Wochen zuvor hatte er auf dem Gelände des Rummelplatzes einige Bauarbeiten erledigt, und eine Woche vorher war Nancy, die nur selten ohne Jonathan das Haus verließ, zu ihm gefahren, um ihm zu sagen, daß sie sich trennen mußten. Seit der Zeit hatte er versucht, sie umzustimmen, aber sie hatte an ihrem Entschluß festgehalten.«

Jetzt stellte Lauren die Frage, die sie von Anfang an hatte stellten wollen. »Carla, hat Emily von der Sache zwischen Gordon und ihrer Mutter gewußt?«

»Nein, natürlich nicht. Nancy war sehr vorsichtig in dieser Hinsicht, Gordon war nur im Haus, wenn Jonathan arbeitete und Emily in der Schule war. Damals standen auch die Sommerferien vor der Tür, so daß Emily die ganze Zeit über zu Hause gewesen wäre, was den Fortgang ihrer Affäre ohnehin erschwert hätte.«

»Aber einmal angenommen, jemand hat es ihr gesagt?«

»Von mir hat es keiner erfahren. Nicht einmal Louie.«

»Ich meine damit auch nicht dich. Gordon war noch jung, vielleicht war er nicht ganz so diskret wie Nancy. Vielleicht hat er die Sache mit seiner Schwester Kathy besprochen, und vielleicht sind die beiden belauscht worden ... Carla, was ist mit Willie Campbell?«

Was natürlich erklären würde, weshalb Emily Willie so haßte. Und Gordon auch ... aber Lauren wehrte sich gegen diesen Gedanken. Denn wenn sie ihn zuließe, dann setzte sie eine Lawine in Bewegung – wenn Carla es gewußt hatte, und Emily und Kathy und ihr Sohn und vielleicht auch noch ein paar seiner Klassenkameraden oder deren Eltern ... was war dann mit Jonathan?

Kapitel 15

Und dann war endlich die Strafe für ihr illoyales Verhalten vorüber. An jenem Abend war Jonathan heimgekommen, und die Erstarrung war aus seinen Gesichtszügen gewichen, und aus der Brusttasche seines Hemdes lugte eine weiße Schatulle hervor. Obwohl Lauren sein Geschenk aus Prinzip eigentlich ablehnen wollte, liebte sie diesen Mann doch so sehr und sehnte sich danach, von ihm wieder in den Armen gehalten zu werden. Sie wünschte sich nichts sehnlicher, als endlich den Streit beizulegen, und statt sich bei Jonathan über die Ungerechtigkeit seines Schweigens zu beklagen, heulte sie wie eine Närrin und schob ihr Benehmen ihren verrückt spielenden Schwangerschaftshormonen in die Schuhe.

Er schloß sie in seine Arme, und sie sank an seine Brust, als wäre sie nach langer Abwesenheit heimgekehrt, was die nächste Tränenflut bei ihr auslöste. Jonathan nahm sein Taschentuch und trocknete ihr die Augen. »Du darfst mir so etwas nie mehr antun, Lauren«, sagte er, »das ertrage ich nicht. In der letzten Woche habe ich mich gefühlt, als ob du mich verlassen hättest und ich keine Möglichkeit mehr hätte, jemals wieder an dich ranzukommen.« Als Lauren das hörte, hatte sie das gespenstische, fast schon komische Gefühl, als würde er ihr ihren Text stehlen.

Er reichte ihr die längliche Schatulle, sah mit glänzenden Augen zu, wie sie sie öffnete, und lächelte stolz, als sie beim Anblick des wertvollen Diamanthalsbandes den Atem anhielt.

Obwohl die Gruppe am Eßtisch einander nicht so eng verbunden war, wie Lauren es sich gewünscht hätte, stellte dieser Abend doch eine deutliche Verbesserung dar. Jonathan hatte wieder seinen Platz am Kopfende des Tisches eingenommen und versprühte seinen Charme in dem Versuch, seinen beiden Mädchen ein Lächeln zu entlocken. Lauren fragte sich, weshalb es ihn an diesem Abend gar solche Mühe kostete. Der Ausflug auf den Rummelplatz, den Chelsea am Tag zuvor mit Fern unternommen hatte, hatte nur kurzzeitig eine Verbesserung herbeigeführt. Sie würde sich wieder mehr um ihre Tochter kümmern müssen.
Als das Essen vorbei war und sich die beiden Mädchen zu ihren jeweiligen Aktivitäten zurückgezogen hatten, verkündete Jonathan, daß er am nächsten Vormittag um elf Uhr für Lauren einen Termin bei Doc Stevens vereinbart habe. »Du hast in letzter Zeit so müde ausgesehen«, erklärte er. Besorgt, daß er eventuell wieder zu weit gegangen sein könnte, einen Termin zu vereinbaren, ohne sich vorher mit ihr abzusprechen, fügte er rasch hinzu: »Ich hoffe, du hast nichts dagegen?«
Daß er sich um sie, um die Gesundheit und Sicherheit der Kinder sorgte ... und jetzt auch noch um die des Babys, das war nichts Neues für sie, das kannte sie mittlerweile von ihrem Mann. Auch, daß er allen dabei immer einen Schritt voraus war, um dieses Ziel zu erreichen. Auf eine andere Frau, die über weniger Selbstsicherheit verfügte als sie, mochte das durchaus einschüchternd wirken, aber für Lauren war es in Ordnung. Sie dachte dabei an Nancy, wie so oft seit ihrem Gespräch mit Carla. Nein, es war nicht schwer, sich vorzustellen, daß ein starker und vitaler Mann wie Jonathan ihr Leben in die Hand genommen hatte, was er ja auch bei Lauren tat. Aber es gab Grenzen, und es war an der Frau, diese Grenzen zu setzen.

Nur war Nancy dazu nicht fähig gewesen.

Lauren blickte hoch zu Jonathan und erwiderte: »Nein, habe ich nicht, aber über dieses Thema wollte ich eigentlich mit dir reden. Meinst du nicht, daß ich mir einen richtigen Gynäkologen suchen sollte?«

»Wieso, magst du Doc Stevens nicht?«

»O doch, das tue ich. Es ist nur so ... na ja, ich dachte mir, daß ein Spezialist vielleicht besser wäre.«

»Er hat wahrscheinlich mehr Kinder auf die Welt gebracht als dieser ganze Haufen junger Ärzte in der Entbindungsklinik von Elmwood Valley. Mir gefällt die Vorstellung übrigens gar nicht, daß sich vier Ärzte die Verantwortung für einen Patienten teilen, aber so arbeiten diese Gruppen doch heutzutage. Vor allem gefällt es mir dann nicht, wenn es sich bei diesem Patienten um meine Frau handelt.« Er nahm die Serviette von seinem Schoß, legte sie auf den Tisch und fügte achselzuckend hinzu: »Ich für meinen Teil habe vollstes Vertrauen in Stevens, aber wenn du dich nicht wohl dabei fühlst ...«

Nein, so war das nicht, ganz und gar nicht. Sie mochte den Arzt, sie mochte ihn wirklich. Die paar Male, die sie bei ihm gewesen war, seit sie in Elmwood Valley wohnte, war er ihr äußerst kompetent erschienen. Sie dachte an die Zeit zurück, als sie mit Chelsea schwanger gewesen war; es sprachen tatsächlich viele Punkte für eine persönliche Betreuung, statt einem unpersönlichen Ärzteteam ausgeliefert zu sein, wobei man nie genau wußte, wer einen nun bei den Terminen vor der Geburt untersuchen würde. Oder wer dann letztendlich das Baby zur Welt brächte.

Außerdem, wenn Jonathan Vertrauen in Doc Stevens hatte, dann hatte sie es auch ... es gab bestimmt niemanden, der sich deswegen mehr Gedanken machte als ihr Mann.

Sie wäre durchaus auch allein zu ihrem Termin gegangen, doch im Gegensatz zu ihrem ersten Mann wollte Jonathan davon nichts wissen, so begierig war er darauf, an allem teilzuhaben, was mit der Geburt ihres Baby zu tun hatte. Und sie war stolz und glücklich, als sie an der Hand ihres Mann die Praxis des Arztes betrat. Erleichtert sah sie, daß noch mehr schwangere Frauen im Wartezimmer saßen.

Doc Stevens zufolge war alles in bester Ordnung; ihre Benommenheit war nur eines der üblichen Symptome, unter dem die meisten Schwangeren leiden, die einen mehr, die anderen weniger. Man konnte nichts anderes dagegen tun, als auf die Botschaften des eigenen Körpers zu lauschen und sich so oft wie möglich auszuruhen – ziemlich genau das, was auch Beatrice gesagt hatte.

»Sie sind doch eine intelligente junge Frau, Lauren, nicht wahr?« sagte er und erlaubte sich damit zum ersten Mal, sie vertraulich mit ihrem Vornamen anzureden. Sie nickte in der Annahme, daß er ihr einen dicken Wälzer über Schwangerschaft empfehlen würde. Doch statt dessen sagte er: »Gut, dann dürfte es Ihnen auch nicht schwerfallen, sich die folgenden Grundregeln für eine gesunde und erfolgreiche Schwangerschaft für Mutter und Kind zu merken: *E* für *Einstellung* – und damit meine ich, daß Sie jede Sorge und jeden Streß unbedingt vermeiden und nur angenehme, positive Gedanken und Gespräche zulassen sollten, *R* für *Ruhe*, *B* für *Bewegung* – spazierengehen ist übrigens genau das richtige, und schließlich *E* für *Ernährung*. Mit einem Wort: ERBE. Meine Sprechstundenhilfe wird Ihnen übrigens, wenn Sie gehen, noch einen nützlichen Ernährungsplan mitgeben.«

»Nun, diesen ›Erben‹ werde ich bestimmt nicht so schnell vergessen«, erwiderte sie schmunzelnd und ging damit gutwillig auf seinen etwas kindischen Ansatz ein. Schließlich hätte es noch schlimmer kommen können.

Dann erklärte sie dem Arzt, daß sie sich eine natürliche Geburt wünsche, was bei Jonathan große Freude auslöste, da er noch nie Zeuge des Wunders und des Glücks einer Geburt gewesen war – Emily war mit Kaiserschnitt auf die Welt gekommen. Als sie gingen, nannte ihnen die Sprechstundenhilfe noch den Termin für die nächste Untersuchung und gab ihnen einen Ernährungsplan und ein Rezept für Vitamine mit. Beim Hinausgehen meinte Lauren scherzhaft: »Irgendwie bin ich jetzt doch überfragt, Jonathan. Ich wüßte nämlich zu gerne, wo ich das V für Vitamine in besagtem Wort unterbringen soll.«
Er zog sie an sich, lächelte und führte sie zum Wagen. »Nirgends, würde ich sagen. Aber wenn du mir versprichst, daß du mich nicht gleich niedermachst, dann verrate ich dir, daß ich mich schon sehr auf unseren ›Erben‹ freue – selbst wenn es wieder ein Mädchen wird.«
Lauren warf ihm einen bösen Blick zu, war aber doch gerührt angesichts seiner jungenhaften Vorfreude. »Ihr Männer seid doch alle gleich«, erwiderte sie, und beide lachten. In dem Moment gelang es ihr problemlos, jeden negativen Gedanken beiseite zu schieben: Carlas Bemerkungen über Nancys Ehebruch hatten Jonathan doch irgendwie in ein schiefes Licht gerückt, und ihr Verdacht ... Doch in diesem Moment war ihr Glück vollkommen.

»Ach Gottchen. Warum bist du denn gar so traurig, meine Kleine?« fragte Beatrice.
Chelsea saß draußen auf der Veranda, blickte über den Garten hinaus und beobachtete in der Ferne Emily und den Hund. Jetzt blickte sie hoch zu der Frau, die drei Nächte hintereinander in ihr Zimmer gekommen war, als die Alpträume sie aus dem Schlaf gerissen hatten – eigentlich hatte sie nach Mommy gerufen, aber Mommy war nicht gekom-

men. Aber Beatrice war auch nett zu ihr gewesen, hatte ihr einen Saft oder ein Glas Milch gebracht und ihr sogar eine Geschichte erzählt, damit sie wieder einschlafen konnte. Geschichten, die sie, wie sie sagte, bereits Chelseas Daddy erzählt hatte, als dieser noch ein kleiner Junge gewesen war. Das gefiel ihr, so fühlte sie sich ihrem Daddy näher.

Jetzt zuckte sie nur die Schultern; so dumm war sie auch wieder nicht, daß sie ihre grausame Schwester bei einer ihrer treuesten Untertanen angeschwärzt hätte. Diese verdammte Emily war und blieb die Nummer eins im Haus, obwohl Chelsea einfach nicht dahinterkam, was alle in ihr sahen ... Und jetzt, da das Baby unterwegs war, hatte sich die Situation natürlich noch verschlimmert; jetzt war Chelsea auf einen mageren dritten Platz zurückgefallen.

Die Frau legte ihre Hände auf die Schultern des Mädchens und folgte Chelseas Blick. »Aha, das ist es also, sie macht dir das Leben ziemlich schwer, richtig?« Und ohne eine Antwort von Chelsea abzuwarten, fuhr sie fort: »Mit deiner Schwester Emily ist wirklich nicht leicht auszukommen. O nein, wirklich nicht.«

Chelsea wandte den Kopf und blickte hoch zu Beatrice; sie war überrascht, von ihr keine Entschuldigungen für Emilys zickiges Benehmen zu hören. »Jeder hier hält sie doch für perfekt.«

Beatrice blieb einen Moment reglos stehen, ehe sie Chelseas Gesichtchen in die Hand nahm und ihr eindringlich in die Augen blickte. »Wenn ich dir jetzt im Vertrauen ein paar Dinge verrate, kann ich mich dann darauf verlassen, daß du nichts davon erzählst?«

Chelsea liebte Geheimnisse, vor allem das hier, das vielversprechend nach Boshaftigkeiten über Emily klang. Sie hielt die rechte Hand in die Höhe. »Großes Pfadfinderehrenwort.«

»Nun, das ist in Ordnung für mich.« Beatrice setzte sich auf

einen Stuhl und zog Chelsea auf ihren Schoß. »Weißt du, Chelsea, dein Vater liebt euch zwar beide, dich und deine Schwester, aber dich hat er lieber. Das würde er natürlich niemals zugeben.«
Chelsea schüttelte den Kopf. »Aber das kann nicht sein. Ich sehe doch, was er Emily alles durchgehen läßt.«
»Das ist schon richtig, aber er hat auch seine Gründe dafür. Er hat nämlich Angst, daß sie, wenn er sie zu sehr bedrängt, wieder verrückt wird, und das will er natürlich nicht. Deshalb faßt er sie lieber mit Samthandschuhen an und verzichtet darauf, das von ihr zu verlangen, was er normalerweise von ihr erwarten würde. Aber wenn es um das Herz deines Vaters geht, dann mußt du der alten Beatrice schon vertrauen, sie kennt ihn besser als sonst ein Mensch. Und tief im Innern wünscht er sich, Emily wäre wie du.«
Wieso wie ich, fragte Chelsea sich, und Beatrice hatte offensichtlich ihre Gedanken gelesen, denn sie antwortete prompt: »Er mag es, wenn seine Mädchen nett und gehorsam und immer ausgeglichen sind.«
»Was ist ›ausgeglichen‹?«
»Also, das ist jemand, der nie die Stimme hebt, widerspricht oder schlimme Ausdrücke benutzt.«
»Alles Dinge, die Emily tut.«
»Genau. Daddy mag es, wenn seine Mädchen sich hübsch machen, er will, daß sie stolz auf ihr Äußeres sind. Und auch, daß sie wissen, wie man kocht und backt und näht und für Haus und Familie sorgt.«
»Mommy sagt, daß sie keine großartige Hausfrau ist, aber Daddy liebt sie trotzdem.«
»Das ist schon richtig, sie ist nicht perfekt – noch nicht. Aber wir werden hart daran arbeiten, damit sie es wird, nicht wahr? Beatrice ist doch da und wird es ihr beibringen.« Dann schlossen sich ihre Arme fester um Chelseas Taille,

und sie zog das Mädchen an sich und flüsterte ihr ins Ohr: »Manchen Menschen kann man diese Dinge beibringen, manchen nicht ... aber ich möchte wetten, daß du zu denen gehörst, denen ich es lehren kann.«
Chelsea lächelte. »Wieso mir?«
»Zum einen, weil du über Loyalität verfügst, das sehe ich dir jetzt schon an. Um ehrlich zu sein, das ist auch Emilys größter Fehler, der es ihrem Vater unmöglich macht, weiter dasselbe für sie zu empfinden, wie es früher der Fall war.«
Chelsea hielt den Atem an, so überrascht war sie von dem, was Beatrice ihr erzählte. »Was hat Emily denn getan?«
»Nun, damals, als dein Vater noch mit ihrer Mutter verheiratet war, da ist etwas passiert. Emily hatte Geheimnisse entdeckt, die ihre Mutter vor deinem Vater verborgen hielt, böse Geheimnisse. Aber statt sofort zu ihrem Vater zu gehen, damit er die Dinge wieder in Ordnung bringen konnte, behielt sie diese Geheimnisse für sich.«
Daddy war bestimmt sehr wütend auf sie, weil sie ihm Dinge verschwiegen hatte; so hatte er Chelsea beispielsweise oft gesagt, daß sie mit jedem Problem immer sofort zu ihm kommen solle, so wie damals, als Mommy sie allein zu Hause gelassen hatte. Und es war gut gewesen, daß sie ihn angerufen hatte. Wenn nicht, wo wäre Emily dann jetzt? Und nicht einmal dankbar war sie ihr deswegen gewesen.
»Wie hat Daddy es herausgefunden?«
»Nur weil Emily deinem Vater gegenüber nicht ganz aufrichtig ist, heißt das noch lange nicht, daß Beatrice das nicht wäre. Zum Glück bin auch ich auf die schlimmen Vorgänge im Haus aufmerksam geworden.«
Chelsea wunderte sich einen Moment lang, was das für schlimme Dinge gewesen waren, aber das war ein Geheimnis, und deswegen wagte sie auch nicht, danach zu fragen.

Statt dessen sagte sie: »Hat er die Dinge wieder in Ordnung gebracht?«
Beatrice lächelte, das erste Mal, daß Chelsea sie lächeln sah, und es schien, als sei sie vor langer Zeit einmal vielleicht sehr hübsch gewesen. »Dein starker, großer, gutaussehender Vater? Was denkst du denn?«
»Ich denke schon.«
»Dann sag mir doch mal, mein teures Schätzchen, würde es dir eine Freude machen, deinem Daddy zu gefallen, so wie früher Emily?« Chelsea nickte ... Das war doch keine Frage, natürlich wollte sie das. »Nun, wenn das der Fall ist«, fuhr die Frau fort, »dann werde ich dich jetzt zu meiner offiziellen Helferin ernennen, in Ordnung?«
»Was bedeutet das?«
Beatrice hielt zwei Finger in die Höhe. »Das bedeutet, daß du und ich von nun an ein Team sind. Du wirst immer in der Nähe von Beatrice sein, und sie wird dir alle ihre kleinen Geheimnisse beibringen; sie wird dich lehren, Daddys perfektes kleines Mädchen zu werden. Würde dir das gefallen?«
Chelsea nickte eifrig, ja, das würde ihr sogar sehr gefallen. Sie wollte, daß ihr Vater stolz auf sie war. Schon möglich, daß er sie liebte, aber er sollte sie noch viel, viel mehr lieben. Sie wollte die Nummer eins von allen seinen Kindern sein. Vor dem Baby und noch vor Emily.

Auch ihr gemeinsames Mittagessen nach dem Termin beim Arzt verlief in vollkommener Harmonie. Jonathan und Lauren setzten sich in ein Straßencafé, tauschten verliebte Blikke und zärtliche Berührungen und benahmen sich ganz so wie die Frischvermählten, die sie ja eigentlich noch waren. Doch seit Emilys Heimkehr hatte ihr Zusammensein viel an Romantik eingebüßt, und es war ein schönes Gefühl, diese plötzlich wieder zu verspüren. Dabei fielen Lauren wieder alle Gründe ein, weshalb sie Jonathan überhaupt geheiratet hatte; das und ihr Bestreben, die Dinge mit Carla zu klären, waren dann auch verantwortlich dafür, was als nächstes geschah.

Obwohl Lauren ihren Mann immer gegen Carlas Angriffe in Schutz genommen hatte, meinte sie, doch noch zu stark auf Carlas Kritik eingegangen zu sein. Soweit hätte es niemals kommen, Lauren hätte sich nie in die Position begeben dürfen, ihren Mann der Freundin gegenüber verteidigen zu müssen ... Statt darüber zu reden, was er nicht war, hätte sie erklären sollen, weshalb sie ihn liebte. Er war mit Sicherheit Carlas Louie haushoch überlegen, der zwar ein netter Kerl war, aber auch ein etwas beschränkter Sportfanatiker, der seine Frau an den meisten Wochenende aus seinem Leben ausschloß, um sich mit einem Bier vor den Fernseher zu hocken und Sportsendungen zu glotzen.

Als sie in die Auffahrt bogen, sagte Lauren: »Liebling, würdest du Beatrice und den Kindern bitte ausrichten, daß ich noch kurz wegfahre. Ich werde in ungefähr einer Stunde wieder zurück sein.« Fragend sah er sie an, und sie fügte hinzu: »Ich fahre nicht weit, nur kurz auf einen Sprung zu Carla.«

Er brachte den Wagen vor dem Haus zum Stehen. »Lauren, ich möchte nicht, daß du fährst.«

»Ich werde nicht lange weg sein ... ehrlich.«

»Du weißt doch, daß du da draußen nicht sicher bist; vor allem in dieser Umgebung dort ist es nicht sicher für dich. Gibt es einen Grund, warum Carla nicht zu uns herüberkommen kann?«

Lauren seufzte. »Du weißt doch, warum.«

»Wieso, meinetwegen vielleicht? Wenn das so ist, dann bin ich jederzeit bereit, mich eine Weile nicht blicken zu lassen –«

»Nein, Jonathan, darum geht es doch nicht«, erwiderte sie mit einem Seufzer und schaute aus dem Fenster. »Es ist nur so, daß ich lieber zu ihr fahren würde.« Als sie die letzten Worte aussprach, mußte sie an Emily denken, die einige Wochen zuvor fast denselben Wortlaut gewählt hatte, als sie Lauren bat, Francine besuchen zu dürfen. In dem Moment blickte sie wieder zu Jonathan hinüber und mußte überrascht feststellen, welche Veränderung auf seinem Gesicht vor sich gegangen war, so, als wollten seine Augen sie von neuem von sich weisen ... »Willst du damit vielleicht sagen, daß ich nicht fahren *darf?*« fragte sie verärgert und den Tränen nahe.

»Nein, nie im Leben, Lauren, das mußt schon du entscheiden.« Und mit diesen Worten stieg er aus dem Wagen und ging ins Haus. Verdammt, warum mußte er nur so sein? Sie seufzte, blieb noch ein paar Minuten im Wagen sitzen, ohne ihn wieder anzulassen, und ließ das eben Geschehene in sich nachwirken. Und dann traf sie die Entscheidung, daß sie, wenn es wirklich so wichtig für sie war, mit Carla zu reden, dies ebensogut am Telefon erledigen konnte. Es war wirklich Laurens Entscheidung, sie entschied sich dafür, daß es der Mühe nicht wert war, deswegen einen Streit mit Jonathan zu provozieren.

Er war bereits in seinem Arbeitszimmer, als sie ins Haus trat. Er kam an die Tür und ließ Lauren nicht aus den Augen, während er Beatrice in der Küche zurief: »Beatrice, würden Sie meiner Frau bitte ein Bad einlassen, mit viel Badeöl, versteht sich.« Dabei hob er wortlos fragend die Augenbrauen, um sich zu erkundigen, ob alles in Ordnung sei, und sie nickte; es war ein kühler, frischer Tag, sie war schlapp, und der Gedanke an ein wohltuendes Bad begeisterte sie. »Ich liebe dich«, formten stumm seine Lippen. Dann kehrte er in sein Studio zurück und schloß die Tür hinter

sich. Doch später kam er überraschend zu ihr ins Bad und streckte ihr das Badetuch entgegen.
Wenige Tage später waren der Swimmingpool und die ihn umgebende, geflieste Terrasse fertiggestellt, und Jonathan lud Fern und Carla samt Familie zu einer Einweihungsfeier mit Barbecue ein. Carla sagte ab, rief aber hinterher bei Lauren an und bat sie um Verständnis für ihre Entscheidung – Lauren zeigte sich zwar verständnisvoll, aber so ganz war ihr die Sache doch nicht klar. Trotzdem wurde es auch ohne sie ein lustiges Barbecue; Beatrice hatte Obstsalat und Gemüse vorbereitet, und Jonathan fungierte als Chefkoch am neuen Gasgrill. Chelsea schien ihren Schmollwinkel auch wieder verlassen zu haben und genoß den Pool und die anderen Attraktionen; sie schoß die Wasserrutsche hinunter, spielte im Schwimmbecken mit Jonathan und ließ sich anschließend, als er wieder aus dem Wasser gegangen war, um sich in den Liegestuhl zu legen, auf ihrer Luftmatratze treiben.
»Na, Schätzchen, wie wär's mal mit einem Abstecher in die City?« wollte Fern an diesem Nachmittag von Lauren wissen; damit war natürlich Manhattan gemeint.
Lauren blickte interessiert auf. »Wann?«
»Nächsten Donnerstag, ich muß wegen unseres Buchhalters hineinfahren. Ich dachte mir, wir könnten einen Einkaufsbummel machen, dann hinterher ins Village gehen und uns ein Mittagessen bei O'Henry's schmecken lassen.«
Das hörte sich zwar himmlisch an – sie war nicht mehr in der Stadt gewesen, seit sie geheiratet hatte –, aber als sie es sich vorstellte, war ihr plötzlich unbehaglich zumute. Sie warf Jonathan einen Blick zu, als wollte sie sich vergewissern, was er davon hielt, aber er lag reglos und mit geschlossenen Augen auf seiner Liege und war offensichtlich nur allzu glücklich, die Entscheidung ihr zu überlassen. »Ich

weiß nicht, vielleicht sollte ich lieber hierbleiben«, meinte sie schließlich. »Ich werde in der letzten Zeit immer so schrecklich schnell müde.«

»Ach Gott, dann tust du eben mal etwas anderes und schläfst eine doppelte Runde, wenn du wieder zu Hause bist. Das ist vielleicht genau das, was du brauchst, um wieder auf die Beine zu kommen.«

»Manhattan ist nicht gerade der sicherste Ort auf der Welt.«

»Ach du meine Güte, jetzt hörst du dich aber wirklich schon wie eine nervöse Touristin an! Was ist eigentlich los? Haben wir jetzt die Rollen vertauscht? Ich dachte immer, ich sei diejenige gewesen, die es gar nicht mehr erwarten konnte, diesen Sündenpfuhl zu verlassen. Jetzt komm schon, sei nicht so verkrampft, es geht doch nur um einen Tag, wir wollen ja nicht dort hinziehen. Denk doch nur an all die köstlichen Käsesorten bei O'Henry's –«

Fern wurde in ihrem Redefluß von Jonathan unterbrochen, der den Kopf gehoben hatte und seine Hand wie einen Schutzschild vor die Augen hielt, damit er sie besser sehen konnte. »Lauren hat dir doch eben ganz deutlich zu verstehen gegeben, was sie von deinem Vorschlag hält«, sagte er. »Und klarer hätte sie sich meiner Meinung nach gar nicht ausdrücken können. Verzeih mir bitte meine Offenheit, liebe Schwägerin, aber du nervst.«

Jonathan ließ den Kopf wieder zurücksinken, und Fern sah fragend zu Lauren hinüber. Als diese keine Anstalten machte, ihren Mann zu korrigieren, zuckte Fern gutmütig die Schultern. »Okay, dann entschuldigt mich bitte, Leute, aber dann gehe ich eben dorthin, wo ich willkommen bin.« Mit diesen Worten stand sie auf, schnappte sich eine der Luftmatratzen und stieg die Treppe zum Pool hinunter, um Chelsea Gesellschaft zu leisten. Lauren griff nach ihrem Eistee, der auf einem kleinen Tisch neben ihr stand. Dabei

fiel ihr Blick auf Emily, die neben ihrem Hund auf der Erde saß, nicht weit weg von ihr.
Sie beobachtete sie.

Obwohl Lauren sich sehr bemühte, nicht ständig an Nancys Affäre oder an mögliche Motive Emilys für die beiden Morde zu denken, wollte ihr die Sache nicht mehr aus dem Kopf gehen. Sogar als sie einmal mit Jonathan draußen auf der Terrasse saß und Scrabble spielte, mußte sie daran denken.
»Sag mal, Liebling, was ist eigentlich mit Nancys Familie? Ich meine, ihre Eltern, ihre Schwester und ihr Bruder?«
Er blickte hoch und sah sie aus fragenden Augen an. »Okay, wenn du unbedingt darüber reden willst. Was soll mit ihnen sein?«
»Hatte Nancy während eurer Ehe eine gute Beziehung zu ihnen?«
Er nickte. »Ich glaube schon, sie standen in engem Kontakt, vor allem brieflich. Sie haben uns einmal besucht, und wir sind auch einmal zu ihnen nach New Hampshire hochgefahren. Wieso fragst du?«
»Ich bin nur neugierig, wieso sie jetzt so gar keinen Kontakt mehr zu Emily haben. Ich meine, seit sie wieder zu Hause ist, hat sie weder eine Postkarte noch einen Brief oder einen Anruf von ihnen bekommen.«
Er zuckte die Schultern. »Nicht jeder hat einen so starken Familiensinn wie wir.«
»Schon möglich. Vor einer Weile hat Detective Kneeland mir gegenüber mal erwähnt, wie schrecklich der Verlust von Nancy für sie war und immer sein wird, und damit hat er wahrscheinlich recht. Na ja, und deshalb denke ich mir, daß sie sich vielleicht etwas mehr Kontakt mit ihrer einzigen Enkeltochter wünschen.«
Jonathan schien nichts Näheres zu wissen, war aber auch

nicht sonderlich interessiert. Es stimmte natürlich schon, viele Familie hatten wenig Kontakt untereinander, aus welchen Gründen auch immer. Lauren fragte sich nun, ob Emilys Verwandtschaft sich vielleicht auch Gedanken über eine mögliche Beteiligung an dem Mord an ihrer Mutter machte. Doch Lauren wagte nicht, Jonathan danach zu fragen.

Nur wenige Tage später, an einem Mittwoch morgen, als Jonathan Emily zu ihrer Therapeutin fuhr und Beatrice zusammen mit Chelsea das Haus verlassen hatte, um einige Besorgungen zu erledigen, da stand Lauren allein in Emilys Zimmer, fest entschlossen, das zu tun, was sie bis dahin immer strikt abgelehnt hatte – es zu durchsuchen. Das merkwürdigste daran war, daß sie nicht die geringste Ahnung hatte, was sie zu finden hoffte.

Als sie ganz hinten im Schrank die Angelbox aus Blech entdeckte, fiel ihr wieder ein, daß dies die Schachtel gewesen war, die Chelsea am Tag von Emilys Heimkehr durchsucht hatte. Sie hob den Deckel, und wie Chelsea gesagt hatte, stand der Name Emily Grant auf einem Aufkleber in der Ecke. Lauren sah sich den Inhalt näher an: Steine, Eicheln, Plastiktiere. Dann eine Vogelkralle, bei deren Anblick sie die Nase rümpfte ... ein Springmesser ... Schmuck. Aber kein Modeschmuck, wie Chelsea gedacht hatte, sondern richtiger Schmuck: ein Verlobungsring mit Diamanten, ein Ehering aus Platin, eine Halskette aus Jade – der Schmuck, den Nancy laut Polizeibericht zum Zeitpunkt ihrer Ermordung am Leib getragen hatte und der seitdem als gestohlen gemeldet war.

Kapitel 16

Was, wenn Emily ihre Mutter tatsächlich getötet hatte? Und Gordon. Immerhin wußte Lauren nun, daß Emily die Polizei angelogen hatte. Verängstigt und verwirrt wandte sie sich wegen des gefundenen Schmucks an Jonathan, aber er reagierte nur sehr ausweichend. Und sie wagte auch nicht, deutlicher zu werden, vielleicht, weil der Fund ein so großer Schock für sie gewesen war.

Auf die Frage, wem der Schmuck denn nun gehörte, ging Jonathan allerdings näher ein. »Na gut, ich wünschte, ich hätte von dem Schmuck gewußt«, sagte er, »aber er gehörte ihrer Mutter. Hat sie da nicht das Recht, ihn zu besitzen?«

»Aber sollte die Polizei nicht davon erfahren?«

»Hätte ich das damals bereits gewußt, als Nancy getötet wurde, wäre ich wahrscheinlich auch dieser Meinung gewesen. Aber zum jetzigen Zeitpunkt, wieso? Es sei denn, du möchtest alles wieder aufwühlen. Dir ist schon klar, daß du Emily erneut als Mordverdächtige ins Spiel bringst, wenn du das publik machst. Willst du das vielleicht?«

Nein, selbstverständlich wollte sie das nicht, aber wenn Emily schuldig war ... Sah Jonathan denn nicht ... aber selbst wenn er dazu fähig gewesen wäre, es war zu entsetzlich, so etwas von dem eigenen Kind zu glauben. Eine Zehnjährige, die wütend auf ihre Mutter ist, weil sie mit einem anderen Mann als mit ihrem Vater schläft? Wütend möglicherweise schon, aber gleich so, daß sie sie umbrachte? Oder machte die Vorstellung mehr Sinn, daß ein Psychopath ins Haus eingedrungen war, einer dieser geistesgestörten Menschen, die ohne ersichtlichen Grund töten, jeden-

falls aus keinem Grund, der eine Verbindung zum Opfer hat? Und das Fenster, an dem eindeutig hantiert worden war, ließ auf einen Einbruch schließen – war es möglich, daß eine Zehnjährige so gerissen vorging?
Völlig unvorstellbar war auch, daß eine Zehnjährige, die unter Schock stand, sich am toten Körper ihrer Mutter zu schaffen machte und deren Schmuck an sich nahm. Aber genau das hatte Emily doch wohl getan, oder?
»Lauren –« Jonathan ließ seine zusammengerollte Zeitung auf die Tischkante sausen, woraufhin sie erschrocken zusammenzuckte.
Plötzlich fiel ihr auf, daß er bereits die ganze Zeit auf sie einredete. »Tut mir leid, ich war eben nicht ganz bei der Sache. Was hast du gesagt?«
»Nur, daß mir das überhaupt nicht gefällt.«
»Was?«
»Was hast du eigentlich in Emilys Zimmer getan?«
»Ich habe saubere Wäsche in ihren Schrank geräumt«, antwortete sie, was eindeutig gelogen war, aber es war das erste, was ihr in den Sinn kam. Wie leicht ihr doch in den letzten Tagen alle möglichen Lügen über die Lippen gingen, dachte sie, und stellte wieder einmal fest, daß Übung den Meister machte.
»Ich möchte, daß du diese Arbeit Beatrice überläßt, dafür ist sie schließlich da.«
»Ich habe mich dabei bestimmt nicht übernommen«, erwiderte sie und dachte, wie albern es doch war, etwas zu verteidigen, das sie gar nicht getan hatte. Oder daß sich Jonathan angesichts der Ungeheuerlichkeit ihrer Entdeckung wegen einer solchen Kleinigkeit überhaupt Gedanken machte.
Kopfschüttelnd betrachtete er sie kritisch. »Was ist dann nicht in Ordnung? Vielleicht kannst du mir das mal sagen? Schau dich doch bitte mal im Spiegel an.«

Hektisch schossen ihre Hände hoch zu ihrem Kopf, betasteten ihr Gesicht und fuhren durch ihr Haar. »Wieso?«
»Du bist müde, du bist gestreßt, du siehst aus wie eine Wasserleiche. Schwangere Frauen sind normalerweise strahlend und heiter, nur du nicht. Was ist los, Lauren, ist dein Leben zu aufreibend? Verlange ich zuviel von dir?«
»Nein, natürlich nicht. Ich weiß auch gar nicht, wovon du sprichst«, stammelte sie und wollte aufstehen, um selbst im Spiegel zu sehen, was er sah, aber er streckte die Hand aus und drückte sie wieder auf den Stuhl zurück. »Nein, du bleibst jetzt hier sitzen.« Zwei Minuten später war er wieder zurück, mit einem großen Spiegel in beiden Händen, den er aus dem Bad geholt hatte. Er hielt ihn vor sie hin. »Los«, forderte er sie auf. »Überzeuge dich selbst.«
Was blieb ihr anderes übrig, als hineinzuschauen? Und er hatte recht – ihre Haut wirkte teigig, unter den Augen hatte sie Ringe, die früher nicht dort gewesen waren, und ihr Haar machte einen ungepflegten Eindruck. Sie schluckte und verspürte eine Mischung aus Scham und Verlegenheit. »Okay, was sagst du?« forderte er sie auf. »Täusche ich mich?«
Hilflos schüttelte sie den Kopf, als könnte sie keine logische Begründung dafür vorbringen. »Tut mir leid«, antwortete sie leise, dachte aber noch im selben Moment, wie unpassend das klang. Und er hatte wohl dasselbe gedacht, denn plötzlich kauerte er sich neben ihren Stuhl, nahm ihre Hände in die seinen, streichelte sie und preßte seine Lippen darauf. Sie schaute ihm in die Augen, in diese dunklen Seen, die sie schwindlig machten. »Ich liebe dich, Lauren, ich sitze zu deinen Füßen und bete dich an. Was immer du willst, du brauchst nur darum bitten. Das weißt du doch, oder?«
»Ja«, erwiderte sie, aber ihre Kehle war plötzlich so trocken, daß sie kaum noch ein Flüstern zustande brachte.

»Und als Gegenleistung erwarte ich nur eines von dir – daß du auf dich und auf unser ungeborenes Kind aufpaßt. Bitte, sag es mir selbst, Lauren, bin ich unvernünftig?«

Nein, das war er nicht. Und er täuschte sich auch nicht, welche Auswirkungen die ängstliche Anspannung der letzten Zeit auf sie gehabt hatte. Doch erst, als ein paar Tage später Detective Donald Kneeland ins Haus kam und ihr und Jonathan voller Stolz mitteilte, daß sie Jay Philips wegen des Mordes an Gordon Cummings verhaftet hätten, da kam ihr zum ersten Mal so richtig zu Bewußtsein, wie paranoid sie reagiert hatte und wie abwegig ihr Verdacht gewesen war.

»Das ist ja unglaublich«, meinte Jonathan, der natürlich ebenso überrascht war wie sie. »Aber mal ganz langsam. Wie ist das alles gekommen? Und was ist mit seinem Alibi?«

»Zum Glück konnten wir ihm nachweisen, daß es hinten und vorne nicht stimmt. Sein Kumpel, der angeblich in der fraglichen Zeit mit Philips Poolbillard gespielt haben will, war in Wirklichkeit auf dem Weg in die Stadt. Und zum Glück ist er dabei wegen zu schnellen Fahrens geschnappt worden.«

»Das ist ja großartig, ich meine, wenn er wirklich der Täter ist. Ich nehme doch an, daß Sie noch mehr Beweise haben.«

»Aber natürlich haben wir noch mehr. Meine Männer haben eine blaue Baumwollfaser auf dem Teppich im Wohnzimmer gefunden, eine Faser, die haargenau zu der Baseballkappe dieses Burschen paßt. Wir denken, daß ihm die Kappe während des Kampfes vom Kopf gefallen ist. Bei der Vernehmung heute morgen hat Richter Nestor die Kaution auf fünfhunderttausend Dollar festgesetzt, eine Garantie also, daß Philips vor der Verhandlung keinen Fuß mehr auf die Straße setzen wird.«

Welche Erleichterung. Zum ersten Mal seit Wochen schien sich der Nebel zu lichten. Bestimmt empfand Jonathan dasselbe wie sie. Sie griff nach seiner Hand und hielt sich daran fest, ehe sie sich an den Detective wandte und ihn fragte: »Wieso hat er das getan?«

»Es ist nett, wenn man ein Motiv hat, aber heutzutage nicht unbedingt erforderlich, Mrs. Grant. Es ist doch bekannt, daß Typen wie er einfach so, ohne jeden Grund, töten, nur wegen des Kicks, den sie daraus beziehen.«

Doch in diesem Fall mußte es ein Motiv geben, da war Lauren nicht seiner Meinung. Sie mochte einfach nicht an eine zufällige Verkettung von Umständen glauben, die Nancy und Gordon im Abstand von zwei Jahren im selben Haus das Leben gekostet hatte, und auch nicht daran, daß Philips, der in beiden Fällen unter Verdacht stand, ohne Motiv gehandelt haben sollte. Aber natürlich hatte die Polizei keine Ahnung von der Verbindung, die zwischen den beiden Opfern bestand.

Doch nur so ergab alles einen Sinn, denn wenn dieser Bursche Gordon getötet hatte, war es dann nicht wahrscheinlich, daß er auch Nancy auf dem Gewissen hatte?

Fern hatte seit dem Zwischenfall am Swimmingpool zwei Wochen zuvor mehrmals angerufen und Lauren zweimal gefragt, ob sie mit ihr einkaufen oder zum Mittagessen gehen wolle, aber jedesmal hatte Lauren sich mit einer Ausrede entschuldigt. Beim letzten Mal schien Fern doch etwas beleidigt gewesen zu sein, hatte aber nichts gesagt; und bis zu dem Tag nach Detective Kneelands Besuch hatte sie auch nicht mehr angerufen oder war vorbeigekommen.

Beatrice schickte Fern in den Garten hinaus, wo Lauren mit einer kleinen Schaufel gerade die Petunien setzte, die Jonathan für sie in der Gärtnerei am Ort besorgt hatte. Lauren erzählte ihr sofort die Neuigkeit über Jay Philips.

»Aber das ist ja wunderbar«, erwiderte Fern. »Warum, um

alles auf der Welt, hast du mich nicht angerufen und es mir sofort gesagt?«
Lauren blickte hoch und meinte achselzuckend: »Ach, keine Ahnung, wahrscheinlich hatte ich zu viel zu tun.«
»Wie geht es dir denn?«
»Gut. Beatrice sorgt unermüdlich dafür, daß ich jeden Morgen selbstgebackene Kräcker bekomme, die wahre Wunder gegen meine Morgenübelkeit bewirken. Und auch wenn ich immer wieder mal ein Nickerchen einlegen muß, kommt auch die Bewegung nicht zu kurz – ich arbeite im Garten, schwimme im Pool und drehe mehrmals am Tag ein paar Runden auf dem Grundstück. Normalerweise leistet mir Jonathan bei meinem Spaziergang nach dem Mittagessen Gesellschaft, und abends auch wieder. Außerdem muß ich wohl nicht extra betonen, daß er und Beatrice mich nach Strich und Faden verwöhnen.«
Einen Moment lang herrschte Schweigen, ein unbehagliches, kritisches Schweigen, wie es Lauren schien, das Fern schließlich mit der Frage brach: »Sag mir doch mal, was man hier machen muß, um an ein Glas Eistee zu kommen.«
»Darum bitten, das ist alles«, antwortete Lauren lächelnd, stand auf und klopfte sich im Aufstehen die Erde von den Knien. Dann ging sie auf die Veranda und ins Haus, mit Fern im Schlepptau; als sie einen Krug Tee aus dem Kühlschrank nahm, warf sie rasch einen Blick durch das Fenster hinaus zu Emily. Chelsea saß mit Beatrice im Eßzimmer und putzte das Silber, wie sie zuvor bemerkt hatte, und jetzt sah sie, daß Emily und der junge Hund wie üblich auf dem Grundstück herumtollten.
Fern folgte ihrem Blick und fragte: »Und wie geht es den Mädchen?«
»Eigentlich ganz gut.« Und das war auch nicht gelogen, es war tatsächlich zu einer merklichen Besserung gekommen.

Die Dinge schienen sich beruhigt zu haben, und eine Art allseits akzeptierter Ordnung war eingetreten. Die beiden Mädchen gingen zwar noch nicht freundschaftlich miteinander um, aber es gab auch keine Streitereien und keine Beschwerden mehr, da sie sich weitgehend aus dem Weg gingen. Zu einem echten Durchbruch in der Beziehung zwischen Lauren und Emily war es ebenfalls noch nicht gekommen, doch hin und wieder hatte es für Lauren den Anschein, als hätte Emily gerne mit ihr gesprochen. Aber sobald sie bemerkte, daß Lauren sie beobachtete, drehte sie sich rasch wieder weg.

»Hast du schon mal was von Barkhamsted gehört?« fragte Fern und wechselte das Thema; dabei zog sie sich einen Stuhl heran und setzte sich. Lauren schüttelte den Kopf, während sie den Tee in hohe Gläser goß und sie auf den Tisch stellte. »Also, das ist ein Naturschutzgebiet, ein Wald mit einem wunderschönen See. Es gibt Picknicktische und Stellen zum Grillen, alles, was man so braucht. Ich dachte mir, daß ich diese Woche einmal blaumache und daß wir zusammen – du, die Kinder und ich – einen Ausflug dorthin machen. Was hältst du davon?«

Lauren zuckte die Schultern, hob beide Arme und deutete in einer weiten Geste auf ihr großes Grundstück. »Wozu? Das käme mir reichlich merkwürdig vor, da ich doch alles direkt hier vor meiner eigenen Haustür habe ... und noch einiges mehr.«

»Das verstehe ich durchaus, aber darum geht es nicht.«

»Worum geht es dann, bitte schön?«

»Wie wäre es mal mit einem Tapetenwechsel? Gott, Lauren, du scheinst mir ja überhaupt nicht mehr vor die Tür zu gehen. Verspürst du denn gar keinen Drang mehr, zu erfahren, wie es im Rest der Welt zugeht?«

Lauren stieß einen gereizten Seufzer aus. »Was soll das, Schwesterherz? Wieso fragst du mich das?«

»Weil ich einfach nicht kapiere, was hier los ist. Ist das verständlich genug für dich?« Doch die Frage war rein rhetorischer Natur, und so fuhr sie rasch fort: »Ich würde nämlich gerne wissen, wieso du dich so konsequent weigerst, das Grundstück hier zu verlassen.«

»Nun, wenn du wirklich konkrete Gründe dafür hören willst, dann werde ich mal bei Emily anfangen. Schließlich wurde sie von einem Mann attackiert, der sich als kaltblütiger Mörder entpuppte.«

»Aber du hast mir doch eben selbst gesagt, daß man ihn geschnappt hat. Das stimmt doch, oder?«

»Es gibt noch andere gefährliche Elemente da draußen, Fern.«

»Willst du mir damit sagen, daß du dich für alle Zukunft hier verstecken willst?«

»Natürlich nicht«, erwiderte Lauren, verärgert und verblüfft, daß ihre Schwester so weit ging, ihr die Worte im Mund herumzudrehen. Aber sie fuhr trotzdem mit ihren Erklärungsversuchen fort. »Sieh doch, Fern, abgesehen davon, daß ich keine Lust habe, fünfzig Pfund Gepäck mit mir herumzuschleppen, um an irgendeinem öffentlichen Grillplatz etwas zu tun, das ich hier viel bequemer haben kann, nimmt Jonathan sich auch noch jede Minute, die er sich leisten kann, von der Arbeit frei, um zu mir nach Hause zu kommen. Zum Mittagessen, und manchmal sogar mehrmals täglich.«

»Weißt du was, ich glaube, daß er der eigentliche Grund ist.« Fern hob resigniert die Arme. »Und, was passiert, wenn du ihn mal einen Tag lang nicht siehst, brichst du dann zusammen? Du benimmst dich ja wie ein verliebter Teenager.« Ihre blauen Augen, die sich langsam dunkler verfärbten, starrten ihre Schwester an. »Oder genauer gesagt, du benimmst dich wie eine Frau, die vor lauter Verzweiflung und Abhängigkeit nicht mehr ein noch aus weiß. Ich kenne dich nicht wieder, Lauren, ich bin entsetzt!«

»Nicht annähernd so entsetzt wie ich, der ich bereits seit einiger Zeit hier stehe und mir anhöre, was du meiner Frau zu sagen hast.« Die Stimme hinter ihr war tief und stark und wohltönend; es war Jonathans Stimme, und sie war an Fern gerichtet. »Mir ist egal, wer du bist. Keiner kommt in mein Haus und spricht so mit meiner Frau. Was ist nur los mit dir, Fern, glaubst du vielleicht, es tut deiner schwangeren Schwester gut, sich dieses giftige Gewäsch anzuhören?«

Fern, die völlig überrumpelt von Jonathans plötzlichem Auftauchen war, antwortete nicht sofort, aber das erwartete er auch gar nicht. »Ich denke, es ist besser, wenn du jetzt gehst, ehe ich etwas sage, das ich dann hinterher bereue.«

Fern blickte herausfordernd von Jonathan zu Lauren. »Willst du das auch?«

»Ich weiß nicht –«, setzte Lauren an und versuchte verzweifelt, etwas Kluges zu sagen, etwas, das die Situation gerettet und sie wieder in den Zustand versetzt hätte, bevor sie außer Kontrolle geraten war, aber ihr fiel nichts ein. »Vielleicht ist es gar keine so schlechte Idee«, sagte sie schließlich. »Ich meine, nur für den Augenblick ... nur bis –« Weiter kam sie nicht, denn Fern war bereits aufgestanden und auf dem Weg zur Eingangstür.

Lauren blickte von ihrer Schwester zu Jonathan und hatte das Gefühl, gleich sterben zu müssen, so groß war der Schmerz in ihrem Herzen. Jonathan kam zu ihr, nahm sie in die Arme und tröstete sie. »Es tut mir leid, Liebling, aber ich konnte einfach nicht dastehen und mir das anhören, ohne etwas zu sagen.«

Aber es war nicht seine Schuld ... Hatte Fern die Frage nicht an sie gerichtet? Hatte sie ihr nicht selbst gesagt, daß sie gehen solle?

Chelsea und Beatrice konnten nicht umhin, Jonathans scharfe Worte mit anzuhören, die aus der Küche zu ihnen drangen, ehe Tante Fern durch das Eßzimmer, dann durch das Wohnzimmer und schließlich aus dem Haus rauschte, ohne dabei auch nur ein Wort zu Chelsea zu sagen. Chelsea sah Beatrice an. »Daddy war ja richtig sauer.«
»Wenn das so ist, dann hat er sicher gute Gründe dafür.«
Chelsea nickte, rieb fester mit dem Putzleder über den Teekessel aus Kupfer und hielt ihn dann Beatrice zur Begutachtung hin.
Diese lächelte, nahm ihn in die Hand und stellte ihn in den Kasten zurück. »Glänzend wie ein neues Pennystück. Ich habe übrigens eine Nichte, die heißt Penny. Ehe ich hierherkam, habe ich bei ihr gewohnt.«
»Ist sie sauer, daß du weg bist?«
»O nein, sie versteht, daß die Familie Grant an erster Stelle kommt. Als dein Daddy mich anrief und mir sagte, daß du mich brauchst, da hab ich nicht lange überlegt.«
»Kannst du sie mal zum Spielen herholen?«
»Wen?«
»Deine Nichte Penny.«
Beatrice kicherte. »Du meine Güte, nein, dafür ist sie viel zu alt ... sie ist schon richtig erwachsen.«
»Oh.« Eine Weile schwiegen beide, während Chelsea sich überlegte, wie froh sie sein konnte, Beatrice zur Freundin zu haben, vor allem jetzt, da Mommy so anders war: so ruhig und ohne jede Lust, mal wieder etwas Spaß zu haben, so, als hätte sie sich die Emily-Krankheit eingefangen. Dann stellte sie sich vor, wie schön es wäre, zum Spielen auch eine Freundin in ihrem Alter zu haben. Schließlich schaute sie zum vorderen Fenster hinaus, wo die Auffahrt vorbeiführte. »Beatrice, glaubst du, daß Tante Fern wieder zurückkommt?«

»Ich weiß es nicht, mein Herzchen. Aber ich würde sagen, wir konzentrieren uns auf wichtigere Dinge. Zum Beispiel habe ich mir heute morgen überlegt, wie gern dein Daddy Blaubeerkuchen ißt. Wie wäre es, wenn wir beide zum Blaubeerpflücken gingen?«

Wann immer es Emily in den Kopf kam, daß sie ihre Mutter getötet hatte, leierte Seelenklempner Strickler – beziehungsweise jetzt, nachdem die die Aufgabe übernommen hatte, Lady Greenly – pflichtschuldigst das Skript herunter, das Skript, das sie nach dem Mord auch der Polizei erzählt und dann vergessen hatte. Und je öfter sie die Geschichte erzählt bekommen hatte, desto realer war sie ihr erschienen. In der Bateman-Klinik hatte es sogar mal eine Zeit gegeben, da hatte sie das Gesicht des Fremden tatsächlich vor sich gesehen, denn ehe er Nancy mit dem Baseballschläger niederschlug, drehte er sich noch einmal zu ihr um. Aber erst, als der Fremde sich plötzlich weigerte, in ihre Richtung zu blicken, tauchte bei Emily der erste Zweifel an ihrem Skript auf.

Natürlich blieben manche Teile so, wie sie immer gewesen waren, ganz egal, wie oft sie ihr Gehirn für sie wiederholte. So erinnerte sich Emily daran, daß Mommy – an dem Tag nach dem Streit im Wagen – in ihr Nähzimmer im Keller ging; wann immer es Ärger gab – in diesem Fall war es die Auseinandersetzung mit Emily –, zog sie sich dorthin zurück. Und Emily ging nach oben in ihr Zimmer, den Baseballschläger nahm sie mit. Und als sie dann laute Stimmen und Schläge von unten zu ihr hochdringen hörte, stand sie auf, stellte sich an den oberen Treppenabsatz und rief: »Mommy ... Mommy, bist du das?«

Dann hörte sie Stimmen aus dem Keller ... aber ihre Mutter war doch allein da unten.

Emily holte ihren Baseballschläger, packte ihn und lief nach

unten. Als sie ins Wohnzimmer kam, hörte sie ihre Mutter schreien. Sie eilte in die Küche und war genau in dem Moment dort, als die Kellertür aufgerissen wurde, als der Fremde das Kleid ihrer Mutter losließ und sie zurückstieß.
Es gab zwei ungelöste Probleme bei diesen im Skript festgehaltenen Erinnerungen: Der Fremde drehte sich nicht zu Emily um, und der Baseballschläger ... den hatte doch sie in der Hand, oder?

In der nächsten Woche griff Lauren mehrere Male zum Telefon, um Fern anzurufen, brachte es dann aber doch nicht über sich. Sicher, sie konnte sich entschuldigen – das war leicht, aber was dann? Sie würden unweigerlich wieder beim selben Thema landen. Sie war schließlich nicht dumm; es war ganz klar, daß Fern ihre Beziehung zu ihrem Mann nicht guthieß, und sosehr sie ihre große Schwester auch liebte, sie konnte nicht zulassen, daß sie sich einmischte. Es stand ihr nicht zu, sie zu kritisieren – es war schließlich Laurens Beziehung, ihre Ehe, ihr Leben.

Jonathan war, den Vormittag über geschäftlich unterwegs, und Chelsea wollte Beatrice in den Supermarkt begleiten. Früher hatte es ihr zwar nie sonderlich gefallen, zum Lebensmitteleinkauf mitzukommen, aber jetzt, da sich der Sommer so ruhig anließ, war es eine gute Möglichkeit für sie, der Monotonie im Haus zu entfliehen. Aus diesem Grund war Lauren dankbar, daß ihre Tochter wenigstens Beatrice hatte, die sich ihrer annahm.
Emily und sie blieben allein zurück, aber da das Haus und das Grundstück so groß waren, war es nicht schwierig für sie, einander aus dem Weg zu gehen; man konnte fast vergessen, daß noch jemand im Haus war. Als sie deshalb die Schreie im ersten Stock hörte, war Laurens erster Ge-

danke der, daß es brannte, doch als sie keinen Rauch roch und die Schreie sie schließlich ins Badezimmer führten, bekam sie es mit der Angst zu tun. Emily hatte bereits einmal versucht, sich das Leben zu nehmen, hatte sie es wieder getan?

Sie stürmte ins Bad und fand Emily in Unterwäsche in einer Ecke auf dem Fußboden kauernd vor; sie hatte die Knie angezogen, die Arme um die Beine geschlungen und zitterte am ganzen Körper. Lauren warf einen raschen Blick ins Waschbecken und suchte nach Anzeichen von Tabletten, Rasierklingen oder ähnlichem, aber es war nichts zu sehen. Sie schaute zum Fenster, dann zurück zu Emily. »Was ist passiert?«

Schließlich kniete sie sich neben das Mädchen. »Emily, was immer auch passiert ist, du mußt es mir sagen. Ich kann dir nicht helfen, wenn du nicht –« Aber weiter kam sie nicht, denn in dem Moment entdeckte sie das frische Blut auf Emilys Höschen. Lauren stieß einen tiefen Seufzer aus, sowohl erleichtert als auch überrascht: Ihre Periode, Emily hatte ihre Periode bekommen, und das offensichtlich zum ersten Mal.

Sie war sich nicht sicher, ob es das Blut war, das die panische Reaktion des Mädchens auslöste, oder das traumatische Erlebnis selbst; doch ganz gleich, was es war, Lauren war äußerst erstaunt über die Heftigkeit dieser Reaktion. Gleichzeitig kam sie sich dumm und unverantwortlich vor, denn sie hatte weder gewußt, daß bei Emily die Menstruation noch nicht eingesetzt hatte, noch hatte sie daran gedacht, sie danach zu fragen.

Vorsichtig legte sie ihre Hände auf die Schultern ihrer Stieftochter, fast, als fürchtete sie, ein zu starker Druck könnte ihr noch mehr Angst einjagen. »Es ist alles in Ordnung, Emily, bitte, du brauchst keine Angst zu haben. Was im Augenblick mit dir passiert, ist völlig normal. Weißt du Bescheid über deine monatliche Regel, darüber, was es heißt, deine Periode zu haben?«

Emily zuckte schaudernd zusammen. »Der Fluch. Eine Schulfreundin von mir ist daran gestorben.«

»An ihrer Periode? Nein, das ist unmöglich«, erwiderte Lauren, überrascht, aus dem Mund des Mädchen das altertümliche Wort zu hören.

»Aber natürlich, überall war Blut, ganze Lachen von Blut! Sie hat sich zu Tode geblutet!«

»Nicht wegen ihrer Periode, Emily.«

»Doch! Das hat sie, wenn ich es sage!«

Dann fing sie zu weinen an, die tiefen Schluchzer wollten gar nicht mehr aufhören; auch das mußte mit dem Blut ihrer Mutter zu tun haben, wie Lauren vermutete. Und als sie weit die Arme öffnete, flüchtete Emily sich sofort hinein und legte ihren Kopf an Laurens Brust, während diese sie sanft hin und her wiegte. Endlich hörte das Mädchen wieder zu weinen auf, blickte verlegen hoch zu ihrer Stiefmutter und zog sich rasch aus der Umarmung zurück. Aber Lauren ergriff ihre Hand.

»Wie hieß deine Freundin, Emily?«

»Jessica. Sie hat ganz mir gehört. Ich habe auf sie aufgepaßt, weißt du, und ihr die älteren Kinder vom Hals gehalten.«

Die älteren Kinder vom Hals gehalten? Sie hatte ja keine Ahnung und wäre auch nie auf die Idee gekommen, daß Bateman etwas anderes als eine respektable Klinik sein könnte; doch jetzt, als sie genauer darüber nachdachte, mußte sie feststellen, daß dies schließlich ein Ort war, wo psychisch gestörte Kinder zusammenlebten und versuchten, wieder gesund zu werden. Leicht war es bestimmt nicht gewesen, dort zu leben und mit so vielen verschiedenen Kindern, so vielen verschiedenen Problemen konfrontiert zu sein. »Wie ist Jessica gestorben?« fragte Lauren nach einiger Zeit.

Emily holte tief Luft, schluckte und erwiderte: »Sie hat sich die Pulsadern aufgeschnitten.«

O Gott ... Lauren spürte, wie Tränen in ihre Augen traten.

Und dann zeigte sie ihrer Stieftochter, wie man mit Monatsbinden umging, was unweigerlich zu einer Lektion in weiblicher Intimhygiene führte und schließlich bei einem Gespräch über Eier und Eierstöcke und die verschiedenen Teile des weiblichen Körpers und den Rest dessen endete, was Lauren noch von damals im Kopf hatte, als ihre Mutter mit ihr dieselbe Geschichte durchgegangen war. Jetzt erst bemerkte Lauren, wie Emily in den wenigen Monaten, seit sie wieder zu Hause war, sich zu entwickeln begonnen hatte, und deshalb war es wichtig, daß sie die Veränderungen in ihrem Körper und deren Bedeutung kannte und nicht weiter auf Informationen der Mädchen aus Bateman angewiesen war.

»Du bist wirklich eine hübsche junge Dame, Emily«, sagte Lauren, ließ ihre Hand los und fuhr durch das dunkle Haar des Mädchens. Es war zwar immer noch kurz, war aber mittlerweile etwas nachgewachsen; sie sah damit aus wie ein kleiner Kobold, was ihr recht gut stand. »Und eines Tages wirst du eine schöne Frau sein.«

Emily erwiderte nichts; Lauren hatte keine Vorstellung, was ihr durch den Kopf ging, bis sie plötzlich aufstand und zur Tür ging. »Ich gehe jetzt raus«, sagte sie, und im nächsten Moment war sie auch schon fort. Als Lauren später zum Fenster hinaussah, entdeckte sie sie zusammen mit ihrem Hund Stew. Ihr fiel auf, daß Emily schon länger ihre derben Stiefel nicht mehr trug ... Hatte sie den fehlenden Stiefel immer noch nicht gefunden?

Jonathan und Beatrice fuhren fast gleichzeitig die Auffahrt hoch. Chelsea und Jonathan halfen Beatrice erst mit den Einkaufstüten, und als er danach eine Runde im Swimmingpool vorschlug, ging Chelsea begeistert darauf ein. Sie rannte nach oben, um ihren Badeanzug anzuziehen, während Jonathan sich erkundigte: »Wo ist denn Emily? Vielleicht kann ich sie überreden, uns hier draußen Gesellschaft zu leisten.«

»Nein, ich denke, heute nicht«, entgegnete Lauren, während Beatrice einige Sachen in das untere Badezimmer brachte.

»Gibt es ein Problem?«

»Nein, überhaupt nicht, im Gegenteil. Deine Tochter hat ihre Periode. Zum ersten Mal.«

»Tatsächlich?« Er wirkte besorgt und vielleicht auch ein wenig verlegen.

»Jetzt komm schon, das ist nichts, weswegen du dich aufregen müßtest.«

»Aber sie ist doch noch ein kleines Mädchen.«

»So klein ist sie nun auch wieder nicht, das versuche ich dir doch die ganze Zeit über zu sagen. Deine Tochter ist nun eine junge Frau.«

Er nickte, konnte sich aber wohl nicht so rasch mit dieser Vorstellung anfreunden, wie es wahrscheinlich bei den meisten Vätern der Fall ist, wenn sie sehen, daß ihre Töchter erwachsen werden. »Alles in Ordnung mit ihr? Ich meine, hatte sie Angst?«

»Zu Anfang ja, aber das hatte mehr mit anderen Dingen zu tun. Dann haben wir miteinander gesprochen, und es war alles wieder gut. Was ihre Periode angeht, scheint sie mir jetzt in Ordnung zu sein.«

Jonathan, den wenigstens diese Feststellung zufriedenzustellen schien, legte den Arm um sie. »Siehst du, was habe

ich dir gesagt? Sie wird allmählich warm mit dir, sie vertraut dir, verläßt sich auf dich, und du bist ja auch da für sie. Ich wußte, daß wieder alles in Ordnung kommt – wenn uns die Leute nur endlich in Ruhe ließen.«
Wer weiß, vielleicht hatte Jonathan tatsächlich recht, sie hoffte es jedenfalls. Bei Jonathan gab es keine halben Sachen oder ein »vielleicht«; wenn er jemanden liebte, dann schenkte er diesem Menschen sein ganzes Vertrauen und seine ganze Hingabe. Obwohl der Verdacht gegen Emily oft genug erdrückend gewesen war, hatte er nie an ihr gezweifelt. Oder selbst wenn, tat er trotzdem, was getan werden mußte, um sie zu beschützen; das konnte sie nur bewundern. Lauren versuchte zwar nicht, so zu tun, als sei plötzlich alles in schönster Ordnung mit ihrer Ehe, so naiv war sie nicht. Es gab durchaus noch ein paar Punkte, die geklärt werden mußten ...
Aber Jonathan gab hundert Prozent, und er verdiente es, wenigstens das von ihr auch wieder zurückzubekommen. Von Nancy hatte er es vielleicht nicht bekommen, aber sie würde es ihm geben.

* * *

»Mr. Grants blühende Phantasie hat ihm so manch schlimmen Ärger eingehandelt, als er noch ein kleiner Junge war«, erzählte Beatrice und deutete aus dem Küchenfenster zu Jonathan hinaus, der mit lebhafter Mimik und Gestik den Clown für eine ausgelassen kichernde Chelsea spielte.
»Wieso das?« fragte Lauren, sah ebenfalls hinaus zu den beiden, lächelte und setzte sich dann wieder zu ihrer Tasse Tee zurück. Sie mochte es, wenn Beatrice hin und wieder eine Geschichte über Jonathan zum besten gab.
»Na ja, Mr. Grant gab eben gerne Vorstellungen. Er liebte

es, Leute nachzumachen oder sie mit irgendwelchen Darbietungen zu überraschen. Dabei war ich oft sein einziges Publikum. Eines Tages hat er einen streunenden Kater in ein Kleid gesteckt und ihm ein Häubchen aufgesetzt, das er selbst aus einer Art Seidenstoff gemacht hatte, und mit dem Tier eine Aufführung gegeben. An diesem Tag ist jedoch seine Mutter dazugekommen und hat geschäumt vor Wut.«

»Warum, hat er dem Tier dabei weh getan?«

»Nicht, daß es mir aufgefallen wäre. Aber offensichtlich dachte Noreen Grant, daß er das Tier in seiner Würde beleidigte. Als Strafe nahm sie Jonathan mit hinauf in ihr Zimmer und steckte ihn in ähnliche Kleider; sie setzte ihm sogar eine geblümte Mädchenhaube auf. Sein Kleid hatte hinten einen Schlitz für einen Schwanz, einen langen, weißen Fellstreifen, den sie an seiner Unterhose befestigt hatte. Er durfte diese Aufmachung den ganzen Tag nicht mehr ausziehen, und sie wies das Personal an, ihn ›Miez, Miez, Miez‹ zu rufen.«

Lauren blickte entsetzt hoch.

»O ja, seine Mutter hätte keine demütigendere Strafe für ihn ersinnen können. Selbst als Kind war Mr. Grant immer schon sehr stolz darauf, ein Junge, ein Mann zu sein. Männlichkeit hatte einen großen Stellenwert in diesem Haus, sowohl bei seiner Mutter als auch bei seinem Vater. Für feminine Spinnereien war da kein Platz.«

Lauren verschlug es regelrecht die Sprache; was die Mutter ihrem Sohn angetan hatte, war mehr als grausam, es war obszön. Es wunderte sie allerdings, daß Beatrice einer derart unmenschlichen Behandlung eines Kindes so ruhig hatte zusehen können, aber wahrscheinlich war ihre Position im Haus nicht einfach gewesen, so daß ihr, wie sie vermutete, keine andere Wahl geblieben war, wenn sie ihre Arbeit hatte behalten wollen. »Das ist ja eine schreckliche Geschichte«, brachte Lauren schließlich heraus.

»In Noreen Grants Augen war das eine Maßnahme zur Charakterbildung.«

»Und, wie hat sich ihr demütigendes Verhalten ausgewirkt? Hat ihr Sohn gegen sie rebelliert?«

»Nun ja, jedenfalls nicht so, daß es sofort aufgefallen wäre.«

»Was heißt das?«

»Oh, er hat es ihr schon heimgezahlt, aber meistens hat sie es nicht einmal gemerkt; er war nämlich sehr listig. Doch ein Vorfall ist mir unvergeßlich geblieben. Sie müssen wissen, daß das Haus der Grants sehr groß und alt war und in der Nähe eines Sees lag; deswegen war es auch nicht ungewöhnlich, daß des öfteren Ratten und Mäuse ihren Weg in den Keller fanden. Wesley, der Hausmeister, hat regelmäßig Gift ausgelegt, um das Ungeziefer loszuwerden. Nun, an dem fraglichen Tag hat der Junge einen kleinen Blechbehälter aus der Speisekammer geholt, ist damit hinunter in den Keller und hat Gift aus einem der Kartons in den Behälter gekippt. Den Behälter hat er dann in seine Tasche gesteckt, ist damit hoch ins Speisezimmer, und ehe seine Mutter zum Abendessen kam, hat er damit ihre Speisen nachgewürzt.«

Lauren stellte die Teetasse, die sie in der Hand hielt, ab und starrte die Frau ungläubig an, aber ihrem entschlossenen Gesichtsausdruck konnte sie entnehmen, daß Beatrice die Wahrheit sagte. »Aber Beatrice, das war doch Gift –«

»Ja, und seiner Mutter ging es in dieser Nacht auch ziemlich schlecht, aber sie hat ihre Magenerkrankung auf einen Virus geschoben.«

»Er hätte sie töten können.«

»Nun, ich bezweifle, daß er diese Absicht hatte. Schließlich war er ein kluger, einfallsreicher und verläßlicher Junge, nicht die Art junger Mensch, dem ein so schwerwiegender Fehler unterlaufen würde. Er wollte nur, daß sie krank wurde, und das ist ihm auch gelungen.«

Lauren hätte noch bis zum Sanktnimmerleins-Tag hier sitzen und versuchen können zu verstehen, wie eine vernünftige Erwachsene untätig dabei zusehen konnte, daß ein Achtjähriger eine so gefährliche und lebensbedrohliche Tat ausführte, aber das hätte nicht viel gebracht. Schließlich führte die Tat nicht zu einer Katastrophe, was offensichtlich nur einer gnädigen Fügung zu verdanken war. Aber die Geschichte brachte sie doch ziemlich durcheinander und ließ sie frösteln; sie wünschte sich, Beatrice hätte sie ihr nicht erzählt.

Am Tag zuvor hatte Lauren das Gefühl gehabt, als ob sie und Emily endlich Kontakt zueinander fänden, doch wenn sie weitere Fortschritte machen wollte, dann mußte sie von sich aus etwas unternehmen und die Gunst der Stunde nutzen. Deshalb lenkte sie während ihres vormittäglichen Spaziergangs ihre Schritte nun zu der Stelle, wo Emily mit dem Hund saß.

Dort angekommen, fragte sie: »Kann ich mich setzen?«

Emily nickte, und Lauren setzte sich auf einen Stein schräg gegenüber. Sie beschloß, sofort zur Sache zu kommen und den Stier bei den Hörnern zu packen. »Weißt du noch, daß du mir mal die Erlaubnis gabst, dein Zimmer zu durchsuchen?« Emily blickte sie wortlos an. »Nun, ich habe es getan. Nicht damals, sondern erst vor kurzem.« Sie holte tief Luft; sie war nervös, wie Emily wohl reagieren würde. »Und dabei habe ich den Schmuck gefunden, Emily. Den Schmuck deiner Mutter.«

»Ich wollte ihn nicht haben«, sagte sie, und es klang, als wäre sie verärgert darüber, daß sie ihn hatte.

»Warum hast du ihn dann genommen?« Als keine Antwort kam, fuhr sie fort: »Ich habe die Stücke nach der Beschreibung erkannt, die mir dein Vater einmal gab. Aber bitte, verstehe mich nicht falsch, ich will dich nicht verurteilen, weil du den Schmuck genommen hast ... Ich kann verstehen, daß du die Sachen deiner Mutter haben wolltest, wer hätte sie sonst schon bekommen sollen, denke ich. Aber man hätte der Polizei Bescheid geben müssen.«

Wieder nur Schweigen; Emily hatte die Augen geschlossen, als wollte sie sich völlig auf ihr Innerstes konzentrieren. Laurens Gedanken schweiften zu Nancys Affäre ab; sie hatte Carla zwar versprochen, niemandem davon zu erzählen, aber sie war sicher, daß Emily darüber Bescheid wußte. Und sie hätte wetten können, daß sich das Mädchen allein damit herumschlug – mit Erfolg oder ohne. War es da nicht besser, wenn sie sich einmal anhörte, was ein Erwachsener dazu zu sagen hatte? »Emily, ich weiß von deiner Mutter und Gordon«, sagte sie schließlich.

Emily blickte überrascht hoch. »Woher?«

»Von Carla. Sie bat mich zwar, niemandem etwas zu sagen, aber du wußtest es ja bereits. Und sobald ich davon erfuhr, war mir auch klar, wieso du so wütend auf Willie Campbell bist. Ich könnte mir vorstellen, daß er gemeine Dinge über deine Mutter gesagt hat.«

Emily ließ den Kopf hängen, und man hätte nicht sagen können, was sie dachte. Lauren beschloß in dem Moment, zu Emilys Nutzen ein paar Worte der Verteidigung von Nancy vorzubringen. »Weißt du, Liebes, manchmal tut jemand, den wir lieben und dem wir vertrauen, etwas, das wir für falsch halten. Aber diese Person kann durchaus einen Grund dafür haben, einen guten Grund sogar, auch wenn wir ihn nicht verstehen. Doch vielleicht verstehen wir im Lauf der Zeit manches besser. Ich will damit sagen, daß wir nicht voreilig irgendwelche Urteile über einen Menschen fällen sollten, den wir lieben.«

Jetzt sah Emily sie an, und plötzlich waren ihre Augen die

von Jonathan, so dunkel, daß sie sich Lauren regelrecht in die Netzhaut bohrten; ein Frösteln, das oben im Nacken begann, lief ihren Rücken hinunter. »Ich habe den Schmuck doch nur genommen, weil Daddy das so gewollt hat.«

Laurens Atem setzte einen Moment aus. »Du lügst, Emily. Und ich begreife nicht, warum. Ich bin nicht zornig wegen des Schmucks, ehrlich. Ich dachte mir nur, wenn wir ihn –«

Aber Emily war bereits aufgesprungen und ohne jede weitere Erklärung davongerannt, den Hund im Schlepptau. Lauren hob einen Zweig auf und drosch damit auf den Boden ein. *Was war sie, eine Masochistin? Wieso mußte sie hergehen und ausgerechnet jetzt dieses Thema ansprechen?*

Kapitel 17

»Du hättest wirklich auch mal anrufen können«, schallte es Lauren von Carla entgegen, als sie Beatrice den Telefonhörer aus der Hand nahm. Drei Wochen waren seit ihrem letzten Gespräch vergangen, seit Carla Jonathans Einladung zu der Party am Pool abgelehnt hatte.

»Ich hatte viel zu tun«, erwiderte sie. »Außerdem funktioniert das Telefon in beide Richtungen, du hättest mich ebensogut anrufen können.«

»Na, das ist aber komisch, genau das tue ich doch, wenn mich nicht alles täuscht.«

»Kann schon sein«, sagte Lauren und überlegte, daß sich ihre Unterhaltung reichlich kindisch anhörte – höchstens zweiter Klasse, jedenfalls von ihrem Ende aus. »Wie geht es dir denn, Carla?« fragte sie etwas freundlicher, entschlossen, der Kinderei ein Ende zu bereiten. »Du hast mir gefehlt.«

»Tatsächlich?«

»Ja, tatsächlich«, antwortete sie; sie hatten ihr wirklich gefehlt, ihre kurzen Stippvisiten bei der Freundin, ihre langen Gespräche am Telefon. »Tja, ich schätze, du bist auf dem laufenden, was die Neuigkeiten betrifft. Damit meine ich, daß man Jay Philips wegen des Mordes an Gordon Cummings verhaftet hat.«

»Oh, natürlich, das war vielleicht eine Erleichterung. Für jeden im Ort. Ich denke mir, daß er auch Nancy getötet hat. Ich weiß, daß sie ihm damals, als es passierte, nichts beweisen konnten, aber angesichts der Verbindung zwischen Gordon und Nancy wäre das doch ein zu großer Zufall.«

»Da muß ich dir zustimmen. Aber kann ich dich mal etwas fragen?« sagte sie; sie wollte endlich etwas loswerden, das ihr bereits einige Zeit durch den Kopf ging.
»Natürlich, nur zu.«
»Wie sah es eigentlich mit Nancy und ihrer Familie aus? Ihre Eltern und Geschwister ... ich meine, sind sie gut miteinander ausgekommen? Mir ist erst vor kurzem aufgefallen, daß sie nicht ein Mal versucht haben, mit Emily in Kontakt zu treten, seit sie wieder zu Hause ist. Nicht ein Anruf, nicht einmal eine lausige Postkarte. Das wäre mir aufgefallen, da ich immer die Post hereinhole.«
»Na ja, ihre Beziehung war nicht gerade toll, schätze ich mal. Früher scheint sie ganz gut gewesen zu sein, wenigstens hat Nancy immer von ihrer völlig normalen, glücklichen Kindheit gesprochen. Aber ich glaube, daß ihre Familie und Jonathan sich nicht besonders riechen konnten. Da lagen natürlich Welten dazwischen, da ihre Eltern Farmer waren, wirklich einfache Farmersleute. Und Jonathan – tja, abgesehen davon, daß er in einer kleinen Stadt lebt, ist er eben einen wesentlich raffinierteren Lebensstil gewöhnt.«
»Aber Emily ist trotz allem ihre Enkeltochter, ihre Nichte.«
»Ich kann dir deine Frage auch nicht beantworten, Lauren, vielleicht hätten sie aber im Augenblick das Gefühl, sich aufzudrängen. Vor allem, wenn sie wissen, daß Jonathan sich wieder verheiratet und eine neue Familie gegründet hat. Vergiß nicht, ich habe mich am Anfang ähnlich gefühlt. Das ist wahrscheinlich auch nur natürlich.« Nach einer kurzen Pause kam sie auf ein anderes Thema zu sprechen.
»Lauren, komm doch mit den Kindern auf einen Sprung zu uns herüber. Und bevor du gleich wieder nein sagst, möchte ich dir einen Kompromiß vorschlagen; ich habe lange darüber nachgedacht. Also, wenn du heute zu mir kommst, dann verspreche ich dir, dich demnächst bei euch zu Hause

zu besuchen – das heißt, wenn du mich noch haben willst. Die Differenzen mit Jonathan und die verschlossenen Tore wollen wir mal vergessen.«

Lauren stellte fest, daß sie in den letzten paar Wochen tatsächlich keine Lust verspürt hatte, das Haus zu verlassen, so faul und zufrieden war sie gewesen, sich nicht von der Stelle rühren zu müssen, aber plötzlich konnte sie es kaum mehr erwarten, wieder einmal auszugehen. Jonathan mochte das vielleicht nicht gefallen, aber er würde damit leben müssen; schließlich saß Philips hinter Gittern, und das war immerhin sein Hauptargument gewesen, daß sie das Grundstück nicht verlassen sollten. Außerdem war Jonathan unterwegs und inspizierte eine Brücke, und zum Mittagessen würde er es bestimmt nicht schaffen.

Sie erwartete ihn also nicht vor halb vier Uhr zurück. Wenn sie jetzt führe, könnte sie gemütlich Carla besuchen und wieder rechtzeitig für Jonathan mit den Mädchen zu Hause sein, so daß ihre gemeinsame Zeit dadurch keine Einbußen erlitte. Nachdem alle Hindernisse aus dem Weg geräumt waren, beschloß sie, es zu wagen.

Sie warf einen Blick auf die Uhr in der Küche – es war schon fast Mittag –, ehe sie sagte: »Dein Angebot schließt wahrscheinlich kein Mittagessen für drei ein, oder?«

»Aber klar doch, natürlich! Ich wollte dich schon fragen, aber ich dachte mir, du würdest mit Jonathan essen wollen.«

»Nein, das klappt sogar ganz gut. Er versetzt mich heute nämlich. Ich bin natürlich daran gewöhnt, so gegen zwei mein Nickerchen zu halten ... also wenn ich bei dir am Tisch einschlafen sollte –«

»Mach dir mal deswegen keine Sorgen, dann rolle ich dich einfach in die Hängematte. Ach, das ist ja schön«, fuhr Carla aufgeregt fort, »wir werden draußen im Garten ein

Picknick veranstalten. Francine wird vor Freude aus dem Häuschen sein.«

Zuerst fragte sie Chelsea, die draußen im Sandkasten saß und sich angeregt mit einer der neuen Puppen unterhielt, die Jonathan ihr mitgebracht hatte. Sie war zwar nicht abgeneigt, mitzukommen, zögerte aber noch etwas. Offensichtlich hatten sie und Beatrice miteinander ausgemacht, nach dem Mittagessen Schokoladenplätzchen mit gehackten Nüssen zu backen.

»Ich bin sicher, daß sich Beatrice auch ein anderes Mal für dich Zeit nehmen wird. Jetzt rasch, geh dich waschen.«

Emily sah sie neugierig an, als sie sie zu sich rief und ihr von ihrem Entschluß erzählte, eindeutig überrascht, daß sie sich traute, gegen die Regeln zu verstoßen. Und so betrachtet, war sich Lauren plötzlich auch gar nicht mehr so sicher, ob sie wirklich gehen wollte. Aber die Entscheidung war getroffen, sie hatte Carla zugesagt und würde jetzt keinen Rückzieher mehr machen.

Beatrice war offenbar in die Küche gekommen, während Lauren draußen bei den Kindern gewesen war, denn als sie ins Haus zurückkam, um ihre Handtasche zu holen und sich frisch zu machen, hatte die Haushälterin schon fast die Vorbereitungen für das Mittagessen beendet: Sandwiches für die Mädchen und frisches Gemüse für Lauren mit einem Salat aus Truthahnfleisch.

»Oh, das tut mir aber leid, Beatrice, ich hätte es Ihnen sagen sollen, aber wir essen auswärts.«

»Aber Mr. Grant hat nicht erwähnt –«

»Nein, er hat es auch nicht gewußt. Ich habe es eben erst beschlossen.«

»Ich halte das nicht für sehr klug. Außerdem habe ich das jetzt alles schon hergerichtet.«

»Dann heben Sie es bitte für morgen auf, Beatrice.«
»Nein, meine Liebe, das kann ich nicht. Mr. Grant würde das nicht zu schätzen wissen.«
Mittlerweile hatte Laurens Geduld ihre Grenzen erreicht, und sie mußte erst mal tief Luft holen, ehe sie sagte: »Ich werde das jetzt nicht mit Ihnen diskutieren, Beatrice.« Aber sie mußte der Frau doch zugestehen, daß sie sich gebessert hatte, denn sie schaffte es immerhin, sich soweit zusammenzureißen und den Auftritt vom letzten Mal nicht zu wiederholen, als sie mit dem Wagen davonfuhren. Hätte sie es getan, hätte Lauren sie über den Haufen gefahren.

Carla hatte ihr japanisches Holzkohleöfchen neben dem verwitterten Picknicktisch in Betrieb genommen. Es gab Hähnchen in einer würzigen Barbecuesauce, dazu Chutney und den besten Kartoffelsalat, den Lauren je gegessen hatte.
»Carla, der ist ja zum Sterben gut. Und wenn ich Sodbrennen darauf bekomme, der ist es wert.«
Gegen halb zwei waren sie mit dem Essen fertig, und Lauren empfand es als wunderbar entspannend, einfach im Garten zu sitzen und mit Carla zu plaudern, zwar ohne ihren üblichen Luxus, aber auch ohne die hohen Zäune in der Ferne. Sie hatte ganz vergessen, wie gut sich die Normalität anfühlte, oder vielleicht fühlte sie sich auch nur dann so gut an, wenn man sie eine Weile vermissen mußte. Wie auch immer, sie wollte dieses Thema lieber nicht mit Carla erörtern, sie hätte bestimmt kein Verständnis dafür gehabt ... sie wußte ja nicht einmal, ob sie es selbst verstand. Die Kinder waren in der Voliere verschwunden, und Carla öffnete eine Dose Cola, während sie sich erkundigte, wie es denn so lief mit den beiden.
»Eigentlich gar nicht so schlecht. Chelsea ist ganz verrückt nach dem Swimmingpool und schient viel Spaß dabei zu

haben, Beatrice bei der Hausarbeit zu helfen – sie läuft ihr dauernd hinterher, wenn sie es nicht gerade geschafft hat, Jonathan zum Spielen in den Garten zu schleppen. Bei Emily verhält sich die Sache anders; sie ist noch lange nicht über ihre Probleme hinweg, aber eine kleine Annäherung ist uns anscheinend gelungen. Vor kurzem hat sie ihre Periode bekommen, na ja, und da haben wir uns ein wenig unterhalten ... Bis jetzt besteht zwar noch kein Grund zum Jubeln, sie bleibt immer noch die meiste Zeit für sich, aber ein Anfang ist gemacht.«

»Das ist ja schön.«

»Der, an dem sie am meisten hängt, ist der Hund, Stew. Das war wirklich eine brillante Idee von mir.« Sie stand auf und glättete ihren Rock. »Und falls es dir noch nicht aufgefallen sein sollte, langsam sieht man es mir an. Noch nicht sehr, aber Jonathan ist begeistert.«

»Das kann ich mir vorstellen«, erwiderte Carla; in der Befürchtung, daß ihre Bemerkung mißverstanden werden könnte, fügte sie rasch hinzu: »Ich meine damit, daß manche Männer darauf stehen, wenn ihre Frauen schwanger sind. Das stimmt ... schau mich nicht so an. Die finden das sexy.«

Lauren nahm lachend wieder auf der Gartenbank Platz. »Ich kann mir zwar nur schwer vorstellen, daß das so faszinierend sein soll, aber erinnere mich bitte in ein paar Monaten wieder daran, dann werde ich deine Theorie testen.« Dann kam sie auf etwas anderes zu sprechen. »Carla, wenn ich mich mit Nancys Familie in Verbindung setzen wollte, wie könnte ich das am besten anstellen?«

Carla, der man die Überraschung deutlich ansah, stellte ihre Dose Cola auf den Tisch. »Willst du damit sagen, daß du das möchtest?«

»Ich habe lange darüber nachgedacht, außerdem kann es doch nicht schaden, oder? Wenn du recht damit hast, daß sie wegen Jonathans Wiederverheiratung nicht wissen, wie sie sich verhalten sollen, dann würde ich ihnen gerne persönlich versichern, wie sehr es mich freuen würde, wenn sie Kontakt zu Emily hätten. Es würde ihr vielleicht guttun, vielleicht sogar besser als die Therapie. Schließlich ist es ihre Familie.«

Carla nickte zustimmend. »Also, Nancy hieß mit Mädchennamen Renscillier.« Sie buchstabierte Lauren den Namen, den diese sich auf ihrer Papierserviette notierte. »Den Vornamen des Vaters weiß ich leider nicht, aber sie betreiben eine Hühnerfarm in Windham, New Hampshire, einem unbedeutenden kleinen Nest, laut Nancy. Das ist wahrscheinlich der einzige Renscillier dort, und du dürftest keine Schwierigkeiten haben, sie zu finden.« Lauren faltete die Serviette, schob sie in das Reißverschlußfach ihrer Handtasche und wollte diese gerade auf den Boden stellen, als sie hörte, wie Carla bemerkte: »Oh, oh.«

Sie blickte hoch und folgte dem erstaunten Blick ihrer Freundin hinüber zur Vogelvoliere: Jonathan, der den Wagen hinter dem von Lauren in der Auffahrt geparkt hatte, stand dort an der Tür des kleinen Geheges aus Draht und Holz und bedeutete Emily und Chelsea, herauszukommen und in den Wagen zu steigen.

»Was, um alles auf der Welt –«, sagte Lauren, stand auf und ging auf ihn zu. Carla folgte ihr. »Ich bin hier, Jonathan«, rief sie und winkte. »Es ist alles in Ordnung.«

Aber er ignorierte sie, während Emily und Chelsea seinen strengen Anweisungen folgten und vor ihm hermarschierten. Lauren fing zu laufen an, bis sie Jonathan endlich am Rand der Auffahrt eingeholt hatte. Doch ehe sie zu ihrem Protest ansetzen konnte, drehte er sich um und betrachtete sie mit gerunzelter Stirn. »Sieh dich doch nur an«, sagte er. »Du bist ja völlig außer Atem.«

»Tja, wenn ich nicht so hätte hinter dir herhetzen müssen –« Sie hielt inne und holte tief Luft. »Jonathan, mir gefällt dein Verhalten überhaupt nicht. Die Mädchen sind doch offensichtlich hier, weil ich sie hergebracht habe, und sie amüsieren sich prächtig. Ist dir eigentlich klar, wie lange es her ist, daß wir zusammen mal das Haus verlassen haben?« Sie warf einen Blick auf Carla, die die Arme in kämpferischer Pose vor der Brust verschränkt hatte, dann wieder auf Jonathan, ehe sie fortfuhr: »Liebling, können wir das nicht später besprechen?«
»Selbstverständlich ... zu Hause.«
Sie sah zu den Mädchen hinüber. »Laß sie doch noch etwas bleiben –«
Aber er hörte ihr schon gar nicht mehr zu, sondern dirigierte die Mädchen bereits zum Wagen, wo er die hintere Tür öffnete und sie einsteigen ließ. Chelsea warf ihrer Mutter einen besorgten und verwirrten Blick zu, während Emily starr auf ihre Hände im Schoß schaute, unfähig, sie auch nur anzusehen. Carla und Francine standen etwas weiter hinten, aber immer noch in Hörweite, als Lauren zu Jonathan sagte: »Ich hatte dich eigentlich erst um halb vier zu Hause erwartet.«
»Ich habe mich extra beeilt, um eher nach Hause zu kommen, weil ich mir Sorgen machte, daß du dich vielleicht einsam fühlen könntest. Mir scheint, das war dumm von mir. Du wirst mir verzeihen müssen, wenn ich dir mit meinem frühen Nachhausekommen Unannehmlichkeiten bereitet haben sollte«, entgegnete er sarkastisch, öffnete die Fahrertür und stieg ein.
»Das habe ich nicht gesagt, und ich habe auch nicht gemeint –«
Seine Stimme klang aber schon nicht mehr ganz so hart, als er mit einer Kopfbewegung auf Laurens Wagen vorschlug: »Wieso fährst du mir nicht hinterher?«

Weil sie nicht zulassen konnte, daß er sie wie ein ungezogenes Kind von Carla wegholte, deshalb. Begriff er das denn nicht? Sah er denn nicht, wie sehr er sie demütigte?
Offensichtlich nicht, denn er schaute auf seine Uhr und sagte: »Es ist schon nach zwei, Lauren, und du bist jetzt seit neun Uhr auf den Beinen.« Richtig, seit neun, dachte sie und fand es merkwürdig, daß er das so genau wußte, obwohl er das Haus doch bereits verlassen hatte, ehe sie aufgestanden war. War sie so durchschaubar? »Und wenn ich dich so betrachte, dann sieht man dir das auch an – du bist erhitzt und müde und gestreßt. Ich denke, es wäre gut, wenn du dich ein wenig hinlegen würdest, meinst du nicht auch?«
»Danke, mir geht es gut«, log sie ihn an. Mit Sicherheit war sie erhitzt, aber nicht wegen der Witterung, und gestreßt war sie auch, aber als Folge der Umstände. Sie holte tief Luft; er mochte sie zwar wie ein kleines Kind behandeln, aber sie würde sich deswegen nicht wie ein Kind fühlen oder so verhalten. Vor allem nicht vor einem aufmerksamen Publikum. »Ich werde noch etwas bleiben, Jonathan«, sagte sie schließlich.
Ohne ein weiteres Wort warf er einen Blick in den Rückspiegel und fuhr rückwärts die Auffahrt entlang; Chelsea kniete sich auf den Rücksitz und schaute zum Rückfenster hinaus, als sie davonbrausten.

Carla schickte Francine zum Spielen, obwohl auch sie deutlich erregt und verwirrt über das abrupte und unerwartete Ende des Besuches ihrer Freundin war. Dann legte Carla einen Arm um Laurens Schulter, führte sie zum Gartentisch zurück und drückte sie auf die Bank. »Meinst du nicht, daß wir über das, was eben geschehen ist, reden sollten?«
Lauren hob beide Hände in die Höhe. »Was gibt es da groß zu reden? Er hat eben damit gerechnet, daß ich zu Hause

bin, Carla. Er hat schnell, schnell seine geschäftlichen Termine erledigt, damit er wieder zu mir zurückkommen konnte. Ich meine, wie viele Ehemänner machen so etwas schon?«
Carla ließ sich ihr gegenüber auf die Bank sinken. »Ich kann nicht glauben, was ich da höre.«
»Warte!« sagte Lauren rasch und hob die Hand. »Ich weiß, du verstehst das nicht, aber sag bitte nichts, was uns in Zukunft daran hindern könnte, Freundinnen zu bleiben. Bitte, Carla.« Und zum Glück ersparte sie sich jeden weiteren Kommentar. Aber Lauren wollte ihr doch etwas von dem vermitteln, was sie tagtäglich an Besonderem mit Jonathan erlebte und was ihn so sehr von anderen unterschied. »Er ist wirklich ein wunderbarer Mann – freundlich, aufmerksam, ein hervorragender Vater und Ehemann. Carla, du kannst dir gar nicht vorstellen, wie sehr er uns verwöhnt. Wir brauchen ihn nur um etwas zu bitten ... Es gibt nichts, was er uns nicht –«
Aber wieder verstummte sie, ihr Versuch war sinnlos; Carla hörte sich zwar an, was sie zu sagen hatte, bemühte sich aber nicht im geringsten, sie zu verstehen. Lauren seufzte, griff nach ihrer Handtasche und meinte: »Ich gehe jetzt besser.«
»Vor ein paar Minuten erst hast du deinem Mann doch gesagt, daß du noch bleiben willst, und da hast du dich sehr überzeugend angehört. Kannst du ihn nicht wenigstens noch eine Weile schmoren lassen?«
Aber Lauren dachte nur noch an Jonathans Schweigen, das so unerträglich war für sie und das sie sich im Augenblick wirklich nicht einhandeln wollte. »Die Mädchen sind doch bei ihm«, entgegnete sie. »Es geht ihnen bestimmt gut, aber sie regen sich wahrscheinlich doch auf, wenn ich nicht bald nachkomme. Ich finde es wirklich besser, wenn ich fahre.«
Carla, der ihre Verstimmung deutlich anzusehen war,

machte keine Anstalten, Lauren zum Wagen zu begleiten. Aber sie stand kurz auf. »Bevor du hier wegfährst, wollte ich dir noch sagen, daß ich mich getäuscht habe.«
Lauren war sicher, daß sie damit nicht das, was eben vorgefallen war, oder ihre generelle negative Meinung über Jonathan meinte, aber sie fragte trotzdem nach. »So, und in welcher Hinsicht?«
»Ich habe dich einmal als ausgekochte Großstadtpflanze bezeichnet – selbstsicher, stilsicher, eine Frau, die ihr Leben im Griff hat. Aber das bist du überhaupt nicht. Du bist auch nicht viel anders als Nancy.«

Es war wieder eine jener Erinnerungen gewesen, die ihr immer ausgerechnet dann wie eine Faust ins Gesicht schlugen, wenn sie am allerwenigsten damit rechnete. Das war auch der Grund, weshalb sie – scheinbar aus heiterem Himmel – Lauren gegenüber verkündet hatte, daß ihr Vater sie gezwungen habe, den Schmuck ihrer Mutter zu nehmen. Und dann war sie davongelaufen und hatte Lauren einfach sitzenlassen. Als sie allein noch einmal über alles nachdachte, verblaßte die Erinnerung plötzlich wieder. Denn wie konnte das sein, wenn ihr Vater an dem Tag nicht einmal zu Hause gewesen war?
Das war immer noch die zentrale Frage; um darauf eine Antwort zu finden, zermarterte sich Emily unentwegt das Gehirn. Eine Antwort hatte sie bisher zwar noch nicht gefunden, aber im Laufe ihrer Nachforschungen war ein ganzes Bündel unterschiedlichster, schlimmer Emotionen in ihr hochgekommen, die alle mit ihrem Vater verknüpft waren. Allerdings nichts, worauf sie mit Gewißheit ihren Finger hätte legen, es als Grund hätte angeben können ... nur so wie jetzt eben, als sie auf dem Rücksitz des Autos saß und sein kühles, markantes Profil musterte, während er sie

nach Hause fuhr, und dabei nichts anderes als eine große innere Kälte verspürte.
Was würde er mit Lauren machen, wenn sie ihm nicht nachfuhr, wie er ihr befohlen hatte? Aber wie kam sie eigentlich auf die Idee, daß er deswegen überhaupt etwas unternehmen würde? Ihre Erinnerung wanderte zu dem Tag zurück, als sie einmal ihre Mutter dabei ertappt hatte, wie sie gerade aus der Dusche kam. Ihre Mutter, die ein sehr verklemmtes Verhältnis zu ihrem Körper gehabt und sich nie vor Emily ausgezogen hatte, griff rasch nach einem Badehandtuch, aber da hatte Emily bereits die blauen und schwarzen Flecken auf ihrem Rücken gesehen und entsetzt gefragt: »Was ist passiert?«
»Oh, das ist nichts, ich bin nur hingefallen, nur ein dummer Unfall«, erwiderte ihre Mutter, aber ihre Wangen verfärbten sich rot, als sie sich schnell in das Handtuch wickelte. »Weißt du, dein Vater hat eine starke und verführerische Singstimme, ich scheine einfach nicht flink genug danach tanzen zu können.«
Damals war sie erst neun Jahre alt gewesen, sie hatte nicht begriffen ... aber jetzt begriff sie.

Lauren fuhr wie in einem Schleier aus Nebel nach Hause und wußte hinterher nicht einmal mehr die Strecke, die sie genommen hatte. Und als sie eintraf, stand Jonathan im Wohnzimmer und wartete bereits auf sie. Beatrice spähte von der Küche herüber und verschwand anschließend mit einem traurigen Kopfschütteln aus ihrem Blickfeld. War sie wirklich so betroffen über das Vorgefallene, oder war sie vielleicht gar diejenige gewesen, die Jonathan verständigt hatte? Dieses Mal ergriff Lauren als erste das Wort. »Wie konntest du mir das nur antun?«
»Meinst du nicht, du verdrehst hier die Tatsachen? Schließ-

lich bin ich derjenige, der nach Hause kam und feststellen mußte, daß du und die Mädchen verschwunden wart.«

»Verschwunden? Mein Gott, du sagst das ja so, als ob wir ausgewandert wären. Ich bin doch nur zu Carla hinübergefahren, und das auch nur für ein paar Stunden. Ich habe dich nicht so früh erwartet und mir nichts Böses dabei gedacht.«

»Nichts Böses? Haben wir nicht bereits genug durchgemacht, als daß ich mir schon wieder so eine unsensible Bemerkung anhören müßte? Hast du vergessen, welche Höllenqualen wir Emilys wegen durchlitten haben? Daß sie nur ein paar Meilen von unserem Zuhause entfernt brutal angegriffen wurde? Und hast du vergessen, was unserem Mieter zugestoßen ist?«

»Was den Punkt betrifft, benimmst du dich wirklich sehr unvernünftig. Der Mann, der das getan hat, wurde mittlerweile gefaßt und eingesperrt. Es besteht also nicht der geringste Grund für uns, daß wir uns weiterhin fürchten müßten.« Bei ihren letzten Worten wandte er sich plötzlich von ihr ab, stützte sich mit der flachen Hand auf der geformten Rundung des Bogens ab, der hinüber zum Eßzimmer führte, und senkte den Kopf. Zögernd machte sie einen Schritt auf ihn zu und legte ihm die Hand auf die Schulter.

»Jonathan, was ist los?«

Er drehte sie zu ihr um, seufzte und sagte: »Er ist auf Kaution freigelassen worden.«

»Aber nein, das kann doch nicht sein. Wie? Ich dachte, Detective Kneeland hätte gesagt, die Kaution sei ausreichend hoch?«

»Das war sie auch. Aber irgendwie hat er es geschafft, sich das Geld zu besorgen. Er ist seit letzter Woche wieder draußen.«

Lauren spürte kleine Nadelstiche am Haaransatz im Nakken, als sie sich vorstellte, wie dieser Mensch da draußen wieder frei herumlief. Es war so unfair, so lächerlich, so empörend. »Wieso hast du mir das nicht eher gesagt?«

»Weil ich nicht wollte, daß du dir Sorgen machst, aus dem Grund. Weißt du denn nicht, daß ich Himmel und Hölle in Bewegung setzen würde, um dir und den Mädchen alles recht zu machen? Aber es gibt nun mal äußere Hindernisse, die einem dabei im Weg stehen. Was bringt es, wenn du dich sinnlos aufregst – solange ich nur weiß, daß du dich an meine Anweisungen hältst.«

Lauren ging zum Sofa und setzte sich; plötzlich war sie unglaublich erschöpft, genau wie Jonathan vorhergesagt hatte. Würde das denn nie aufhören? Sie blickte hoch zu ihrem Mann, und ihr fiel wieder ein, welcher Demütigung er sie zuvor ausgesetzt hatte.

Jonathan kam ihr nach. Er machte ein zerknirschtes Gesicht, als er neben ihr niederkniete und sie in die Arme nahm. Dann rief er Beatrice, die wie auf Stichwort erschien, als habe sie wartend hinter der Tür bereitgestanden. »Ja, Mr. Grant?« sagte sie, und Erleichterung glättete die scharfen Falten ihres Gesichts.

»Lassen Sie meiner Frau doch bitte ein Bad ein, ja?« Und als sie gerade gehen wollte, hob er Laurens Handtasche auf und streckte sie ihr entgegen. »Wenn Sie ohnehin nach oben gehen, bringen Sie die doch bitte in unser Schlafzimmer.«

Jonathan bestand darauf, Lauren nach oben zu begleiten und ihr beim Ausziehen zu helfen; dann half er ihr auch noch in die im Boden versenkte Badewanne – das heiße Wasser duftete intensiv nach Lavendelessenz ... Wie schön, ihr Lieblingsbadezusatz, dachte Lauren und hatte das Gefühl, alles wie aus weiter Ferne zu betrachten. Diesen Abstand konnte sie auch brauchen, um in Ruhe nachdenken zu können ... oder auch, um nicht nachdenken zu müssen, was immer ihr angenehmer erschien. Jonathan griff in seine Tasche und holte ein kleines Glasröhrchen heraus, schraubte den Deckel ab, ließ eine Tablette in seine Handfläche rollen und gab sie ihr, zusammen mit einem Glas Wasser. Lauren kehrte für einen Moment wenigstens wieder so weit in die Realität zurück, um ihn zu fragen: »Was ist das?«

»Etwas, das dir beim Entspannen hilft.«

Aber sie hatte sich doch vorher bei Carla so wohl gefühlt, dachte sie. Da hatte sie natürlich keine Ahnung von den erneuten Gefahren gehabt, die draußen auf sie lauerten. Unwissenheit ist Glück – sagte man nicht so? Sie wünschte sich nur, Jonathan wäre die Sache geschickter angegangen und hätte ihr früher gesagt, daß man Jay Philips auf Kaution freigelassen hatte. Aber das sagte sie ihm nicht, sie wollte ihm schließlich nicht unterstellen, daß er nicht sein Bestes gab, wenngleich sie doch genau wußte, wie sehr er sich anstrengte. Er war ja so sensibel, so verletzlich ... das hatte bestimmt mit seiner entsetzlichen Kindheit zu tun, davon war sie überzeugt. Doch dann fiel ihr die Tablette wieder ein, und sie sagte: »Aber ich bin doch schwanger, ich kann doch –«

»Keine Sorge, ich habe die Tabletten bei unserem letzten Termin vom Arzt bekommen. Es ist ein ganz harmloses Beruhigungsmittel. Es ist sogar so mild, daß man es auch Kindern gibt.«

Wieso war er plötzlich auf die Idee gekommen, sie könnte ein Beruhigungsmittel brauchen, wunderte sie sich, fragte ihn aber nicht. »Mir ist einfach nicht wohl bei dem Gedanken, Tabletten zu nehmen, wenn ich schwanger bin.«

»Lauren, Ärger und Anspannung schaden dem Baby bestimmt mehr als diese Tablette. Das stammt übrigens nicht von mir, ich habe das bereits mehrfach in zuverlässigen medizinischen Fachzeitschriften gelesen. Es kommt nur darauf an, die richtigen Medikamente zu nehmen und nicht einfach irgendwelche Tabletten auszuprobieren. Und Doc Stevens hat mir persönlich die Sicherheit dieses Präparats garantiert. Verstehst du, was ich sage?« Sie nickte, und mit sanft tadelnder Stimme fuhr er fort: »Meinst du nicht, daß es langsam Zeit wird, daß du etwas mehr Vertrauen in mich zeigst?«

Sie nahm die Tablette in den Mund, legte sie auf ihre Zunge und schluckte sie mit dem Wasser. Genau das war doch das Problem – sie mußte wirklich aufhören, so mißtrauisch, verkrampft und reizbar zu sein. Sie mußte ihr Schicksal in Jonathans fähige Hände legen. Wenn nicht ihrem Mann, wem sollte sie dann vertrauen? Es gab eine völlig logische Begründung für den Vorfall bei Carla, und sie wußte außerdem verdammt genau, daß Jonathan niemals das Wohlergehen ihres Babys aufs Spiel setzen würde.

Ja, und wenn sie nichts wußte, aber das wußte sie ...

Später in ihrem Schlafzimmer, nachdem er sie liebevoll abgetrocknet und eingecremt und für ein Nickerchen ins Bett gesteckt hatte, war sie wieder rundum zufrieden und entspannt, so daß sie nur kopfschüttelnd bemerkte: »O mein Liebling, ich kann es kaum glauben, daß ich vorhin so wütend auf dich war.«

Er schob seine Hand unter ihr dünnes Nachthemd und streichelte ihre Brüste. »Schatz, ich wiederhole es noch einmal, es hängt alles davon ab, daß du mir vertraust und daran glaubst, daß ich die richtigen Entscheidungen für unsere Familie treffe.«

»Aber das tue ich –«

»Tatsächlich? Ich hoffe es. Denn die Welt da draußen steckt voller Gefahren, Lauren. Für dich, für unsere Kinder, für unser ungeborenes Baby ... Und wenn ich mich nicht auf dein gesundes und maßvolles Urteil verlassen kann, dann bleibt mir keine andere Wahl, als eben verstärkte Maßnahmen zur Gewährleistung unserer Sicherheit zu treffen.« Bei diesen Worten nahm er seine Hand von ihrer Brust, griff nach ihrer Handtasche auf dem Nachttisch und entnahm ihr die Schlüssel für den Wagen, für das Tor und die dazugehörige Magnetkarte. »Deshalb werde ich das hier für eine Weile an mich nehmen. Okay, Lauren?«

»Aber das ist doch nicht nötig. Ich meine, wir haben doch jetzt darüber gesprochen ... du hast erklärt –« Sie wollte sich aufrichten, aber er legte seine Hand auf ihre Schulter und drückte sie sanft wieder aufs Bett.

»Das ist doch nur eine vorübergehende Maßnahme«, entgegnete er und ließ die Gegenstände in die Brusttasche seines Hemdes gleiten. »Und dabei geht es eigentlich um mich, nicht um dich. Verstehst du? Ich brauche nämlich einen klaren Kopf, wenn ich arbeite; ich muß dir vertrauen können, muß wissen, daß du das Richtige tust. Ich liebe dich und die Mädchen so sehr, ich würde es nicht überleben, wenn irgend etwas passierte. Also bitte, laß mir meinen Willen und gönne mir meinen Seelenfrieden.«

Sie gab ihm keine Antwort. Sie wußte auch nicht, was sie sagen sollte, aber das war nicht wichtig, denn er schien gar keine Antwort zu erwarten. Er zog die Decke bis unter ihr Kinn hoch, küßte sie und stand auf. An der Tür drehte er sich noch einmal um. »Vorher hast du erwähnt, wie lange es schon her ist, seit du und die Mädchen mal draußen wart, und du hattest recht damit. Ich wünsche nur, du hättest das früher angesprochen und deine Unzufriedenheit nicht trotzig für dich behalten. Wollen wir wirklich, daß die Kinder diese Mißstimmung mitbekommen? Vergiß nicht, Lauren, was immer du möchtest, du brauchst nur darum zu bitten ...«

Er schenkte ihr sein leicht schiefes Lächeln, das sie so liebte.

»Und deshalb wollte ich dich fragen, was du davon hältst, wenn ich nächsten Samstag meine Mädchen auf den Rummelplatz ausführe.«

Und, was hatte das jetzt zu bedeuten, dachte sie, als sie bequem unter ihrer kühlen Bettdecke lag, frei von der Nervosität, die sie noch eine Stunde zuvor geplagt hatte. Hatte das zu bedeuten, daß sie nicht mehr kommen und gehen konnte, wie es ihr paßte, daß sie eine Gefangene in ihrem eigenen Haus war? Aber Moment mal, wurde sie jetzt nicht ein bißchen melodramatisch? Es war schließlich nicht so, daß sie nicht zur Tür hinausgehen konnte, wann immer sie wollte, oder daß Jonathan sie nicht überall hinfahren würde, wenn sie darauf bestand. Hatte er ihr denn je etwas abgeschlagen?

Außerdem war die Sicherheitsanlage des Hauses direkt mit dem örtlichen Polizeirevier verbunden, also konnte von einem Gefängnis wirklich nicht die Rede sein. Die Frage lautete eher, ob sie sich mit den ihr von Jonathan auferlegten Beschränkungen abfinden konnte oder wollte. Oder würde sie sich dann nicht bald die Frage stellen, ob sie diesen Mann überhaupt noch liebte, diesen Mann, der sie anbetete, sie verwöhnte, der mit einem einzigen Blick die Lust in ihr wecken konnte?

Wenn er nichts anderes verlangte, als daß sie und die Mädchen sich so lange innerhalb des Grundstücks aufhielten, bis die Gefahr gebannt war, dann war das doch wirklich keine große Affäre, oder? So schlimm war das schließlich auch wieder nicht, sie lebte nun schon seit einigen Wochen so und hatte es bisher nicht als störend empfunden, im Gegenteil, es war eher so, als befände sie sich in einem Erholungsheim auf dem Land. Und außerdem war es doch nur vorübergehend ...

Carlas verletzende Worte, die sie mit Nancy verglichen, kamen ihr wieder in den Sinn, aber sie schob sie beiseite. Es zählte nicht, was Carla dachte, sie durfte das nicht zulassen. Sie versuchte doch auch nur dasselbe wie Fern, sich nämlich in Laurens Leben einzumischen.

Zwei Tränen tropften aus ihren Augen und rannen ihre Wangen hinunter bis zu ihren Ohren ... sie wußte nicht, wo sie herkamen oder wieso sie da waren, und sie war auch zu müde, die Hand zu heben und sie wegzuwischen. Sie mußte an das denken, was Emily ein paar Tage zuvor gesagt hatte. *Daddy hat mich gezwungen, den Schmuck zu nehmen ...* Was für eine merkwürdige Bemerkung. Mehr als merkwürdig, geradezu lachhaft. Das würde doch bedeuten, daß Jonathan mit Emily im Haus gewesen war, als Nancy ermordet wurde.

Kapitel 18

Keine Ausflüge mehr ohne Anstandsdame, aber Telefonate und Telegramme erlaubt, flüsterte ihr eine Stimme in ihrem Kopf zu, als sie am nächsten Tag draußen auf der Veranda saß und die Serviette mit Nancys Mädchennamen aus ihre Tasche holte. Verlor sie ihren Verstand, würde sie bald nur noch innere Monologe führen?
Das Seltsame daran war nur, daß ihr Leben ihr nicht normaler und richtiger hätte erscheinen können. Auch Jonathan hätte beim Abendessen am Tag zuvor nicht liebevoller und netter zu ihr gewesen sein können; anschließend hatte er sogar einen Spaziergang unter dem Sternenhimmel mit ihr unternommen. Es war, als wäre nie etwas Negatives vorgefallen zwischen ihnen beiden. Und als er an diesem Morgen zu ihr ins Schlafzimmer kam, um sich mit einem Kuß von ihr zu verabschieden, ehe er zur Arbeit fuhr, da mußte sie doch tatsächlich gegen den Drang ankämpfen, sich an ihn zu klammern und ihn nicht gehen zu lassen.
Emily war zwar noch in sich gekehrter und noch verstörter als sonst, dafür war Chelsea lebhaft und gesprächig; die meiste Zeit über ließ sie sie völlig in Ruhe und hängte sich an ihren Vater oder, wie jetzt, an Beatrice, der sie bereits den ganzen Vormittag von Zimmer zu Zimmer nachrannte und jede ihrer Bewegungen nachahmte. »Sagen Sie es mir bitte, wenn sie Ihnen im Weg ist«, bat Lauren.
Aber Beatrice schüttelte nur den Kopf, bückte sich und fuhr mit ihren starken Fingern durch Chelseas blonde Locken. Ja, Beatrice hatte im Laufe der Wochen wirklich einen Narren gefressen an Chelsea, wie auch umgekehrt. Für Chelsea war

das eine gute Sache, denn die Frau war immer dann für sie da, wenn Lauren sich nicht recht wohl fühlte und ihr nicht die Zuwendung geben konnte, die sie brauchte, etwas, das in der letzten Zeit immer häufiger vorkam. Weshalb sollte die Freundschaft der beiden sie also irritieren?

Als sie nun die zerknüllte Serviette in der Hand hielt, bemerkte sie, daß Beatrice auf sie zukam. »Kann ich Ihnen das abnehmen?« fragte sie, aber Lauren schob die Serviette rasch zurück in ihre Tasche und stand auf. »Nein, nicht nötig, mir wird nur die Sonne allmählich zuviel. Ich glaube, ich gehe eine Weile ins Schlafzimmer und lege mich hin.«

»Sind Sie sicher –«

»Absolut sicher, mir geht es gut.« An Chelsea gewandt, fuhr sie fort: »Liebling, ich würde gerne noch einmal die Regeln mit dir besprechen. Also, du gehst nicht in die Nähe des Swimmingpools, es sei denn, Beatrice oder Daddy oder –«

Doch Beatrice schnitt ihr das Wort ab. »Sie brauchen sich keine Sorgen zu machen. Wissen Sie denn nicht, daß Chelsea mir eine große Hilfe ist?«

Kaum war Lauren in ihrem Schlafzimmer, griff sie als erstes sofort zum Telefon.

Als Beatrice Chelsea bat, den Überwachungsmonitor in Mommys Schlafzimmer anzuschalten, war sie nicht im mindestens überrascht, denn das gehörte nun mal zu den Pflichten, wenn man einen reibungslosen Haushalt führen wollte, wie Beatrice ihr erklärt hatte. Ihre Mutter durfte sich nicht allein im oberen Stockwerk aufhalten, ohne daß sie nicht per Bildschirm überwacht wurde. Schließlich war sie schwanger und zerbrechlich und ihrer selbst nicht sehr sicher in der letzten Zeit. Das konnte sogar Chelsea sehen. Wenn sie nun etwas länger schlief oder ein Nickerchen machte und Daddy nicht selbst auf sie aufpassen konnte, dann hatte er die Anweisung hinterlassen, daß der Monitor in ihrem Zimmer eingeschaltet wurde. Denn Beatrice mußte doch jederzeit bereit sein, nach oben zu laufen, falls Mommy sie benötigte: Zum Beispiel, wenn sie aufwachte und ihre Kräcker brauchte, damit sie sich nicht übergeben mußte, oder wenn sie aus dem Bad kam.

Aber die Tatsache, daß sie das Überwachungssystem benutzten, war eines von Beatrices kleinen Haushaltsgeheimnissen, die Chelsea nie ihrer Mutter anvertraut hätte. »Deine Mutter gehört zu den Frauen, die gerne so tun, als würden sie alles ganz allein schaffen«, hatte Beatrice ihr erklärt. »Und das ist auch völlig in Ordnung, sie braucht das für ihren Stolz. Und deshalb sollten wir, wenn möglich, ihren Stolz auch nicht verletzen, wozu wäre das gut? Aber Daddy ist nun mal für dieses Haus verantwortlich, und wir müssen uns an seine Regeln halten.«

Manchmal vertraute Beatrice Chelsea die Überwachung des Bildschirms an, während sie mit anderen Dingen beschäftigt war, aber dieses Mal kam Beatrice sofort zu ihr herüber und schaltete den Ton an, als sie sah, wie Mommy zu dem Telefon auf ihrem Nachttisch griff. Sie konnten erst ein paar Sekunden so dagestanden haben, als sie bemerkten, daß noch jemand in der Küche war. Chelsea und Beatrice blickten beide gleichzeitig hoch und sahen Emily, die sie beobachtete.

Und ohne jede Vorwarnung wirbelte Emily herum, stürmte mit ausgestreckten Armen auf die Küchentheke zu, packte alles, was dort lag und stand, und warf es zu Boden: den Toaster, den Mixer, den Dosenöffner, ein paar Schüsseln, einen Stoß Papier!

»O-Gott-o-Gott, sie dreht wieder durch!« rief Beatrice, rannte zu ihr hin und versuchte sie zu bremsen. Aber Emily schob sie grob beiseite und ging auf Chelsea los!

Lauren hatte die Auskunft angerufen, und wie sich herausstellte, hatte Carla recht gehabt; es war nicht schwierig, den einzigen Martin Renscillier in Windham, New Hampshire, ausfindig zu machen. Sie wählte seine Nummer, und als sich eine Frauenstimme meldete, sagte Lauren, wer sie war, mußte aber überrascht feststellen, daß ihr nur Schweigen, offensichtliche Verwunderung und Mißtrauen aus dem Apparat entgegenschlugen. Doch bald schon gab Barbara Renscillier, Nancys Mutter, ihre verlegene Zurückhaltung auf und vertraute Lauren an, daß sie erst ein halbes Jahr zuvor ihren Mann durch einen Herzanfall verloren habe.

Die Frau fuhr fort, ihr eine Menge Fragen zu stellen, wie es denn Emily so ginge, wie sie sich fühle, wie ihr psychischer Zustand sei, und Lauren bemühte sich, ihr so präzise Antworten wie möglich zu geben. Schließlich sagte sie: »Vielleicht ist es besser, wenn Jonathan Sie mal anruft, er ist natürlich viel vertrauter mit den Berichten des Arztes, und –«

»Nein, das will ich nicht.«

»Aber das dürfte kein Problem sein.«

»Weiß Ihr Mann eigentlich, daß Sie mich anrufen?«

»Nein. Aber er hätte bestimmt nichts dagegen. Ich meine, schließlich –«

»Wenn Sie glauben, daß er nichts dagegen hat, wieso haben Sie es ihm dann nicht gesagt?«

»Ich weiß nicht, ich dachte nur –«

»Sie dachten, daß er bestimmt etwas dagegen hätte.«

Lauren fühlte sich zunehmend unwohler angesichts der wachsenden Aggressivität dieser Frau, was ihr das Gefühl vermittelte, einem Verhör ausgesetzt zu sein. »Hören Sie, Barbara, ich weiß nicht, worauf Sie hinauswollen oder wieso. Ich habe Sie nur angerufen, um Ihnen zu sagen, daß Sie jederzeit willkommen sind, Emily zu sehen oder sonst mit ihr Kontakt aufzunehmen. Eigentlich dachte ich mir –«

»Es ist nicht wichtig, was Sie denken, junge Frau ... Was meint Ihr Mann dazu?«

Lauren hielt einen Moment verwirrt inne; die Stimmung der Frau war nun total umgeschlagen und längst nicht mehr so entgegenkommend. »Er würde bestimmt nicht versuchen, mich aufzuhalten, wenn Sie das meinen.«

»Oh, da täuschen Sie sich aber, meine Liebe. Mit Sicherheit würde er versuchen, mich aufzuhalten. Oder meine Kinder. Ja, um Gottes willen, er hat uns doch von ihr ferngehalten, als Nancy noch am Leben war.«

»Wollen Sie damit sagen, daß Jonathan Sie persönlich davon abgehalten hat, Ihre Enkeltochter zu sehen?«

»O nein, so ehrlich oder direkt natürlich nicht. Er ist sehr schlau vorgegangen, ein wahrer Meister der Manipulation. Seine Meinung haben wir immer aus dem Mund unserer Tochter erfahren, und das schlimmste daran war – ihr war überhaupt nicht klar, daß es er war, der aus ihr sprach, und nicht sie. Er trieb so lange einen Keil zwischen uns, bis sie kaum mehr mit uns sprechen wollte, weder mit mir noch mit ihrem Vater; geschweige denn, daß wir unsere Enkelin hätte sehen dürfen. Ja, gesprochen hat unsere Tochter, aber er stand im Hintergrund bereit und zog die Fäden.«

Die Geschichte war nicht ganz neu für Lauren, aber die dramatische Zuspitzung, die aus der Version dieser Frau herauszuhören war, ließ Nancy in einem Licht erscheinen, als sei sie emotional mißbraucht worden, von dem Bösewicht Jonathan natürlich, und das machte Lauren wütend.

»Hören Sie, das war damals, und ich weiß nicht, was da vorgefallen ist. Aber jetzt ist heute, und Jonathan ist überhaupt nicht so, wie Sie ihn beschreiben. Er ist ein anständiger Mensch, ein guter Mann.«

»Er ist ein kranker Mann!«
Lauren holte tief Luft; allmählich stieg Übelkeit in ihr hoch. Und was die Sache noch schlimmer machte – plötzlich meinte sie, laute Stimmen von unten zu hören. O Gott, es war ein schrecklicher Fehler gewesen, diese Frau anzurufen. Sie hatte dadurch nur eine alte, noch nicht verheilte Wunde wieder aufgerissen; da kamen Dinge zum Vorschein, über die sie fast nichts wußte, die sie auch nichts angingen. Und gerade als sie auflegen wollte, fing die Frau zu schluchzen an. »Er hat meine Tochter umgebracht«, weinte sie.
»Jetzt hören Sie aber auf, das ist doch eine Lüge! Gut, vielleicht sind Sie mit Ihrem Schwiegersohn ja wirklich nicht gut ausgekommen, vielleicht haben Sie ihn sogar gehaßt, aber das ist noch lange keine Entschuldigung, so schreckliche Dinge zu sagen! Himmel, wir können Sie nur –«
»Weil es wahr ist!« rief sie über Laurens Protest hinweg. »Oh, ich kann es natürlich nicht beweisen – wenn ich es könnte, hätte ich mich bereits an das nächste Gericht gewandt. Wollen Sie wissen, was meinen Mann in Wirklichkeit getötet hat, junge Frau, was letztendlich sein Herz ausgezehrt hat, das noch für mindestens weitere zehn Jahre stark gewesen wäre?«
Lauren wollte es nicht hören, aber Barbara Renscillier war nicht davon abzuhalten, es ihr zu sagen. »Nicht der Kummer über Nancys Verlust, o nein, diesen Kummer hatten wir bereits vor Jahren überwunden, damals, als sie ›Ja‹ zu Jonathan Grant sagte. Was meinen geliebten Mann wirklich umgebracht hat, war die nie nachlassende Angst, die an ihm zehrte. Es war das Wissen, daß seine Enkelin, wenn sie wieder draußen wäre aus diesem Rattenloch, in das dieser Mistkerl sie gesteckt hatte, gezwungen wäre, wieder bei ihm zu leben!«
Lauren ließ den Hörer fallen und schlang beide Arme um

ihren Oberkörper. Es war warm im Zimmer, das hatte sie gleich gemerkt, als sie es betreten hatte, aber sie konnte nicht mehr aufhören zu zittern.

Daddy war mittendrin aufgetaucht, und das war gut so, denn Emily hatte Chelsea bereits auf den Mund geschlagen, und obwohl Beatrice versuchte, Emily von ihr wegzureißen, schlug sie immer weiter auf sie ein. Und Daddy war sehr zornig.

Während Beatrice aus dem Zimmer ging, um das Geschirrtuch naß zu machen und aus dem Medizinschrank ein Spray für Chelseas blutende Lippe zu holen, drängte Jonathan Emily gegen eine Wand. »Deine Schwester ist fünf Jahre jünger als du und nur halb so groß. Wieso tust du ihr das an?«

Emily gab ihm keine Antwort, sondern schaute ihn nur mit einem bösen Gesicht an, das sie mittlerweile bis zur Perfektion beherrschte; Daddy wandte sich an Beatrice, die eben wieder in die Küche zurückgekommen war und nun Chelseas Lippe mit Jod bepinselte. »Wo ist Lauren?«

»In Ihrem Schlafzimmer, Mr. Grant«, erwiderte sie. »Sie ist von dem Lärm hier unten nicht gestört worden.«

Er warf rasch einen Blick auf den Monitor, der mittlerweile ausgeschaltet war. »Ich werde den Vorfall später mit ihr besprechen. Unter vier Augen. Doch jetzt wüßte ich gern, wo der Hund ist.«

»Hinten im Garten, glaube ich.«

Und in dem Moment brach Emily zum ersten Mal so richtig der Schweiß aus, aber sie wandte den Blick ab, als ob sie die Sache mit dem Hund völlig kaltließe, wie immer sie auch ausginge. Doch Chelsea wußte es besser, und Daddy auch.

»Ich will, daß der Hund in den Keller kommt«, sagte er. »Bis auf weiteres wird er dort unten schlafen, fressen und trainiert werden.« Dann wandte er sich wieder an Emily. »Und du läßt dich besser nicht in der Nähe des Tieres blicken, nicht, solange du nicht gelernt hast, dich ordentlich zu benehmen und die Menschen um dich herum mit Zuneigung und Respekt zu behandeln. Ich habe mir bis jetzt genügend Unverschämtheiten von dir gefallen lassen, aber genug ist genug! Ich denke, es ist an der Zeit, daß du anfängst, dich wie eine junge Dame zu benehmen.«

»So wie sie?« schrie sie und deutete auf Chelsea.

»Ja, genau wie sie!«

Bei diesen Worten stürmte Emily hoch in ihr Zimmer, und Jonathan ging zu Chelsea und kniete sich vor sie hin. »Ach du meine Güte, Engelchen, das sieht aber wirklich nicht toll aus«, sagte er und verzog das Gesicht, als könnte er ihren Schmerz nachempfinden. »Wie fühlt es sich an?«

»Es tut sehr weh.«

»Beatrice, haben Sie eine antiseptische Lösung aufgetragen?«

»Aber natürlich habe ich das, Mr. Grant.« Mit einer Geste nach oben zu dem Zimmer, in dem Emily verschwunden war, fragte sie: »Soll ich vielleicht meine Nichte anrufen?«

Er schüttelte den Kopf. »Bei allem Respekt Ihrer Nichte gegenüber, aber allmählich reicht es mir mit diesen Psychologen. Schauen Sie sich doch nur das Ergebnis an«, seufzte er und hob resigniert die Arme. »Ich habe eine Tochter, die laut und unzivilisiert und unverschämt ist. Nein, rufen Sie an und sagen Sie Emilys Termine bis auf weiteres ab – es ist Zeit, daß hier wieder so etwas wie Disziplin einkehrt!«

Dann wandte Daddy sich an Chelsea, die schlucken mußte; nie zuvor hatte sie ihn so wütend erlebt, und wenn er so redete, dann machte er ihr angst. »Beatrice«, sagte er, und noch zeichnete sich leichter Zorn auf seinem Gesicht ab. »Ich fürchte, wir werden bei meinem kleinen Mädchen hier auf stärkere Medizin zurückgreifen müssen.« Doch noch

ehe Chelsea ihre Einwände loswerden konnte, sah sie, wie er zu grinsen anfing und ihr seine strahlend weißen Zähne zeigte. Als wäre sie leicht wie eine Feder, warf er sie sich über die Schulter.
Und schon war er zur hinteren Tür in den Garten hinaus verschwunden, während sie lachte und sich an dem erstaunlich bockigen Pferd unter ihr festhielt; sogar ihre Lippe, die noch vor ein paar Minuten so weh getan hatte, hatte aufgehört zu schmerzen. Und Mitleid mit Emily verspürte sie auch keines. Wieso sollte sie? Emily hatte sie böse geschlagen, und das ohne jeden Grund; schließlich hatte Chelsea sich nur bemüht, das zu sein, was Daddy von ihr erwartete – nämlich sein perfektes kleines Mädchen. Eine Position, die Emily freiwillig und von sich aus aufgegeben hatte.

Lauren hatte ungefähr eine Viertelstunde lang in dieser Haltung auf dem Bett gesessen, ehe das Zittern ihres Körpers nachgelassen, ehe sie endlich wieder einen Zustand relativer Normalität erreicht hatte. Diese schreckliche Frau – wenn das eine Kostprobe dessen gewesen war, was man sich unter den einfachen Farmersleuten in Nancys Familie vorzustellen hatte, dann war es kein Wunder, daß sie nicht mit ihnen ausgekommen war. Wenn man sich vorstellte, welche Gefühle Barbara Renscillier für ihren Schwiegersohn hegte, dann mußte die Situation unerträglich für sie gewesen sein.
Diese Bosheit von ihr – Jonathan doch tatsächlich des Mordes an ihrer Tochter zu bezichtigen! Jonathan hatte schließlich ein Alibi, wußte die Frau das denn nicht? Oder wußte sie es und ignorierte es einfach? Offensichtlich war sie ein Mensch, der seine Urteile auf rein emotionaler Basis fällte und dabei alle Tatsachen in den Wind schlug.
Vielleicht war es diese intensive Beschäftigung mit dem Thema Familie, die sie plötzlich Sehnsucht nach Fern ver-

spüren ließ. Sie streckte die Hand nach dem Telefonhörer aus, gerade als Jonathan die Tür öffnete, und zuckte rasch wieder zurück. Aber ihm entging ihre Bewegung nicht. »Es sieht so aus, als sei meine bildschöne Frau wach. Habe ich dich etwa gestört?«

»Nein, natürlich nicht«, beeilte sie sich zu sagen und schüttelte den Kopf.

»Nun, könnte ich dich dann für ein gemeinsames Mittagessen begeistern? Nur du und ich.«

»Wollen wir ausgehen?« fragte sie, mit einem Schlag völlig aufgeregt; sie hoffte sehr, seine Antwort möge ja lauten. Und so lautete sie natürlich auch. Er nickte und sagte: »Was immer du möchtest, mein Liebes.«

Sie eilte in ihr Ankleidezimmer, um sich umzuziehen und ihr Gesicht zurechtzumachen; ihre Hände zitterten immer noch von dem eben geführten Gespräch, und sie hatte Mühe, ihr Make-up aufzutragen. Aber sie wollte besonders schön für Jonathan aussehen, der in der Zwischenzeit wieder nach unten gegangen war, um mit Beatrice zu reden. Offensichtlich hatte es eine kleine Auseinandersetzung zwischen Emily und Chelsea gegeben, was die lauten Stimmen erklärte, die sie zuvor gehört hatte. Jonathan würde schon erfahren, was passiert war, und den Vorfall bereinigen.

»Was hat Beatrice denn nun über die Mädchen erzählt?« fragte sie, als sich das Tor öffnete und sie hindurchfuhren.

»Nichts, worüber du dir Gedanken machen müßtest, es ist bereits alles geregelt.«

»Aber ich habe gesehen, wie sie Stew in den Keller gebracht hat.« Lauren war unten gewesen, als Beatrice den Hund von draußen ins Haus geholt hatte.

»Das ist nur eine vorübergehende Strafmaßnahme. Emily muß lernen, wie man sich anständig benimmt. Davon, sich

wie eine junge Dame zu benehmen, will ich gar nicht reden.«
»Ja, ist sie denn handgreiflich geworden?«
Er sah sie von der Seite an. »Wieso machst du das?«
»Was?«
»Wieso kannst du es nicht dabei bewenden lassen und hackst du weiter auf dem Streit der Mädchen herum, obwohl ich dir doch bereits gesagt habe, daß alles geregelt ist?«
Sie schüttelte erst den Kopf und zuckte dann die Schultern. »Aus keinem besonderen Grund, aus Neugierde.« Dann schaute sie zum Fenster hinaus; sie spürte immer noch ein leichtes Zittern in ihrer Brust. »Und, wo fahren wir hin?«
»Ich habe es doch schon gesagt, entscheide du.«
»Ich kann mich heute nicht entscheiden. Bitte, sag du doch, Jonathan.« Er musterte sie prüfend und mit zusammengekniffenen Augen. »Was ist?« fragte sie und wurde allmählich verlegen.
Er schüttelte nur den Kopf und richtete den Blick wieder auf die Straße. »Fahren wir zu Rogers«, meinte er schließlich. Sie war einverstanden mit seiner Wahl, das Essen bei Rogers war gut, aber das schönste an dem Lokal war die große Terrasse mit Blick auf den See. Sie ließ sich zurücksinken und stellte sich auf eine ungefähr halbstündige Fahrt ein, weshalb sie auch sehr überrascht war, als er, kaum daß sie fünf Minuten auf der Route 91 hinter sich hatten, auf den Parkplatz eines Imbisses einbog.
»Ich dachte, wir würden zu Rogers –«
»Fahren wir auch«, erwiderte er, öffnete das Handschuhfach, holte eine Packung Papiertaschentücher heraus und reichte sie ihr. »Aber zuerst solltest du dir mindestens die Hälfte von deinem Make-up wieder abschminken.«
»Was redest du da?«
Gutmütig den Kopf schüttelnd, klappte er die Sonnenblende

auf der Beifahrerseite hinunter, damit sie sich im Spiegel betrachten konnte. »Würdest du mir vielleicht verraten, was du dir dabei gedacht hast, als du dir das ganze Zeug ins Gesicht geschmiert hast? Wolltest du dir vielleicht einen anderen anlachen?«

Sie schaute erst Jonathan etwas überrascht an – diese Art ironischer Bemerkung war sie von ihm nicht gewöhnt –, dann musterte sie ihr Spiegelbild. Der Versuch, gut auszusehen für ihren Mann, war wirklich danebengegangen, da sie tatsächlich zuviel Make-up aufgetragen hatte. Sie klappte die Sonnenblende wieder zurück und sagte: »Okay, du hast gewonnen. Ich bringe das wieder in Ordnung, sobald wir bei Rogers sind.«

Er seufzte und schob seinen Schalensitz zurück, als wollte er sich auf eine lange Wartezeit einstellen. »Glaubst du wirklich, daß ich dich in diesem Zustand zu Rogers oder sonstwohin gehen lasse? Daß andere Männer dich so sehen können?«

»Wie sehen können?«

»Du siehst aus wie eine Schlampe, Lauren.«

Sie hatte das Gefühl, als hätte sie jemand in den Magen geboxt – sie holte tief Luft, schloß die Augen und lehnte ihren Kopf an die Nackenstütze zurück. Würde sich die Situation noch weiter verschlimmern und wieder in einem dieser schrecklichen Schweigen enden? Würde er sie bestrafen und wieder nach Hause fahren? War sie willens, sich mit einer dieser Alternativen abzufinden? Ein paar Minuten verstrichen in totalem Schweigen, bis sie sich schließlich aufrichtete, den Spiegel herunterklappte und die Hand ausstreckte. »Gib mir die Taschentücher.«

Jonathan besorgte ihnen einen Tisch auf der Terrasse, wo es ihr am besten gefiel, und bestellte Lachs für sie, geräuchert, wie sie ihn am liebsten mochte. Jonathan war umwerfend charmant zu ihr, und es war die reinste Freude, mit ihm zusammenzusein. Und das alles, weil sie genügend Reife bewiesen hatte, ein wenig nachzugeben. Es hatte eine Zeit gegeben, da wäre sie nicht fähig gewesen, sich so weit zurückzunehmen ... eine Zeit vor Jonathan. Im Ernst ... war es wirklich so schlimm, daß sie ihr Gesicht noch einmal zurechtgemacht hatte, ehe sie in das Restaurant gekommen waren? Es war doch nur um ihr Make-up gegangen, und sie hatte eindeutig zuviel aufgelegt.

Im Verlauf des Essens dachte sie mehrere Male an ihr Telefonat mit Nancys Mutter, und jedesmal blieb sie aufs neue wieder bei deren häßlichen Anklagen hängen; zweimal stand sie sogar kurz davor, Jonathan nach seinem Alibi zu fragen. Aber beide Male stoppte sie sich gerade noch rechtzeitig, bevor sie den Mund aufmachte. Bestimmt würde er von ihr erfahren wollen, aus welchem Grund sie auf diese Frage kam ... so daß sie nicht einmal in diesen Minuten frei davon war, an Nancys Ermordung zu denken. In einem Punkt hatte Barbara Renscillier allerdings recht gehabt, und zwar, weshalb Lauren zuvor nicht mit Jonathan darüber gesprochen hatte, daß sie sie anrufen wollte. Die Wahrheit war, daß sie sich nicht sicher gewesen war, wie er reagieren würde.

Jonathan hatte ein Alibi, das wußte sie. Sie wußte es, weil er es ihr gesagt hatte. Aber so viele andere Dinge hatte er ihr auch gesagt, Dinge, die nicht unbedingt immer der Wahrheit entsprochen hatten, wie sich hinterher herausstellte. War es auch in dem Fall so? Aber Lauren hätte nie gewagt Detective Kneeland direkt danach zu fragen, hätte sich nicht zwei Tage später die Gelegenheit ergeben, als er unerwartet bei ihr zu Hause vorbeikam. Beatrice und Chelsea waren zur Reinigung gefahren, um dort Jonathans Hemden abzuliefern, und sie war allein mit Emily zu Hause.

»Vielleicht hätte ich vorher anrufen sollen«, sagte er, als er am Tor in seinem Wagen saß.

»Nein, das ist schon in Ordnung, kein Problem«, entgegnete sie und stellte fest, daß sie dieses Mal sogar richtig erfreut darüber war, daß er einfach so vorbeischaute. Einer der Vorteile in puncto Sicherheit, die ein kleinerer Ort gegenüber einer Großstadt zu bieten hatte, dachte sie, worauf ihr aber gleich klar wurde, wie unnötig das war. Hatte Jonathan nicht selbst dafür gesorgt, daß die Grants die letzten im Ort waren, die zusätzliche Sicherheit von außen benötigten? Sie öffnete das vordere Tor, um den Detective hindurchzulassen, und bis sie an die Tür kam, stieg er bereits aus seinem Wagen. »Ich habe den Lexus Ihres Mannes gar nicht gesehen«, bemerkte er, als sie ihn in die Halle bat.

»Brauchen Sie ihn? Wenn ja, dann kann ich ihn jederzeit anrufen.«

»Nein, nein, das ist nicht notwendig. Das können Sie ihm auch hinterher erzählen. Es sind gute Neuigkeiten, und deshalb dachte ich mir, daß ich sie Ihnen persönlich überbringe. Philips ist wieder im Gefängnis, und ich kann es mir nicht verkneifen, ein wenig damit anzugeben, daß ich ihn wieder zurückgebracht habe.«

»So? Wie haben Sie denn das geschafft?«

»Manchmal muß man eben erfinderisch sein. Mir fiel irgendwann wieder ein, daß er eine Freundin drüben in New Jersey hatte, und so bin ich ihm die letzten paar Tage höchstpersönlich gefolgt. Gestern abend hatte ich dann Erfolg. Wissen Sie, die Bedingungen, zu denen die Kaution erlassen wurde, waren recht eindeutig. Demnach durfte er den Staat nicht verlassen. Und schließlich hat Richter Nestor die Kaution widerrufen.«

Würde das Jonathans Befürchtungen ein Ende bereiten? Sie wollte sich lieber nicht vorstellen, daß es vielleicht keine

Wirkung haben könnte. »Oh, das ist ja wunderbar«, erwiderte sie. »Wie stehen die Chancen, daß er wieder herauskommt?«

»Wenn ich etwas zu sagen habe, hat er nicht die geringste Chance. Wie ich die Sache sehe, wird er verurteilt werden und eine ganze Weile hinter Gittern verschwinden. Und in der Zwischenzeit wird er nirgendwo mehr hingehen. Um ehrlich zu sein, war ich ziemlich überrascht, daß der Richter überhaupt einer Kaution für ihn zugestimmt hat, aber ich vermute, daß er sich wie wir anderen auch gedacht hat, daß der Junge bestimmt nicht einmal das Geld für einen Kautionssteller auftreiben wird.«

»Aber das hat er. Wie konnte das nur passieren?«

Der Detective strich sich glättend mit dem Finger über seinen Schnurrbart und schüttelte den Kopf; offensichtlich war das auch für ihn ein Rätsel. »Dieser Hutch, der Bursche, der drauf und dran war, einen Meineid für Philips zu schwören, um ihm ein Alibi zu besorgen, kam plötzlich mit dem Geld für seine Kaution daher. Die Frage ist nur, wie ein ewiger Verlierer wie dieser Hutch zu soviel Geld kommt.« Achselzuckend streckte er die Hand nach dem Türgriff aus. »Aber ein Geheimnis nach dem anderen.«

»Was ist mit Nancy Grant? Ich meine, fragen Sie sich immer noch, wer es gewesen sein könnte?«

Nachdenklich betrachtete er Lauren und sagte dann: »Ich werde Ihnen jetzt etwas anvertrauen, Mrs. Grant. Ich dachte damals, daß es Philips war, der die Frau getötet hat, und ich tue es auch jetzt noch. Denken Sie deshalb nicht, ich hätte den Fall aufgegeben. Es kann eine Weile dauern, bis es erledigt ist, was ich mir vorgenommen habe, aber früher oder später ist es soweit. Aber nachdem Jay Philips jetzt hinter Gittern sitzt, sollte eigentlich die ganze Stadt vor Erleichterung aufatmen, meinen Sie nicht?«

»Meiner Meinung nach ist die Stadt Ihnen wirklich einiges schuldig«, antwortete sie, während sie überlegte, wie sie die Frage nach Jonathans Alibi am besten vorbringen könnte.

Er preßte die Lippen aufeinander und erwiderte dann mit kalkulierter Bescheidenheit: »Aber das ist doch mein Job, niemand ist mir etwas schuldig, das heißt, außer meinem wöchentlichen Lohn natürlich.«

Sie schüttelte den Kopf. »Nein, nein, Sie sind zu bescheiden, Detective. Soweit ich das beurteilen kann, erledigen Sie Ihren Job besser als die meisten. Vergessen Sie nicht, ich habe schließlich den größten Teil meines Lebens in Manhattan verbracht und konnte mich also selbst davon überzeugen, wie schlechte Polizeiarbeit aussieht. Allein schon die simple Tatsache, daß Sie sich an Philips' Freundin in New Jersey erinnerten, ist beeindruckend für mich.«

»Um die Wahrheit zu sagen, was die Polizeiarbeit angeht, habe ich ein phänomenales Gedächtnis. Das habe ich aber, glaube ich, schon mal erwähnt.« Lachend fuhr er fort: »Aber wehe, meine Frau trägt mir mehr als drei Dinge auf, die ich vom Supermarkt mitbringen soll, dann kann ich mir nichts merken.«

Kneeland öffnete die Wagentür und stieg ein, aber sie folgte ihm auf die Fahrerseite. »Detective, was den Mord an Nancy betrifft, da haben Sie doch sicherlich Unmengen von Informationen in Ihrem Kopf gespeichert, möchte ich wetten, oder?«

»Ach, da könnte ich Ihnen durchaus einiges erzählen, Mrs. Grant«, entgegnete er lächelnd. »Ich habe in dem Fall bestimmt nicht weniger als fünfzig Leute befragt, und wenn ich mich jetzt hinsetzen und ihre Namen für Sie aufschreiben müßte, könnte ich das wahrscheinlich auch.« Er steckte den Schlüssel ins Zündschloß.

Sie beugte sich näher ans Fenster hinunter. »Tatsächlich? An welchem Tag ist es passiert?«
Er benötigte nur ein paar Sekunden. »An einem Dienstag, am zwanzigsten Mai vor zwei Jahren. Es war ein sonniger Tag, nicht ein Wölkchen am Himmel. Ihre kleine Stieftochter Emily rief gegen zwölf Uhr fünfundvierzig die Notrufnummer 911 an.«
»Und wo war mein Mann?«
»Wie bitte?«
»Sie wissen schon, als es passierte?« Okay, sie hatte es gefragt ... schaute er sie etwa merkwürdig an, oder bildete sie sich das nur ein?
Offensichtlich tat sie das, denn er antwortete prompt: »Er war in Syracuse.« Und da fiel ihr wieder ein, daß Jonathan Syracuse erwähnt hatte, als er ihr das erste Mal davon erzählte. Ihr fiel auch wieder ein, daß Jonathan sagte, er wäre dem Mann dort zuvor nie begegnet und hätte auch geschäftlich weder vorher noch nachher jemals wieder mit ihm zu tun gehabt. »Wissen Sie, mir fällt jetzt leider der Name des dortigen Geschäftspartners nicht ein, aber an den seiner Firma kann ich mich erinnern – Party Construction. Wieso fragen Sie?«
Sie spürte, wie sich der Knoten in ihrem Innern lockerte ... »Aus keinem besonderen Grund.« Sah sie aus wie eine Lügnerin, hörte sie sich so an? Selbst wenn, war das wichtig? Jonathan hatte ein Alibi.

Kapitel 19

Lauren lief Jonathan bereits an der Tür entgegen und konnte es kaum erwarten, ihm die guten Neuigkeiten über Jay Philips zu erzählen, aber er stoppte sie mitten im Satz und überreichte ihr einen Strauß Frühlingsblumen, um deren Stengel eine Perlenkette geschlungen war. »O mein Gott, sind die schön«, stieß sie hervor, als sie sie herausholte und ihren Glanz bewunderte; dann drehte sie sich um und ließ sich von Jonathan den Verschluß festmachen. Nachdem sie die Blumen in einer Vase auf dem Beistelltisch arrangiert hatte, folgte sie ihrem Mann in dessen Arbeitszimmer, wo er gerade die Post durchsah. Sie nahm ihm gegenüber Platz. »Liebling, würdest du mir jetzt einen Moment zuhören?«

Er blickte hoch. »Wann habe ich dir jemals nicht zugehört?«

Sie lächelte. »Jay Philips ist wieder im Gefängnis.«

Und ruhig und gelassen hörte er sich an, wie sie ihm erzählte, daß Philips' Kaution widerrufen worden war. »Vielleicht ist Detective Kneeland doch nicht so unfähig«, schloß sie, ehe sie fortfuhr: »Weißt du, Jonathan, ich habe mir überlegt, heute nachmittag ins Einkaufszentrum zu fahren. Hast du was dagegen, Liebling? Ich brauche dringend Umstandskleider, mir scheint allmählich alles, was ich habe, zu eng zu werden.«

Er wandte sich wieder seiner Post zu. »Warte doch noch bis zum späten Nachmittag, dann bin ich frei für dich.«

»Aber ich wollte eigentlich jetzt –«

Er blickte hoch von dem Brief, in dem er gerade las, und

betrachtete sie tadelnd. »Bitte, Lauren, du hast eine ganz weinerliche Stimme.«
Der Vorwurf traf sie wie ein Schlag ins Gesicht, aber sie schluckte den Schmerz hinunter. »Das wollte ich nicht. Wenn ich mich so angehört habe, dann tut es mir leid. Ich stelle mir nur schon die ganze Zeit über, seit ich von der Verhaftung erfahren habe, vor, wie schön es wäre, mal wieder zum Einkaufen zu gehen. Es ist jetzt wieder sicher da draußen, Jonathan, zumindest relativ sicher. Schau mich doch nur an«, forderte sie ihn auf und kam sich richtig übermütig dabei vor, »ich bin so aufgeregt wie ein Kind bei der Aussicht, wieder mal irgendwohin zu fahren –«
»Und du wirst auch zum Einkaufen fahren. Ich will damit doch nur sagen, daß ich im Augenblick keine Zeit habe, dich dorthin zu bringen.«
»Nein, das meine ich doch nicht. Du mußt doch nicht –«
Er schaute nach oben an die Zimmerdecke und schloß die Augen, als wollte er den Himmel um göttlichen Rat anflehen. Schließlich sah er sie wieder an. »Ich bringe dich hin, wo immer du möchtest; ich kaufe dir schöne und teure Geschenke; ich hetze den ganzen Tag herum, um meine Arbeit zu erledigen, damit ich mehr Zeit für dich habe. Du forderst zwar nichts, aber ich denke, wenn du könntest, würdest du mir auch noch den letzten Atemzug stehlen und für dich reklamieren. Wie ein verzogenes kleines Kind ›willst‹ du und ›verlangst‹ du, bist aber nie zufrieden. Was ist los mit dir, Lauren, ist es dir nicht möglich, dein Glück in dir selbst zu finden?«
»Aber ich bin doch glücklich«, protestierte sie, und das war sie auch ... oder wäre es bald. Wenn er doch nur begreifen könnte, wie sie sich fühlte.
Er stand auf. »So, bist du das? Du kannst mir natürlich leicht

etwas vormachen. Andere Frauen wären begeistert, das zu haben, was du hast. Oder täusche ich mich da, Lauren? Denn wenn es so ist, dann sag es mir.« Sie schüttelte den Kopf, und er kam zu ihr, beugte sich vor und nahm ihre Hände in die seinen. »Vielleicht ist es doch meine Schuld.«
»Was?«
Seine Augen schienen sich in die ihren zu brennen. »Ich denke, wenn du dich schon wie ein Kind benimmst, dann sollte ich dich vielleicht auch wie eines behandeln. Das ist es doch, was du willst und weshalb du meine Geduld so hart auf die Probe stellst, oder?«
Plötzlich mußte sie würgen, und er schob sie rasch ins Badezimmer und hielt ihr den Kopf, während sie sich übergab. Als sie damit fertig war, war sie völlig erschöpft, und er nahm ein nasses Handtuch und säuberte sie, ehe er ihr nach oben und ins Bett half. Es kam ihr vor, als seien nur wenige Minuten vergangen, als sie Jonathan später »Lauren« rufen hörte, aber als sie auf die Uhr am Nachttisch sah, bemerkte sie, daß es bereits eineinhalb Stunden später war.
Sie wollte sich aufrichten und in den überwachten Teil des Schlafzimmers hinübergehen, um mit ihm zu reden, aber er sagte: »Nein, nein, bleib, wo du bist. Ich habe einen Termin, der ungefähr eine Stunde dauern wird, aber keine Angst, Beatrice ist im Haus und kümmert sich um alles. Sie wird später auch auf Chelsea aufpassen, wenn sie in den Pool geht. Aber sag doch, Liebling, fühlst du dich wohl genug, um zum Einkaufen zu gehen?«
Sie nickte, aber als ihr einfiel, daß er sie im Bett ja nicht sehen konnte, antwortete sie laut: »Ja.«
»Okay, gut. Dann werden wir fahren, sobald ich wieder zurück bin. Würde dir das gefallen?«
»Ja«, erwiderte sie. »Das würde es.«
»Nur noch eine kleine Bedingung. Ich möchte, daß du im

Bett bleibst, bis ich zurückkomme. Beatrice bereitet gerade das Mittagessen für dich zu, sie wird es dir bald hinaufbringen. In Ordnung?« Lauren erwiderte nichts, und schließlich sagte er: »Lauren, ich hätte gerne eine Antwort.«
»Ich verstehe nicht, wieso. Ich kann doch genausogut aufstehen und hinuntergehen –«
»Wenn du mit mir ausgehen möchtest, dann will ich, daß du ausgeruht bist.«
»Aber das bin ich doch.«
Eine Pause, ein Seufzer, dann: »Es liegt ganz bei dir. Willst du nun gehen oder nicht?«
Sie räusperte sich. Ja, natürlich wollte sie gehen. Jonathan sagte ihr, daß er mit ihr neue Kleider einkaufen gehen wolle, und sie wünschte sich nichts sehnlicher. »In Ordnung«, antwortete sie schließlich.
»Könntest du bitte etwas präziser sein.«
»Ja, ich werde im Bett bleiben.«
Wieder hörte sie einen Seufzer über die Gegensprechanlage, aber der hier war mit einem Lächeln verbunden – sie hatte ihn zufriedengestellt. »Ich liebe dich, Lauren«, sagte er, und seine Stimme vibrierte vor tiefem Gefühl.
Aber sie wollte sich jetzt nicht mit Liebe beschäftigen und konzentrierte sich statt dessen auf die neuen Umstandskleider, die sie kaufen wollte. Es gab so viele neue Schnitte und Moden, seit sie das letzte Mal schwanger gewesen war. Sollte sie vielleicht Fern anrufen? Nein, das war nicht nötig. Sie würde ihnen bestimmt im Einkaufszentrum über den Weg laufen ... Ihre ältere Schwester war einkaufssüchtig ...
Obwohl Lauren alle paar Minuten stehenblieb und sich den Hals nach Fern verrenkte, war ihre große Schwester nirgends zu sehen. Jonathan mußte sie schließlich an der Hand nehmen, damit sie nicht immer weiter hinter ihn zurückfiel.

Lauren begriff das nicht. Verdammt noch mal, sah Fern denn nicht, daß Lauren sie brauchte?

Als Lauren in dieser langen und schlaflosen Nacht im Arm ihres Mannes lag, drehten sich ihre Gedanken und Gefühle wie im Kreis in ihrem Kopf, so, als sausten sie auf einem Fließband umher; kaum hatte sie einen Gedanken gepackt, war er ihr schon wieder entglitten, ehe sie die Chance hatte, sich näher mit ihm zu befassen. Im einen Moment liebte sie Jonathan und genoß die Wärme und die Freude, seinen Körper an dem ihren zu spüren, und war fest überzeugt, hoffnungslos undankbar zu sein, wie er ihr vorgeworfen hatte – immer nehmend und mehr verlangend, nie etwas gebend. Doch bereits im nächsten Augenblick fürchtete sie sich vor ihm und spürte, wie sie sich ihm innerlich entzog.

Sie dachte unentwegt daran, Fern anzurufen, und traf schließlich eine Abmachung mit sich, daß sie ihre Schwester am nächsten Tag anrufen würde, ganz gleich, was kommen mochte. Und so rief sie sie schließlich an – wenn auch nur aus diesem Grund –, denn am nächsten Morgen mußte sie feststellen, daß sie sich wie verrückt an Jonathan klammerte und ihn bereits vermißte, noch ehe er überhaupt weg war; allein der Gedanke, von ihm getrennt zu sein, machte sie rasend. Aber er redete beruhigend auf sie ein, versicherte ihr, daß er so rasch wie möglich zurückkäme, und sagte: »Ich wünsche mir doch, daß du glücklich bist. Das wünsche ich mir mehr als alles andere auf der Welt, Lauren.«

Und das war sie auch, wie hätte sie es nicht sein sollen? Gab er ihr nicht hundert Prozent von sich und widmete seine ganze Existenz der Aufgabe, sie glücklich zu machen? »Wichtig ist dabei aber, daß du nicht gegen deine Gefühle ankämpfst«, fuhr er fort; obwohl sie nicht sicher war, daß sie verstand, was er damit meinte, nickte sie, begierig, ihm jede

Sicherheit zu geben, die er benötigte. Und als sie vom Fenster aus zusah, wie sein Wagen das Grundstück verließ, stellte sie fest, daß sie nicht die geringste Lust hatte, ihr Anwesen zu verlassen, solange Jonathan nicht bei ihr war. Sie wußte, daß das grotesk war, denn bereits die Vorstellung ließ sie zu weinen anfangen.

Zwar fühlte sie sich später, als Beatrice mit Chelsea zur Erledigung von Einkäufen und anderen Besorgungen das Haus verließ, wieder ruhiger und zuversichtlicher, aber sie beschloß trotzdem, sich an ihre Abmachung zu halten. Sie trug ihr neues, rückenfreies Umstandskleid, das Jonathan ihr am Abend zuvor ausgesucht hatte, und kam sich ausgesprochen hübsch und weiblich vor, als sie von der Terrasse ins Haus ging, um Fern anzurufen.

»Fern ist mit einem Kunden unterwegs. Lauren, sind Sie das?«

»Ja, ich bin es«, erwiderte sie; sie wußte natürlich, daß Sarah Lincoln am Apparat war, dieselbe junge Frau, die seit Eröffnung ihrer Immobilienfirma bei Fern arbeitete und mit der sie bisher immer freundschaftlich geplaudert hatte, wann immer sie anrief. Aber jetzt verspürte sie keine Lust, freundlich zu sein.

Doch Sarah schien in Plauderstimmung zu sein. »Oh, hallo«, sagte sie. »Wo haben Sie denn die ganze Zeit gesteckt?«

»Ach, hier und dort. Ich hatte viel zu tun. Sie wissen doch, wie das ist, oder?«

Es folgte ein seltsam gespanntes Schweigen, bis Sarah das Gespräch wieder aufnahm. »Wenn Sie möchten, könnte ich versuchen, Ihre Schwester über Autotelefon zu erreichen.«

»Nein, sparen Sie sich die Mühe, so wichtig ist es nicht. Richten Sie ihr nur aus, daß sie mich anrufen soll, wenn sie mal Zeit hat«, antwortete Lauren. Dann legte sie auf und

kehrte auf die Terrasse zurück, um Ausschau nach Emily zu halten.
Als sie sie nirgends entdeckte, ging sie in die Küche zurück und schaltete erst die Überwachungsanlage ein, dann den Monitor in Emilys Zimmer und rief: »Emily, bist du da?« Keine Antwort. »Wenn du da bist, melde dich doch bitte.«
Aber sie hörte oder sah nichts, und so schaltete sie schließlich auf die Kamera am Eingang um, landete dabei aber im Elternschlafzimmer. Entsetzt hielt sie den Atem an, als sie sah, daß die überwachte Zone sich nicht auf den Teil beschränkte, den sie und Jonathan ausgesucht hatten, sondern sich auf den ganzen Raum, einschließlich ihres großen Bettes, erstreckte. Deshalb wußte Beatrice also immer, wann Lauren morgens aufstand und wann sie ihr ihre Kräcker gegen Morgenübelkeit bringen mußte ... Sie beobachtete sie also – und der bloße Gedanke daran machte sie wütend. *Und, du Dummerchen, was hast du denn gedacht, daß die alte Lady neurotisch ist? Ob sie sie wohl mit Jonathans Segen überwachte? Aber natürlich tat sie das, was geschah denn in diesem Haus schon ohne Jonathans Einverständnis?*
Abrupt wandte sie sich um, und da stand Emily, die sie beobachtete, sie eindringlich anstarrte ... wartete. Ohne jede Häme in der Stimme sagte sie schließlich: »Du bist wohl doch nicht so clever, wie?«
Als Lauren wieder einfiel, daß sie Emily ja eigentlich gesucht hatte, fragte sie: »Wo bist du gewesen?«
»Im Keller.«
Ja, natürlich, unten bei dem Hund. Sie nickte. »Emily, würdest du mir das noch einmal erzählen?«
»Was?«
»Das mit dem Schmuck, den du von deiner Mutter genommen hast.«

»Ich nahm ihn, weil mein Vater über mir stand und mir sagte, daß ich ihn nehmen solle.«
»Aber ist das nicht unmöglich, Emily? Ich meine, als die Polizei kam, war der Schmuck von ihrem Körper verschwunden. Und dein Vater war in Syracuse. Er kam erst wieder zurück, als –«
»Ich weiß auch nicht, wie, ich kann es nicht erklären«, seufzte sie. »Aber ich kann mich daran erinnern!«

Emily rannte nach draußen und ließ Lauren allein mit ihren Gedanken zurück. Sie mußte sich täuschen, vielleicht bildete sie sich aus lauter Angst nur ein, daß Jonathan es ihr gesagt hätte. Jonathan hatte ein Alibi, ein gutes Alibi. Ein Mann, dem er nie zuvor begegnet war, mit dem er geschäftlich nie zu tun gehabt hatte, schwor, daß er mit ihm zusammengewesen sei. Fern ... erneut verspürte sie eine überwältigende Sehnsucht nach Fern. Doch statt sie anzurufen, wählte sie die Nummer der Fernauskunft. »Ich hätte gerne eine Nummer in Syracuse«, sagte sie. »Haben Sie einen Eintrag für die Firma Party Construction?«
Als sie wählte, stellte sie fest, daß sie keine Ahnung hatte, was sie demjenigen, der sich meldete, eigentlich sagen wollte. Waren Sie an dem Tag, an dem die erste Frau meines Mannes ermordet wurde, mit ihm zusammen, und wenn ja, wann genau hat er Sie verlassen? Was sollte der Mann nur von ihr halten? Daß sie nicht ganz dicht war, natürlich. Aber war es denn wichtig, was er dachte? Der Mann kannte Jonathan ja kaum ... würde er sich die Mühe machen und sich mit ihm in Verbindung setzen, um ihm zu sagen, daß Lauren ihn angerufen hatte? Ihre wirren Gedanken wurden jäh unterbrochen, als sich eine Sekretärin meldete. Sie räusperte sich. »Äh, entschuldigen Sie bitte, aber der Besitzer Ihrer Firma ... wie lautet sein Name?«

Nach einer Pause folgte die Antwort. »Sein Name ist Elliot Sandrew. Kann ich Ihnen irgendwie helfen?«
»Ich müßte mit ihm sprechen.«
»Wie war Ihr Name noch gleich?«
»Lauren Grant.«
»Einen Moment bitte«, sagte die Stimme, der der Name Grant offensichtlich nichts zu sagen schien.
Die Stimme des Mannes hörte sich schroff an, und als sie sich ihm vorstellte und Jonathan erwähnte, wurde auch bei ihm keine Erinnerung wachgerufen. »Würde es Ihnen etwas ausmachen, mir etwas mehr zu erzählen?«
»Nun, wie es aussieht, haben Sie und mein Mann an diesem Tag ein paar Landtests gemacht. Das ist natürlich jetzt schon zwei Jahre her. Aber verstehen Sie, der Grund, warum ich das wissen müßte –«
»Moment, da muß ich gleich mal einhaken«, unterbrach er sie. »Ich denke, jetzt haben wir das Problem gefunden – Sie wollen nämlich gar nicht mit mir sprechen. Ich habe diese Firma erst vor ein paar Monaten übernommen, ich habe sie aufgekauft.«
»Aha, so ist das. Nun, wie könnte ich dann den vorherigen Besitzer erreichen?«
»Das dürfte nicht so leicht sein, es sei denn, Sie verfügen über ganz besondere Fähigkeiten.«
»Ich verstehe nicht ganz.«
»Ich will mich über die Sache nicht lustig machen, aber der frühere Besitzer ist vor ... ja, wie lange ist das jetzt her, neun, zehn Monaten ums Leben gekommen. Ein merkwürdiger Unfall auf der Baustelle, soweit ich informiert bin – vielleicht sagt Ihnen sein Name ja etwas: Jerry Reardon.«
Lauren hatte das Gefühl, daß ihre Brust in Flammen stand, als sie den Hörer niederlegte. Sie wußte zwar noch nicht genau, wie sich das neue Stück in das Puzzle fügte, aber es

hatte plötzlich alles verändert und ließ die Sache in einem völlig neuen Licht erscheinen. Es war also gar kein Fremder, dem Jonathan sein Alibi verdankte, wie er ihr erzählt hatte, sondern ein Mann, den er selbst als engen Freund bezeichnet hatte. Sie hatte Jerry nur einmal an diesem einen Wochenende getroffen, das sie in seiner Villa verbracht hatten, und sie war wunderbar mit ihm ausgekommen. Natürlich hatte sie gewußt, daß er mehrere Firmen besaß ... Eine davon war offensichtlich Party Construction gewesen ...

Wie sie in das Arbeitszimmer ihres Mannes gekommen war, wußte sie hinterher nicht mehr, nur, daß sie plötzlich dort war, die Schubladen seines Schreibtisches durchsuchte, Papiere herausnahm und sie hastig überflog. Als sie einen Schlüssel zu seinem Aktenschrank fand, durchsuchte sie auch den. Es war schlimm, in den persönlichen Unterlagen eines anderen zu wühlen, aber sie mußte den Lügen auf den Grund gehen. Wie konnten sie eine Ehe führen, die auf diese traurigen Lügen gegründet war?

Sie wünschte, Fern würde anrufen ...

Lüge Nummer eins lag in einem Ordner mit der Aufschrift Noreen Grant. Jonathans Mutter war noch am Leben. Nach dem Tod seines Vaters hatte sich Jonathan an eine – dem Briefkopf nach zu schließen – mächtige Anwaltskanzlei gewandt, seine Mutter für unzurechnungsfähig erklären lassen und sie in ein Pflegeheim gesteckt, an das er regelmäßig Schecks sandte.

In einem Ordner mit der Aufschrift Jay Philips entdeckte Lauren eine Liste mit genauen Daten und Anlässen, bei denen dieser Emily gefolgt war. Laut diesen Aufzeichnungen, die Lauren dreimal durchlas, um sicherzugehen, daß sie ja nichts mißverstand, hatte Jonathan nicht einfach nur gewußt, daß er seine Tochter verfolgte, nein, Philips stand seit Mitte März, seit Emily wieder zu Hause war, auch auf Jonathans Lohnliste. In dem Ordner lag außerdem ein Umschlag, der ein halbes Dutzend blaue Fäden enthielt – Fäden von Philips' Baseballkappe? Weiter war eine beträchtliche Summe auf dem Umweg über Philips derzeitigen Anwalt an einen Kautionsvermittler von außerhalb überwiesen worden, um dessen Mandanten wieder aus dem Gefängnis zu holen.

Sie wünschte, Fern würde anrufen ...

In der untersten Aktenschublade kamen schließlich zwei Schachteln mit Antibabypillen zum Vorschein. Waren die echt, oder hatte sie die ganze Zeit über nur Placebos genommen? Hatte Jonathan ihre echten dagegen ausgetauscht, damit sie ein Kind von ihm empfing?

In der Akte mit der Aufschrift Bateman lagen die Quittungsabschnitte einiger Schecks über beträchtliche Zuwendungen für den Baufonds der Klinik. War es möglich, daß Jonathan Emilys Therapie manipuliert hatte?

Und so entsetzlich das alles bereits gewesen war, als Lauren die nächste Akte mit der Aufschrift Beatrice Barr sah, da stockte ihr fast der Atem. In diesem Aktenordner befanden sich Aufstellungen über monatliche Schecks, die wesentlich großzügiger waren als die für Jonathans Mutter. Und dann waren da Fotografien der vielleicht zwanzigjährigen Beatrice: In rüschenbesetzten, durchsichtigen Nachthemdchen und Kleidern stand sie zwischen Stofftieren und Spielsachen in aufreizenden, kindlichen Posen Modell und entblößte dabei Teile ihres Körpers. Für den kleinen Jonathan?

Jonathan hatte Nancy getötet ... Jonathan hatte Gordon getötet. Und was war mit Jerry Reardon? Aber wieso? Weil Jerry aus irgendeinem Grund die Täuschung nicht länger aufrechterhalten wollte? Aber was viel wichtiger war, wie

hatte sie die ganze Zeit über das Bett mit diesem Mann teilen können, ohne auch nur das geringste zu ahnen?
Plötzlich blickte sie hoch und sah Emily in der Tür stehen. »Gerade eben sind Beatrice und Chelsea durchs Tor gefahren«, sagte sie.
Lauren starrte sie stumm an; die Worte steckten in ihrem Kopf, kamen ihr aber nicht über die Lippen.
»Steck das schnell weg!«
Lauren starrte Emily weiter reglos an, bis diese schließlich ins Zimmer kam und hastig anfing, die Aktendeckel zu schließen und wieder in die Schubladen zu räumen. Lauren saß nur da und sah zu, unfähig, ihr zu helfen. Und als sich das Garagentor öffnete und Beatrice und Chelsea samt Lebensmitteltüten ins Haus ließ, war Emily bereits wieder aus dem Zimmer, und Lauren saß immer noch am Schreibtisch in Jonathans Arbeitszimmer.

Emily und Chelsea standen draußen am Gang und spähten neugierig zu ihr herein; welche Ironie, dachte Lauren, es war das erste Mal, daß sie sie so nahe beieinanderstehen sah. Sie wirkten beide verängstigt. Wieso? Weil sie weinend dasaß? Machte ihnen das angst? Plötzlich tauchte Jonathan unter der Tür auf; rasch wurden die Kinder weggeschickt, und sie war ihm dankbar dafür.
Er eilte zu ihr, holte sein Taschentuch heraus und trocknete ihre Tränen; und sie dachte nur, wie merkwürdig, sie hatte gar nicht gemerkt, daß sie weinte. »Was ist los?« fragte er und sah sich im Zimmer um, ob etwas fehlte, aber Emily hatte offensichtlich gute Arbeit geleistet. Als Lauren ihm keine Antwort gab, fing er an, ihr den Nacken zu massieren und mit sanfter Stimme auf sie einzureden. »Beatrice hat mich angerufen und mir gesagt, daß du dich nicht wohl fühlst«, sagte er. Sie schluckte schwerfällig, nickte. Nein, sie

fühlte sich wirklich nicht wohl. Woher wußte Beatrice das?
»Möchtest du, daß ich dich ins Bett zurückbringe, Liebling?«
Ja, das war genau, was sie wollte, Jonathan schien immer genau zu wissen, was sie wollte. Sie ließ sich von ihm hochziehen und schlang ihre Arme um seinen Nacken. In dem Moment läutete das Telefon, was schlagartig ihre Lebensgeister weckte, so daß sie am liebsten hingestürzt wäre, um zu erfahren, ob es vielleicht Fern war. Aber als Jonathan ihre Erregung bemerkte, meinte er beschwichtigend: »Ist schon in Ordnung, Lauren. Beatrice wird rangehen. Du bist ja viel zu verstört, um mit jemandem zu reden.«
Wieder hatte er recht; um Himmels willen, sie schien ja nicht einmal mehr ein Wort über die Lippen zu bringen, geschweige denn an ein Telefon gehen zu können. Und konnte ihr das jemand verübeln? Gerade eben erst hatte sie herausgefunden, daß ihre Haushälterin Beatrice eine obszöne, krankhafte Affäre mit ihrem Mann gehabt hatte, als dieser noch ein Kind gewesen war, und daß ihr Mann selbst ein pathologischer Lügner war, der seine Familie manipulierte und terrorisierte.
Er war ein Mörder.
O mein Gott, irgendwie mußte sie sich und die Kinder hier rausbringen.

Fern war fast den ganzen Tag mit einem Kunden unterwegs, freute sich aber sehr, als sie ins Büro zurückkam und erfuhr, daß Lauren angerufen hatte. In den letzten paar Wochen hatte sie zweimal bei ihr angerufen, aber die Haushälterin hatte ihr beide Male ausgerichtet, daß ihre Schwester sich weigere, ans Telefon zu kommen. Da hatte sie beschlossen, daß es besser wäre, zu warten, bis Lauren von sich aus wieder dazu bereit war.

Und das war offensichtlich jetzt der Fall, aber als sich die Haushälterin dieses Mal meldete und Fern sagte, daß sie mit Lauren sprechen wolle, da herrschte erst einmal Schweigen, bis die Frau sie bat, doch kurz zu warten. Dann war es auch nicht Lauren, die schließlich an den Apparat kam, sondern Jonathan. Und wenn es irgend jemanden gab, für den sie keine besonders freundlichen Gefühle hegte, dann war es ihr Schwager.

Aber sie schob diese Gefühle sofort beiseite, als er sagte: »Hör mal, Fern, Lauren fühlt sich nicht besonders wohl.«

»Was ist los?«

»Der Arzt war hier und hat ihr etwas zur Beruhigung gegeben.«

»Ich verstehe nicht, sie ist doch schwanger.«

»Herrgott noch mal, Fern, und da wunderst du dich noch, warum dir keiner was erzählt. Du mischst dich wirklich in alles ein. Würdest du also jetzt bitte den Mund halten und mir zuhören, oder willst du mir vielleicht erzählen, was passiert ist?«

»Okay, tut mir leid, Jonathan. Aber soweit ich informiert bin, sollten schwangere Frauen keine Medikamente nehmen.«

»Also, wenn man vom Idealzustand ausgeht, dann hast du sicher recht, aber das ist hier leider nicht der Fall. Der Doktor war der Ansicht, daß ein leichtes Sedativum auf jeden Fall besser ist als die Angstzustände, unter denen Lauren momentan leidet.«

»Welche Angstzustände, was ist passiert?«

»Heute ist sie in mein Arbeitszimmer gegangen, hat sich an meinen Schreibtisch gesetzt und zu weinen angefangen. Aus keinem besonderen Grund. Frag die Kinder, sie haben sie gesehen und waren zu Tode erschrocken. Beatrice mußte mich extra nach Hause holen, und wenn ich es nicht mit eigenen Augen gesehen hätte, hätte ich es nicht geglaubt.«

»Was hatte sie denn für einen Grund?«

»Das sage ich dir doch, keinen. Lauren hat einfach Angst, Fern.«

»Angst wovor? Das verstehe ich nicht.«

»Sie hat einfach Angst – das kommt von den Morden ... von Jay Philips, der Emily verfolgt hat und beinahe zu fassen bekommen hätte.«

»Selbstverständlich. Aber er ist doch wieder eingesperrt, oder nicht?«

»Ja, aber was ihre Ängste betrifft, ist das nicht so einfach; sie macht sich nicht nur um sich selbst und um die Mädchen Sorgen, sondern auch um die Sicherheit ihres Babys. Du darfst nicht vergessen, daß im Moment auch noch ihre Hormone im Spiel sind. Und sie hat viel einstecken müssen, mehr, als die meisten vertragen. Du bist doch ein kluges Mädchen, Fern. Ich dachte mir eigentlich, du hättest kapiert, was hier vor sich geht, als du mitbekommen hast, daß sie nicht mehr aus dem Haus will.«

Erst Schweigen, dann ein tiefer Seufzer – nein, vielleicht war sie doch nicht so klug, denn eigentlich hatte sie gedacht, daß Laurens einsiedlerische Tendenzen eher mit Jonathan zu tun hatten. »Sieht so aus, als müßte ich mich bei dir entschuldigen«, erwiderte sie schließlich. »Ich dachte, du würdest dahinterstecken.«

»Ich wollte sie nur einfach nicht unter Druck setzen, das ist alles. Es bestand auch kein Grund dafür; wenn sie hierbleiben will, bis sie wieder mehr Sicherheit und Zutrauen verspürt, dann geht davon die Welt nicht unter. Es ist ja nicht so, daß sie sich weigern würde, mit mir aus dem Haus zu gehen.«

Fern gefiel zwar ganz und gar nicht, was sie da zu hören bekam, aber was er sagte, erschien ihr dennoch sinnvoll, jedenfalls so lange, bis das Baby da war. Wenn dann die Ängste jedoch immer noch nicht von allein wieder verschwunden wären, dann würde sie zu einem Therapeuten gehen müssen. Verdammt, wie konnte so etwas ausgerechnet Lauren passieren, die immer so stolz darauf gewesen war, nie auf die Hilfe anderer angewiesen zu sein? Das heißt, bis sie Jonathan begegnet war. Fern mußte wahrscheinlich noch dankbar sein, daß Lauren wenigstens so viel Vertrauen in ihn hatte, um mit ihm das Grundstück zu verlassen. »Wie kann ich euch helfen, Jonathan?«

»Dräng sie zu nichts. Gib ihr zu verstehen, daß es für dich in Ordnung ist, wenn sie zu Hause bleibt ... wenn es sie nur glücklich macht. Wir möchten doch, daß sie sich wohl fühlt, ganz gleich, wofür sie sich auch entscheidet. Das ist das einzige, das zählt, nicht nur ihretwegen, sondern auch wegen des Babys.«

»Ich möchte sie sehen.«

»Das halte ich für keine so großartige Idee.«

»Ich möchte sie trotzdem sehen.«

»In Ordnung, aber du solltest wissen, daß es gegen die Anweisungen des Arztes ist. Dann komm doch heute abend vorbei, so gegen acht.«

Als Fern auflegte, war sie ziemlich mutlos und fragte sich, wieso ihre Schwester sie am Vormittag angerufen hatte. Hatte sie sich gefürchtet, hatte sie sich den Beistand ihrer großen Schwester gewünscht?

»Tut mir leid, Jonathan, aber ich werde die Mädchen nehmen und nach Hause fahren«, sagte sie mit schwerer Zunge. Sie hatte immer noch Schwierigkeiten mit dem Artikulieren, als ob sie einen doppelten Bourbon getrunken hatte ... dabei mochte sie gar keinen Bourbon. Und so etwas würde sie auch nie tun, sie war ja schließlich schwanger.

»Liebling, du bist doch zu Hause«, erwiderte Jonathan eindringlich, und als sie sich umsah, stellte sie fest, daß er recht hatte.

»Wo sind die Mädchen?«

»Es geht ihnen gut. Sie verstehen zwar nicht ganz, was hier vor sich geht, aber sie lieben dich und wollen, daß es dir bald bessergeht. Ach, übrigens, ich habe mit Fern telefoniert, und sie kommt später vorbei, um dich zu besuchen.«

»Tatsächlich? Du erlaubst es?«

»Wie meinst du das, Lauren, wieso sollte ich das nicht erlauben? Habe ich jemals etwas dagegen gehabt, daß deine Schwester zu uns kommt? Oder hätte ich es dir jemals abgeschlagen, wenn du es wolltest?«

Stimmte das? So gesehen, stimmte es wahrscheinlich. Aber was war mit allem anderen? Was meinte sie sonst noch? Sie wußte selbst nicht mehr, was sie eigentlich dachte, aber wenn Fern kam, dann könnte sie ihr vielleicht helfen, den Nebel zu lichten. Im Moment war Lauren einfach viel zu müde und zu verwirrt, um konzentriert nachdenken zu können.

Als Fern kam, zog Jonathan sich zurück und ließ die beiden Schwestern allein. Natürlich hieß das nicht, daß er sie nicht überwachte, dachte Lauren, der plötzlich wieder die Gegensprechanlage und die Kamera im Schlafzimmer einfiel. »Lächle, Schwesterherz, ich schätze, er überwacht uns. Und hören kann er uns auch«, sagte Lauren.

»Wie meinst du das?«

»Weißt du, er muß auf mich aufpassen.«

»Nun, klar, natürlich. Warum auch nicht? Er ist dein Mann, er liebt dich.«

»Dann bist du nicht mehr wütend auf ihn?«

Fern ergriff die Hand ihrer Schwester und drückte sie. »Nein, natürlich nicht. Ich bin weder auf ihn noch auf dich wütend.«

»Na ja, vielleicht, weil du nicht über mich Bescheid weißt«, entgegnete sie und legte die Hand über ihren Mund, als wollte sie ihr gleich ein Geheimnis verraten. »Ich verlasse das Grundstück nur noch, wenn er mich begleitet.«
Fern schien weder überrascht noch entsetzt zu sein und das Ganze auch nicht so wichtig zu nehmen. »Wo geht ihr denn dann hin?« fragte sie statt dessen.
»Aus, zum Essen«, erwiderte Lauren, den Tränen nahe, aber sie riß sich zusammen. »Ins Einkaufszentrum.«
»Gut, das ist doch schön. Es könnte auch schlimmer sein, nicht wahr?«
Hatte sie denn nicht gehört, was sie gesagt hatte, war ihr nicht klar, wie seltsam das klang? Wahrscheinlich nicht. Vielleicht war es auch nur Laurens Interpretation, die das Ganze so seltsam erscheinen ließ. Was würde Fern wohl sagen, wenn sie wüßte, daß Jonathan Nancy getötet hatte? Würde sie dann auch sagen: »Nun, es könnte schlimmer sein«, oder würde sie den Kopf schütteln und sie für verrückt halten? Wie auch immer, sie sagte es ihr nicht – ihre Zunge war zu groß und zu schwer, um sie zu heben. Sie kam ihr vor wie ein Schaufelbagger, ein Kran, ein Erdbagger ... oder was immer das für ein Ding war ...

Sobald Lauren eingedöst war, verließ Fern das Zimmer und ging hinunter in Jonathans Studio, wohin er sich zurückgezogen hatte und mürrisch vor sich hin starrte. Was die Tablette betraf, die Lauren eingenommen hatte, so verstand ihn Fern wirklich nicht – ihre Wirkung war eindeutig zu stark. Aber Jonathan war eigentlich viel zu klug und lebenserfahren, um so etwas blindlings zu tun. »Mir gefällt das nicht«, sagte sie, als sie sich setzte.
Er blickte hoch. »Was soll das heißen?«
»Das soll heißen, daß meine Schwester schwanger ist, du sie

aber bis zum Anschlag mit Tabletten vollgestopft hast. Sie konnte weder die Augen offenhalten, geschweige denn einen vernünftigen Satz von sich geben. Was hast du dir dabei eigentlich gedacht?«

Er lehnte sich in seinen Stuhl zurück und seufzte. »Ich wußte doch, daß es dumm von mir war, sie dir so zu zeigen. Weißt du, Fern, das würde ihr jetzt gerade noch fehlen, wenn du sie auch noch ansiehst, als ob sie verrückt geworden wäre. Bitte, tu mir einen Gefallen. Du weißt, wie sehr ich deine Schwester liebe, also vertrau mir, daß ich die richtige Entscheidung für sie treffe.«

»Mir gefällt es ganz und gar nicht, daß sie diese Tabletten schluckt.«

»Meinst du vielleicht, mir? Aber sie mußte unbedingt beruhigt werden, sie war total hysterisch. Morgen schon bekommt sie eine deutlich niedrigere Dosis, und den Rest erledigen dann Ruhe und Entspannung. Völlige Ruhe, Fern, und keinen dieser Besuche, für die ihr zwei berühmt seid.«

»Was willst du damit sagen, daß du keine weiteren Besuche von mir wünscht?«

»Fern, du wirst wahrscheinlich wütend auf mich sein, wenn ich dir das jetzt sage, aber wenn Lauren auf irgend jemanden gestreßt reagiert, dann auf dich.« Sie wollte gerade widersprechen, aber er hob die Hand und schnitt ihr das Wort ab. »Hör mir doch erst mal eine Sekunde zu, ehe du auf mich losgehst. Ich meine damit doch nur, daß es wichtig für Lauren ist, einen fähigen und tüchtigen Eindruck in den Augen ihrer Schwester zu hinterlassen, das hat sie mir selbst gestanden. Und falls du irgendein Riesengeheimnis dahinter vermutet haben solltest, daß sie mit dir nicht über ihre Ängste gesprochen hat, dann nur deshalb, weil sie sich schämte, weil es sie in Verlegenheit brachte, daß du sie dermaßen verängstigt sehen könntest.«

Fern hätte zwar gern noch das eine oder andere Argument vorgebracht, aber in einem Punkt schien Jonathan tatsächlich recht zu haben. So schlecht Lauren sich auch gefühlt und sosehr sie auch unter dem Einfluß der Tabletten gestanden hatte, als sie eben bei ihr gewesen war, hatte sie da nicht die ganze Zeit über betont, wie schrecklich sie doch war? Was hatte sie nur erwartet? Daß Fern sie beurteilen, sie verurteilen würde?

»Gönn ihr doch einfach mal eine Woche, in der sie keinen guten Eindruck hinterlassen und keine langen Erklärungen und Entschuldigungen abgeben muß. Mehr verlange ich gar nicht. Schau, wir wollen doch beide dasselbe, oder nicht?«

»Und morgen werden die Tabletten reduziert?«

»Deutlich, wenn nicht ganz.«

Sie nickte und stand auf. »Ich erwarte einen täglichen Bericht.«

»Den bekommst du.«

Sie hatte ihn gefragt, ob es etwas gebe, das sie für sie tun könne, aber sie benötigten ihre Hilfe nicht – sie hatten ja Beatrice. Am Anfang war die Beziehung zwischen Lauren und der Haushälterin zwar ziemlich schlecht gewesen, aber mittlerweile verstanden sie sich recht gut. Gott sei Dank. Wichtig war doch nur, daß Lauren wieder auf die Beine kam ... Mist, warum mußte so etwas passieren?

Kapitel 20

Als sie erwachte, war das Entsetzen da – der Puffer, der sie vor ihren neuen Erkenntnissen geschützt hatte, war plötzlich weg. Sie konnte sich vage an Ferns Besuch erinnern, aber irgendwie erschien ihr das unmöglich, denn hätte ihre Schwester bemerkt, in welch miserablem Zustand sie war, wäre sie bestimmt nicht wieder gegangen. Das Telefon – Lauren wandte sich zum Nachttisch um und mußte feststellen, daß es weggeräumt worden war; in dem Moment öffnete Jonathan die Tür des Zimmers. Er trug ein Tablett mit Tee und Beatrices Kräckern herein.

Sie sah ihn an, musterte ihn prüfend, als er das Tablett auf den Nachttisch stellte: seine dunkel verhangenen Augen, das Grübchen in seinem Kinn, die starken, herrischen Züge. Das war der Mann, mit dem sie die ganze Zeit über geschlafen, den sie geliebt hatte; er war ihr Mann, und doch konnte sie plötzlich nichts mehr an ihm entdecken, das ihr vertraut erschienen wäre.

Er setzte sich neben sie und stützte seinen Ellbogen auf dem Bett ab, während er ihr zusah, wie sie einen Kräcker nahm und hineinbiß. »Was geht in diesem Haus nur vor sich, ich begreife es nicht mehr, Lauren«, sagte er, und panisch hielt sie die Luft an. Wußte er, daß sie seine Papiere durchwühlt hatte? Doch offensichtlich nicht, denn mit veränderter Stimmlage fuhr er fort: »Hier geht es nicht nur um dein eigenes Wohlbefinden, sondern auch um das des Babys. Und trotzdem wirfst du mir ständig Knüppel zwischen die Beine, zweifelst meine Entscheidungen an oder tust genau das Gegenteil von dem, was ich dir sage.

Es war die Hölle, Lauren, was du uns zugemutet hast, erst Emilys Beinahe-Entführung, dann das Fiasko mit der Party – ich könnte noch länger so weitermachen, aber das werde ich nicht.« Er hob die Hand zu ihrem Gesicht, und sie zuckte erschrocken zusammen. »Ganz ruhig, mein Liebling«, meinte er beschwichtigend. »Du mußt wissen, daß ich dich nicht deswegen ausschimpfe, weil ich noch mehr Druck auf dich ausüben will. Ich liebe dich doch, Lauren, ich bete dich an ... Aber wieviel, glaubst du, kann ich noch ertragen?« Zum Glück war die Frage rein rhetorisch gemeint, denn sie hatte keine Antwort für ihn, und er fuhr fort: »Was dir fehlt, mein Liebling, ist Disziplin. Da du dich weigerst, das zu tun, was gesund und vernünftig für dich ist, werde ich dir vorübergehend deinen Handlungsspielraum beschneiden müssen.«

Welche Einschnitte? Was meinte er denn damit? Der trockene Keks lag wie ein Klumpen Sägemehl in ihrem Mund; sie hatte völlig vergessen, zu schlucken, während sie ihm zugehört hatte. So tat sie es jetzt und spülte mit einem Schluck Tee nach, damit sie nicht daran erstickte.

»Lauren?«

Er rief ihren Namen, und sie blickte in sein Gesicht. »Ja«, sagte sie, brachte aber nicht mehr als ein Flüstern zustande. Aber er hatte sie gehört und schien zufrieden mit ihrer Reaktion. »Ich will dir keine Angst einjagen, Liebling, dazu besteht kein Grund. Du mußt nur ein bißchen üben, mehr Liebe und Hingabe zu zeigen. Du wirst dich meinen erfahrenen Händen überlassen, und du wirst begreifen, daß ich nur das tue, was gut für dich ist. Und wenn du das verinnerlicht hast und mir bedingungslos vertraust, wenn du aufhörst, mich zu bekämpfen, zu jammern und zu nörgeln, dann wird das Leben wieder so schön werden, wie du es dir wünschst.«

Und während sie noch versuchte, das eben Gehörte zu verdauen, fuhr er mit seinen Erklärungen fort. »Für die nächste Zeit wird es keine Telefongespräche mehr geben«, sagte er. »Ich will, daß du hier im Schlafzimmer bleibst und dich ausruhst. Auch kein Fernsehen, aber wenn du Musik im Radio hören möchtest, ist das in Ordnung. Wenn du irgend etwas brauchst, Liebling, dann rufe entweder Beatrice oder mich über die Anlage, ich werde in meinem Arbeitszimmer sein.«
Gegen Ende hatte sie eine gewisse Leichtigkeit in seiner Stimme bemerkt, so daß sie ihn jetzt zu fragen wagte: »Sag mal, Jonathan, hast du mir etwas gegeben? Ich meine, gestern abend. Alkohol oder vielleicht ein Medikament?«
»Ja, ein Medikament, aber nichts Starkes natürlich. Es war nötig, um deine Nerven zu beruhigen.«
»Aber ich bin schwanger –«
Als er aufstand, spiegelte sich auf seinem Gesicht eine Mischung aus Besorgnis und Zorn wider. »Es war doch nur dieses eine Mal, Lauren, und ich wiederhole, es war nötig, um dich zu beruhigen. Das ist übrigens genau das, was ich vorhin gemeint habe, diese Art, wie du an mir herumnörgelst. Ich treffe eine Entscheidung, und du stellst sie sofort in Frage. Ganz egal, wieviel ich dir auch gebe, wieviel Geduld ich mit dir habe, es scheint nie genug zu sein! Siehst du es denn nicht selbst, merkst du denn nicht, was du da machst?«
Ihre Hände fingen zu zittern an, und als er es sah, seufzte er, nahm die Decke vom Fußende des Bettes und breitete sie über sie. Nun klang seine Stimme sanfter, freundlicher. »Merkst du es, Lauren, sag mir, daß du es merkst.«
Sie nickte, schluckte. »Ja.«
»Gut. Oft genug liegt die Lösung eines Problems darin, es als solches zu erkennen. Also, du solltest mir nicht sagen,

was gut für dich ist. Verlaß dich einfach darauf, daß es dein Mann schon weiß.«

Sie erwiderte nichts, und er lächelte. »Natürlich soll das nicht heißen, daß du keine Wünsche mehr äußern darfst. Du weißt doch, du mußt nur fragen. Und wenn es dir nicht schadet –«

»Meine Schwester, kann ich meine Schwester sehen?«

»Deine Schwester war doch schon hier, gestern abend, und sie war empört und enttäuscht, daß du dir und dem Baby das antust. Sie war mit mir einer Meinung, daß es das beste ist, dich nicht mehr zu besuchen, bis ich sie wissen lasse, daß du wieder dazu bereit bist.«

»Und die Mädchen?«

Er zögerte, überlegte und kniff dann die Lippen zusammen. »Na ja, mal sehen, wenn du ein braves Mädchen bist. Wenn Beatrice mit dem Frühstück kommt, dann wird sie dich kämmen und dich ankleiden. Ich sähe es wirklich gerne, wenn du kooperativ wärst. Du wirst dich vielleicht am Anfang über meine Auswahl an Garderobe für dich wundern, aber ich wiederhole es noch einmal, vertraue mir, ich weiß, was gut an dir aussieht.«

»Aber wir haben doch ...« Hilflos zuckte sie die Achseln. »Wir haben doch erst gestern abend zusammen etwas ausgesucht.«

»Da hast du recht, das haben wir. Aber die Sachen hier sind anders, viel besser. Die Kleider, die Beatrice dir bringen wird, sind maßgearbeitet und entsprechen eher dem, was ich gerne öfter an dir sehen würde. Ist das ein Problem für dich?«

Sie schüttelte den Kopf, obwohl sie kaum begriff, wovon er sprach. Er küßte sie flüchtig und verließ sie mit dem Versprechen, bald wieder zurückzukommen. Und sosehr sie sich auch anstrengte, das zu wiederholen, was er zu ihr gesagt hatte, sosehr sie sich auch bemühte, einen Plan zu entwickeln, wie sie ihm entfliehen könnte – ihr war nur schwindlig im Kopf, und die Ideen, die ihr in den Sinn kamen, waren nicht zu fassen und entglitten ihr ständig wie ein Stück Seife.

Das war doch nur ein bizarrer Dreh, um sie einzuschüchtern, dachte sie, als sie eine Dreiviertelstunde später wieder aufwachte und sich um einiges besser konzentrieren konnte. Jonathan war ein gebildeter, intelligenter Mann, wie lange glaubte er wohl, sie gefangenhalten zu können? Außerdem war da immer noch Fern, mit der er sich auseinandersetzen mußte; ihre Schwester war kein Mensch, der sich so leicht abspeisen ließ, und einschüchtern ließ sie sich von Jonathan auch nicht ... Fern würde zurückkommen, sobald sie Gelegenheit hatte, sich in Ruhe alles durch den Kopf gehen zu lassen, sie würde Lauren sehen wollen, und was würde er dann tun? Es dauerte ein paar Sekunden, bis diese Möglichkeit in sie einsickerte ...

Was würde er tun, würde er versuchen, ihr ein Leid anzutun? Und dann traf sie die Erkenntnis wie eine Kugel aus Blei, als sie sich selbst vorsagte, daß Jonathan ein Mörder war! Rasch stand sie auf und eilte zu dem Bedienungspult ihres Alarmsystems, aber als sie auf den Knopf drücken wollte, der laut Jonathan direkt mit dem örtlichen Polizeirevier verbunden war, mußte sie feststellen, daß er außer Betrieb war. Und genau in dem Moment trat Beatrice ins Schlafzimmer ... ohne sich die Mühe zu machen, anzuklopfen. Wieso sollte sie auch, dachte Lauren in einem Aufflackern von schwarzem Humor. Ihre Privatsphäre war von Anfang an doch nur eine Schimäre gewesen.

»Guten Morgen, meine Liebe«, sagte Beatrice. »Ich habe hier ein köstliches Frühstück für Sie –«

»Ich habe keinen Hunger«, entgegnete Lauren; etwas zu essen war das letzte, was sie im Augenblick interessierte. Aber die Haushälterin ließ sich nicht so leicht abspeisen, sondern trug das Tablett zum Nachttisch und tauschte es gegen das andere aus. »Sie müssen an Ihr Baby denken. Außerdem bringt es gar nichts, sich so trotzig zu gebärden. Ihr Mann wird schon dafür sorgen, daß es Ihnen wieder bessergeht, auch gegen Ihren Willen. Himmel, dieser Mann springt doch durch brennende Reifen, damit es Ihnen gutgeht. Wieso müssen Sie so starrköpfig sein?«

»Es ist nur so –« Aber Lauren sprach den Satz nicht zu Ende. Sie wollte nicht unkooperativ erscheinen, das würde ihr nichts bringen. »In Ordnung, ich versuche es.« Sie stocherte ein paar Minuten in dem Essen herum und deutete dann Richtung Badezimmer. »Darf ich hineingehen?«

»Ob Sie dort hineindürfen?« Beatrice kicherte. »Aber natürlich dürfen Sie ins Bad. Was denken Sie denn nur, meine Liebe?«

Hörte man auf Beatrice oder Jonathan, hätte man glauben können, sie wäre die Verrückte. Glaubte Fern das auch? Und die Mädchen, was war mit ihnen? Was sollten sie wohl sonst denken, nachdem sie sie gestern so gesehen hatten. Und wenn alle dieser Meinung waren, konnte es dann nicht sein, daß sie wirklich verrückt war?

Sie sah den Umschlag sofort, der neben dem Waschbecken auf dem Boden lag; vorsichtig sah sie sich auf ihrem Weg zur Toilette um, ob vielleicht irgendwelche Kameras auf sie gerichtet waren. Ihr fiel zwar nichts auf, aber über ihrem Bett hatte sie ja auch nichts Ungewöhnliches bemerkt. Und so hoffte sie, daß man sie nicht sah, als sie sich bückte und den Umschlag aufhob ... er war schwerer, als sie erwartete. Sie öffnete ihn und fand das goldene Halsband, das Jonathan ihr geschenkt hatte ... und dazu einen Zettel.

Okay, Du hattest also recht, ich habe das Halsband genommen, und hier ist es, obwohl Du es wahrscheinlich nicht mehr haben willst. Du kannst Dich immer auf Emily verlassen, auch wenn sie keine große Hilfe ist. Übrigens, über der Badewanne ist eine Kamera, also geh nur hinein, wenn Du in Stimmung bist, eine Show abzuziehen.
Ich würde Dir ja helfen, wenn ich könnte, aber ich weiß nicht, wie. Meine Therapeutin hat momentan keine Zeit für mich, und mit dem Telefonieren sieht es auch schlecht aus. Der Apparat, den Fern mir zum Geburtstag geschenkt hat, ist gestern auf und davon und aus meinem Zimmer verschwunden, während Chelsea und ich unten im Eßzimmer waren und über deinen Nervenzusammenbruch informiert wurden. Merkwürdig, was? Ich möchte wetten, der treibt sich jetzt zusammen mit meinem fehlenden Springerstiefel herum. Aber was weiß ich schon, ich bin doch nur ein verzogenes Gör, über das vor kurzem erst der Fluch gekommen ist, aber als ich Dich gesehen habe, wie Du sein Arbeitszimmer auf den Kopf gestellt hast, da hast Du auf mich so gesund wie nie gewirkt.
Was immer Du tust, Lauren, nimm Dich in acht vor dem charmanten Prinzen auf seinem weißen Schimmel – ich denke, er ist verrückt.

Lauren fing zu weinen an, denn hinter Emilys salopper Ausdrucksweise verbarg sich eine todernste Botschaft; vor allem die so merkwürdig formulierte Warnung am Ende raubte Lauren den Atem. Aber der Brief hatte auch einen positiven Effekt, denn er zeigte ihr, daß nicht sie die Verrückte war ... Obwohl sie der Botschaft ihrer Stieftochter nicht unbedingt diesen Rat entnehmen konnte, meinte sie doch, zwischen den Zeilen die Aufforderung zu lesen, stark zu sein.

Aber in dem Punkt, daß sie keine große Hilfe gewesen sei, da täuschte sich Emily ... schließlich hatte sie die Akten und Papiere wieder aufgeräumt, bevor Beatrice nach Hause gekommen war. Wenn Jonathan eine Ahnung hätte, was Lauren über ihn wußte, was dann? Würde er sie dann umbringen?

»Stimmt etwas nicht, Lauren?«

Es war Beatrice, und Lauren faltete rasch den Zettel zusammen und schob ihn in eine der Schubladen. »Nein, es ist nichts, mir fehlen nur die Mädchen, ich würde sie gerne sehen.«

»Da werden Sie Ihren Mann fragen müssen. Wieso kommen Sie nicht wieder heraus und essen noch einen Happen von Ihrem Frühstück, damit ich Sie hinterher hübsch machen kann? Ich will mich natürlich nicht einmischen, aber wenn ich Ihnen einen Rat geben darf ... Wenn Sie Ihren Mann um einen Gefallen bitten wollen, dann kann es doch nicht schaden, wenn Sie besonders gut dabei aussehen.«

Ja, wenn Beatrice das sagte, dann hatte sie bestimmt recht ... Lauren wußte schließlich nicht, wer Jonathan war, aber sie mit Sicherheit. So putzte sie sich die Zähne, duschte, schlüpfte in ihre Unterwäsche ... Und dann auf in den Kampf.

Sie dachte an die Bühnenauftritte, die sie am College gehabt hatte – hoffentlich war sie besser geworden.

Doch so gewappnet, wie sie gedacht hatte, war sie leider nicht, als sie aus dem Bad kam. Das Entsetzen traf sie wie ein Schlag ins Gesicht, als sie sah, wie Beatrice das Kleid vorsichtig vom Bügel nahm; sie mußte es geholt haben, als Lauren unter der Dusche gewesen war.

Es war ein Kinderkleidchen, ein Stil, der eher für eine Zehnjährige angemessen gewesen wäre.

»Ich weiß, Sie fragen sich bestimmt, wo, um alles auf der Welt, ich das in Ihrer Größe gefunden habe«, beeilte Beatrice sich zu sagen; sie war ganz aufgeregt bei der Vorstellung, sie gleich wie eine Puppe anziehen zu dürfen. Lauren war viel zu geschockt, um ihr diese Frage stellen zu können, und so fuhr sie erklärend fort: »Wissen Sie, ich bin eine recht tüchtige Schneiderin – es genügt mir, wenn Sie mir beschreiben, was Sie sich vorstellen, mehr brauche ich nicht. Und Ihr Mann ist natürlich jemand, der genau weiß, was er will. Nancy war auch eine gute Schneiderin, aber die meisten Entwürfe stammten von ihm. Und sobald dieser ganze Streß, den Sie im Augenblick haben, hinter Ihnen liegt, freue ich mich schon darauf, auch Ihnen das Schneidern beizubringen.«

Das Kleid war rosa mit einem breiten, weißen Kragen und Bändern im Rücken – weit genug für eine schwangere Figur. Aber ehe Lauren hineinschlüpfte, bestand Beatrice noch darauf, daß sie ihren Büstenhalter und den Slip auszog: ein Mieder und ein Spitzenhöschen würden viel besser dazu passen. Lauren stand vor dem Bett, während Beatrice ihr Haar, das sie auf Jonathans Bitte hin seit Monaten hatte wachsen lassen, zu einem kunstvollen Zopf flocht. »Oh, meine Liebe, Sie sehen so hübsch aus«, sagte sie und stellte sich kopfschüttelnd vor sie hin; sie strahlte übers ganze Gesicht, als sie einen raschen Blick auf die hölzerne Uhr auf dem Kaminsims gegenüber dem Bett warf.

Wo die Kamera versteckt war, wie Lauren dachte.

Ihre Wangen brannten wie Feuer, sie fühlte sich gedemütigt und vergewaltigt, aber sie nahm sich zusammen, grinste in die Kamera und machte sogar einen Knicks, was Beatrice mit Sicherheit absolut entzückend fand. Aber gleich darauf stürmte Lauren ins Bad, um sich zu übergeben. Da sie jedoch nicht viel gegessen hatte, was konnte sie da schon groß wieder von sich geben?

Aber sie würgte ... und würgte und würgte.
Bis Beatrice nervös wurde und Jonathan benachrichtigte ...
Und er eilte sofort an Laurens Seite, ängstlich und besorgt, und legte ihr seine kühlende Hand auf die Stirn, bis ihr Körper zu müde zum Weitermachen war und die Krämpfe nachließen. Jonathan trug sie zum Bett, zog ihr das Kleid aus und deckte sie zu.

Als er später wieder zurückkam, holte er sich einen Stuhl neben ihr Bett, und als sie die Augen aufschlug, sah sie ihn reglos neben sich sitzen. In dem Moment schien sie in ihm wenigstens teilweise ihren Mann wiederzuerkennen, in der Art, wie er sie ansah. Doch dann drehte er sich um und deutete auf das Kleid, das über dem Polsterstuhl hing, und ein Vorhang senkte sich über das, was ihr eben noch so vertraut an ihm erschienen war. »Bitte, zieh dich hübsch an für mich, Lauren.«
Sie richtete sich auf ... Plötzlich war sie hellwach. »Ich will die Kinder sehen«, sagte sie. »Aber nicht hier im Zimmer. Ich will nicht, daß sie denken, ich sei krank.«
»Ich habe ihnen aber schon gesagt, daß du krank bist.«
»Dann mußt du ihnen eben sagen, daß es mir wieder bessergeht. Das ist wirklich so, Jonathan, im Ernst. Ich fühle mich auch längst nicht mehr so gestreßt. Wie sollte ich auch, wo du doch so gut für mich sorgst?«
Er lächelte sie an, etwas skeptisch zwar und ohne ihr eine definitive Antwort zu geben. Statt dessen reichte er ihr das Kleid, und sie nahm es mit ins Badezimmer. Als sie wieder herauskam, verschlug es ihm regelrecht die Sprache, und sie blieb stehen, wo sie gerade war. »Nein, komm her zu mir, mein Liebling«, bat er. »Du siehst zauberhaft aus.«
Sie versuchte vergebens, sich zu räuspern, da der Kloß in ihrem Hals immer größer wurde. O Gott, das war entsetz-

lich, es war krank und häßlich. Aber sie machte einen Schritt nach dem anderen, setzte sich neben ihn, wo er einen Arm um sie legte, und hörte sich seine Beteuerung an, wie sehr er sie und die Mädchen liebe. Und selbst als Gefangene in seinem goldenen Käfig konnte sie die Kraft seiner Liebe spüren, bis ihr nur wenige Augenblicke später wieder andere Dinge in den Sinn kamen ... Er hatte Emily verfolgen lassen, um ihr Angst einzujagen, um Lauren angst zu machen, um Macht über sie auszuüben. Wie hatte er nur jemals etwas so Entsetzliches tun können? Und dann durfte sie auch nicht vergessen – Jonathan war ein Mörder.

»Verstehst du, warum ich dich und die Mädchen nicht allein hinauslassen kann?« fragte er sie, nachdem er sich lang und breit über die Gewalt auf den Straßen ausgelassen hatte. »Ich muß einfach wissen, daß meine Familie hier in Sicherheit ist und auf mich wartet, wenn ich nach Hause komme. Hier kann ich euch am besten beschützen. Ich übertreibe nicht, Lauren, schau dir doch nur die Statistiken an, da draußen warten sie doch alle nur auf dich.«

Einen Moment lang ertappte sie sich dabei, daß sie einer Meinung mit ihm war. Es stimmte schließlich, was er sagte, oder? Und dennoch, die Gefahr für Nancy war von innen gekommen, nicht von außen, wie sie nicht vergessen durfte. Und dann kam er zu ihr, schloß sie in seine Arme und fing an, sie zu liebkosen und auszuziehen, und zum ersten Mal schreckte sie innerlich vor ihm zurück, konnte es aber nicht zeigen. Sie war schließlich mit diesem Mann verheiratet, es war nicht so, als ob er sie vergewaltigen würde ... Und wenn doch, was zählte das schon? Wichtig war doch nur, daß sie ihn überzeugte ...

Doch irgendwann während der Vorstellung, die sie ihm gab, verlor sie ihre Orientierung ... ihr Körper wurde überschwemmt von einem Höhepunkt, der so überwältigend

und mächtig war, daß er sie matt und schwach zurückließ. Zu Jonathans großer Verwunderung wandte sie sich danach von ihm ab und fing zu schluchzen an. »Was ist los, Lauren?« wollte er wissen.
»Es war ... es war nur so gut«, antwortete sie mit kaum hörbarer Stimme.
Und Gott war ihr Zeuge, es war gut, es war mehr als gut, aber ihre Tränen flossen nicht deswegen. Sie verachtete ihn dafür ... und noch mehr verachtete sie sich selbst.

Doch was Jonathan betraf, er war zufrieden mit dem Fortschritt, den sie machte, und so arrangierte er für den nächsten Vormittag einen Besuch der Mädchen in dem Wohnzimmer im oberen Stock. Wieder brachte Beatrice ein neues Kleid, das sie selbst genäht hatte, und half Lauren beim Anziehen, ehe sie ihr Haar zurechtmachte. Aber das Treffen verlief in angespannter und verlegener Atmosphäre, da Emily und Lauren nicht wußten, ob sie beobachtet oder belauscht wurden. Chelsea war zu Anfang noch etwas zurückhaltend, da sie wahrscheinlich immer noch unter dem Eindruck des hysterischen Benehmens ihrer Mutter zwei Tage zuvor im Studio ihres Vaters stand, aber irgendwann taute sie auf, bewunderte Laurens neues Kleid und den schönen Zopf und erzählte, was Beatrice ihr so alles beibrachte.
Als Jonathan an der Tür erschien und zu Lauren sagte, daß es an der Zeit sei, wieder ins Bett zu gehen, da stand sie auf und umarmte erst Chelsea, dann Emily, der sie rasch zuflüsterte: »Wenn du stark bist, dann hilft das mir, stark zu sein. Ich werde versuchen, uns hier rauszuholen ... bitte paß auf Chelsea auf.« Daß Emily Laurens deutlich zur Schau gestellte Zuneigung nicht zurückwies, schien Jonathan zu überraschen, aber auch zu freuen.

Und er hatte recht, sie benötigte tatsächlich Ruhe; die paar Schritte ins Wohnzimmer, und schon war sie wieder müde. Eine Müdigkeit, die tief in ihren Knochen saß und die sie wesentlich stärker einschränkte, als es damals bei Chelsea der Fall gewesen war. Fast so, als ob sie ...
Ihr stockte der Atem bei dem Gedanken. Aber das war unmöglich, völlig, total unmöglich. Sie würde es doch bemerken, wenn sie irgendwelche Drogen bekäme, oder nicht?

»Wie geht es Lauren?« lautete Ferns Begrüßung, als Jonathan sich meldete.
»Was ist los? Wo haben wir denn unsere gute Erziehung gelassen, daß du nicht einmal mehr eine höfliche Begrüßung für mich übrig hast?« neckte er sie auf seine übliche, charmante Art, woraufhin Fern sofort Hoffnung schöpfte.
»Kann ich aus deiner guten Laune schließen, daß es Lauren ebenfalls bessergeht?«
»Es geht ihr wesentlich besser, Fern. Ich bin zufrieden, und der Doktor auch.«
»Oh, das ist ja wunderbar! Kann ich sie sprechen?«
»Hey, ich dachte, wir hätten eine Übereinkunft getroffen?«
»Hatten wir, haben wir. Aber ich bin doch nicht dumm, ich würde doch nie etwas Negatives ansprechen –«
»Das haben wir doch alles schon besprochen, Fern, es geht nicht um dich, das Problem ist Laurens Entschlossenheit, keine Schwäche zu zeigen und alle zu beeindrucken –«
»Okay, okay«, beschwichtigte sie ihn. »Du hast gewonnen, Jonathan.«
»Soll ich ihr was ausrichten?«
»Ja, sag ihr, daß ich sie sehr liebhabe.«
Kaum hatte sie den Hörer aufgelegt, brach sie in Tränen aus ... und sie hatte gedacht, es wären keine mehr übrig.

»Wieso beobachtest du mich dauernd?« fragte Chelsea und blickte von ihrem Sandkasten hoch. Ihr war aufgefallen, daß Emily in der letzten Zeit häufiger in ihrer Nähe war, wußte aber nicht, warum.
»Weil ich wissen will, wie eine richtige Nervensäge aussieht.«
»Was hat dir meine Mutter gestern zugeflüstert?«
»Das sage ich dir, wenn du einen Spaziergang mit mir machst.«
Chelsea mochte ihren Ohren kaum trauen – jetzt, nach all der Zeit, bemühte Emily sich, freundlich zu ihr zu sein? Tja, jetzt war es zu spät, jetzt brauchte sie sie nicht mehr. »Du mußt ja ganz verzweifelt sein ohne deinen Hund, hast wohl niemanden mehr zum Reden.«
»Ja, das bin ich auch.«
»Also, die Strafe hast du wirklich verdient. Nach den vielen bösen Dingen, die du getan hast.«
Chelsea begleitete sie trotzdem auf ihrem Spaziergang, aus reiner Neugierde natürlich. Als sie ein gutes Stück vom Haus entfernt waren, blieb sie stehen, stemmte die Arme in die Hüften und fragte: »Okay, jetzt raus mit der Sprache, was hat meine Mutter gesagt?«
»Sie hat gesagt, ich soll auf die Nervensäge aufpassen.«
»Na klar. Dann ist sie ja jetzt genauso krank wie du.«
»Kann schon sein.«
»Sie hat aber ziemlich hübsch ausgesehen, findest du nicht?« meinte Chelsea.
»Schon möglich. Meine Mutter hat ihr Haar auch in einem solchen Zopf getragen.«
»Und, was soll das heißen, daß sie diesen Stil gepachtet hat?«
Emily gab keine ihrer frechen Antworten, sondern warf einen sehnsüchtigen Blick hinaus auf die Straße. »Meinst du nicht auch, es wäre schön, mal wieder hier rauszukommen?«

»Ich komme genug aus dem Haus ... mit Beatrice. Außerdem gefällt es mir hier. Nur weil dir überhaupt nichts paßt, heißt das noch lange nicht –« Aber in diesem Moment hörte sie, wie ihr Name gerufen wurde, und sie drehte sich um und sah Beatrice, die auf der Terrasse stand. »Uh-uh, ich muß los.«

»Wieso?«

»Beatrice will mir zeigen, wie man einen ganz besonderen Erdbeerkäsekuchen macht, den man nicht backen muß und den Daddy für sein Leben gern ißt.«

Als sie gerade gehen wollte, rief Emily ihr zu: »Weißt du, ich habe mir überlegt, daß ich diesen Kasten, mit dem man Schmuck machen kann, jetzt doch mal in Betrieb nehme.«

»So, tatsächlich?«

»Vielleicht möchtest du mir dabei Gesellschaft leisten.«

Chelsea überlegte eine Minute und schüttelte dann den Kopf; so leicht würde sie sich jetzt nicht mehr kaufen lassen. »Nö, ich glaube, ich werde Daddy bitten, daß er mir einen eigenen kauft.« Mit diesen Worten ließ sie Emily stehen, überzeugt, daß sie ihr bestimmt nachsah.

Emily sah Chelsea tatsächlich nach, aber eigentlich war sie in Gedanken viel mehr mit dem Anblick beschäftigt, den Lauren ihr geboten hatte. Ihre Mutter hatte ihr Haar in einem ähnlichen Zopf getragen. Weil es Daddy so gefallen hatte. Ihre Mutter war auch von ihm ausgeschimpft oder bestraft worden ... wenn sie Dinge getan hatte, die ihm nicht gefallen hatten. Und deshalb vermutete sie, daß Lauren jetzt Dinge tat, die Daddy nicht mochte; aber wenigstens wußte er nicht, daß sie seine Unterlagen gelesen hatte. Allmählich kehrte die eine oder andere Erinnerung in Emily zurück, nur das Gesicht des Fremden nicht.

Ganz gleich wie oft sie ihn auch in ihrem Kopf anflehte, er wollte sich einfach nicht umdrehen und sie ansehen.

An diesem Abend fühlte sich Lauren besonders verzweifelt und ihrer Freiheit beraubt, und als Jonathan zu ihr kam, hatte sie große Schwierigkeiten, heiter und entspannt zu wirken, geschweige denn, ihn davon zu überzeugen, daß sie froh und ausgeglichen war. Vor allem, als er sie bat, doch für Fotos zu posieren.

»Für was für Fotos?« fragte sie, aber dann fielen ihr die Aufnahmen von Beatrice wieder ein und daß sie ja schwanger war.

»Nein«, antwortete sie, »ich kann das nicht.«

»Ich werde aber darauf bestehen.«

»Dann bestehe darauf, wenn du mußt«, erwiderte sie. »Aber es wird nichts nützen – ich habe nicht die geringste Absicht, für dich zu posieren.«

Mit versteinerten Zügen kam er auf sie zu; instinktiv hob sie beide Hände, da sie dachte, er wolle sie verprügeln, aber er nahm sie auf den Arm und trug sie zum Bett, wo er sie quer über seinen Schoß legte, ihr Höschen herunterzog und anfing, wie in einem krankhaften Ritual auf sie einzuschlagen, mit der bloßen Hand, die immer wieder brennend auf ihre nackte Haut herniedersauste.

Und erst als sie keine Kraft mehr übrig hatte, sich zu wehren, da hörte er endlich auf und rollte sie sanft auf das Bett. Sie preßte ihr Gesicht in die Matratze, die ihr Schluchzen dämpfte. Hatte das nun sein Ego gestärkt, oder hatte es ihn gar sexuell erregt? Was sie betraf, so hatte es sie verletzt und gedemütigt ... stärker gedemütigt als alles andere, was sie je zuvor erlebt hatte. In Ordnung, sie würde ihm Modell stehen für seine schmutzigen kleinen Fotos, aber zu ihren Bedingungen.

Gleich danach schlief sie ein und wachte erst am nächsten Morgen wieder auf; sie spürte immer noch den Schmerz. Sie wartete, bis er aufstand und in sein eigenes Bad ging, ehe sie die Augen aufschlug und sich zwang, die Beine aus dem Bett zu schwingen. Sie mußte auf die Toilette, sie mußte sich übergeben; ihr wundes Hinterteil verursachte ihr bei jeder Bewegung Schmerzen, aber als sie ins Bad kam, war der Schmerz plötzlich nur noch zweitrangig, denn sie entdeckte einen zweiten Brief von Emily ... Der Umschlag war größer als beim ersten Mal, und sie hatte wieder etwas beigefügt.
Sie hatte keine Ahnung, wie Emily sich ins Bad schmuggeln konnte, ohne erwischt zu werden, aber wie auch immer, es klappte. In dem Umschlag befanden sich eine halbe Rolle mit Ritz-Kräckern und dazu eine zwar kurze, dafür aber um so hilfreichere und aufbauendere Nachricht und Erklärung: *Nimm Dich in acht vor Beatrices selbstgebackenen, knusprigen kleinen Keksen – die helfen Dir nur, damit es Dir anschließend schlechtgeht.*
Lauren hatte plötzlich das Gefühl, in einem bizarren Alptraum zu leben. Nicht nur am Abend zuvor, als sie glaubte, total high gewesen zu sein, sondern die ganze Zeit über, seit sie schwanger war ... genauer gesagt, die mehr als sechs Wochen, in denen sie diese verdammten Kräcker gegessen hatte. Jedesmal, wenn sie wieder so müde gewesen war, hatte sie da in Wirklichkeit vielleicht unter dem Einfluß von Drogen gestanden?

Und so, als Beatrice kurz darauf mit Keksen und Tee erschien, ließ Lauren diese in ihrem Nachttisch verschwinden, während Beatrice das Zimmer aufräumte und das Bett frisch überzog; auf dem Laken war Blut gewesen, was Lauren zuvor nicht aufgefallen war.
Sobald sie das Zimmer aufgeräumt hatte, wies Beatrice sie

an, sich auf die Seite zu legen und ihr Nachthemd hochzuziehen; selbst wenn Lauren hätte protestieren wollen, so unterdrückte sie diesen Wunsch angesichts ihres mißlichen Zustandes. Während Beatrice die blauen Flecken und offenen Stellen säuberte und medizinisch versorgte, redete sie ununterbrochen. »Wieso weigern Sie sich denn, sich von Ihrem Mann fotografieren zu lassen?«

Gab es denn nichts, das Jonathan ihr nicht erzählte? War das vielleicht immer schon so gewesen? fragte sie sich.

»Schließlich sind Sie doch verheiratet und erwachsene Menschen.«

Was war mit einer Erwachsenen und einem kleinen Jungen? überlegte Lauren und mußte an Jonathan und Beatrice vor vielen Jahren denken, hielt es aber nicht für sinnvoll, das jetzt zu erwähnen.

»Er liebt Sie doch«, fuhr Beatrice fort, »mehr als jede andere Frau, die er jemals kannte. Und es fällt mir nicht leicht, das zuzugeben. Es hat mal eine Zeit gegeben, das ist schon lange her, da hatte auch ich kindische Phantasien –« Sie verstummte, seufzte. »Aber das war dumm von mir. Ein feiner Mann wie Mr. Grant, intelligent und gutaussehend, verliebt sich doch nicht in seine Haushälterin, oder? Sie sollten deshalb wirklich langsam klüger werden, meine Liebe, meine ich. Sie sollten dankbar sein für seine Liebe und Hingabe. Die gibt er nicht so ohne weiteres.«

Lauren glaubte, schreien zu müssen, während Beatrice ihr diese Vorhaltungen machte, aber sie tat es nicht. Doch als sie fertig war, fragte sie: »Aber was, wenn es bereits zu spät für mich ist, Beatrice?« Beatrices Finger hörten auf, weiter Salbe auf zutragen, während sie sich anhörte, was Lauren zu sagen hatte ...

»Denn jetzt, da ich Zeit hatte zum Überlegen und mir klar wurde, wie albern und prüde ich mich benommen habe, und das bei dem Mann, den ich liebe ... Also, da denke ich, daß er vielleicht so wütend auf mich ist, daß er nicht mehr mit mir sprechen will. Schließlich ist er heute morgen noch nicht zu mir hochgekommen, oder?«

»Und, was wollen Sie damit sagen, daß er keinen Grund mehr hat, wütend zu sein?«

Und als Jonathan wenig später tatsächlich nach oben kam, blieb er erst einmal neben der Tür stehen und wartete, daß sie etwas zu ihm sagte; sie lag auf der Seite und warf ihm von unten einen langen Blick zu. »Es tut mir leid, Jonathan«, sagte sie, nach Kräften bemüht, ehrlich und überzeugend zu klingen. »Ich schätze, ich bin einfach zu sehr daran gewöhnt, immer meinen Kopf durchzusetzen und mich mit anderen zu messen, statt ihnen zu vertrauen. Und es fällt mir schwer, mich daran zu gewöhnen, Dinge zu tun, von denen ich nicht einmal wußte, daß du sie wolltest.«

»Dinge, die du nicht machen willst –«

»Nein, so ist das nicht. Im Ernst. Es ist mir bisher nur noch nie in den Kopf gekommen. Doch plötzlich konfrontierst du mich mit diesen Sachen, und da reagiere ich eben instinktiv. Ich weiß, es ist falsch, und ich sollte mir auch keine unnötigen Gedanken darüber machen, sondern dir einfach vertrauen. Du würdest mich doch nie bitten, etwas Schlimmes zu tun, das weiß ich doch.«

Jetzt kam er zum Bett, setzte sich neben sie und berührte vorsichtig ihre Rückseite; dabei zuckte er zusammen, als wäre er es, der den Schmerz verspürte. »Tut es weh?« fragte er mit Reue in der Stimme. Und als sie nickte, sah sie Tränen in seinen dunklen Augen. »Ich wollte das nicht tun, Lauren. Du magst mir das vielleicht nicht glauben, aber es ist wahr. Bitte, zwing mich nicht, es noch einmal zu tun.« Dann beugte er sich vor und küßte sie erst auf ihren Bauch, dann auf ihre Arme, ihre Schultern, ihren Nacken.

Er liebt sie, er liebt sie nicht, er liebt sie ...
Sie räusperte sich. »Ich muß mit dir reden, Jonathan.«
Und sie konnte seinen warmen Atem auf ihrem Hals spüren, als er ihr antwortete: »Aber natürlich.«
»Ich fange langsam an zu denken, daß irgend etwas Schreckliches mit mir passiert.«
»Du hattest einen Nervenzusammenbruch, das ist alles, Lauren. Aber dir wird es bald wieder bessergehen, darum kümmere ich mich schon.«
»Ich habe trotzdem Angst; ich fürchte mich ohne dich. Gestern abend, nachdem du mich bestraft und hier allein gelassen hattest, da war ich wütend, aber ich hatte auch Zeit zum Nachdenken. Dabei habe ich auch mal aus dem Fenster und hinüber zum Tor geschaut und voller Überraschung festgestellt, daß ich nicht den geringsten Wunsch verspürte, das Grundstück zu verlassen – wenigstens nicht ohne dich. Ich glaube, ich fühle mich nur dann wirklich sicher, wenn du bei mir bist.«
»Daran ist doch nichts falsch, Lauren. Ich weiß gar nicht, wieso du so etwas denkst.«
»Nun, das liegt wahrscheinlich daran, daß ich mich in vielerlei Hinsicht verändert habe. Ich habe mich noch nie so gefühlt. Wer weiß, vielleicht werde ich schließlich doch noch erwachsen. Sagt man nicht, daß es ein sicheres Zeichen ist, wenn man sich nicht mehr länger unsterblich fühlt?«
»So sagt man.«
Sie blieb einen Moment stumm in seinen Armen sitzen, ehe sie fortfuhr: »Und dennoch, würdest du mich fragen, ob ich gerne mal einen Tapetenwechsel hätte, Jonathan, dann müßte ich zugeben, daß es so ist. Ich würde wahnsinnig gerne einen Ausflug machen, irgend etwas mit dir und den Kindern unternehmen. Ach, ich hasse es wirklich, dir so auf

die Nerven zu gehen, wo du doch so viel für mich und die Mädchen tust, aber bitte, mach mit uns einen Ausflug.« Und als er ihr nicht sofort eine Antwort gab, fügte sie hinzu: »O bitte, Jonathan, bitte, sag ja.«
Er lächelte. »Du weißt doch, daß ich meinen Mädchen keine Bitte abschlagen kann.«
»Dann führst du uns also aus?« brach es aus ihr heraus. Sie streckte die Arm aus und schlang sie um seinen Hals. »Ich glaube, ich muß lernen, besser zuzuhören.«
»Wie meinst du das, Liebling?«
»Weil du mir dann Geschenke kaufst und zu allem, was ich möchte, ja sagst, und das gibt mir ein gutes Gefühl, dann fühle ich mich so voller Freude und Glück und Liebe. Oh, Jonathan, danke!«
Als sie später ins Badezimmer ging, um sich das knappe Sommerkleidchen anzuziehen, das er unter anderem für sie mitgebracht hatte, da war sie ganz außer sich vor Freude, endlich aus dem Haus zu kommen.
»Ich denke, momentan ist es das beste für dich, wenn wir irgendwo hinfahren, wo es ruhig und friedlich ist«, bemerkte Jonathan, während er die Kamera aufbaute. »Das letzte, was das Baby und du jetzt brauchen könnt, sind eine Menge Krach und ein Haufen Fremder, die dir auf die Nerven gehen.« Und in dem Moment setzte ihr Herz aus ... nein, das letzte, was sie brauchte oder wollte, war Einsamkeit, aber sie mußte sich mit dem begnügen, was er bereit war, ihr zuzugestehen. »Deshalb ist meiner Meinung nach ein Picknick im Rahmen der Familie am besten für dich. Wie wäre es gleich mit morgen abend?«
»Oh, das ist ja wunderbar, Liebling. Was hältst du von Grove Point?« schlug sie durch die offenstehende Badezimmertür vor.
»Nein, das kommt nicht in Frage. Da gib es einen großen

Spielplatz, und man kann bis acht Uhr abends schwimmen, nein, zu viele Leute. Ich habe eine bessere Idee. Wie wär's mit dem Ententeich am Rummelplatz?«
Mist, es sah Jonathan ähnlich, ausgerechnet diesen Vorschlag zu machen. Der Ententeich lag ungefähr eine halbe Meile von den übrigen Buden und Ständen des Rummelplatzes entfernt … Und da es keine Möglichkeit zum Schwimmen gab und cs ein Abend mitten unter der Woche war, würde wahrscheinlich kein Mensch dort sein. Aber wenn sie es irgendwie schaffen könnten, hinunter zum Hauptplatz zu kommen, dorthin, wo mehr Leute waren …
Lauren betrachtete sich im Badezimmerspiegel, befestigte noch eine leuchtendrosa Satinschleife im Haar – ein Extra für Jonathan –, holte tief Luft und trat vor seine Kamera.

Kapitel 21

Lauren stand Jonathan an diesem Nachmittag lange Modell, schlüpfte von einem Outfit in das andere, neigte sich in die eine, dann in die andere Richtung, lächelte oder zog eine Schnute, je nach seiner Lust und Laune. Er hatte zwar Gewalt über ihren Körper, aber Gewalt über ihren Kopf hatte er nicht mehr; die ganze Sitzung über hatte sie ihre Gefühle fest im Griff und war entschlossen, diesen Zustand nicht mehr aufzugeben. Sie konzentrierte sich völlig auf den morgigen Abend – auf den geplanten Familienausflug.

Der Ententeich, ein Picknickplatz mit dazugehörigen Parkmöglichkeiten, war durch einen Wald vom Hauptgelände des Rummelplatzes getrennt; durch dieses Wäldchen, das an die Tierunterstände angrenzte, lief ein verschlungener, geteerter Pfad. Es war zwar nicht sehr wahrscheinlich, daß an einem Abend unter der Woche andere Leute zum Picknicken dort wären, aber auf dem eigentlichen Gelände würde es bestimmt anders aussehen ... Wenn sie und die Kinder es nur bis dorthin schaffen könnten. Sie mußten unbedingt in die Nähe anderer Menschen kommen, denn andere Menschen bedeuteten Sicherheit.

Da sie ohne Drogen in ihrem Kreislauf nicht annähernd so erschöpft war wie bisher, hielt sie an diesem Tag auch nur ein kurzes Nickerchen. In der Nacht schlief sie jedoch erbärmlich schlecht und wurde zunächst von mehreren Alpträumen hintereinander und schließlich noch von einem heftigen Gewitter geweckt. Obwohl sie sich sehr bemühte, Jonathan nicht zu wecken, war das ein unmögliches Unter-

fangen, da er an ihre Bewegungen gewöhnt war. Jedesmal wenn sie aufwachte, schreckte auch er hoch und fragte besorgt: »Ist es der Sturm?«, da er genau wußte, wie sehr sie Blitz und Donner haßte, ehe er sie in seine Arme schloß.
Und als er aufmerksam und liebevoll zu ihr war, da ertappte sie sich dabei, daß sie schwankend wurde und sich fragte, ob sie nicht einem bizarren Irrtum aufgesessen sei, ob sie nicht ein fatales Fehlurteil fälle. Aber dann fielen ihr wieder die monströsen Dinge ein, die er getan hatte, und sie wußte, daß er auch sie vernichten würde, bekäme er die Chance.
Und dann fing sie zu zittern an, was ihn veranlaßte, sie noch stärker in seine Arme zu schließen, entschlossen, ihre Ängste zu vertreiben, während gerade er es doch war, vor dem sie sich fürchtete.

Am nächsten Morgen brachte Jonathan ihr den Tee und die Kräcker. »Sobald dein Magen sich wieder beruhigt hat, zieh dich an und ruf mich. Ich bringe dich dann hinunter zum Frühstück.«
Sie lächelte, froh über diesen Fortschritt. »Ich freue mich sehr auf heute abend.« Aber seine Reaktion auf ihre Begeisterung kam etwas zögerlich. »Jonathan, du hast es versprochen. Ich habe mich darauf verlassen.« Er deutete auf das Fenster; draußen hatte es mittlerweile zwar aufgehört zu regnen, aber es war immer noch bewölkt und naß. »Na und?« meinte sie. »Außerdem ist es noch früh am Tag. Bitte, Jonathan, sag mir, daß ich nach unten gehen und Brathähnchen und Kartoffelsalat machen kann und all die anderen kleinen Leckereien, die wir so gerne essen.«
Jetzt griff die Vorfreude endlich auch auf ihn über. »Dann los, streng dich an ... Mit schlechtem Wetter kann ich mich abfinden, aber wenn es regnet, dann verschieben wir die Sache. Einverstanden?«

»Einverstanden«, erwiderte sie und fragte sich, ob es wohl irgend etwas in ihrer Ehe gab, das auf beiderseitigem Einverständnis beruhte. Oh, natürlich hatte er das Wort oft in den Mund genommen, und Närrin, die sie war, hatte sie es geglaubt. Kaum war er aus dem Schlafzimmer gegangen, spülte sie die Kekse die Toilette hinunter, holte ein paar Ritz-Kräcker aus der Rolle in ihrer Schublade und aß diese. Im Schrank fielen ihr noch mehr neue Kleider von Beatrice auf, und nachdem sie sich geduscht hatte, entschied sie sich freiwillig für ein rot und weiß kariertes Kleid mit rundem Ausschnitt und einer Schleife im Rücken. Doch ehe sie es anzog, setzte sie sich vor den Spiegel, kämmte ihr Haar und flocht es zu einem Zopf.

Als sie schließlich fertig war, stellte sie sich vor den Spiegel im Schlafzimmer und posierte geziert für die unsichtbare, immer präsente Kamera ... Sie wußte, daß Jonathan sie beobachtete und ihre Vorstellung genoß, und sie ging auf sein Spiel ein, indem sie so tat, als sei sie allein. Danach betätigte sie die Gegensprechanlage und klingelte Jonathan in seinem Arbeitszimmer an. »Komm und hol mich, Liebling ... bitte. Ich bin fertig.« Er kam postwendend.

Emily war überrascht, sie zu sehen, auch Chelsea, die jedoch kein großes Interesse zeigte, als Lauren verkündete, daß sie am Abend alle zum Picknicken an den Ententeich fahren würden.

»Es ist aber nicht schön draußen«, maulte Chelsea.

»Wen kümmert das?« erwiderte Emily und unterstützte Lauren in ihrer Begeisterung. »Darf ich Stew mitnehmen?« fragte sie mit einem bittenden Blick auf ihre Stiefmutter.

Lauren sah Jonathan fragend an. »Bitte, Liebling, was sollte das schaden? Ich möchte, daß sich heute alle amüsieren.«

Und so, obwohl das Wetter nicht mehr richtig aufklarte,

hielt Jonathan an diesem Abend sein Versprechen, und alle vier, samt Hund, setzten sich in Richtung Rummelplatz zu ihrem Picknick in Bewegung. Lauren hatte zwar zuvor schon befürchtet, daß kein Mensch außer ihnen da wäre, aber als sie dann sah, wie recht sie hatte, fühlte sie sich doch ziemlich hoffnungslos. War sie denn verrückt oder dumm? Wie, um alles auf der Welt, hatte sie sich nur einbilden können, sich und die Kinder durch den Wald bis zum Rummelplatz hinüberbringen zu können, ohne daß Jonathan sie aufhalten würde?

Es waren jetzt vier Tage vergangen. Fern hatte Jonathan zwar versprochen, sich eine Woche von ihrer Schwester fernzuhalten, aber es fiel ihr zusehends schwerer. Wenn es Lauren tatsächlich besserging, wie Jonathan ständig behauptete, warum rief sie dann nicht bei ihr an?

War Fern Lauren gegenüber wirklich so schnell mit ihren Urteilen bei der Hand gewesen, hatte sie ihre kleine Schwester tatsächlich so anmaßend behandelt, daß diese sich jetzt gezwungen fühlte, ihre Gefühle vor ihr zu verbergen? Sie hatte eigentlich immer gedacht, sie hätten eine gute, solide und tragfähige Beziehung zueinander ... Hatte sie sich da in die eigene Tasche gelogen?

Natürlich war Lauren nie der Typ Frau gewesen, die ewig auf ihren Problemen herumgeritten wäre, auch nicht, als ihre erste Ehe zerbrach und sie sich plötzlich als alleinerziehende, berufstätige Mutter wiederfand, aber ihre Ängste vor ihr zu verbergen, das hatte sie nie versucht. Und zu Zeiten, wenn ihr alles über den Kopf gewachsen war, war sie auch immer zu Fern gekommen und hatte um ihre Hilfe gebeten.

Wieso war sie jetzt so entschlossen, das, was in ihr vor sich ging, vor ihr zu verstecken?

Sie blieb noch ein paar Minuten sitzen und dachte über Lauren nach. Dann fischte sie in ihrer Handtasche nach ihren Wagenschlüsseln. Nachdem sie sie gefunden hatte, schaute sie auf die Uhr – es war fast sieben. Jonathan, Lauren und die Kinder waren bestimmt beim Abendessen. Laut eigener Aussage ihres Schwagers war er zur Zeit ständig zu Hause, da im Moment Lauren erste Priorität hatte und er nur für sie dasein wollte, falls sie ihn benötigte ... Als sie nun nach dem Telefon auf ihrem Schreibtisch griff, um Jonathan anzurufen, und Beatrice sich meldete und ihr sagte, daß Jonathan geschäftlich unterwegs sei, glaubte sie ihr nicht. »Wann erwarten Sie ihn denn zurück?«

»Etwas später heute abend.«

»Ich verstehe. Könnte ich dann vielleicht mit Chelsea reden?«

»Ich fürchte, das ist unmöglich. Sie ist mit ihm gefahren.«

»Bei einem geschäftlichen Termin?«

»Na ja ... vielleicht ist es ja keine rein geschäftliche Verabredung. Mr. Grant sagt mir nie, wo er hinfährt.«

Nach einer längeren Pause fragte sie: »Und wer ist dann bei Lauren?«

»Nun, ich natürlich.«

»Beatrice, wären Sie so freundlich und würden Sie sie mir ans Telefon holen? Ich würde ihr gerne guten Tag sagen. Ich halte sie auch nicht lange auf.«

»Sie schläft gerade.«

»So bald nach dem Abendessen schon?«

»Sie fühlt sich nicht sehr gut.«

»So? Wieso ist dann Jonathan nicht bei ihr?«

»Hören Sie, Miss Sandler, mir reicht es jetzt mit Ihren Fragen. Wieso rufen Sie nicht später noch mal an, dann können Sie mit Mr. Grant persönlich sprechen.«

»Nein«, erwiderte Fern; sie fühlte sich zusehends unwohler,

so, als würde sie in ihrem Büro keine frische Luft mehr bekommen. »Ich komme jetzt selbst vorbei, um meine Schwester zu sehen«, sagte sie. »Wenn sie schläft, dann werfe ich nur rasch einen Blick auf sie, werde sie aber nicht aufwecken. Ich möchte sie einfach nur sehen.«

»Ich fürchte, das ist nicht möglich. Mr. Grant hat mir strikte Anweisungen hinterlassen, daß sie nicht –«

»Ich komme trotzdem, Beatrice.«

»Die Mühe können Sie sich sparen, ich werde Sie nämlich nicht durchs Tor lassen«, antwortete die Frau und legte auf. Fern saß verdutzt da und lauschte dem Tuten des Telefons, wobei sie noch die letzten Worte im Ohr hatte. Die Haushälterin wollte sie nicht in das Haus ihrer eigenen Schwester lassen? Wieso kam ihr das so bekannt vor? Dann fiel ihr wieder das eine Mal ein, als ihre Schwester versucht hatte, zum Einkaufen zu fahren, und Beatrice sich vor ihrem Wagen aufgebaut hatte, um sie davon abzuhalten.

Die Frau mochte durchaus eine sehr enge Bindung an Jonathan haben, aber sie hatte auch die häßliche Angewohnheit, ihre Kompetenzen zu überschreiten. Fern zerrte die Schubladen ihres Schreibtisches heraus, durchwühlte sie und legte jeden einzelnen Gegenstand auf die Schreibtischplatte, bis sie endlich die Magnetkarte fand, die Lauren ihr am Tag ihres Einzuges in das Haus an der Mountainview Road gegeben hatte. Dann stand sie auf und packte entschlossen ihre Autoschlüssel und ihre Handtasche.

Okay, Beatrice. Jetzt wollen wir doch mal sehen, ob du mich aufhalten kannst.

Sie aßen den Kartoffelsalat, das Hähnchen und knusprige Brötchen mit Butter, fütterten die Enten und spielten sogar Fußball, und wenn irgend jemand sie beobachtet hätte, hätte er sicher gedacht, daß es sich um einen unbeschwerten

Familienausflug handelte. Laurens Gehirn fühlte sich an, als wäre es vorübergehend eingefroren und wartete nun darauf, daß endlich jemand daherkäme und ihm Anweisungen gäbe ... Doch dann fing es zu regnen an, und Jonathan sagte: »Packen wir lieber zusammen.« Das riß Lauren endlich aus ihrer Erstarrung und machte ihr klar, daß sie jetzt handeln mußte.

Ungefähr fünfzig Meter von dem Picknickplatz entfernt stand ein großes Nebengebäude. »Ich muß mal auf die Toilette«, sagte sie. »Wie sieht es mit euch aus, Mädchen?« Emily stieg sofort auf den Vorschlag ein, meinte, daß auch sie müsse, und legte Stew an die Leine, um ihn mitzunehmen.

»Könnt ihr nicht noch etwas warten? Wir sind doch in fünfzehn Minuten zu Hause«, erwiderte Jonathan, der bereits anfing, Teller und Essen zusammenzupacken.

»Tut mir leid, Liebling, aber schwangere Frauen können mit dem Wort ›warten‹ in dem Zusammenhang nur wenig anfangen«, antwortete sie, ehe sie Chelsea einen auffordernden Blick zuwarf, mit ihnen zu kommen.

Doch diese hatte andere Vorstellungen. »Nein, ich muß nicht ... Ich bleibe hier und helfe Daddy.«

»Chelsea, bitte«, sagte Lauren und versuchte, nicht ganz so verzweifelt zu klingen, wie sie sich fühlte. Die Kugel war am Rollen, wenn auch langsam, und sie konnte nicht riskieren, daß sie jetzt wieder ins Stocken geriet. Flehend sah sie zu Jonathan hinüber, aber das hatte wenig Sinn – was erwartete sie denn von ihm, daß er sie dazu zwang?

»Lauren, wenn sie nicht muß –«

»Aber sie muß bestimmt –«

Zum Glück brauchte sie den Satz nicht zu Ende zu sprechen, denn Emily kam ihr zu Hilfe, indem sie Chelsea die Hundeleine in die Hand drückte. »Komm schon, du führst ihn und paßt auf ihn auf, während ich pinkeln gehe.«

Chelsea machte ein verblüfftes Gesicht, denn offensichtlich war es das erste Mal, daß Emily sie auch nur in die Nähe des Hundes kommen ließ. »Was ist los mit dir? Seit wann bist du so nett zu mir?«

»Jetzt laß dich mal nicht täuschen, Goldköpfchen, ich bin nicht nett zu dir. Ich brauche nur jemanden, der auf den Hund aufpaßt.«

Jonathan schüttelte verwundert den Kopf angesichts der für ihn recht charmanten Entwicklung der Dinge. »Wißt ihr was, ich packe in der Zwischenzeit alles in den Wagen und warte dort auf meine Mädchen. Aber jetzt beeilt euch mal.«

»Ich denke, da gibt es nur eine Toilette, also wirst du etwas Geduld haben müssen, Jonathan.«

Fern hatte sich mit der Magnetkarte Zutritt verschafft, war die lange, geschwungene Auffahrt hinaufgefahren und hatte vor der Tür geparkt. Jonathans Wagen war nicht da, also war er offenbar immer noch nicht zu Hause; dafür standen der von Lauren und Beatrices Kombi da. Statt zu klopfen, benutzte Fern auch am Haupteingang ihre Magnetkarte und war bereits in der Halle und wollte eben die Treppe hinauf, als sie spürte, wie sie etwas Schweres am Kopf traf. Sie konnte weder etwas sagen noch schreien, sie konnte sich auch nicht umdrehen, um zu sehen, was das gewesen war; sie spürte nur, wie sie zu Boden sank, als ob sie auf Treibsand getreten hätte.

Im Nebengebäude gab es einen Bereich mit Waschbecken und drei Toiletten, was Chelsea, die nicht wollte, daß man ihren Daddy falsch informierte, natürlich sofort kommentieren mußte. Trotzdem blieb sie brav mit Stew bei den Waschbecken an der Tür stehen und schaute hinaus.

»Daddy geht gerade zum Wagen«, bemerkte Emily so laut, daß Lauren es hören konnte.

Chelsea sah erst zu ihr, dann zu ihrer Mutter, die gerade herauskam; irgend etwas war im Gange, das merkte sie, aber was es war, wußte sie nicht. Bis ihre Mutter es ihr sagte.

»Chelsea, du, Emily und ich, wir müssen unbedingt hinunter zum Rummelplatz. Wir werden durch den Wald laufen. Und wir müssen sehr leise dabei sein –«

»Wenn du dorthin willst, warum bittest du Daddy dann nicht, er kann uns doch hinfahren.«

»Nein. Daddy darf nichts davon erfahren«, antwortete Lauren. »Irgend etwas mit ihm ist schrecklich in Unordnung«, fuhr sie fort, und selbst in ihren Ohren klang die Erklärung fürchterlich idiotisch. Das Kind hatte gerade eben ein wunderschönes Picknick mit einem Mann erlebt, den es vergötterte und liebte, und jetzt kam Lauren daher und versuchte ihr einzureden, daß er verrückt sei. »Ich kann dir nicht mehr erklären, Chelsea, nicht in diesem Augenblick.«

»Brauchst du auch nicht«, erwiderte Chelsea. »Ich will nämlich hier bei Daddy bleiben. Das würde er auch von mir erwarten.«

»Bitte, vertrau mir.« Lauren wollte nach der Hand ihrer Tochter greifen, aber Chelsea wich vor ihr zurück, als hätte sie sich verbrannt.

Sofort trat Emily zwischen sie. Mit der einen Hand packte sie Chelsea vorne an ihrem Hemd, während sie ihr die andere über den Mund legte und sie mit Gewalt an die Wand drückte. Chelsea sah hilfesuchend zu ihrer Mutter hinüber, die jedoch keinerlei Anstalten machte, ihr zu Hilfe zu eilen, und so konzentrierte sie sich auf ihre Stiefschwester. »Du solltest lieber auf das hören, was sie dir sagt«, drohte Emily. »Denn wenn nicht, dann bringt er sie um. Wie er es mit meiner Mutter getan hat!«

Und obwohl Emily die Wahrheit immer gewußt hatte, zerriß der Schleier in ihrem Kopf erst in dem Moment, in dem sie die Worte tatsächlich aussprach. Zum ersten Mal seit jenem schrecklichen Tag kamen die Erinnerungen zurückgeflutet. *Der Fremde stieß ihre Mutter ... Sie fiel nach hinten auf den Rücken und lag mit gespreizten Armen und Beinen da, den Mund weit aufgerissen, entsetzliche Angst in den Augen. O bitte, o Scheiße, nein! Nie in ihrem Leben hatte sie jemanden gesehen, der solche Angst hatte! Und in dem Moment bemerkte der Fremde, daß jemand hinter ihm stand.*

Und Daddy drehte sich um und sah sie an.

Sie brachte keinen Ton heraus, konnte nicht schreien. Sie starrte ihn nur an.

»Wieso bist du nicht in der Schule?« fragte er sie, aber sie gab ihm keine Antwort.

Mit einer Hand nahm er ihren Baseballschläger, während er mit der anderen Hand nach der ihren griff und sie mit sich die Treppe hinunterzog, wo ihre Mutter auf dem Zementfußboden lag. Emily schaute nicht hin, sie fürchtete sich, aber er nahm ihr Gesicht in seine Hand und zwang sie, hinzuschauen, das sei in Ordnung, wie er sagte: Mommys Kopf lag in einem merkwürdig verdrehten Winkel am Boden, so daß es aussah, als würde ihr Körper nicht dazugehören. »Nimm ihr den Schmuck ab«, befahl er.

Und sie schüttelte den Kopf und versuchte, sich von ihm loszureißen. Aber er drückte sie hinunter auf die Knie. »Das sind alles Stücke, die ich ihr gegeben habe, Emily, wunderschöne Stücke, von denen ich will, daß du sie bekommst. Sie hat sie nicht verdient, nicht eines davon. Sie war eine Schlampe, Emily, eine dreckige, verlogene Hure, die herging und sich von einem anderen Mann ein Kind hat andrehen lassen. Du weißt doch alles darüber, ist es nicht so?«

Sie wollte schlucken, aber es war, als hätte sie vergessen, wie das geht. Irgend jemand hatte Daddy alles erzählt ... vielleicht Willie Campbell. Nein, wahrscheinlich Beatrice. Mommy sagte immer, daß sie sich überall herumdrückte und schnüffelte und alles an Daddy verpetzte.

So nahm sie ihre Mutter die Ringe und die Halskette ab, und dann reichte Daddy ihr den Schläger ...

Als Emily wieder aus ihrer schrecklichen Erinnerung emportauchte, mußte sie feststellen, daß sie in der Zwischenzeit Chelsea losgelassen hatte. Tränen strömten über ihr Gesicht, und Chelsea stand reglos neben ihr und starrte sie fassungslos an. Lauren sah aus, als wollte auch sie jeden Moment in Tränen ausbrechen, aber sie tat es nicht. Stattdessen kam sie zu ihr, legte ihr die Hände auf die Schultern und sagte: »Wir haben jetzt keine Zeit dafür, Emily, jetzt nicht. Verstehst du das?«

Sie nickte.

»Du mußt jetzt stark sein ... um mir zu helfen, daß auch ich stark bin.«

Dann wandte Lauren sich an Chelsea, die immer noch reglos dastand und mittlerweile selbst ziemlich verängstigt aussah, und sagte: »Es ist mir scheißegal, was Daddy will, dieses Mal läuft es so, wie ich es möchte.«

Ihr Kopf schmerzte und hämmerte, ihre Zähne klapperten, als würden sie ihr jeden Moment aus dem Mund fallen, aber dadurch erlangte Fern endlich wieder das Bewußtsein. Sie bekam mit, daß sie eine Reihe Stufen hinuntergeschleppt wurde, daß sie einen Strick um Fußknöchel und Handgelenke geschlungen bekam und daß schließlich eine Tür hinter ihr ins Schloß fiel. Sie schlug die Augen auf; zuerst nahm

sie ihre Umgebung nur ganz verschwommen wahr, aber selbst als sie alles deutlicher sah, wußte sie nicht, wo sie war. Schließlich stellte sie fest, daß sie sich im Heizungskeller befand.
O gütiger Gott, diese Frau mußte verrückt sein. Was ging nur vor in diesem Haus?

Sie fingen in dem Moment zu laufen an, als Jonathans Hupe zum zweiten Mal ertönte; Chelsea hielt sich an Laurens Hand fest, und Emily hielt die Leine des Hundes umklammert. Sie waren noch nicht weit in den Wald vorgedrungen, als sie erneut die Hupe hörten. Dann vergingen zwei, drei Minuten, bis Lauren und die Mädchen schließlich seine Stimme vernahmen, die sie rief.
»Lauren, komm zurück, sofort!« Dann verstummte die strenge Stimme, und an ihre Stelle trat ein verwirrtes und verletztes Flehen. »Schatz, ich liebe dich doch, bitte, mach das nicht.« Lauren spürte, wie ihr Herz sich verkrampfte ... Sie blieb stehen, aber nur einen kurzen Augenblick, ehe sie sich so fest auf die Unterlippe biß, daß das Blut hervortrat, und sie die Mädchen weiter mit sich zerrte. Und während sie so dahinliefen, brach über ihnen die Hölle los: Strömender Regen ergoß sich auf ihre Köpfe, während es ringsum donnerte und blitzte.
Chelsea fing zu weinen an und klammerte sich an Laurens Rock, die kaum mehr sah, was vor ihr war. Haltsuchend rutschten sie über die nassen Blätter und versuchten vergebens, den peitschende Ästen auszuweichen, die in ihre Gesichter klatschten und ihnen die Haut aufrissen. Lauren konnte nur beten, daß sie sich tatsächlich parallel zu dem Pfad bewegten. Und trotz des prasselnden Regens konnten sie noch Fetzen von Jonathans Rufen in der Ferne vernehmen, der immer wieder ihre Namen rief.

Endlich erreichten sie den Rummelplatz, der – wie nicht anders zu erwarten – menschenleer war. Der Regen hatte nachgelassen, es nieselte nur noch leicht, und sie blieben kurz stehen und lauschten. Jonathans Rufe waren verstummt, und sonst konnte Lauren auch nichts hören, was darauf hingedeutet hätte, daß er hinter ihnen her war. Sie nahmen erneut Anlauf und hasteten an den verschiedenen Tierunterkünften vorbei in Richtung auf die Geschäfte zu, wo es ein öffentliches Telefon gab, wenn Laurens Erinnerung sie nicht täuschte.
Mit kalten, steifen Fingern holte sie etwas Kleingeld aus der Tasche, warf es in den Schlitz und rief Fern an. Zuerst in ihrem Immobilienbüro, dann zu Hause, aber es meldete sich niemand. Schließlich versuchte sie es bei Carla. Als ihre Freundin endlich abnahm, brach sie in Tränen aus. »Oh, Carla, Gott sei Dank.«
»Lauren, bist du das?«
Zitternd holte sie ein paarmal Luft, ehe sie sich zwang, weiterzusprechen. Jonathan konnte jeden Moment aus dem Wald kommen, und sie wollte kein Risiko eingehen, obwohl der Park riesengroß war. »Ja, ich bin's. Ich habe die Mädchen bei mir ... ich bin hier am Rummelplatz. Ich bin Jonathan davongelaufen, aber das ist eine lange Geschichte. Kannst du uns holen?«
»Gib mir zehn Minuten. Auf dem Parkplatz.«

Fern hatte sich auf die Knie hochgerappelt und sich Stück für Stück bis zur Heizung vorgeschoben, gegen deren scharfe Kanten sie nun ihre Handgelenke preßte und zu scheuern anfing. Es dauerte ungefähr zwanzig Minuten, aber dann rissen die Stricke.
Sie befreite ihre Füße von den Fesseln und richtete sich auf; sie stand zwar etwas wacklig auf den Beinen, spürte aber

bald, wie das Adrenalin in ihr hochstieg. Und was nun? dachte sie, und ihre Gedanken überschlugen sich. Jetzt mußte sie ihre Schwester finden.
Aber zuerst mußte sie die Polizei anrufen.

Durchnäßt, verfroren und erschöpft hockten sie dicht aneinandergedrängt auf einer Mauer ungefähr fünfundsiebzig Meter vom Parkplatz entfernt – näher wagten sie sich nicht heran – und hielten ungeduldig nach Carla Ausschau. Lauren blickte unentwegt auf ihre Uhr, und es waren noch keine acht Minuten vergangen, da bog bereits Carlas zuverlässiger, alter grüner Kombi auf den Parkplatz ein und hielt an. Lauren stieß einen Seufzer der Erleichterung aus, stand auf, legte beiden Mädchen einen Arm um die Schultern und zog sie noch näher an sich heran. »Gehen wir«, sagte sie mit heiserer Stimme. »Es ist vorbei.«
Sie gingen in Richtung Wagen; Stew trottete an seiner Leine hinter ihnen her, und Laurens Gedanken kehrten zu Jonathan und seinen gequälten Rufen im Wald zurück. Sie würde jemanden zu ihm schicken müssen. Sobald sie bei Carla waren, würde sie die Polizei verständigen ... und dann würde sie natürlich alles sagen müssen, was sie wußte. Aber sie würde dafür sorgen, daß Jonathan Hilfe bekam.
Einen guten Verteidiger und einen guten Psychiater.
Doch sie hatten kaum ein paar Schritte zurückgelegt, da wurde ihr Gedankenfluß jäh unterbrochen, und ihr Herz setzte aus. Plötzlich tauchte Jonathans schwarzer Lexus am Eingang auf und raste auf Carlas Kombi zu. Sie riefen und schrien und versuchten, sie durch Winken auf ihn aufmerksam zu machen, aber Carla begriff nicht, was sie ihr damit zu verstehen geben wollten – nicht, bis das Dröhnen des Motors ihre Aufmerksamkeit erregte.
Aber da war es bereits zu spät. Sie war bereits aus dem

Wagen gesprungen und hatte sich umgedreht; ungeschützt stand sie nun davor, ohne die geringste Chance, ihm zu entkommen. Jonathan blieb nicht stehen, sondern hielt direkt auf sie zu; ihr Körper wirbelte hoch in die Luft, ehe er dumpf zu Boden fiel.
Emily und Chelsea fingen laut zu weinen und zu jammern an und ließen die Köpfe hängen, Lauren war wie gelähmt, während sie zusah, wie der Lexus endlich zum Stehen kam und sich seine Türen öffneten, als wollte er sie auffordern, einzusteigen und mit nach Hause zu fahren.

Sobald Fern in der Küche war, eilte sie zum Telefon und wollte gerade den Hörer abnehmen, als die Haushälterin plötzlich auftauchte. Es war zwar mindestens schon hundert Jahre her, wie ihr schien, seit sie zum letzten Mal ihre körperlichen Kräfte gemessen hatte, aber ihr blieb keine andere Wahl – Beatrice kam unaufhaltsam auf sie zu. Sie war kleiner als Fern, aber geschmeidiger, härter, in besserer Form, und sie ging auch sofort auf sie los und warf sie zu Boden.
Aber Lauren war in Gefahr, und deshalb hob Fern in wahnsinniger Wut die Arme und tastete nach dem erstbesten Gegenstand, der ihr in die Finger kam ... Als sie den Knoten auf Beatrices Hinterkopf entdeckte, zerrte sie so fest daran, bis sich das graubraune Haar löste und Fern ins Gesicht fiel. Mit beiden Händen griff Fern schließlich in Beatrices Haar, riß es ihr büschelweise aus und schleuderte die Strähnen zu Boden. Und während die Frau vor Überraschung und Schmerz einen Moment außer Gefecht war, gelang es Fern, sie von sich zu stoßen und auf sie zu klettern. Sie packte sie bei den Ohren und schlug ihren Kopf mit einer Kraft, die sie nie in sich vermutet hätte, immer wieder auf den Boden. Sie tat es wieder ... und wieder – bis ihre Wut nachließ. Da bewegte sich Beatrice schon nicht mehr.

Keuchend stieg sie von ihr herunter und rannte hinauf in das große Elternschlafzimmer – Lauren war nicht da. Sie rief ihre Namen, aber keiner war da. Das Telefon auf dem Nachttisch war weg, auch das auf dem Gang fehlte ... Sie rannte wieder hinunter in die Küche; sie war so atemlos, daß sie meinte, gleich ohnmächtig zu werden. Aber zuvor mußte sie unbedingt noch die Polizei verständigen.

Lauren ließ die Augen nicht von dem schwarzen Lexus, dessen Scheinwerfer jetzt eingeschaltet waren, während sie gleichzeitig die Mädchen wieder zurück in Richtung Rummelplatz schob. Sie sah, wie Jonathan langsam aus dem Auto stieg; er ließ sich Zeit, als gäbe es nichts auf dieser Welt, das ihn hetzen würde. Rasch drängte sie die Mädchen um eine Ecke, so daß sie außer Sicht waren.

Das erstbeste Versteck, das Lauren in den Sinn kam, war eine der Tierunterkünfte, aber das war keine gute Wahl, denn in dem Moment, in dem Lauren eine der vielen Türen öffnete, fing Stew zu bellen an, und die Tiere drinnen reagierten mit empörtem Geheule und Gezeter. So traten sie wieder den Rückzug an und rannten statt dessen zu den Vergnügungsständen hinüber. Dort angekommen, hoben sie eine der grünen Planen in die Höhe, mit denen die verschiedenen Buden bedeckt waren, und krochen darunter. Sie kauerten sich auf den Boden und hielten sich aneinander fest ... Es gab doch Hunderte von Ständen und Buden mit Spielen, Essen und Getränken auf dem Rummel, dachte Lauren, und außerdem wurde es auch schon dunkel. Vielleicht schafften sie es doch, ihm bis zum nächsten Morgen, bis die ersten Leute kamen, aus dem Weg zu gehen.

Doch plötzlich wurde die Plane in die Höhe gerissen und sackte laut raschelnd auf dem Boden in sich zusammen. Mit einem dumpfen Knall wurde ein totes, blutverkrustetes

Lamm auf die Verkaufstheke geworfen. Die Mädchen und Lauren schrien gleichzeitig auf – und da stand Jonathan vor der Bude und grinste auf sie herab. »Da kommt der Nikolaus mit seinem Sack.«

Der Hund fing zu wimmern an. Lauren schluckte; sie konnte nicht davonlaufen, nicht sprechen, sie konnte nur seiner Stimme lauschen, während er fortfuhr: »Sieh dich um, Lauren, war es nicht hier, wo du mich aufgelesen hast?«

Ihn aufgelesen? Sie erinnerte sich selbstverständlich an die Schießbude, vor der sie sich kennengelernt hatten, war es das, was er meinte? Die Buden kamen ihr allerdings alle gleich vor. Man konnte es also unmöglich sagen, aber er schien überzeugt zu sein. »Ich wußte zwar damals schon, daß du eine Schlampe warst, aber ich dachte mir, daß ich vielleicht doch noch etwas aus dir machen könnte. Aber du bist ein hoffnungsloser Fall.«

Lauren schaffte es irgendwie, auf die Beine zu kommen, doch noch während sie sich abmühte, schoß ihr ein bisher unbekannter Schmerz in den Unterleib, so daß sie laut aufstöhnte. War es das Baby? Sie packte die Mädchen an ihren nassen Hemden und zog sie ebenfalls auf die Beine hoch, und dann verließen sie alle die Bude. Jonathan stand mit vor der Brust verschränkten Armen vor ihnen und beobachtete sie mit einer Miene, als wären sie Spielzeuge, deren Batterie bald ausgehen würde.

»Lauft«, flüsterte sie den Mädchen zu, kaum daß sie draußen waren, aber gerade als sie loslaufen wollten, blieb Emily stehen – die Hundeleine war ihr aus der Hand geglitten. »Stew!« rief sie dem Welpen nach, der wieder zurück in die Bude stürmte.

Jonathan sprang über die Verkaufstheke, packte die Leine und hielt ihnen den jungen Hund auffordernd unter die

Nase. »Hier, Prinzessin«, sagte er zu Emily. »Komm und hol dir deinen Hund.«
Lauren hielt Emily zurück, aber während sie ihre ganzen Kräfte auf ihre Stieftochter konzentrierte, löste sich Chelsea aus ihrem Griff und rannte zu ihrem Daddy, um den Hund zu holen. Lauren streckte den Arm aus, um sie zurückzuhalten, aber da hielt Jonathan sie bereits fest an der Hand.
»Bitte, laß sie los«, flehte Lauren, während ein weiterer Schmerz – dieses Mal so stark, daß er ihr fast den Atem raubte – durch ihren Leib zuckte. Sie drehte sich zu Emily um. »Lauf, sieh zu, daß du von hier wegkommst!« rief sie, aber Emily blieb.
»Okay, das Spiel ist aus, Mädchen«, sagte Jonathan und streckte den anderen Arm nach Lauren und Emily aus. »Kommt heim zu Daddy, um euch eure Bestrafung abzuholen.«

Es kam ihr zwar vor, als seien Stunden vergangen, aber es konnten genausogut nur Minuten gewesen sein, als Lauren sich auf dem Boden sitzend wiederfand; sie war an einen Baum gebunden, während die Mädchen sich innerhalb des Standes befanden und den hinteren Eingang bewachten, wie Jonathan ihnen aufgetragen hatte. »Das Baby, es stimmt was nicht mit dem Baby«, sagte sie zu Jonathan in der Hoffnung, daß die Sorge um das Kind ihn wieder in die Gegenwart zurückholen möge.
Aber es funktionierte nicht; ihre Bemerkung lieferte ihm nur einen Anlaß, endlich loszulegen. »Das Baby?« sagte er und schaute kopfschüttelnd zu den Mädchen hinüber. »Plötzlich macht sie sich Sorgen um das Baby.«
Wieder durchzuckte sie ein Schmerz ... ja, sie würde ihr Baby verlieren.
Er ging jetzt zu dem Stand und streckte seine Arme nach

Chelsea aus. Sie wich vor ihm zurück und stellte sich neben Emily; doch nun bestand er streng darauf, daß sie zu ihm käme, und sie ließ sich von ihm herausheben und draußen wieder auf den Boden stellen, ehe sie zusammen auf Lauren zugingen. »Deine Mutter hat schreckliche Dinge getan, Chelsea. Sie hat sich auf eine Art benommen, wie es sich für eine Mutter, für eine Gattin, für eine Frau im allgemeinen nicht schickt. Verstehst du, was ich damit sagen will?«

Lauren würde sterben, das Baby würde sterben, aber was war mit den Mädchen? O bitte, lieber Gott, sie konnte den Gedanken nicht ertragen, daß die Mädchen allein mit ihm zurückblieben.

In dem Moment fing Chelsea zu schluchzen an, und er rüttelte sie sanft. »Komm schon, Engelchen, du mußt immer eine Antwort geben, wenn Daddy dich etwas fragt. Also, verstehst du mich?«

Sie schluckte und nickte. »Ich denke schon.«

»Braves Mädchen«, erwiderte er. »Ja, sie ist tatsächlich hergegangen und hat das Baby in Gefahr gebracht, ganz zu schweigen von meinen beiden Mädchen. Und weshalb? Weil sie es nicht ertragen kann, sich wie eine gute Frau zu benehmen. Sie ist eine Hure!«

Sie konnte spüren, wie ihr das Blut langsam über die Beine sickerte …

Vor Schreck über Jonathans Bemerkung zuckte Chelsea zusammen und schlang beide Arme fest um ihren zitternden Oberkörper. Jonathan wandte sich nun an Emily. »Du weißt genau, wovon ich rede, richtig, Prinzessin?« Emily sagte nichts, und er drehte sich wieder zu Chelsea um, die mittlerweile zu seinen Füßen auf dem Boden saß. Er nahm ein Messer, daß er in seiner Hose gehabt hatte, und hockte sich neben das Kind. »Wir werden Mommy bestrafen müssen. Und das werden wir beide gemeinsam tun.«

Durch einen Schleier aus Schmerz hindurch konnte Lauren sehen, wie hinter ihnen Emily sich reckte und einen Gegenstand vom Regal hinter der Verkaufstheke nahm ...
Chelsea schüttelte den Kopf. »Nein, ich will das nicht«, schluchzte sie. »O bitte, Daddy, zwing mich nicht.«
Lauren sah, wie Emily hinter dem Stand hervorkam und sich langsam an Jonathan heranpirschte, der ihr den Rükken zuwandte. Sie hielt etwas Großes, Längliches in der Hand. O gütiger Herr im Himmel ...

Während Emily sich langsam ihrem Vater näherte, ging ihr eine Szene nicht mehr aus dem Kopf, die sie zwar verwirrte, aber gleichzeitig weiter vorwärts trieb.
»Hab keine Angst, Prinzessin, deine Mutter ist ja schon tot. Das ist nur deine Art, um mir zu zeigen, daß du mich liebst und mich unterstützt in dem, was ich tun mußte. Du weißt doch, daß sie etwas Falsches getan hat, oder?«
»Ja, aber ich will sie nicht mit dem Schläger schlagen, bitte, zwing mich nicht dazu.«
»Liebst du deinen Daddy?«
Sie nickte. »Ja, aber –«
»Und ich liebe dich, Prinzessin. Wer sonst wird für dich dasein, wenn du Schutz brauchst?«
»Hab keine Angst, Engelchen«, sagte Jonathan in dem Moment zu Chelsea. »Ich stecke das Messer zuerst hinein, dann bist du an der Reihe. Wie bei Partnern.«
»Aber das tut doch weh, Daddy. Nein!«
Jonathan strich mit den Fingern durch Chelseas Locken, und Emily machte einen weiteren Schritt auf ihn zu.
»Ja, aber nur ein wenig. Dann ist alles bald vorbei, glaube mir. Wenn Daddy sagt, daß Mommy bestraft werden muß, dann ist das so. Du mußt Daddy vertrauen, daß er das Richtige tut. Aber weißt du, Engelchen, so schlimm ist es nun

auch wieder nicht. Ich werde ja dasein und immer auf dich aufpassen, so wie bisher auch.«
Das Messer war nur noch wenige Zentimeter von Lauren entfernt, als Emily weit mit den Armen ausholte und das Holz krachend auf den Schädel ihres Vaters niedersausen ließ – er brach zusammen und stürzte kopfüber auf den Boden. Emily sank auf die Knie und ließ die Latte fallen, während Chelsea, die mittlerweile in Tränen ausgebrochen war, heulend zu Lauren rannte und ihr Gesicht in ihrem Hemd verbarg. Es gab kein Baby mehr, Lauren hatte es verloren. Kurz bevor sie in Ohnmacht fiel, hörte sie in der Ferne noch das Geräusch herannahender Autos und sah aufblitzende Scheinwerfer ... Hilfe war unterwegs.

Epilog

»Alles wird wieder in Ordnung kommen. Hör auf Daddy und schluck die Tabletten, Prinzessin ...«
Schnell und schneller, lauf, Prinzessin, lauf. Tick, tack, tick, tack, die Maus rennt auf die Uhr hinauf ... die Uhr wird groß und größer, und er wird bös und böser. Er stand über sie gebeugt, mit den Tabletten auf der geöffneten Handfläche.
»Sonst kommen sie noch dahinter, daß du diejenige warst, die Mommy getötet hat. Willst du das?«
Hatte sie Mommy getötet? Sie erinnerte sich an den Schläger in ihrer Hand, daran, daß sie damit zugeschlagen hatte ... Nein, das wollte sie nicht, sie wollte nicht, daß sie herausfanden, daß sie sie mit dem Schläger geschlagen hatte.
»Daddy will dich doch nur davor beschützen, daß du ins Gefängnis kommst ... Also wehr dich nicht.«
Und so öffnete sie ihren Mund, und er reichte ihr das Wasserglas. Aber in dem Moment, in dem die Tabletten ihre Zunge berührten, wollte sie sie wieder ausspucken. Doch er hinderte sie daran. Er packte sie hart am Kinn, kippte die restlichen Pillen auf ihre Zunge und verschloß ihr Mund und Nase, so daß sie keine Luft mehr bekam. Panisch ruderte sie mit den Armen und versuchte, sich gegen ihn zu wehren ... aber schließlich blieb ihr keine andere Wahl mehr, als zu schlucken.
Sie brach in einen krampfartigen Hustenanfall aus, fiel hin und schlug sich dabei den Kopf an. Der Raum fing an, sich um sie zu drehen, und ihr Kopf wurde immer schwerer und

zog sie unter Wasser. »Nein, bitte nicht, ich will nicht sterben, ich will nicht sterben. Bitte, Daddy, laß nicht zu, daß ich sterbe!«

»Ich will nicht sterben!«

Sie weinte, schlug mit den Fäusten um sich und kämpfte gegen das Ertrinken an; plötzlich riß sie die Augen auf, und da war Lauren und hielt sie fest.

Es gab viele dieser Träume. Sobald die Zusammenhänge um Nancys Ermordung Emily klargeworden waren, traten auch noch andere Erinnerungen in ihr zutage, meistens Szenen, in denen sie sah oder hörte, wie ihre Mutter mißbraucht oder geschlagen wurde. Aber es war die Erinnerung an ihren Vater, wie er sie zwang, die Tabletten zu schlucken, an ihre Todesangst, die am verstörendsten auf sie wirkte.

Viele Monate später, zu Frühlingsbeginn, brachten Lauren und Chelsea Emily zum Bahnhof.

»Ich will nicht fahren«, sagte sie.

»Es ist doch nur für eine Woche, Liebes.«

»Aber warum muß ich überhaupt?«

»Weil es deine Familie ist.«

»Ich will aber hierbleiben.«

Die Fahrt war auf Anraten von Emilys neuer Therapeutin bereits seit Monaten geplant. »Emily, deine Mutter hat dich sehr geliebt, das ist ihre Familie, was heißt, daß es auch deine Familie ist. Sie wollen doch nichts anderes, als Nancys Tochter kennen- und liebenlernen. Außerdem klingt mir eine Hühnerfarm in New Hampshire recht vielversprechend.«

»Du bist doch meine Mutter, Lauren.«

Sie spürte, wie ihr die Tränen in die Augen schossen, und so beugte sie sich rasch vor und küßte Emily. »Ich weiß. Ich bin die, die nicht kochen kann.«

Sobald sie Emily verabschiedet hatten, nörgelte Chelsea – sauer, daß sie ihre große Schwester nicht auf die Hühnerfarm begleiten durfte – so lange herum, bis sie eine kurze Pause zum Pizzaessen einlegten und sich noch zwei Videokassetten mit nach Hause nahmen. Ihr neues Heim war ein einfaches, aber komfortables Haus mit sechs Zimmern in Nyack, das keine fünfundvierzig Minuten Fahrzeit von Fern, die sie regelmäßig sahen, und knappe zehn Minuten von Laurens Arbeitsstelle als Nachrichtenredakteurin bei WKAB, einem kleinen, lokalen Fernsehsender, entfernt lag.
Jonathan war an den Folgen des Schlags nicht gestorben, aber Lauren reichte die Scheidung ein und verlangte das Sorgerecht für Emily, wogegen er sich nicht wehrte. Jay Philips wurde aus dem Gefängnis entlassen, da die Polizei ihn nicht länger für den Mord an Gordon Cummings verantwortlich machte. Natürlich verdächtigten sie Jonathan und waren überzeugt, daß er versucht hatte, den auf seiner Lohnliste stehenden Philips mit den Fasern seiner Kappe hereinzulegen, aber es waren eben nur Indizienbeweise, die ihn mit dem Mord in Verbindung brachten. Da Emilys Zeugenaussage über den Tod ihrer Mutter als nicht zuverlässig verworfen wurde und auch keine Anklage im Fall von Gordons oder Jerry Reardons Ermordung gegen Jonathan vorlag, gelang es seinem cleveren Anwalt, den Vertreter der Anklage davon zu überzeugen, daß Jonathan sich wegen eines minder schweren Verbrechens schuldig bekannte – in diesem Fall des Totschlags an Carla, was ihm eine Verurteilung von zwanzig Jahren einbrachte. Weitere zwanzig Jahre bekam er wegen des versuchten Angriffs auf Laurens Leben, doch sollte er das Strafmaß nicht hintereinander, sondern zeitlich parallel abbüßen.
Nur zwanzig Jahre für all das, was er getan hatte? Nicht annähernd genug ... doch hatte in Carlas Fall nicht auch

Lauren Schuld auf sich geladen? Wenn sie nur etwas überlegter gehandelt hätte, dann hätte sie sofort die Polizei angerufen statt der Freundin.
Als Lauren wegen der Sache mit Emily zu Jonathan ins Gefängnis fuhr, stolperte sie fast über Beatrice, die eben das Gebäude verließ; die beiden wechselten kein Wort miteinander, aber Lauren wußte auch so über Fern, daß die Frau jetzt wieder bei ihrer Nichte Dr. Greenly lebte. Lauren erwähnte Jonathan gegenüber nicht, daß sie Beatrice getroffen hatte, fragte ihn aber ohne alle Umschweife, was es mit der Ermordung Jerry Reardons auf sich habe. Jonathan hatte Nancy wegen ihrer Affäre getötet, nachdem er dahintergekommen war, daß das Kind, das sie erwartete, eventuell nicht von ihm sein könnte. Gordon hatte er getötet, weil er angefangen hatte, Emilys Erinnerungen zu wecken, und an die Wahrheit herankommen wollte; und Carla hatte er schließlich getötet, weil sie mit seiner Familie davonfahren wollte.
»Aber wieso mußte Jerry sterben?« fragte Lauren. »Er hat für dich gelogen, hat dir ein Alibi verschafft.«
Er lächelte, dasselbe Lächeln, das sie am ersten Tag ihres Kennenlernens so verzaubert hatte. »Bringst du da nicht etwas durcheinander, Lauren? Man hat mich nie des Mordes an ihm angeklagt.«
»Aber wir wissen doch trotzdem, was Sache ist, nicht wahr?«
Erst als sie bereits am Gehen war, da sagte er: »Kannst du dich noch an das Wochenende erinnern, das wir zusammen mit Jerry verbrachten?« Sie nickte. Ja, natürlich konnte sie sich erinnern. »Er mochte dich.«
Richtig, sie waren gut miteinander ausgekommen. »Und?«
»Ich meine, er mochte dich wirklich, Lauren. So sehr sogar, daß er fest entschlossen war, daß du nicht Mrs. Jonathan

Grant, Ehefrau Nummer zwei, wie er sich ausdrückte, werden solltest. Er hätte natürlich nie eine Chance gegen mich gehabt, da hätte er noch so entschlossen sein können.«
Sie hielt den Atem an. »Er hat gedroht, seine Aussage zurückzuziehen ... Dein Alibi, deswegen hast du ihn getötet, richtig?«
»Jetzt fängst du schon wieder an und denkst gleich das Schlimmste. Du solltest mich doch eigentlich besser kennen. Glaubst du wirklich, daß ich jemandem mit Absicht weh tun, ihn gar töten könnte? Was Carla zugestoßen ist, war ein unglücklicher Unfall. Du hast mich so verrückt gemacht, als du mitten in diesem Sturm mit den Kinder davongelaufen bist, daß ich nicht mehr richtig denken oder sehen konnte. Das Gericht hat es mir geglaubt, Lauren, wieso kannst du das nicht?« Er rückte mit seinem Gesicht nahe an die Gitterstäbe heran; er konnte sie zwar nicht berühren, aber riechen konnte sie ihn, und in irgendeinem Winkel spürte sie sogar verschämt seine Berührung, und sie zuckte erschrocken zurück. »Hast du es denn immer noch nicht kapiert, Liebling?« flüsterte er. »Es ist Zeit, die Zugbrücke hochzuziehen und zu feiern. Ich liebe dich ... du und die Mädchen, ihr gehört zu mir, und nichts kann das jemals ändern.«
Aufgewühlt verließ sie das Gefängnis und konnte erst wieder leichter atmen, als sie bereits fünfzehn oder zwanzig Meilen zurückgelegt hatte. Sie mußte an Jerry denken, an seine Zuneigung zu ihr, die ihn das Leben gekostet hatte. Und sie dachte an die anderen, die ihre Zweifel geäußert oder kritische Bemerkungen über Jonathan gemacht und versucht hatten, ihr damit zu verstehen zu geben, daß etwas nicht in Ordnung war: Carla, ihre Schwester, sogar sie selbst hatte Hinweise wahrgenommen, die ihr Gefahr hätten signalisieren sollen. Aber sie hatte sich geweigert, darauf zu

achten. Sie hatte ihren Verstand, ihre ganze Persönlichkeit Jonathan überlassen, und das freiwillig.
Offensichtlich war das etwas, was Frauen weitaus häufiger taten, als Lauren sich bis dahin vorgestellt hatte, ein Phänomen, das sie seit einiger Zeit auch in ihrer Selbsthilfegruppe diskutierte, in der sie Mitglied war. Mißtrauisch wie sie war, konnte sie sich nicht mehr vorstellen, noch einmal in dieselbe Falle zu tappen, aber sie hatte zwei wunderbare Töchter großzuziehen. Deshalb war es wichtig, ihnen ein gesundes Selbstvertrauen, Selbstachtung und eine Portion Eigenständigkeit beizubringen, alles Qualitäten, die aufzugeben ein liebevoller und selbstbewußter Mann nie von ihnen fordern würde. Und es war wichtig, daß sie ihnen zudem eine Warnung mit auf den Weg gab – eine Warnung vor den vielen charmanten Märchenprinzen, die da draußen unterwegs waren.